一生钟爱古诗词

徐中立　编著

吉林文史出版社
JILIN WENSHI CHUBANSHE

图书在版编目（CIP）数据

一生钟爱古诗词 / 徐中立编著 . — 长春：吉林文
史出版社，2019.4（2023.4 重印）

ISBN 978－7－5472－6105－7

Ⅰ . ①一… Ⅱ . ①徐… Ⅲ . ①古典诗歌－诗歌欣赏－
中国 Ⅳ . ①I207.2

中国版本图书馆 CIP 数据核字（2019）第 073305 号

一生钟爱古诗词

编　　著：徐中立

责任编辑：程明

封面设计：点滴空间

出版发行：吉林文史出版社有限责任公司

电　　话：0431－81629369　　邮编　130118

地　　址：长春市福祉大路出版集团 A 座

网　　址：www.jlws.com.cn

印　　刷：北京一鑫印务有限责任公司

开　　本：165mm×235mm 1/16

印　　张：20

印　　次：2019 年 4 月第 1 版　2023 年 4 月第 2 次印刷

书　　号：ISBN 978－7－5472－6105－7

定　　价：68.00 元

前　言

古人说，不读诗词，不足以知春秋历史；不读诗词，不足以品文化精粹；不读诗词，不足以感天地草木之灵；不读诗词，不足以见流彩华章之美。

中国是一个"诗歌的国度"，古典诗词是中国传统文化的奇葩，是我们民族文化遗产中极为珍贵的一部分。早在3000年前，我们的祖先就创作出了以"诗三百"为代表的优秀诗篇，此后每个历史时期，诗歌创作都结出了丰硕的成果，其中不少名篇佳句脍炙人口，传诵至今。

诗词是传统文化的精粹所在，中国古典文学发端于上古三代，历周秦诗风之初立，孔子删诗书，对《诗经》的确立起了关键的作用，遂有"诗教"之说。后经过汉代的发展，散体大赋渐趋成熟，流彩华章，大汉气象，可知辞赋文章亦皆能吟春秋。迄汉末，以古诗十九首为代表的五言诗兴起，堪称五言之冠冕，后世诗人莫不吟仰。之后历魏晋建安文坛与六朝诗人的发挥，中间乐府诗纵贯数百年而不衰。及至唐代，盛世华彩，一时间国人识字解文者无不能读诗写诗，有唐不足三百年，留下来两千多位诗人的近五万首诗作。唐末五代，诗风不衰，转而长短句大兴，到了两宋，一发而不可收，其词风一半是山河壮烈，一半是风花雪月，后世人遂约略分为豪放和婉约两派，词更被冠上"宋词"之号，凡有井水处，皆有词可咏唱。元代文人无所用其长，转而萃力于元剧之作，其流行之盛况，雅俗共赏，至于塞外古道，市井勾栏，无处不见，达官贵戚，胡汉民氓，悉皆能论。散曲小令虽不及唐诗之绚烂，宋词之流媚，却活泼别致，兼有西风瘦峻之气，成为中国文学史上的又一枝奇葩。明清两代，诗文辞赋亦多佳作，其中尤以清纳兰性德之词见长，王国维称："纳兰容若以自然之眼观物，以自然之舌言情。此初入中原未染汉人风气，故能真切如此，北宋以来，一人而已。"

中国人的每一种心境，似乎都被古诗词吟咏过了。读这些古诗词的时候，自豪之情会油然而生，这就是中国人对古诗词的热爱之情。这种感情由来已久，人们从先秦的田野牧歌之中采撷快乐与甜美；从两汉辞赋当中感受大汉 400 年的盛世传奇；从乐府诗中体验先民生活的朴素美好；从魏晋诗文中品味中华风骨；从唐诗中倾听大唐帝国的盛世欢歌；从宋词中体会那份凝结在文字中的美丽与哀愁；从元曲中获得直抵心灵的感悟；从纳兰词中发现大清第一词手的词文之美。

今天，随着古典文化风潮的再度兴起，中国人阅读古典诗词的热情亦空前高涨。为了让读者一次性读到最好的古典诗词，我们编写了这本《一生最爱古诗词》。本书按照时间顺序，兼及诗文体裁，收录了历代在思想上和艺术上具有较高成就的古诗词，包括先民的田野牧歌；最美是诗经；香草美人之思，伤时忧国之悯；汉赋奇葩，独秀芳华；乐府诗香醉千古；魏晋诗文，中华风骨；大唐诗情，盛世华章；宋词的美丽与哀愁；元曲，触及心灵的浅吟低唱；一生最爱纳兰词等 10 个篇章。

为了帮助读者提高阅读效果，本书还设置了"注释""赏析"等栏目，对诗词进行详解详注。其中，注释将难理解的字句作解释，扫除阅读障碍，方便阅读；赏析则对这些经典名篇的内容与主旨进行传统解析，间或增补一些史实或诗文旧事，有利于读者更深入地领悟传统文化的意蕴。由于古诗词多难字，读者往往不会念或不认识，影响阅读，因此，我们对诗词中出现的一些难字、生僻字进行注音，并对其字形、字意加以解释，减小阅读难度，提升学习兴趣，增进学习的能力，方便读者更加深入地了解和把握古诗词。

古典诗词，蓄积了古人所有的智慧、品格、襟抱和修养，蕴含着对生命的感动和召唤。阅读本书，不仅可以提高一个人的文化水平和文学修养，还可以从中汲取智慧，从而实现对心灵和品质的提升。

目 录

1

第七篇　大唐诗情，盛世华章

第八篇　宋词的美丽与哀愁

第九篇　元曲，触及
　　　心灵的浅吟低唱

第十篇　一生最爱纳兰词

第一篇　先民的田野牧歌

　　诗歌本来就是人的情感的表达，当人类的语言还不足以充分表达人们心中的情感的时候，歌唱在表达人的情感方面也许比语言更为生动，也更为贴切，因为每一个字和着一个优美的音符和乐调，每一个音符和乐调里都包含着无尽的情意！今天我们看到的这些远古时代留存下来的歌谣，是先民们思想情感最真实的记录，他们将各种生活如战争、祭祀、狩猎、养蚕、织布、盖房以及恋爱、结婚、生育的过程都诉诸歌唱，这些歌谣足以让我们真切地感受到我们祖先的所思所感，所爱所恨。

击壤歌①

　　吾日出而作，日入而息，凿井而饮，耕田而食，帝力于我何有哉②！

【注释】

　　①击壤：古时一种游戏。王应麟《困学纪闻》二十引《风土记》曰："以木为之，前广后锐，长尺三寸，其形如履，先侧一壤于地，遥于三四步，以手中壤击之，中者为上。"②帝：指帝尧。

【赏析】

　　此歌创作时间已不可考。全歌古朴质厚，写出了远古初民日出而作、日入而息的纯朴生活。歌谣的大意是：白天出门辛勤地工作，太阳落山了便回家去休息，凿井取水便可以解渴，在田里劳作就可以过上自给自足的生活。这样的生活多么惬意，帝王的力量对我来说又有什么作用呢！

伊耆氏蜡辞①

　　土反其宅②，水归其壑；昆虫勿作③，草木归其泽④。

【注释】

①蜡（zhà）：一种在年终举行的有关农事的祭典，相传始自远古时代伊耆氏部落。蜡辞：即蜡祭时的祝辞。②反：通"返"。宅：河流的堤岸。③昆虫：害虫。勿：不要。作：兴起。④草木：妨碍农作物生长的杂草和丛生的灌木之类。泽：聚水的洼地。

【赏析】

这篇祝辞全用祈使性的语气，实际上是一首"咒语"式的歌谣。在远古时代，因为生产力低下和科学技术不发达，所以人们对自然灾害往往怀有恐惧和无可奈何的心理，但这首歌谣表现了人们控制、战胜自然灾害的强烈愿望和豪迈气概。

尧　戒

战战栗栗，日谨一日。人莫踬于山①，而踬于垤②。

【注释】

①踬：被绊倒。②垤：小土堆。

【赏析】

相传这是帝尧的座右铭。"战战栗栗，日谨一日"是讲为国之君首先要深明责任重大，心存戒惧，一日比一日更加谨慎。"人莫踬于山，而踬于垤"是说人不会被大山绊倒，却会被小土堆绊倒。

卿云歌①

卿云烂兮，纠缦缦兮②。日月光华，旦复旦兮③。明明上天，烂然星陈。日月光华，弘予一人④。日月有常，星辰有行。四时从经，万姓允诚⑤。於予论乐，配天之灵⑥。迁于贤圣，莫不咸听⑦。鼚乎鼓之⑧，轩乎舞之⑨。菁华已竭，褰裳去之⑩。

【注释】

①卿：通"庆"。庆云，和气光明之云。②纠：丛聚。缦缦（màn）：光彩灿

烂的样子。③旦复旦兮：一天又一天，指太平之世将绵延不绝。以上四句为帝舜唱。④"日月"两句：日月的光明灵秀之气蕴育了舜之聪明贤圣。这是大臣赞美舜的歌辞。以上四句为八伯唱。⑤"日月有常"四句：舜勉励大臣百姓的话，日月、星辰、四时、社会皆有秩序地运行，大臣百姓要诚实地遵从。常，常道。行，常行。经，常经。允诚，诚实。⑥於（wū）：语气词。论：讨论，此处指演唱。配天之灵：得到天的福佑。灵：神灵，灵气。⑦"迁于"两句：舜所作的乐歌，连贤圣们也都愿意聆听。迁：移动，进升。⑧鼚：鼓声。⑨轩：飞舞的样子。⑩"菁华"二句：尽情地歌舞娱乐之后，高高兴兴地离开。菁华：原指盛开的花，此处指歌舞尽兴。褰裳：提起下衣。去：离开。以上十二句为帝舜唱。

【赏析】

　　这是舜帝与其大臣的相和之歌。舜歌唱天下光明太平；大臣赞美舜集聚日月光华而聪明贤达；舜勉励大臣百姓要遵从日月星辰的运行、四时的迁移之序和国家的政教法令，以后要听从禹的领导。后面写歌舞娱乐的盛况。传说舜是歌舞能手，还发明了五弦琴。他所演唱的歌舞有神灵的福佑，圣贤百姓莫不愿意欣赏聆听。他们也跟着载歌载舞，直到尽兴而去。这也许是中国古代有着完整记载的第一组唱和诗，整组诗生动地描写了帝舜与大臣们欢乐和谐的情景，也表现了古代社会对帝王禅让的美好理想。

南风歌

　　南风之薰兮①，可以解吾民之愠兮②。南风之时兮③，可以阜吾民之财兮④。

【注释】

　　①薰（xūn）：和煦。②愠（yùn）：暑气。③时：及时。④阜（fù）：增加。

【赏析】

　　此篇写远古先民沐浴着南风，享受着南风带来的清凉和滋润时的情怀。实是先民在尧舜盛德的养育之下，对于幸福安康的生活的满意和对尧帝舜帝感恩之情的表达。

麦秀歌

麦秀渐渐兮^①，禾黍油油^②。彼狡童兮^③，不与我好兮。

【注释】

①渐渐（jiān）：指（麦芒）渐渐长。②油油：色泽光润的样子。③狡童：指纣王。

【赏析】

《麦秀歌》为箕子所作。箕子与殷纣王同姓，是殷商贵族，性耿直，有才能，在纣朝内任太师辅朝政。后纣愈奢靡，旦夕酒作乐而不理政。箕子屡谏纣不听。武王灭商建周后向箕子询治国之道，箕子不愿做周的顺民，带领遗老故旧东渡到朝鲜。后在朝周途中，见故都朝歌宫室毁坏荒凉，遍地野生麦黍，心甚伤之，欲哭则不可，欲泣则近于妇人，乃作《麦秀歌》，意为"你那时不听我劝，如今落得这般田地"。朝歌殷民听见，皆动容流涕。《麦秀歌》寥寥十数字，将亡国惨状和亡国原因和盘托出，凄凉悲怆，情感深切可爱。后人常以"麦秀""黍离"来表示亡国之痛。

采薇歌^①

登彼西山兮^②，采其薇矣^③，以暴易暴兮，不知其非矣^④。神农、虞、夏忽焉没兮，我安适归矣^⑤！于嗟徂兮，命之衰矣^⑥。

【注释】

①司马迁《史记·伯夷列传》曰："武王已平殷乱，天下宗周，而伯夷、叔齐耻之，义不食周粟，隐于首阳山，采薇而食之。及饿且死，作歌。"②西山：首阳山。③薇：野豌豆，嫩苗可食。④"以暴"两句：以武王之暴臣易殷纣之暴主，还不知这样做的错误。⑤"神农"两句：言神农、虞、夏禅让之道已湮没无存，如今暴臣暴主相争夺，无所依归。⑥于嗟（xū jiē）：感叹词。徂（cú）：往也，死也。此两句是说：今日饿死，亦是命衰运薄，不遇大道之时，以至忧虑而死。

【赏析】

伯夷、叔齐为商末孤竹君之二子。相传其父遗命要立次子叔齐为继承人。孤竹君死后，叔齐让位给伯夷，伯夷不受，叔齐也不愿登位，先后都逃到周国。周武王伐纣，二人叩马谏阻武王不要以暴易暴。武王灭商后，他们耻食周粟，采薇而食，饿死于首阳山。临终前唱出了这首歌，表现了生于乱世而不遇的怨恨和悲伤。

饭牛歌①

南山矸，白石烂②，生不逢尧与舜禅③。短布单衣适至骭④，从昏饭牛薄夜半⑤。长夜漫漫何时旦⑥？

【注释】

①饭：借为"贩"，贩卖。②矸（gàn）：山石白净的样子。烂：灿烂。以上两句以山石明丽灿烂，隐喻尧舜唯贤是用的盛世。③"生不"句：尧以天下为公，把帝位传给有才德的舜，此所谓"禅让"。这与后世帝王将帝位传给子孙不同。宁戚感伤生不逢时。④骭（gàn）：小腿。宁戚生活穷困，衣不蔽膝。⑤薄：至。⑥"长夜"句：以长夜漫漫比拟自己长久不遇，不知何时才能受到君主的重用。

【赏析】

相传此诗为春秋时宁戚所作。宁戚，春秋时卫国人，早年怀经世济民之才而不得志。他获悉齐桓公重人才，便决心投靠齐国，以便有一番作为。他不畏艰难来到临淄，自我推荐，击牛角高歌。这首歌表现了宁戚对尧舜盛世的向往以及空有壮志高才而无法施展的悲伤。宁戚最终得到齐桓公的重用，拜为大夫，后长期任齐国大司田，负责齐国的农业生产，帮助齐国迅速富裕起来，是齐桓公主要辅佐者之一。

忧慷歌

贪吏而不可为而可为，廉吏而可为而不可为。贪吏而不可为者，当时有污名？而可为者，子孙以家成。廉吏而可为者，当时有清名？而不可为者，子孙困穷被褐而负薪。贪吏常苦富，廉吏常苦贫。独不见楚相孙叔敖，廉洁不受钱。

【赏析】

据《史记·滑稽列传》载，楚国令尹（宰相）孙叔敖为官廉洁，去世后，其子贫苦。善于讽谏时事的伶人优孟特意模仿孙叔敖的言谈笑貌，令楚庄王难辨真假，以为孙叔敖复生，欲再以为相。优孟就唱了这首《忧慷歌》，歌的大意是说：贪官可以做也不可以做，清官可以做也不可以做。若说贪官是不可以做的，难道当时就会有坏名声吗？贪官也是可以做的，家族子孙坐享其成。若说清官是可以做的，难道当时就会有好名声吗？清官也是不能做的，因为子孙会背着木柴穿着粗布衣穷困潦倒。贪官常因为富足而烦恼，清官常因为贫困而烦恼。唯独不见了楚国的宰相孙叔敖，他廉洁奉公不收受钱财。优孟的行为感动了楚庄王，楚庄王最终封赏了孙叔敖的儿子，这就是有名的"优孟衣冠"的故事。前人评价此诗说："将廉吏之不可为说透，而主意于一语缀出，情深语竭。楚王听之，不觉自入。"

去鲁歌

彼妇之口，可以出走。彼妇之谒①，可以死败。盖优哉游哉，维以卒岁②。

【注释】

①谒：进见。②维：语气助词，无意义。

【赏析】

春秋时，孔子杀死乱政的少正卯，在内政外交方面都有所作为，鲁国大治。齐国惧怕鲁国强大，送女乐、好马给鲁国执政者季桓子，季桓子从此耽于淫乐，不理朝政。孔子非常失望，带领部分弟子离开了鲁国，开始了长达十四年的周游列国的生涯。临走时，他以歌表白心声，后称孔子离开鲁国时所作的这首歌为"去鲁歌"。歌词大意是：那些妇人的口啊，可以把大臣赶走；亲近那些妇人啊，可以使国破家亡。好悠闲啊好悠闲，我只有这样安度岁月。歌曲表达了孔子内心对政局无可奈何，而又对祖国眷恋不舍的复杂情感。从此孔子思想也开始发生了变化，进入到"知天命"的阶段。

获麟歌

唐虞世兮麟凤游①，今非其时来何求！麟兮麟兮我心忧。

【注释】

①唐虞句：唐虞是指唐尧虞舜两位上古明君。麒麟、凤凰都是瑞兽，相传只

有圣明的君主在位时它们才会出现。所以说唐尧虞舜之世有麒麟凤凰巡游。

【赏析】

据典籍记载，周敬王三十九年春（哀公十四年），西狩于大野。叔孙氏家臣钥商获麟。折其左足，载以归。叔孙氏以为不祥，弃之郭外，使人告孔子曰：有麕而角者何也？孔子往观之曰：麟也，胡为乎来哉！反袂拭面，涕泣沾衿。叔孙氏闻之，然后取之。子贡问曰：夫子何泣也！孔子曰：麟之至为明王也，出非其时而见害，吾是以伤之。麒麟被视为仁兽、瑞兽，只在逢遇圣君盛世时才出现，而乱世出现麒麟并非好事，捕获它就更是不祥之兆了，孔子长叹哭泣，感叹自己不得其时，不能施行正道。"西狩获麟"事，《春秋》《左史》《史记》均有记载，但并未有孔子作的《获麟歌》，也未见他的学生记录此事。而《公羊传》杨士勋的注疏记孔子泣曰："麟出而死，吾道穷矣！"于是作歌一首。

楚狂歌

凤兮凤兮①，何德之衰？往者不可谏②，来者犹可追③。已而已而，今之从政者殆而④。

【注释】

①凤：比喻圣者孔子。②谏：匡正。③追：补救。④已：止，算了。殆：危险。

【赏析】

这首歌出自《论语·微子》，楚国的狂人接舆唱着歌经过孔子的车前，唱道："凤鸟啊，凤鸟啊，您的德行为什么这样衰微？过去的已经不能挽回，未来的还来得及改正。算了吧，算了吧，今天的从政人物也太危险了。"春秋时代礼崩乐坏，战争频繁，政治混乱。很多有学问的人看到时世太乱，难以挽救，便消极起来，采取了隐居避世的态度，楚国的狂人接舆就是代表。他看到一心想要恢复周代礼乐典章制度的孔子，就以歌唱的方式规劝孔子不要知其不可为而为之。

沧浪歌

沧浪之水清兮①，可以濯我缨②；沧浪之水浊兮，可以濯我足。

【注释】

①沧浪：水名，实指不详。②濯（zhuó）：洗涤。缨：系帽的丝带。古人重冠，故以清水濯之。《说文解字》："缨，冠系也。"

【赏析】

《楚辞·渔夫》："沧浪之水清兮，可以濯吾缨；沧浪之水浊兮，可以濯吾足。"隐喻人生在世应随波逐流才能尽其天年，所谓"举世皆浊我亦浊，众人皆醉我亦醉"。"沧浪之歌"复见于《孟子·离娄》，讲述孔子听孺子唱出沧浪之歌，便引之以告诫弟子，明白儒者自取（自由选择）之道。水清只是清水，水浊仅是浊流，濯缨濯足皆凭自决。

渔父歌

日月昭昭乎寝已驰，与子期乎芦之漪。日已夕兮，予心忧悲。月已驰兮，何不渡为！事寝急兮将奈何！芦中人，岂非穷士乎！

【赏析】

据《吴越春秋》记载，伍员（子胥）父兄被楚平王所杀，子胥过昭关，奔逃去吴，后有追兵。到了江边，见江中有渔父。子胥呼喊渔父，渔父先后吟唱上面的《渔父歌》。既渡过子胥，见其十分饥饿，告诉他：我为你取饭来！渔父走后，伍子胥生疑，躲到芦苇深处。渔父果然拿来饭食，并呼：芦中人，岂非穷士乎？子胥看得真切，出来吃饱后，解下价值百金的佩剑，欲赠与渔父，渔父不受。临行，子胥嘱咐渔父千万不要泄露自己的行踪！渔父应诺。子胥走了不远，听得身后有响声，回头一看，见渔父竟然翻船自沉！

越人歌

今夕何夕兮①，搴舟中流②？今日何日兮，得与王子同舟③？蒙羞被好兮④，不訾诟耻⑤。心几烦而不绝兮⑥，得知王子⑦。山有木兮木有枝，心说君兮君不知⑧！

【注释】

①夕：夜晚。《诗经·唐风·绸缪》："今夕何夕？见此良人。"②搴（qiān）舟：划船。中流：河中。③王子：指鄂君子晳。④蒙羞：感到害羞。被好：遇到相好。⑤不訾：不计量。诟：责骂。以上两句是说：只要能与王子相好，我就不在乎别人的责骂耻笑。⑥"心几"句：心中几多忧烦不绝如缕。⑦得知王子：能被王子相知。⑧说：通"悦"，喜欢、爱慕。

【赏析】

西汉刘向《说苑·善说》记载，楚王母弟鄂君子晳泛舟河中，乘青翰之舟，张翠盖，钟鼓齐鸣。摇船的是一位越地的姑娘，她趁乐声暂停，便怀抱双桨，用越语唱了这首歌谣，表达了她对鄂君子晳真挚的爱慕之情。歌词清新委婉，一唱三叹，是越女心曲的自然流露，优美动人。谐音双关的运用，尤显得含蓄蕴藉。

琴　歌

乐莫乐兮新相知，悲莫悲兮生别离。

【赏析】

春秋时齐国大夫杞殖，于齐庄公四年（公元前550年）先伐卫、晋，回师袭莒。他与华周率少数甲士夜出隧险，突击至城郊。莒君以重赂约和，他拒不接受，后在激战中被俘而死。据《列女传》记载其妻哭夫于城下十日，城墙为之倒塌。琴曲专著《琴操》中说，杞殖死了，他的妻子就抚琴作了这首歌。歌词大意是说：快乐啊，快乐莫过于新人相知；悲伤啊，悲伤莫过于活着就分离。

弹　歌

断竹，续竹①。飞土②，逐肉③。

【注释】

①续竹：用弦线连接竹竿两头，制成弹弓。②土：弹丸。③肉：禽兽。

【赏析】

据《吴越春秋》记载："古者人民朴质，饥食鸟兽，渴饮雾露，死则裹以白茅，投于中野，孝子不忍见父母为禽兽所食，故弹以守之，故歌曰：'断竹，续竹。飞土，逐肉。'"这是一首远古时代的歌谣。它简洁生动地呈现了远古初民狩猎活动的过程，表现了他们的勤劳智慧。全诗由四组动宾结构的短语组成，简约明练，连贯而有气势。

易水歌

风萧萧兮易水寒①，壮士一去兮不复还②！

【注释】

①萧萧：疾风声。②壮士：荆轲自称。

【赏析】

荆轲是卫国人，后来到燕国，受到燕太子丹的礼遇，被称为荆卿。荆轲为报太子丹的知遇之恩，于公元前227年入秦刺杀秦王。临行时，"太子及宾客知其事者，皆白衣冠以送之。至易水上，既祖，取道。高渐离击筑，荆轲和而歌，为变徵之声，士皆垂泪涕泣，又前如歌曰：'风萧萧兮易水寒，壮士一去兮不复还！'复为羽声慷慨，士皆瞋目，发尽上指冠。于是荆轲就车而去，终已不顾"。全诗慷慨悲壮，秋风萧萧、易水清寒的自然景物烘托渲染了荆轲英勇赴难的侠士本色和视死如归的献身精神。

候人歌①

候人兮猗②！

【注释】

①《吕氏春秋·音初》："禹行功，见涂山之女，禹未之遇而巡省南土。涂山氏之女乃令其妾候禹于涂山之阳，女乃作歌，歌曰'候人兮猗'，实始作为南音。周公及召公取风焉，以为'周南''召南'。"据此，这应该是我国现存的最早的歌谣之一。这首歌谣虽然只有短短一句，但那深情的呼唤表达了强烈的思念之情。从形式上看，有两个实词和两个语气词。这种句式对四言诗的形式有一定的影响。②候：等待。猗：语气词，同"兮"，两语气词重叠，表达了强烈的抒情语气。

楚人谣

楚虽三户，亡秦必楚。

【赏析】

此谣出自《史记·项羽本纪》，大意是说：楚国即使只剩三户人家，使秦朝灭亡的也一定是楚国。这话最终应验，陈胜、项羽、刘邦都是楚国人。"楚虽三户，亡秦必楚"后来常作为必胜信念的强烈表达。

大地之歌

履霜①，直方②，含章③。括囊④，黄裳⑤。龙战于野⑥，其血玄黄⑦。

【注释】

①履霜：踏着秋霜。②直方：大地平直方正，辽阔无际。直：平坦；方：古人以为天圆地方。③含章：大地多姿多彩。章：文采。④括囊：忙着系装满粮食的口袋，形容秋收的景象。括：结扎。囊：口袋。⑤黄裳：黄色的衣裳。⑥龙战于野：龙蛇在田野里厮斗。⑦玄黄：血淋漓貌。

【赏析】

《易经》保存了大量古代的歌谣。《易经》有六十四卦，每一卦有六爻，爻分为阳爻和阴爻。解释爻之意义的文辞叫爻辞。《易经》的爻辞多引用当时流行的歌谣。爻，先秦时代称作"繇"；"繇"的本字是"谣"，即歌谣。《易经》

的成书年代不会晚于《诗经》，它所引的古歌当然时代更早。爻辞所引的歌谣以三言、四言为主，亦有二言、五言、七言等，已开始向《诗经》整齐的四言诗靠近。本诗引自《易经·坤》。这是一首描写秋天景色的大地之歌。诗的大意是：到了秋天霜降的季节，一眼望去大地坦荡无垠，丰收的田野里多姿多彩，人们忙着把丰收的果实装进口袋，大家都穿着黄色的衣裳。最后两句意在劝诫：秋天虽然是丰收季节，但如果不懂得把持收敛而是急功近利，最终会导致争斗的发生，就像两条龙在原野上撕咬，鲜血淋漓。

婚礼之歌

屯如①，邅如②。乘马③，班如④。匪寇⑤，婚媾⑥。乘马，班如。求婚媾，屯其膏⑦。乘马，班如。泣血⑧，涟如⑨。

【注释】

①屯如：艰难不前的样子。屯，艰难不前。如，通"然"。②邅如：回转不前的样子。邅，回转。③乘：四匹马驾的车。④班：通"盘"，指盘旋，徘徊。⑤匪寇：不是抢掠。⑥婚媾：婚姻。⑦屯其膏：盛满油脂，以作聘礼。屯，聚集。膏，油脂。⑧泣血：流泪。⑨涟如：泪流的样子。

【赏析】

本诗引自《易经·屯》。这是一首古老的婚礼歌谣。首先是描写婚礼的开端；接着是婚礼的发展，介绍求婚的聘礼；最后进入高潮，新娘离家时啼哭不止，泪流满面，悲喜交集。

战斗之歌

同人于野①，同人于门②，同人于宗③。伏戎于莽④，升其高陵⑤，三岁不兴⑥。乘其墉⑦，弗克攻⑧。同人先号啕⑨，而后笑：大师克相遇⑩。同人于郊⑪。

【注释】

①同人于野：聚合族人于野外。同，聚合。②门：城门。③宗：宗庙。以上

三句记叙了聚合族人的三个阶段：由散居乡野的族人分别聚合，再集结于城门，最后集合于宗庙而受命于先祖。④伏戎于莽：把军队埋伏在草莽丛林之中。戎，军队。⑤升其高陵：登上高地，占据有利的形势。升，登。⑥三岁不兴：战斗相持数年。三岁，数年。兴，起。⑦乘其墉：登上那城墙。墉，城墙。⑧弗克攻，没有人能攻取。克，能。⑨同人先号啕：众将士起初啼哭（因为战斗不利）。⑩大师克相遇：众军终能抵御敌人。遇，抵挡。⑪同人于郊：会师郊外。

【赏析】

　　出自《易经·同人》。这是一首战斗之歌。其叙事的清晰完整是令人惊异的：首先概略记叙了集结军队的三个阶段，然后着重描述了战争的过程。这首诗表现了战士们敢于抗击来犯之敌的勇气，歌颂了他们坚强不屈的斗争精神。句式整齐，音韵和谐，是《易经》中不可多得的表现战争题材的杰作。

箕子之歌

　　明夷于飞①，垂其翼②。君子于行③，三日不食④。

【注释】

　　①明：通"鸣"，鸣叫。夷：通"雉"，山鸡。于：动词词头，无实义。②垂其翼：鸣雉低垂着翅膀，这是形容鸣雉的疲乏无力。③君子：指纣之叔父箕子。行：出走，离去。④不食：箕子不食纣王俸禄，指不与暴君合作。

【赏析】

　　此歌出自《易经·明夷》。据黄玉顺《易经古歌考释》，这是箕子射猎雉鸡之歌。箕子是殷纣王的叔父，纣王无道，箕子苦心劝谏，纣王不听，反而要迫害箕子，箕子无奈装疯避世，周朝建立后武王曾向他咨询治国方略。这是一首表现箕子出淤泥而不染、独善其身的歌谣。诗歌运用比兴的手法，含义隐约含蓄，余味不尽。

第二篇　最美是诗经

　　《诗经》被誉为"世界最美的书"，这部记载着周朝到春秋时期长达五百多年岁月的诗歌总集，在历史的长河中流淌而至，满载着远古意蕴，袅袅娜娜地走来。远古的和风拂过心灵，送来穿越千年依然至美的风景，在喧嚣的世界里，涤荡出清澈的乐感。她的言辞是一幅幅质朴淡雅的国画中最美的注脚，凉夜、桑园、纤草、幽虫，莫不失古朴的意蕴。《诗经》的艺术形象，清纯简约，没有任何粉饰，却深深烙印在人的心里。

周　南

关　雎

　　关关雎鸠①，在河之洲。
　　窈窕淑女，君子好逑②。
　　参差荇菜③，左右流之④。
　　窈窕淑女，寤寐求之⑤。
　　求之不得，寤寐思服⑥。
　　悠哉悠哉，辗转反侧。
　　参差荇菜，左右采之。
　　窈窕淑女，琴瑟友之。
　　参差荇菜，左右芼之⑦。
　　窈窕淑女，钟鼓乐之。

【注释】

　　①关关：鸟鸣声。雎鸠：一种鸟。相传此鸟情意专一，生死相伴。②逑：配偶。③荇菜：一种水草。④流：求。⑤寤寐：醒来和入睡。⑥思服：思念。⑦芼：摘取。

【赏析】

这首《关雎》是诗三百中最著名的一首，诗的内容很单纯，描写了君子对淑女的爱慕之情以及追求不得的苦恼与哀愁。古时被认为是歌颂"后妃之德"的，但后人一般视其为周秦爱情诗的典范。

关关和鸣的水鸟，相伴栖居在河中沙洲。那善良美丽的姑娘，是君子的好配偶。在船左右两边捞那长短不齐的荇菜。那善良美丽的姑娘，醒来睡去都想追求她。思念追求却没法得到，深深长长的思念啊，让人翻来覆去难以睡下……

在盈耳的鸟鸣声中，我们似乎不经意跨越了两千多年的历史，来到这片长满荇菜的沙洲，观望到两千多年前的淑女与君子的绵绵爱情。"关关雎鸠，在河之洲。"田野之中，空气清新，雎鸠和鸣，河水微澜，古朴单纯的情愫就以这样的暖色调渐渐氤氲开来。河岸之上，徘徊的小伙子对着河心发呆。密密麻麻的荇菜如翠玉凝成，青青成荫，它们的茎须在流水的冲刷下参差不齐。涟漪缠绵，那个勤劳美丽的姑娘已经闯进他的心怀。姑娘穿着和荇菜一样色泽的罗布裙子，在水边采摘青青的荇菜。荇菜上开着黄色的小花，和姑娘一样自然、美好。夜深的时候，"求之不得"的思念与忧愁令他辗转反侧，不能入眠。

在先秦时期，各地都有民谣，或者叫风。《诗经》中的"风"的意思就是各地的民歌，当时有专门的采集者到各地去收集歌曲。《汉书·食货志》中就有明确的记载：农忙时，周朝廷派出专门的王官（采诗官）到全国各地去采集民谣，目的是了解民情。

从《关雎》可以看出，先秦之时，情窦初开的青年男女相思之情坦率，毫不掩饰自己的愿望。在面对真爱时，现代人相对古人来说有时反而少了那份勇敢。"窈窕淑女，琴瑟友之。"这也成为历代相互倾慕的青年男女表达内心感情的一种方式，众所周知的就有司马相如与卓文君的千古佳话，司马相如在卓府的一曲《凤求凰》换来了卓文君跟随相如私奔。

《关雎》的美妙，不仅美在窈窕，美在寤寐思服、辗转反侧的相思想念，美在琴瑟友之、钟鼓乐之的希望，更美在最初时候的那份在河之洲、左右流之的不可得。"文似看山不喜平"，《关雎》有这段"不得"，整首诗一下子鲜活丰富起来。

现代著名作家沈从文说美都是散发着淡淡的哀愁。《关雎》所体现出来的美天生带了一份哀愁，淳朴而高贵。

葛覃

葛之覃兮①，施于中谷②，维叶萋萋③。
黄鸟于飞④，集于灌木⑤，其鸣喈喈⑥。
葛之覃兮，施于中谷，维叶莫莫⑦。
是刈是濩⑧，为絺为绤⑨，服之无斁⑩。
言告师氏，言告言归。薄污我私，
薄澣我衣⑪。害澣害否⑫？归宁父母⑬。

【注释】

①葛：麻，又叫夏布。覃（tán）：长，延长。②施（yì）：蔓延。③萋萋：茂盛。④黄鸟：黄雀。⑤集：栖止。⑥喈喈（jiē）：鸟鸣声。⑦莫莫：茂盛的样子。⑧濩（huò）：热水煮物，即将葛放入水中煮。⑨絺（chī）：细葛布。绤（xì）：粗葛布。⑩斁（yì）：厌。⑫澣：洗涤。⑬害：通"何"。⑭归宁：回家安慰父母。

【赏析】

《毛诗序》中认为这首诗是赞美后妃美德的，后妃出嫁前"志在女工之事，躬俭节用，服瀚濯之衣，尊敬师傅"，就是为天下的妇女做个好榜样，大家跟着学，达到教化目的。但我们更愿意相信诗中这位欢乐劳作的女子来自民间。关于这首诗的理解，没有比余冠英先生的释义更清澈更让人动心的了：葛藤枝叶长又长，嫩绿叶子多又壮。收割水煮活儿忙，细布粗布分两样，做成新衣常年穿。女子的劳作并不稀奇，《诗经》中的劳作处处可见，劳作与风雅相结合才是风景。

孔子曾说过，《葛覃》唱的是先民最初的志向，看见美好的事物溯本思源，穿上衣服想起辛勤劳作的女子，这是人人都有的朴素情感。作为男人，穿上"她"用心制成的衣裳，不管是一件貂皮大衣，还是一件简单的粗布衣服，那种直抵人心的温暖就是一股无法替代的力量。

先秦女子朴素的劳作一直流传，即使是贵族女子，在出嫁之前也须"十年不出……学女事，以共衣服"。葛布粗裳的简单生活虽然没有丝绸般的光彩和华美，却是柔软坚韧，悠远绵长。

"葛之覃兮，施于中谷，维叶萋萋。黄鸟于飞，集于灌木，其鸣喈喈。"寥寥数语，便是一种境界，数千年后，劳作者在葛藤间的歌唱，依然悦耳动听。连以古板著称的经学家们也认为，《葛覃》中是以葛藤来比喻女子的缠绵柔情，以葛叶来比喻女子容颜美貌，以黄雀的歌唱比喻女子的纯真与欢乐。

卷 耳

采采卷耳①，不盈顷筐②。
嗟我怀人，置彼周行③。
陟彼崔嵬④，我马虺隤⑤。
我姑酌彼金罍⑥，维以不永怀。
陟彼高冈，我马玄黄⑦。
我姑酌彼兕觥⑧，维以不永伤⑨。
陟彼砠矣，我马瘏矣⑩。
我仆痡矣，云何吁矣！

【注释】

①卷耳：苍耳的古名，其果实上布满小刺。②顷筐：斜口浅筐，前低后高，也就是如今的簸箕。③周行：大道。④陟：登高。崔嵬：山高不平。⑤虺隤：疲极而病。⑥罍：一种盛酒器皿。⑦玄黄：马过劳而眼花。⑧兕觥（sì gōng）：一种饮酒器。⑨永伤：长久思念。⑩瘏：马因疲劳生病。

【赏析】

卷耳本来普通到山间田头随处可见，但诗人含情脉脉地把它表述成为有情之物——卷耳漫山遍野，对远方的人的思念也蔓延无边。

本诗的大意是讲女子正在采摘卷耳，她把采到的卷耳放进自己身后的筐中，采了很久，仍然没有满筐。女子思念起远行的丈夫，显得有些心不在焉，于是放下筐子，在路边眺望起远方的人。一男子艰难地走在征途古道上，那场景可以说得上悲怆。仆夫病倒，马儿也将要倒下，男子姑且喝尽杯中之酒，来消解难耐的思念，长路漫漫，该怎么办？要是这杯中之酒不能够浇灭人的思念，那么真的想换上更大的犀角巨觥，因为这悲怆铺天盖地而来，这长久的思念，无以释怀！

历代不乏表达相思之情的诗作，"明月高楼休独倚，酒入愁肠，化作相思泪""不耐相思酒消愁""鬓子伤春慵更梳，晚风庭院落梅初，淡云来往月疏疏"。因为不得不分开，因为无法厮守，于是忧愁备生。

这首《卷耳》已成为了不朽的怀人佳作，后来很多文人墨客都根据它作怀人诗，当我们吟咏徐陵的《关山月》、张仲素的《春闺思》、杜甫的《月夜》、王维的《九月九日忆山东兄弟》、元好问的《客意》等表达离愁别绪、叙写怀人思乡之情的名篇时，都可隐约回味起《卷耳》的意境。

桃　夭

桃之夭夭①，灼灼其华②。

之子于归③，宜其室家④。

桃之夭夭，有蕡其实⑤。

之子于归，宜其家室。

桃之夭夭，其叶蓁蓁⑥。

之子于归，宜其家人。

【注释】

①夭夭：桃树含苞欲放的样子。②灼灼：指桃花盛开色彩鲜明的样子。华：即花。③之子于归：这位出嫁的姑娘。④宜：和顺。室家：夫妇，现多指家庭。⑤蕡(fén)：肥大。⑥蓁蓁：叶子繁茂的样子。

【赏析】

桃树茂盛美如画，花儿朵朵正鲜美。这位花一样的女子要出嫁，祝福你建立一个和美的家！

桃树茂盛美如画，果实累累结满枝。这位花一样的女子要出嫁，祝福你建立一个和美的家！

桃树茂盛美如画，绿叶茂盛展光华。这位花一样的女子要出嫁，祝福你建立一个幸福的家！

《诗经》里的爱情诗很多，300篇里大约占了1/4的数量。《毛诗序》旧说这首《桃夭》是"后妃之所至"，但我们宁可相信《桃夭》本来就是一篇寻常女子出嫁的贺诗。

"桃之夭夭，灼灼其华。""夭夭"一般来说是美丽的意思，是专门用来形容桃花的。许多爱情诗歌都充满惆然惆怅，薄命红颜一般，但是《桃夭》的欢快喜庆却让人不由自主地受到感染。一个女人在她最美的时候出嫁，让要娶她的男子不惜翻山越岭，不惧迢迢前路，把自己的命运同她的拴在一起，是一份对美的交代，还是一种对美的颂扬呢？也许是二者都有吧。

古代的嫁女并不简单，据《礼记·昏义》记载，古代女子出嫁前 3 个月，须在宗室进行一次教育："教以妇德、妇言、妇容、妇功。教成祭之，牲用鱼，笔之以蘋藻，所以成妇顺也。"之后选择日子，女子出嫁的日子自然是在桃花盛开的季节，那摇曳多姿的桃枝之上，桃花似新娘的脸，鲜嫩、青春、妖娆，甚至闭上眼睛，依稀可想见"绿叶成荫子满枝"的幸福日子。

那时的人们葛布粗裳，却创造出最朴素最简单的美好诗歌，桃花自此便与女人联系在一起，走进后世的文人骚客的文字里，真可谓源远流长。崔护因口渴推开一扇门，门内，三两株桃花盛开，"人面桃花相映红"，而旧地重游之时，"人面不知何处去，桃花依旧笑春风"。孔尚任剧中李香君的桃花扇，点点鲜血被纤手妙思幻成了桃花的模样。还有曹雪芹笔下那伤情的黛玉手持花锄，泪雨纷飞，"桃花帘外开仍旧，帘中人比桃花瘦。花解怜人花也愁，隔帘消息风吹透"。不过，它们都没有《桃夭》中的吉祥之意。

芣　苢

采采芣苢，薄言采之①。
采采芣苢，薄言有之。
采采芣苢，薄言掇之。
采采芣苢，薄言捋之。
采采芣苢，薄言袺之②。
采采芣苢，薄言襭之③。

【注释】

①芣苢（fú yǐ）：植物名，即车前草。薄言：发语词，无实义。②袺（jié）：提起衣襟兜东西。③襭（xié）：把衣襟插在腰带上放东西。

【赏析】

这首诗中，多数词语几乎不变，巧就巧在那变了的几个动词，一幅生动的画面便于眼前自然展开——春天的郊野，微风吹拂，三五个农妇，手挽着竹篮，采摘车前子，有的手捋草籽，有的用裙子兜着采好的药草，采得多的，索性把裙角系上腰间……轻快的动作配合着劳动间的闲谈，对唱着歌曲，又有美好的天气相伴。这样的生活虽和繁华奢侈毫不相干，却是人人心中都向往的画面。

诗中所体现的这种把劳作当成乐趣的生活真谛，绝非多数人能做得到的。也许是先秦之时，生活简单纯朴没有太多的琐碎与繁杂，才会使单调劳动中的乏味被驱散，在采摘果实的过程中，体验劳动的快乐，在自己的歌声里，听到远古的神秘，与大自然融合在一起，产生一种亲切与归属感。有了劳动，就会有收获，有了收获，便会有更大的快乐，当时的人们有着如此纯粹的体验和满足，使得整个劳作的过程都是快乐的，这持久的快乐变得简单而自然。

后世有一首《江南》，风格与此诗几乎一样，诗道："江南可采莲，莲叶何田田。鱼戏莲叶间。鱼戏莲叶东，鱼戏莲叶西，鱼戏莲叶南，鱼戏莲叶北。"清浅简单，却又活泼可爱。越是简单，越是容易欢喜，就像《芣苢》中展示的一样，有着单纯的愿望，唱着快乐的歌，把车前子采摘下来，用粗布衣裳把它们兜回去，漫步自然，聆听美好。

采了又采车前子，采呀快去采了来。

采了又采车前子，采呀快快采起来。

采了又采车前子，一支一支拾起来。

采了又采车前子，一把一把捋下来。

采了又采车前子，提着衣襟兜起来。

采了又采车前子，别好衣襟兜回来。

这劳作的歌声，清新爽利而没有繁文缛节，如方玉润《诗经原始》中所说的："想必每到春天，就有成群的妇女，在那平原旷野之上，风和日丽之中，欢欢喜喜地采着它的嫩叶，一边唱着那'采采芣苢'的歌儿。那真是令人心旷神怡的情景。"生活虽是艰难的事情，却总有许多快乐在这艰难之中。

汉 广

南有乔木，不可休思①。

汉有游女②，不可求思。

汉之广矣，不可泳思。

江之永矣③，不可方思④。

翘翘错薪⑤，言刈其楚⑥。

之子于归，言秣其马。

汉之广矣，不可泳思。

江之永矣，不可方思。

翘翘错薪，言刈其蒌⑦。

之子于归，言秣其驹。

汉之广矣，不可泳思。

江之永矣，不可方思。

【注释】

①思：语气助词，无义。②汉：汉水，长江最长的支流。游女：汉水岸上出游的女子。③江：长江。④方：坐筏渡江。⑤翘翘：高出的样子。错薪：丛生的柴草。⑥楚：荆条，一种灌木。⑦蒌：蒌蒿，一种生于水边的草。

【赏析】

"南有乔木，不可休思。汉有游女，不可求思。"南方有高大的乔木，却不能够在它下面歇息，汉水边有心仪的女子，却不能够追求。高大的树木，郁郁葱葱，树荫满地，应该是很好的倚靠，为何不可以去乘凉？只因它不是自己的。同样，对面那美丽的女子，樵夫与她有着不可逾越的鸿沟与距离。眼前的这道汉水，其实就是世界上最远的距离……

《汉广》中，樵夫情意满腔，无力自拔，只能对水兴叹。他一边挥着斧子砍断荆棘，一边痴想着对岸的美丽女子，不时叹息数声。这一份淡淡的忧伤，这一份深沉的痴情，和着空中的长风与岸边的水草，让人毫无防备地跌落进先民丰富的情感世界，为他叹息，为他忧伤。

年轻的樵夫徘徊在高大的乔木树旁，想着江水对面的美丽女子：这条江，我游不过去。

唐代诗人崔仲容有一首《赠所思》："所居幸接邻，相见不相亲。一似云间月，何殊镜里人。丹诚空有梦，肠断不禁春。愿作梁间燕，无由变此身。"即使是每天都能够见到的邻家女子，终是镜花水月，有越不过去的"汉水"，还是希望能够化为一只春燕，围绕在对方的屋梁上下飞舞，可是这一点是无法做到的，无边无际的相思，绵延悠长，就像诗中所说"江之永矣，不可方思"。

《诗经》中有很多描写可见而不可求之事物的篇章，比较出色的有《关雎》《汉广》《蒹葭》等。区别开来就是《关雎》热烈直白，《蒹葭》缥缈迷离，而《汉广》所体现出来的感情更为真挚，淳朴动人。

汝　坟

遵彼汝坟，伐其条枚①；

未见君子，惄如调饥②。

遵彼汝坟，伐其条肄③；

既见君子，不我遐弃。

鲂鱼赪尾，王室如毁④；

虽然如毁，父母孔迩⑤。

【注释】

①遵：沿着。汝：汝河。坟：高堤。条：枝条。②惄：忧愁。调饥：喻男女欢情未得满足。③肄（yì）：树被砍伐以后再生的枝条。④鲂鱼：鳊鱼。赪（chēng）：赤红。毁：火。⑤迩：很近。

【赏析】

《汝坟》创作于西周末年，当时战祸不断，百姓生活困苦不堪。这首诗所写的情境正是在这样的背景下发生的。

沿着汝水河边走，砍下树上的枝条，不见我的男人，饥肠辘辘般难受。

沿着汝水河边走，砍下树上的残枝，见到我的男人，不要不要再远离。

望着鲜红的鱼尾，想起王室的惨境。王室虽已焚毁，父母却近在眼前。

战祸起，壮年男丁被迫参战征伐，说是一个人去参战，其实全家人的心都跟着去了，特别是妻子的。于是，夕阳时分、河堤之上，时常会有那些伫立遥望的女性的身影，盼望着自己的丈夫能够早日归来。彼此的离别与其说是"生离"，莫若说是"死别"，因为几乎没有人能够重新回到家里。那个在高高的汝河大堤上凄苦徘徊的女子，一边手执斧子砍伐山楸的枝干和枝条，一边心里盼望着那久未见面的丈夫，她心中到底有几成的把握呢？隔着离别的烟幕，孤苦无依，恰如早起时候的饥肠辘辘。

《汝坟》中的女子又是幸运的，因为战事结束后夫妇重聚。就在某一天，她看见了那个熟悉的身影，丈夫回来了，她要他今生再也不要抛下她。尽管丈夫回来了，夫妇父母团聚生活，但谁能保证第二天他不会再次被迫离开？一股忧思尽在不言中。

召　南

鹊　巢

维鹊有巢^①，维鸠居之^②。
之子于归^③，百两御之^④。

维鹊有巢，维鸠方之^⑤。
之子于归，百两将之^⑥。

维鹊有巢，维鸠盈之。
之子于归，百两成之。

【注释】

①维：助词，无实义。鹊：喜鹊。②鸠：鸤鸠，即布谷鸟。③归：嫁。④百：喻指数量多。御：同"迓"，迎接。⑤方：占据。⑥将：送走。

【赏析】

冬天过去，天气渐渐暖和，小麦疯长，桃花盛放，在这段比较清闲的日子里，先民们都会忙着办一些喜庆的事情，比如婚娶。

喜鹊树上搭个窝，斑鸠来住它的家，这个女子今出嫁，百辆彩车迎接她。

喜鹊树上搭个窝，斑鸠来住它的家，这个女子今出嫁，百辆彩车陪送她。

喜鹊树上搭个窝，斑鸠挤满它的家，这个女子今出嫁，吹吹打打成婚啦！

《鹊巢》中的弃妇（以喜鹊喻之）就如同一株桑树，茂盛的绿叶似青春年华时的满头青丝，在整日的劳作中渐渐地变为苍白，岁月让她的容颜老去，家族一天天兴盛与富足。然而丈夫再也不会站在她的身后，在她低眉的羞怯里把她抱起。她总是被冷淡，总是被责怪，有时候还被呵斥，曾经的亲切与山盟海誓也如风而去，剩下的只有回忆与痛苦。

这世界上很多事情是无能为力的，所以，当女人无限沧桑地看着自己丈夫的迎亲队伍时，没有做出出格的举动，只是微笑面对，那曾经夜夜来袭的疼痛，终于在岁月的深处麻木了。女人不去追求所谓的公平，其实她明白她被遗弃的根本原因——寒微的她和阔绰的新娘，实在是无法相提并论。

《鹊巢》中，女方陪送的彩车和男方迎亲的彩车会合在一起，形成了壮观的场面。对新人双方来说，对观看的众多人来说，都是喜庆欢乐的。当新人的背景消失，旧人付出过的、得到过的、笑过哭过的昨日全部被抹去，人群散去，她剩下的只有孤单和凄楚，有什么比这更让人哀伤的呢？《鹊巢》中，女人用勤劳的双手辛苦搭建的温暖巢穴已经拱手让人，在后人看来，这无疑是对封建时代男权的控诉。

采　蘩

于以采蘩①，于沼于沚②；
于以用之，公侯之事③。
于以采蘩，于涧之中；
于以用之，公侯之宫④。
被之僮僮⑤，夙夜在公⑥；
被之祁祁⑦，薄言还归。

【注释】

①于以：往哪儿。蘩（fán）：白蒿。②沚（zhǐ）：水中小洲。③事：指祭祀。④宫：大房子。⑤被（bì）：假发。僮僮（tóng）：发饰盛貌。⑥夙：早。公：公庙。⑦祁祁（qí）：发饰疏散的样子。

【赏析】

在哪里采摘白蒿呢？那边的水池和沙洲，采摘白蒿有什么用呢？主公的宫里面祭祖用的。

在哪里采摘白蒿呢？那边溪涧的水中，采摘白蒿有什么用呢？给公侯祭宗庙用的。

她们梳妆整齐，早早去为参加祭礼做准备。她们打扮得很漂亮，匆匆忙忙地回到家里忙其他事情。

《采蘩》直白又干脆的表达，活泼可爱的话语，比那些宫怨诗要豁达得多。看到这里，一群漂亮又勤劳的宫女就站在了面前。

蘩，即生活中常见的白蒿，是一种水草，古人认为它可以辟邪，并用来祭祀表达哀思。采摘花草这种劳动在女子看来应该是一件快乐的事。在劳作中，身体置于大自然之中，与美景的融合能使身心得到全部的放松，放声歌唱的事情常有，翩翩起舞的事情不断。这样说来，大自然给予远古先民的不仅仅是清清的溪流与绿色的原野，也不仅仅是竹篮中的收获，更多的是接近泥土与河水带来的心灵放松，那种深入每个毛孔的喜悦感。

祭祀的庄重与劳动的轻快在这里得到对比，在简单的采摘中得到收获，得出人生的意义——女子所作出的贡献与力量，尽管微不足道，但也至关重要。采了满满一篮的白蒿，爱惜地摆放整齐，然后，宫女坐下来，细细梳妆，追求一种自己认为的美好。这既是一个女子对美的自然追溯，更是对参加祭祖活动的重视。

远古的祭祀，实际上是一种教化，因为祭祀的对象包括祖先、天地、神灵等。祭祀于无声中教育大家敬畏并膜拜祖先、天地、神灵等，从而在实际的生活中形成安居乐业、尊重国君、孝顺父母的优良传统，使社会太平无事。

其实《诗经》中大多数篇章都有教化的意义，《诗经》的妙处也许就在于此。"《诗》可以兴"，《诗经》移风易俗的教化作用，看来并非夸张。

祭礼应该是冗长而烦琐，参加的人早早就到位，更不要说为此准备食物、礼仪、祭祀品的宫女们了，她们更早一步去忙碌，祭祀的过程中，她们也始终在忙碌，穿梭在所有需要的地方，留下美丽的背影，尽管身体劳累，但在祭祀的庄重场合下她们在脸上写满内心的安宁。这些单纯的宫女不去追求宠爱，不去追逐繁华，不去追捕利益，只是简单的生活，等到祭祀终于结束的时候，她们又忙着收拾场地，忙着卸掉梳妆，忙着准备随之而来的其他事情……有颗敬畏的心，她们安心愉快地采蘩，无所怨尤。

草　虫

喓喓草虫①，趯趯阜螽②。

未见君子，忧心忡忡。

亦既见止③，亦既觏止④，我心则降。

陟彼南山，言采其蕨⑤。

未见君子，忧心惙惙⑥。

亦既见止，亦既觏止，我心则说。

陟彼南山，言采其薇⑦。

未见君子，我心伤悲。

亦既见止，亦既觏止，我心则夷。

【注释】

①喓（yāo）：虫鸣声。草虫：蝈蝈。②趯趯（tì）：昆虫跳跃的样子。阜螽：一种蝗虫。③止：之，他。④觏（gòu）：遇。⑤蕨：蕨菜，嫩叶可食用。⑥惙（chuò）：忧愁的样子。⑦薇：巢菜，一种草本植物。

【赏析】

《毛诗序》认为这首诗是"托男女情以写君臣念说"，是臣子对君王的忠诚与怀念等，但后人把它理解成一首描述女人思念在外丈夫的诗。诗歌用起兴的手法，从草虫展开：

"草丛里的蝈蝈不停鸣叫，不时还会有几只蚱蜢蹦过。思念起想见却久未见的人，我怎能不忧心忡忡呢？要是我真的能够见到他，我的心才会降落下来，才会平静下来。登上高高的南山，来采摘蕨菜，见不到那个我想见的人，心里很不是滋味，又愁又烦无处宣泄。要是我真的能够见到他，我的思念才会停片刻，我才会高兴异常。登上高高的南山，来采摘蕨菜，见不到那个我想见的人，心里如此的悲伤。要是我真的能够见到他，我灼伤一般的心才能舒畅，我才能得以放心。"

秋天本来就是一个伤感的季节，当虫子消溺、草木枯萎，寒冬将至，无疑将是最容易思家和思归的时候。远行的人啊，你在远方是否能将我想起？帘卷秋风，人比黄花瘦。你身边凋零的花朵，你看见了吗？那也是我憔悴的容颜。

在《草虫》里，本该是和煦宁静的春日，草长莺飞，卉木萋萋，蝈蝈在暗处弹琴，蚱蜢不时跳出来撒野。但在生机勃勃的季节里，周围的热闹与她无关，她的心里是哀伤的，她的眼里是灰暗的，只有她思念的那个君子，才是她全部的热闹和风景，只有见到他，她才能是季节的热闹中笑靥如花的另一种风情。

采　蘋

于以采蘋^①？南涧之滨。

于以采藻？于彼行潦^②。

于以盛之？维筐及筥^③。

于以湘之^④？维锜及釜^⑤。

于以奠之？宗室牖下。

谁其尸之？有齐季女^⑥。

【注释】

①蘋：浮萍，水草名。②行潦（háng lǎo）：沟中积水。③筥（jǔ）：圆形的竹筐。④湘：烹煮。⑤锜：三角锅。釜：无足锅。⑥齐：同"斋"，恭敬的样子。季：排行第四。

【赏析】

诗中采集萍藻来做祭品的是位待嫁的少女，她的名字叫季女，或者那只是对一个女子的美称，其实这些都已经不再重要了，重要的是待嫁少女的美与纯洁，那种懵懂的感觉。草木溪石，五谷农桑，春夏交替，一切都清新无比，世事在她的眼中还有待进展，她似一幅还未画出的画，期待一切。只听她问道：

"哪里可以采摘到绿萍？就在南边山麓溪水滨。哪里可以采摘到绿藻？就在清水塘那儿的浅水沟。用什么来装绿萍藻？有那圆篓和方筐。用什么煮鲜萍藻？有那锅和釜。何处安放这些祭品呢？祠堂那边窗户底下。这次谁来敬神祭祖呢？待嫁季女恭敬又虔诚。"

在周秦时代，浮萍有着特殊的意义。宋代学者王质在《诗总闻》中说萍藻"脱根于水，至洁"。不过后世的浮萍，意义发生变化，因为无根，最容易让人想起漂泊，所以在历来诗人的笔下，被称为飘萍。

浮萍生于水中，长于水中，连根都在水中浸泡，远离不洁净的土壤，因此被看作最干净最纯洁的，以至于我们的先祖都愿意拿它们做祭品祭奠先人。而千年前的纯洁感觉，也只有水中那"至洁"的萍藻才能够与之媲美，因此诞生了这首优美的诗歌。

这首《采蘋》里的季女即将出嫁了，她的心里充满了期待和憧憬。这些采集来的普通的祭品和烦琐的礼仪，都蕴含着当时人们的寄托和希冀，因而围绕着祭祀的一切活动都无比虔诚、圣洁、庄重。采蘋、盛之、湘之、奠之、尸之，一个至洁的待嫁少女完成了她生命中这次最重要过程，在这之后，她一切都准备完毕，可以出嫁了，此刻她成为这个季节中最耀眼的花，等待着被采摘。

甘　棠

蔽芾甘棠①，勿翦勿伐②，召伯所茇③。

蔽芾甘棠，勿翦勿败，召伯所憩。

蔽芾甘棠，勿翦勿拜④，召伯所说⑤。

【注释】

①蔽芾（fèi）：树木高大繁茂的样子。甘棠：杜梨，一种形态高大的落叶乔木。②翦：同"剪"。③召（shào）伯：即召公。茇：草舍，这里指居住。④拜：拔。⑤说：同"税"，息止。

【赏析】

先秦或者更早时候的人们大多开口就能唱出美丽的歌谣。《诗经》中最为精彩的《国风》部分，就是我们的祖先当年在田间地头劳动时随口唱出来的。这些歌唱里有对爱情、劳动、美好生活的吟唱，也有怀故土、思征人及对压迫、欺凌的怨叹与愤怒，也有对好的领导者的歌颂，这首《甘棠》就是歌颂诗之一。

《甘棠》中说的召伯就是召公，作为周文王的庶子，他在周武王平定天下之后被封在陕右。武王去世之后，他与周公一起协助年幼的成王治理国家，当时他主张实行德政，时常会出巡在民间，为百姓解决实际的困难。每次外出，他从来不去扰民，住宿也自己解决，他经常在高大的甘棠旁搭建草屋，百姓有什么冤情也就都在甘棠树下被解决，召伯受到了百姓的爱戴。后来他曾经建过草屋的甘棠也被爱惜地保护起来，百姓甚至不忍去修剪，淳朴的劳动人民当然不会忘记他，写了诗歌来歌颂他。他们唱道：

"郁郁葱葱棠梨树，请不要剪割不要砍伐，因为那曾经是召伯的居住处。郁郁葱葱棠梨树，请不要剪割不要毁坏，因为那曾经是召伯的休憩处。郁郁葱葱棠梨树，请不要剪割不要跪拜，因为那曾经是召伯的解脱处。"

对统治者来说，能得到人民如此的拥戴，将是多么大的欣慰。人一生的记忆有着一定的容量，当一切都最终老去，一切都被时间洗刷干净的时候，谁还能属于谁，谁还能记得谁？而召伯却在这简约的诗经文字中，被永久地铭刻下来。

诗歌本来就是萌生于社会大众的最私人、最朴素、最原始、最难以剥夺的艺术样式，而这些民间的声音之所以流传下来，是和采诗官的劳动分不开的。

唐代诗人白居易曾写了一首关于采诗官的诗歌："采诗官，采诗听歌导人言。言者无罪闻者诫，下流上通上下泰。周灭秦兴至隋氏，十代采诗官不置。郊庙登歌赞君美，乐府艳词悦君意。若求兴谕规刺言，万句千章无一字。不是章句无规刺，渐及朝廷绝讽议。诤臣杜口为冗员，谏鼓高悬作虚器。一人负扆常端默，百辟入门两自媚。夕郎所贺皆德音，春官每奏唯祥瑞。君之堂兮千里远，君之门兮九重闭。君耳唯闻堂上言，君眼不见门前事。贪吏害民无所忌，奸臣蔽君无所畏。君不见厉王胡亥之末年，群臣有利君无利。君兮君兮愿听此，欲开壅蔽达人情，先向歌诗求讽刺。"

采诗而保存下来的古典诗歌集中在《诗经》当中，尤其是《国风》中，它在中国古典诗歌的发展和贡献上极为突出。

摽有梅

摽有梅[①]，其实七兮。

求我庶士，迨其吉兮[②]。

摽有梅，其实三兮。

求我庶士，迨其今兮。

摽有梅，顷筐塈之[③]。

求我庶士，迨其谓之。

【注释】

①摽（biào）：坠落。有：助词，无义。②迨：趁。③塈（jì）：取。

【赏析】

《摽有梅》是《召南》中具有代表性的诗，比恢宏壮丽的《周南》灵活有余，不时有口语点缀，似我们日常的对话，更加体现出当时的民风。

"梅子落地纷纷，树上还留七成。有心求我的小伙子，请不要耽误良辰。梅子落地纷纷，枝头只剩三成。有心求我的小伙子，到今儿切莫再等。梅子纷纷落地，收拾要用簸箕。有心求我的小伙子，快开口莫再迟疑。"

《摽有梅》运用比喻的手法，直白有趣。诗中的"七兮"和"三兮"都是虚指，七及其往上表示的是很多的意思，三及其往下就是很少。所以，在最前边的两句中说的意思就是，快去摘那些梅子吧，你看果子还有七成，还比较多，还可以多挑挑，你们这些小伙要是喜欢我的话，快去挑黄道吉日来求婚吧。

诗中的这个女孩子很聪明伶俐，她将自己比成杨梅，请小伙子们采摘，是对爱情直白大胆的表达。

随着梅子树上的果实渐渐掉落，身边的闺中密友也陆续嫁掉，女子的心有点儿急切了，于是接下来唱出的日子数目就变少了：由"七"减到"三"——树上的梅子可就只剩下三成了，要来下聘礼今日也好，要是你不下，明天人家来迎娶了也说不定，到那时候你后悔可就来不及啦。女子的心确实有些急切了，梅子落地，眼看婚期将近，怎能不急？

诗中女子毫不掩饰自己对爱情的渴求，大胆用语言表达出来，情感炙热。女性在内心深处对情感寄托的欲求是最真实的，所以对《摽有梅》的女主人公，人们一直给予讴歌与称赞。

据史记载，春秋时期晋国人范宣子来到鲁国，想请国君帮助晋国伐郑，却又猜不透鲁君时候，就吟了这一段："摽有梅，其实七兮。求我庶士，迨其吉兮。"诗歌运用到政治上，范宣子既表达了请求的意思，又给两国双方留下回旋的余地。鲁君是个明白人，听了以后，也吟诵了一段诗《小雅·角弓》："角弓，翩其反矣。兄弟婚姻，无胥远矣。"意思是说，弯弓的弦线要时常调整，兄弟亲戚之间，也要时常叙叙旧，要不然关系都远了。言下之意是，我们两国是亲戚关系啊，彼此的事不分，我同意帮你们打郑国。诗的政治作用由此可见一斑。

与这首诗歌要表达的意思相近的是唐朝杜秋娘的《金缕衣》："劝君莫惜金缕衣，劝君惜取少年时。花开堪折直须折，莫待无花空折枝。"诗中用鲜花来指代时光，花朵悄无声息地枯萎，留下无数叹息，意蕴犹在，相比起来《摽有梅》则更能让人触目惊心。因为它直奔主题——青春的大好时光，就随着杨梅落了一地，伴着哗啦啦的声音。青春与爱情多么令人焦急啊。

行　露

　　厌浥行露①，岂不夙夜②？谓行多露③。谁谓雀无角④，何以穿我屋⑤？谁谓女无家⑥，何以速我狱⑦？虽速我狱，室家不足⑧！谁谓鼠无牙，何以穿我墉⑨？谁谓女无家，何以速我讼？虽速我讼，亦不女从⑩。

【注释】

　　①厌浥（yì）：湿漉漉，露水潮湿的样子。行：道路。露：露水。②夙（sù）：与"早"同义。"夙夜"指夜色尚早。③谓：通"畏"，害怕。④谓：说，告诉。角：鸟喙，鸟嘴。⑤穿：啄穿。⑥女：即"汝"，你。⑦速：招致。速我狱：使我吃官司。⑧室家：男有妻为有室，女有夫为有家。室家指男女夫妇，这里是"结婚"的意思。⑨墉（yōng）：墙壁。⑩女从：即"从女"的倒文，顺从你。

【赏析】

　　路上的露水湿漉漉，难道不想早起赶路？只怕路上的露水浓。谁说麻雀没有喙，为什么啄穿我的屋？谁说你没有成家，为什么让我吃官司？虽然让我吃官司，要我嫁你的理由太荒唐！谁说老鼠没有牙，为什么打洞穿我墙？谁说你没有成家，为什么让我吃官司？虽然让我吃官司，我还是不依你！

小　星

　　嘒彼小星①，三五在东②。肃肃宵征③，夙夜在公④，寔命不同⑤。嘒彼小星，维参与昴⑥。肃肃宵征，抱衾与裯⑦，寔命不犹！

【注释】

　　①嘒（huì）：微光闪烁。②三：指参星由三个星组成（实则七星）。五：指昴星由五个星组成（实则七星）。参与昴离得很近，能同时出现在天空。③肃肃：急匆匆的样子。宵：夜。④夙（sù）：早晨。⑤寔（shí）：确实，实在。⑥维：只有。参（shēn）：星名，二十八宿之一。昴（mǎo）：星名，二十八宿之一。⑦衾（qīn）：被子。裯（chóu）：床帐。

【赏析】

微光闪闪的小星，三三五五在东方。匆匆忙忙赶夜路，昼夜为公不敢停，命运不同徒自伤！微光闪闪的小星，是那参星和昴星。匆匆忙忙赶夜路，抱着铺盖不曾停，我的命运不如人！

野有死麕

野有死麕①，白茅包之；
有女怀春②，吉士诱之③。
林有朴樕④，野有死鹿；
白茅纯束，有女如玉。
舒而脱脱兮⑤！
无感我帨兮⑥，无使尨也吠⑦！

【注释】

①麕（jūn）：獐。②怀春：思春。③吉士：对男子的美称。④朴樕（sù）：丛生的灌木。⑤舒：舒缓。脱脱（duì）：舒缓。⑥感：同"撼"，动摇。帨（shuì）：类似围裙的一种佩巾。⑦尨（máng）：长毛的狗。

【赏析】

哪个男子不钟情，哪个少女不怀春？两情相悦，爱情的火苗怎样扑都扑不灭，一个人的好运气来了，万水千山都难以抵挡。《野有死麕》中，幸运的人就是这样：弓刚刚拿出来，箭还没有搭上来，一头肥硕的獐子就躺在了他前边的茅草地上，他走过去随手在地上拔了一把茅草，将獐子扛在肩上，要回家去。

在古代，没有角的鹿被称为"麕"。鹿被当作壮阳养生的补品，从这个方向引申过去，"野有死麕"表达的是野外偷情的意思。鹿用白茅捆束起来就不是猎人猎取的单纯猎物了，而是很像样子的礼物——在这里，就是猎人向少女表示感情的用品。

《野有死麕》虽然艳情，却不失含蓄的情趣，构成美妙的意境，两情相悦的世界，是生命里永远最动人的画面。相比之下，后世有些成就的艳情诗则过于香艳，比如与《野有死麕》意境相似的唐代诗人牛峤的《菩萨蛮》："玉炉冰簟鸳鸯锦，粉融香汗流山枕。帘外辘轳声，敛眉含笑惊。柳荫轻漠漠，低鬓蝉钗落。须作一生拼，尽君今日欢。"同是描写偷欢的情节，不过这一首过于直白俗艳，情趣意境与文字感都差《野有死麕》远了。

元代散曲风行之时，以闺情、闺怨闻名的文人刘庭信有一首曲子《朝天子·赴约》，描述一位少女与情人约会的情景，与《野有死麕》相似："夜深深静悄，明朗朗月高，小书院无人到。书生今夜且休睡着，有句话低低道：半扇儿窗棂，不须轻敲，我来时将花树儿摇，你可便记着，便休要忘了，影儿动咱来到。"曲中交代了约会的夜深人静环境，在黑暗环境下，姑娘还向书生约定，怕发出声音，被别人发觉，连窗子都不敲，那就把院子里的花树轻摇一下，只要树影一动，就说明姑娘已经到了。显然这次约会是少女主动说出来的，连约会的信号都是姑娘想出来并事先约定好的，如此大胆多情的少女和《野有死麕》中的怀春女子一样坦诚而率真。

邶　风

绿　衣

绿兮衣兮，绿衣黄裹。
心之忧矣，曷维其已①！
绿兮衣兮，绿衣黄裳。
心之忧矣，曷维其亡！
绿兮丝兮，女所治兮②。
我思古人，俾无讹兮③！
绨兮绤兮，凄其以风④。
我思古人，实获我心！

【注释】

①维：助词，无实义。已：止。②女：同"汝"。治：缝纫。③俾：使。讹：过错。④以：因为。

【赏析】

"绿兮衣兮"，只说了"绿衣"一物，用了两个"兮"字断开，似是哽咽。"绿衣裳啊绿衣裳，绿色的面子绿色的里子。心忧伤啊心忧伤，什么时候才能止住我的忧伤！绿丝线啊绿丝线，是你亲手来缝制。我思念亡故的贤妻，使我平时少过失。细葛布啊细葛布，夏天的衣裳在秋天穿上，自然觉得冷。我思念我的亡妻，实在体贴我的心。"

"生同衾死同穴"是古代男女长久的生活理想，即使不能同处，死也要同眠，而爱人先去之后，男人看着眼前妻子缝制的衣服，衣服整整齐齐摆放着，虽然有一些年头了，但看起来和新的差不多。用手抚摸它们的每一处针脚、每一个纽扣，似乎往事就要呼啸而出，这件件都似珍宝，因为这些是世界上最懂他的人亲手做的，还因为这个人已经离他远去，并且，永远不会再回来。先秦之时的社会就是男尊女卑的社会，女人卑微依附，而男子则是顶天立地，可是在《绿衣》中，一位深情的男子就这样出人意料地表露出对亡妻的怀念。

《绿衣》是一首蕴藏深情的诗歌。有情人不能相伴到老，人生过半，痛失爱侣，这种巨大的哀痛宋代大家苏轼也经历过，他在《江城子》中的"十年生死两茫茫，不思量，自难忘。千里孤坟，无处话凄凉"何其伤感！清代纳兰容若在怀念亡妻卢氏的《浣溪沙》中这样写道："谁念西风独自凉，萧萧黄叶闭疏窗，沉思往事立残阳。被酒莫惊春睡重，赌书消得泼茶香，当时只道是寻常。"深秋的意境，萧萧残风中，一起走过岁月的那个人离去，以为是暂时的离开，而当酒醒之时，曾经的幸福真的被如今的残酷替代。昨日夫妻举案齐眉，今天被上天拆散，生死离别，往后的日子怎么度过？

一样的都是死别，还有死别之后的不能相忘，都继承着《诗经》中《绿衣》的情感，深情至重，余韵悠长。

击　鼓

击鼓其镗，踊跃用兵①。
土国城漕，我独南行。
从孙子仲②，平陈与宋。
不我以归，忧心有忡。

爰居爰处③？爰丧其马？
于以求之？于林之下。
死生契阔④，与子成说。
执子之手，与子偕老。
于嗟阔兮，不我活兮⑤。
于嗟洵兮，不我信兮⑥。

【注释】

①踊跃：鼓舞。②孙子仲：卫大夫，邶国将军。③爰（yuán）：于是。④契：聚。阔：离。⑤活：佸，相会。⑥洵：远。信：实现誓约。

【赏析】

　　《诗经》满载着远古民众的质朴与纯真，这首《击鼓》便是如此，它是一首爱情的誓约——一个被迫参战戍边的士兵对远方妻子的爱情誓约：

　　随军征战，在一天终于可以安营扎寨了，庆幸自己在上一场战役中没有死去啊！我还可以在这残酷得没有明天的征途上想念你，你成为我唯一的牵挂啊！也是我唯一活下去的勇气。我的战马去哪里了，我得赶紧找到它啊！要是没有了它，要我怎么回家与你相见啊！所幸的是，我一抬头看见它就在远处的树林下啊！

　　"死生契阔，与子成说。执子之手，与子偕老。"这两句太过有名，以至于整个诗歌的光华几乎被掩盖掉。《击鼓》中的这两句尽管没有华丽的语言与铺张的修饰，只此两句就足以震撼每一个人。看似简单的誓言，表达出多少恋爱中人们的心愿。但千古以来真正做到的人又有几个？时间飞逝，青春老去，身边却有一双可以握住的手，这也许是人生最大的幸福。

　　本诗中的主人公——年轻的战士与他深爱的妻子之间的情感是如此纯净，真诚得没有一丝的渣滓，后人极尽演绎之能事，却始终难以超越，因为它已经达到了誓言的极致。达到极致还因为主人公没有兑现他的誓言，残缺的美才让人遗憾惦念，形成悲剧。

　　《击鼓》中的男女，明知道海誓山盟抵挡不过时间和岁月的践踏，但他们偏偏还是要相信，有朝一日誓言终会兑现。而"死生契阔，与子成说。执子之手，与子偕老"这两句话16个字，见证了千百年来爱情的盟誓与至死不渝的真爱。

终 风

终风且暴①，顾我则笑，
谑浪笑敖②，中心是悼③。
终风且霾，惠然肯来④，
莫往莫来，悠悠我思。
终风且曀，不日有曀⑤，
寤言不寐⑥，愿言则嚏。
曀曀其阴，虺虺其雷⑦，
寤言不寐，愿言则怀。

【注释】

①终：既。暴：疾风。②谑浪笑敖：戏谑。敖，放纵。③悼：伤心害怕。④惠：顺。⑤曀（yì）：天阴且有风。⑥寤：醒着。言：助词无义。寐：睡着。⑦虺（huǐ）：雷声，象声词。

【赏析】

男子初见女子就对她笑容满面，还能说会道，开开玩笑，潇洒浪漫的，而女子对此却又忧伤无法言说。她觉得爱情应该是一件严肃的事，就算一个人原本性格活泼，一旦遭遇爱情，也会不由得变得庄重起来。

"既刮风又下大暴雨，见到我他就嘻嘻笑。戏言放肆真胡闹，心中惊惧好烦恼。既刮风又尘土飞扬，是否他肯顺心来。别后不来难相聚，思绪悠悠令我哀。既刮风又天色阴沉，不见太阳黑漆漆。长夜醒着难入眠，想他不住打喷嚏。天色阴沉暗淡无光，雷声轰轰又开始响。长夜醒着难入眠，但愿他也把我想。"

《终风》里的这个男子，戏谑轻薄，尽管见识广博，谈笑风生，但女子要的是一份真诚的爱情，而男子的感情似乎并不那么令人感到安稳。爱情与调情的区别之处，也许就是爱情需要全身心的付出，而调情则是一时，或者抱有其他的目的。

调情只能让感情陷入困境，而爱情则可以把平凡变伟大，把瞬间变永恒。《红楼梦》里"共读西厢"那段，贾宝玉给林黛玉说"我就是那'多愁多病的身'，你就是那'倾城倾国的貌'"之时，也正是他心情暴躁不安的时期，整天无事可做，穿梭于众多姐姐妹妹之间，讨好献殷勤，他对黛玉的这句话怕也不是出于真心，在敏感的黛玉看来，确实是调情之语。黛玉也只好一边恼怒一边掉下眼泪，怕也是和《终风》里的女孩子一样悲凉。

《终风》里的女子没有把调情化成爱情，他抛弃了她，并且不再回来，尽管他曾经给她带来那么多的美好。她对于这一切也心知肚明，然而现实让她无能为力，只能一个人承受。

关于《终风》男女主人公最后有没有结果，诗人没有继续说下去。"曀曀其阴，虺虺其雷，寤言不寐，愿言则怀。"在这样刮风打雷的夜里，会想起谁？又希望谁想起自己？李清照说："风住尘香花已尽，日晚倦梳头。物是人非事事休，欲语泪先流。"

谷　风

习习谷风①，以阴以雨。
黾勉同心②，不宜有怒。
采葑采菲③，无以下体④。
德音莫违⑤，及尔同死。
行道迟迟，中心有违。
不远伊迩⑥，薄送我畿⑦。
谁谓荼苦⑧？其甘如荠⑨。
宴尔新婚⑩，如兄如弟
泾以渭浊，湜湜其沚⑪。
宴尔新婚，不我屑以。
毋逝我梁⑫，毋发我笱⑬。
我躬不阅⑭，遑恤我后⑮。
就其深矣，方之舟之。
就其浅矣，泳之游之。
何有何无，黾勉求之。
凡民有丧，匍匐救之。
不我能慉⑯，反以我为雠⑰。

既阻我德⑱，贾用不售。

昔育恐育鞠⑲，及尔颠覆⑳。

既生既育，比予于毒。

我有旨蓄㉑，亦以御冬。

宴尔新婚，以我御穷。

有洸有溃㉒，既诒我肄㉓。

不念昔者，伊余来墍㉔。

【注释】

①谷风：东风。②黾勉（mín）：努力、勤勉。③葑：蔓菁，即大头菜。菲：萝卜。④下体：根。⑤德音：夫妻间的誓言。⑥伊：是。迩：近。⑦畿：门槛。⑧荼：苦菜。⑨荠：芥菜。⑩宴：欢乐。⑪湜湜（shí）：水清见底的样子。沚：底。⑫梁：鱼坝。⑬笱：鱼篓。⑭阅：容纳。⑮遑：空闲。恤：顾及。⑯惜（xù）：爱惜。⑰雠：同"仇"。⑱阻：拒绝。⑲育恐：生于恐惧。育鞠：生于贫穷。⑳颠覆：患难。㉑旨：甘美。㉒洸（guāng）：比喻发怒的样子。㉓诒：遗留。肄（yì）：辛劳的工作。㉔伊：只有。墍（jì）：爱。

【赏析】

在《谷风》中，一个弃妇陈述自己被弃的痛苦，用前后对比的手法，写出丈夫的变化和对自己命运的悲叹。

开篇提到在山谷的大风声中，在漫天的阴雨中相互立下不离不弃、永不忘记的誓言。本以为誓言很长久，哪能料到比风还轻，当日的野菜再难吃也甘之如饴，只要是快乐的因缘，任何苦难都可以吃得消。但是好景不长，在男子境遇好转之后，就立刻爱上了别人，当日同甘共苦的妻子成为了他的负累，整日拳脚相加，于是引出了妻子无限的哀怨。看着丈夫和别的女子喜结连理，原配只能苦苦忍耐，但这样还不够，丈夫还要对当日的妻子诽谤中伤，不让她去自家的鱼塘，不让她碰自家的鱼筐，让她无处可去，无处可待，丝毫不顾当日的夫妻情分。

"习习谷风，以阴以雨。"可能原先是晴朗好天气，之后顿时凄风苦雨，一种悲愤、凄凉的意境跃然纸上。中国古典诗词最擅长通过环境描写来渲染气氛，这阵风雨的效果极好，诗的忧伤基调、女子的哀怨形象随之而出。

"谁谓荼苦？其甘如荠。"谁说苦菜苦了？比起女子的痛苦，吃苦菜都像甜菜一样。人是莫名其妙的动物，当一种更大的刺激代替了先前比较小的刺激的时候，小的刺激就微不足道了。在这里，女子因为被抛弃的痛苦远远胜过了苦菜的痛苦，吃起来竟然有几分甘甜，可见她的痛苦有多深。女子似乎没有一点儿地位，她对丈夫好言相劝，应该思念旧情，把自己收留，几乎是苦苦哀求。《谷风》没有一个明确的结尾，但想来丈夫是不会念及当日的恩情了。

"不我能慉，反以我为雠。"新人换旧人，女主人公被丈夫无情抛弃，逐出了家门。妻子无奈地哀叹，当日虽然清贫，却能相濡以沫，今日生活富裕了，却容不下她这个女子，反而像是急于脱手的货物一样，想把她甩开。妻子辛苦准备好的过冬食物，只是为了度过匮乏的冬季，却成为了丈夫与新人结婚的积蓄。丈夫剥夺了妻子的劳动成果，还要对她恶言恶语，拳脚相加，丝毫没有当日的温情，那份海誓山盟，今日看来，就好像美梦一场。

北　风

北风其凉，雨雪其雱①。

惠而好我②，携手同行。

其虚其邪③？既亟只且④！

北风其喈⑤，雨雪其霏⑥。

惠而好我，携手同归。

其虚其邪？既亟只且！

莫赤匪狐⑦。莫黑匪乌⑧。

惠而好我，携手同车。

其虚其邪？既亟只且！

【注释】

①雨（yù）：名词用作动词。雱（pāng）：指雪盛貌。②惠：爱。③虚邪：徐缓。④只且：语气助词，无实义。⑤喈：寒凉。⑥霏：雨雪纷飞的样子。⑦莫：没有。⑧匪：同"非"。

【赏析】

这首诗反映的是离开故土的留恋情怀。开句写"北风其凉，雨雪其雱"。用这种北风潇潇，雪花飘飘的景象暗示政局的恶劣。诗人和朋友的关系非常友爱，于是诗人建议友人与自己结伴他乡去！还呼喊着不要迟疑犹豫了，事情已经急如火烧了，不要指望着事情能够好转。

有关这首《北风》的诗旨，《毛诗序》说："《北风》，刺虐也。卫国并为威虐，百姓不亲，莫不相携持而去焉。"清代学者王先谦《诗三家义集疏》则称此诗乃"贤者相约避地之词"，方玉润亦持相同意见，他在《诗经原始》中指出《北风》是贤人预见危机之作。

从诗中，可以看到诗人的朋友的迟疑之心，事情已经紧急万分，他还是不想离开家国，似乎想等待政局的稳定。对于友人的这一态度，诗人说："莫赤匪狐。莫黑匪乌。"狐狸红毛，乌鸦黑羽，这些本色就是这样，怎么都不会有所改变的。他劝朋友赶紧一起走。

这首诗是一首反映贵族逃亡的诗作已是不虞之议。诗中并没有交代最后的结果，但是从字里行间，读者可以得知人们对土地深深的留恋之心，若非被迫，谁都不想离开自己的家园。

静　女

静女其姝①，俟我于城隅②。

爱而不见③，搔首踟蹰。

静女其娈④，贻我彤管⑤。

彤管有炜⑥，说怿女美⑦。

自牧归荑，洵美且异⑧。

匪女之为美⑨，美人之贻。

【注释】

①静女：娴雅的女子。姝：美丽。②俟：等。城隅（yú）：城边的角楼。③爱：同"薆（ài）"，隐藏。④娈（luán）：姣好。⑤彤（tóng）管：管，箫笛类乐器。⑥炜：明亮。⑦说怿（yì）：欣喜。说，同"悦"。怿，欢愉、欣喜。女：同"汝"。⑧洵：诚然。⑨匪：同"非"。

【赏析】

《静女》描写的是男子的等待。阳光四溢,万物生长,植物茂盛,花朵绽放,鸟雀歌唱,迅速飞翔,就在这样的良辰美景之中,男子徘徊徜徉,他却没有心思来观赏倾听,眼下四处张望,之前他急忙来到心上人定下的约会地方,生怕自己迟到。心爱的姑娘在哪儿?怎么看不见?

而始终迟迟不见的静女,给了人以想象的空间,她应该是心地善良而单纯的,还应该是聪明伶俐的。

"自牧归荑,洵美且异。""匪女之为美,美人之贻。"并不是因为白茅草离奇,它只是一根嫩嫩的草,令男子如此珍爱的原因在于它是姑娘亲手采摘,送给自己的物品。物微而意深,一如后世南朝宋陆凯《赠范晔》的"江南无所有,聊赠一枝春",重的是感情。

元代有一首《寄生草·相思》的曲子也表达了女孩子对迟到的男子的埋怨:"有几句知心话,本待要诉与他。对神前剪下青丝发,背爷娘暗约在湖山下,冷清清湿透凌波袜,恰相逢和我意儿差,不刺,你不来时还我香罗帕!"意思就是说本想告诉你几句我的真心话,我还对着神像剪下头发,表明心迹,背着爹娘来湖边和你约会,谁知道让我等你等得鞋袜都湿透了,还没有见人来,快点儿把我送你的香罗帕还给我吧!这与《静女》中的某些情节有异曲同工之妙。

柏 舟

泛彼柏舟①,亦泛其流②。耿耿不寐,如有隐忧。微我无酒③,以敖以游④。我心匪鉴⑤,不可以茹⑥。亦有兄弟,不可以据。薄言往愬⑦,逢彼之怒。我心匪石,不可转也。我心匪席,不可卷也。威仪棣棣⑧,不可选也。忧心悄悄⑨,愠于群小⑩。觏闵既多⑪,受侮不少。静言思之⑫,寤辟有摽⑬。日居月诸⑭,胡迭而微⑮?心之忧矣,如匪浣衣⑯。静言思之,不能奋飞。

【注释】

①泛(fàn):荡,飘泛。柏舟:柏木造的小船。柏木质地坚实,比喻志坚不移。②亦泛:同"泛泛",随着流水漂流,含有无所依归的意思。③微:非,不是。④以:用来,借此。敖:同"遨",遨游,漫游。⑤匪:不是。鉴:古镜。⑥茹:

容纳，包含。⑦薄言：语气助词，无实义。愬（sù）：告诉，诉说。⑧威仪：威严、庄重的仪表举止。棣棣（dì）：雍容典雅、堂堂正正的样子。⑨悄悄：忧愁的样子。⑩愠（yùn）：怨恨，怨怨。群小：众小人。⑪觏：同"遘"，遭遇，碰到。闵（mǐn）：灾难，指中伤陷害的事。⑫言：同"然"，形容词词尾，……的样子。⑬寤：醒，睡不着觉。辟：通"擗"，两手拍胸脯。有：助词。⑭居、诸：助词。⑮胡：为什么。迭：更替。微：昏暗无光。⑯浣（huàn）：洗。

【赏析】

漂漂荡荡柏木舟，随着河水到处漂流。忧心焦灼难入睡，心有深深的忧愁。不是无酒来浇愁，四处遨游和漫游。我的心不是镜子，不能任谁都来照。虽然我也有兄弟，但却不能靠依。前去找他们倾诉苦衷，却遭遇他们对我怒气冲冲。我的心不是石头，不可以随意转移。我的心不是席子，不可以随意卷起。仪表庄重而典雅，哪能退让任人欺。忧心忡忡，被一群小人怨恨。遭遇的中伤陷害很多，遇到的侮辱也不少。仔细想起这些，梦醒后不禁捶胸痛苦。太阳啊月亮，为什么轮流昏暗无光？我心中的忧愁，就像没洗的衣裳。仔细想起这些，恨不能高飞展翅翔。

燕 燕

燕燕于飞，差池其羽。之子于归①，远送于野②。瞻望弗及③，泣涕如雨！燕燕于飞，颉之颃之④。之子于归，远于将⑤。瞻望弗及，伫立以泣⑥。燕燕于飞，下上其音。之子于归，远送于南。瞻望弗及，实劳我心⑦。仲氏任只⑧，其心塞渊。终温且惠，淑慎其身。先君之思⑨，以勖寡人⑩。

【注释】

①之：指示代词，这，这个。子：姑娘。于归：出嫁。②于：往。野：郊外。③瞻望：向远处看。④颉（xié）：往上飞。颃（háng）：往下飞。⑤将：送。⑥伫（zhù）：站着等候。⑦劳：愁苦，忧伤。⑧仲：排行第二。任：可以信任。只：语气词。⑨先君之思：即"思先君"。先君：先父。⑩勖（xù）：勉励、激励。

【赏析】

燕子双飞，参差不齐展翅膀。这位女子要出嫁，远远地送她到郊外。渐渐望她望不见，泪珠滚滚如雨下。燕子双飞，忽上忽下追随忙。这位女子要出嫁，送她不嫌路途长。渐渐望她望不见，久久站立泪涟涟。燕子双飞，忽高忽低相鸣唱。这位女子要出嫁，远远地送她城南外。渐渐望她望不见，苦苦思念欲断肠。二妹令人可信任，她心地真诚虑事深。既温和又贤惠，为人善良又谨慎。"时记先父有大恩。"临别对我多劝勉。

式 微

式微式微①，胡不归②？微君之故③，胡为乎中露④？式微式微，胡不归？微君之躬，胡为乎泥中？

【注释】

①式：发语词。微：天黑。②胡：为什么。③微：非，若非，要不是。君：这里指统治者。故：原故。④中露：露水中。

【赏析】

天色愈来愈黑，为什么还不回家？若不是为主子的事，怎么会身沾露水？天色愈来愈黑，为什么还不回家？若不是为了主子的贵体，怎么会在泥水中受苦？

北 门

出自北门，忧心殷殷①。终窭且贫②，莫知我艰③。已焉哉④！天实为之，谓之何哉！王事适我⑤，政事一埤益我⑥。我入自外，室人交遍谪我⑦。已焉哉！天实为之，谓之何哉！王事敦我⑧，政事一埤遗我⑨。我入自外，室人交遍摧我。已焉哉！天实为之，谓之何哉！

【注释】

①殷殷：忧思深重的样子。②终：既。窭（jù）：贫而无以为礼。③莫：没有人。④已焉哉：感叹词。⑤王事：公事，日常行政事务。适：即"掷"，扔给，推给。⑥一：完全。埤（pí）益：增加，堆积。⑦室人：全家人。交遍：交替，轮流。谪（zhé）：责备，埋怨。⑧敦：推给，指定。⑨遗：加给，交给。

【赏析】

走出城北门，忧心沉沉。既寒酸又贫困，没有人了解我的艰辛。算了吧，天要如此，还能说什么？王室的差事扔给我，政事全部推给我。我从外面回来，家人纷纷埋怨我。算了吧，天要如此，还能说什么？王室的差事推给我，政事一并加在我身。我从外面回来，家人个个埋怨我。算了吧，天要如此，还能说什么？

鄘 风

君子偕老

君子偕老①，副笄六珈②。

委委佗佗，如山如河，象服是宜。

子之不淑③，云如之何？

玭兮玭兮④，其之翟也⑤。

鬒发如云⑥，不屑髢也⑦；

玉之瑱也⑧，象之揥也⑨，扬且之皙也⑩。

胡然而天也⑪？胡然而帝也？

瑳兮瑳兮⑫，其之展也⑬，

蒙彼绉絺，是绁袢也⑭。

子之清扬，扬且之颜也。

展如之人兮，邦之媛也⑮！

【注释】

①君子：指卫宣公。偕老：指夫妻之间相亲相爱，白头到老。②副：古时的一种头饰。笄（jī）：簪子。珈：饰玉。③子：指宣姜。淑：善。④玭：鲜艳绚丽。⑤翟：绣有山鸡彩羽的礼服。⑥鬒：黑发。⑦髢（dí）：假发。⑧瑱（zhèn）：垂在两耳旁的玉饰。⑨揥：发钗。⑩扬：额角。⑪胡：何，怎么。⑫瑳：鲜艳绚丽。⑬展：古代夏季穿的一种纱衣。⑭绁袢（pàn）：夏季穿的内衣。⑮展：确实。媛：美女。

【赏析】

　　这首《君子偕老》是一首讽喻诗，借服饰容貌的盛美来讽刺宣姜内心的肮脏与行为的污秽。

　　美丽的宣姜本来是要嫁给姬及，结果却被骗嫁给了姬及的父亲——禽兽不如的卫宣公。

　　誓与君子白头偕老，玉簪首饰插满头。她的举止雍容自得，她的仪态稳重如山河，穿上礼服很适合。谁知她的德行如此秽恶，真是让人无可奈何！她的服饰鲜明又绚丽，画羽礼服绣着山鸡。她的头发黑亮好似云霞，哪里用得着装饰假发。美玉耳饰坠在脸旁，象牙发钗戴在头上，她的额角白净闪光。真好像仙女从天而降。又仿佛帝女到人间。她的服饰鲜明又鲜艳，是轻软的细纱来做衣裳。外面穿着绉纱细葛衫，里面是夏天穿的内衣清凉宜爽。她的明眸闪烁细眉秀长，容貌艳丽额头宽广。确实是仪容妩媚，好一位倾城倾国的美貌女子！

　　宣姜本就美似天仙，现在经过如此艳丽的装扮，身着明艳如花的服饰，锦衣上绣有山鸡，还有那一身璀璨的珠宝，令她摄人魂魄，这样的女子自然是任何一个男人都想得到的尤物。

　　但是，自始至终都没有人问过宣姜的意愿，按照正常心理来分析，她当然是想嫁给和自己年龄相当的太子。中国历代的史官只重写史记事，刻意回避人物心理的分析。尤其是这些历史事件中的女性，她们的心灵空间从未被史官关注过。她们只是历史的附带品，其生命必然充满着悲剧色彩。不遂心愿，但生活还是要继续，宣姜与卫宣公有了两个儿子。

　　15年的时光一晃而过，宣姜的两个儿子都长大了。两兄弟性格差异很大，长子寿是个清秀善良之人，而次子朔与哥哥相反，心胸狭窄，野心很大。

　　有一天，朔打起太子姬及的主意。他对母亲宣姜说姬及从来就没有忘记过夺妻之恨，甚至还发下毒誓说继位之后，将宣姜母子全部铲除。宣姜闻言大惊失色，觉得还是告诉卫宣公比较好，万一是真的，自己与儿子确实不能活命。结果，姬及与寿都被杀掉。

　　宣姜没有想到事情会发展到这一步，她根本不愿意看到有谁死去，更不愿意看到自己的儿子死去。

桑 中

爰采唐矣①？沫之乡矣②。

云谁之思？美孟姜矣③。

期我乎桑中④，要我乎上宫⑤，送我乎淇之上矣⑥。

爰采麦矣？沫之北矣。

云谁之思？美孟弋矣。

期我乎桑中，要我乎上宫，送我乎淇之上矣。

爰采葑矣⑦？沫之东矣。

云谁之思？美孟庸矣。

期我乎桑中，要我乎上宫，送我乎淇之上矣。

【注释】

①爰：在哪里。唐：菟丝子，一种寄生蔓草。②沫（mèi）：卫邑名，牧野。③孟姜：姜家长女。④桑中：桑林中。⑤要：邀约。上宫：宫室。⑥淇：淇水。⑦葑：蔓菁菜。

【赏析】

《鄘风·桑中》所描绘的情愫质朴真切，从单纯的写情角度来看，不失为一首活泼可爱的前秦情歌。

在诗中，男主人公唱道："到哪里采集女萝？就在卫国沫水岸。谁是你梦中情人？美丽动人是孟姜。她约我到桑林里，邀我她家把亲攀。辞别归来送我行，依依惜别淇水边。收割小麦去何处？就在沫水岸北岸。谁是你梦中情人？美丽动人是孟弋。她约我到桑林里，邀我她家把亲攀。辞别归来送我行，依依惜别淇水边。采摘蔓菁去哪里？就在沫水河东岸。谁是我梦中情人？美丽动人是孟庸。她约我到桑林里，邀我她家把亲攀。辞别归来送我行，依依惜别淇水边。"

"桑中"是当时都城朝歌的别名，"上宫"也是朝歌附近的地名，都是采桑女幽会的地点，滨临河水，在春天的环境中流淌唱歌，诗情画意之中，滋润着爱的心田。

关于此诗的评论，《毛诗序》说："《桑中》，刺奔也。卫之公室淫乱，男女相奔，至于世族在位，相窃妻妾，期于幽远，政散民流而不可止。"宋代朱熹的《诗集传》也基本持有相同的观点，认为其为淫诗，并举姜、弋、庸乃等前秦贵族为例证。不过，今天看来，先秦遗风早已远去，人们更愿意单纯地从诗意来把握，所以不少人认为这首小诗轻快活泼，其所表现的不过是古代青年男女之间炽烈的爱情，并非是贵族男女淫乱之后的不知羞耻的自白，谈不上讽刺之意。

在古代，采桑缫丝应该是中国男耕女织时代的重要活动。战国铜器及汉代画像石上常有描绘桑树下桑女劳作的场景，使得千年后的我们可以看到这一幅幅"向春之末，迎夏之阳，仓庚喈喈，群女出桑"的古代采桑图。同样，在《桑中》中，我们看到的是那些浪漫的桑园诗意。在这一首朴素、深婉的先秦恋歌中，在桑园中相会后的故事令千年后的人们遐想不已。

鹑之奔奔

鹑之奔奔①，鹊之彊彊②。

人之无良，我以为兄？

鹊之彊彊，鹑之奔奔。

人之无良，我以为君？

【注释】

①鹑：鹌鹑。奔奔：跳跃奔走。②鹊：喜鹊。彊（jiāng）：翩翩飞翔。

【赏析】

这首《鹑之奔奔》是讽刺宣姜先嫁卫宣公，后又嫁昭伯的。

诗的意思是说鹌鹑家居常匹配，喜鹊双飞紧相随，人君不端无德行，为何要称他为兄台呢？女子不贞无德行，何必还当她是知音呢？

在公元前7世纪的齐鲁大地上，一个女子的婚恋引发历史的变更，她理所当然地被视为红颜祸水。作为卫国统治变更始作俑者的"红颜祸水"，也许死是她最好的归宿，此时的宣姜，也只想死了，但却求死不能。此时齐国的国君是她哥哥齐襄公，为了齐卫两国的共同利益，"红颜祸水"还得继续苟活下去。

当时的宣姜虽然已经年逾三十，但想来风貌应该依然不减当年，不然也不会被昭伯青睐。这位当日身着艳丽服装，披着轻纱外衣的清秀女子，今日再次披上嫁衣，作为政治的牺牲品嫁给一个她并不爱的人。这位世间难求的女子，竟然就这样在男人们的权力欲望中，辗转漂泊。

宣姜下嫁给姬及的同母弟弟昭伯，以安慰亡灵的名义，巩固两国交好。宣姜自然是不愿意的，卫国人对她早已经是咬牙切齿了，再嫁只会更加"不齿"。不过这不是她能够反对的，史书上记载："不可，强之。"

宣姜就这样再嫁了前夫的儿子，这个女子内心的苦痛后人是无法揣摩的。从《诗经》里的这些诗句来看，她是不容于当时的道德评论的。然而翻开史书，我们却又发现其实这个女人并不像诗中讽咏的那般不堪。据史书载，宣姜共有5个子女：齐子、卫戴公、卫文公、宋桓夫人、许穆夫人。许穆夫人在卫国遭难时奔走呼号，留下了传诵千古的诗作，赢得声名；齐子早死；卫国亡时，卫国遗民拥立卫戴公当了国君，可见贤德；卫文公更使卫国中兴；历史上尽管没有宋桓夫人的记载，但宋桓公能在卫亡之后第一时间救卫，可想宋桓夫人的作用。

未知其母之为人，不妨观其子之作为，从宣姜的儿女来看，这个2000年前的女子未必不是个贤惠的妻母，只是命运多舛罢了。

相　鼠

相鼠有皮①，人而无仪②。
人而无仪，不死何为？
相鼠有齿，人而无止。
人而无止③，不死何俟④？
相鼠有体，人而无礼。
人而无礼，胡不遄死⑤？

【注释】

①相：观看。②仪：仪表举止。③止：假借为"耻"，郑笺释为"容止"。④俟：等。⑤胡：何。遄（chuán）：快速。

【赏析】

在这篇《相鼠》中，还可以看到孔子删改《诗》的影子。

作者将老鼠和人做对比，认为老鼠都有张皮，人却不讲礼仪，这样的人还不如死掉算了。老鼠都有牙齿，人却不懂得廉耻，这样的人如何能继续活在世上？

老鼠都四体健全，人却不懂得礼数，要是这样，不如现在就死掉算了。

春秋战国，礼坏乐崩，君王人臣也都渐渐不再重视周朝建立的礼制了。翻看战国的历史，不难发现当时在位者做的无耻事情太多了，比如卫宣公强娶太子的未婚妻自己享用，杀死自己的两个儿子，昭伯与后母宣姜乱伦，等等。所以当时的人民用《相鼠》来讽刺这些人的禽兽不如的行径。

在诗中，口气一句比一句重，骂老鼠去死，不死活着还干什么？逐句强调，是对无仪无止又无礼的统治者的痛斥，也是对那个时代重建礼制规范的呼吁。

在中国古代，礼仪的重要程度是很高的。孔子删诗书，垂礼仪，而后世也都遵循着他删改的史书等学习，注重礼仪，强化入世，给社会带来了井然的秩序和强大的内聚力，使华夏文化历经数千年一脉相承。

卫　风

硕　人

硕人其颀①，衣锦褧衣②。

齐侯之子，卫侯之妻，

东宫之妹③，邢侯之姨④，谭公维私⑤。

手如柔荑⑥，肤如凝脂。

领如蝤蛴⑦，齿如瓠犀⑧。

螓首蛾眉⑨，巧笑倩兮⑩，美目盼兮⑪。

硕人敖敖⑫，说于农郊⑬。

四牡有骄⑭，朱幩镳镳⑮，翟茀以朝⑯。

大夫夙退，无使君劳。

河水洋洋⑰，北流活活⑱。

施罛濊濊⑲，鳣鲔发发⑳，葭菼揭揭㉑。

庶姜孽孽㉒，庶士有朅㉓。

【注释】

①颀：修长的样子。古代不论男女，皆以高大修长为美。②褧（jiǒng）衣：

49

麻布做的外衣。女子在出嫁途中穿着，用来遮蔽尘土。③东宫：古代国君的太子住在东宫，所以东宫成了太子的代称。此指齐国太子得臣。④邢：国名。姨：妻的姊妹。⑤谭：国名。维：是。私：姐妹的丈夫。⑥荑：白茅的嫩芽。⑦领：脖子。蝤蛴（qiú qí）：天牛的幼虫，体长，圆而白嫩。⑧瓠犀（hù xī）：葫芽的子，洁白整齐。⑨螓（qín）：虫名，似蝉而小，额头宽广方正。⑩倩：口颊间美好的样子。⑪盼：眼神黑白分明，流动有神的样子。⑫敖敖：身体苗条的样子。⑬说（shuì）：停车休息。农郊：城郊。庄姜来嫁时先在都城近郊歇息。⑭牡（mǔ）：驾车的雄马。骄：高大、雄壮的样子。⑮朱幩（fén）：系在马口衔铁的红绸。镳镳（biāo）：鲜明的样子。⑯翟茀（dí fú）：用山鸡彩色羽毛装饰的车子。朝：朝见。⑰洋洋：水势浩大的样子。⑱活活（guō）：流水声。⑲施：设置。罛（gū）：鱼网。施罛，撒鱼网。濊濊（huò）：鱼网入水的声音。⑳鳣（zhān）：黄鱼。鲔（wěi）：鳝鱼。发发：鱼尾摆动、击水的声音。㉑葭（jiā）：芦苇。菼（tǎn）：荻苇。揭揭（jiē）：细长的样子。㉒庶：众。庶姜，指随嫁的众女。孽孽（niè）：服饰华丽的样子。㉓庶士：指随从的众人。朅（qiè）：英武健壮的样子。

【赏析】

这首《卫风·硕人》中所赞女子叫庄姜，虽然这首并没有具体描写庄姜的容貌身段，对她的描述宽泛笼统得犹如河面上氤氲的雾气，但在诗歌的一开始，这位女子便拥有如同女神一般完美修长的身躯，身着锦衣，嫁去他乡。

美丽高贵的庄姜的出嫁是隆重的，她的马车停在城郊，她的马匹雄壮有力。不但如此，随行人员也是英武高大，所带嫁妆同样华美奢侈。那稠密的芦苇挺拔而坚固，那奔腾的黄河水奔流不息。这等的美人，怎么能让她多等待，君主应当及早下朝，前来迎接。

"肤如凝脂，领如蝤蛴，齿如瓠犀。螓首蛾眉，巧笑倩兮，美目盼兮。"这种美几乎无人能及，可以说庄姜确立了千百年来美女的标准。

"硕人其颀，衣锦褧衣。""硕人"就是美人的意思，它的原义是高大俊美的人。由此可以想见几千年前的春秋时代，人们喜欢一种健康美，以高大丰满、皮肤白皙作为评析美人的标准。这种观念，千百年来一直被我们承认、追求，明末清初著名戏曲家李渔在《闲情偶寄·声容部》中就说："妇人本质，惟白最难。多受精血而成胎者，其人生出必白……"

　　如庄姜一样美貌与才智兼备的女子在先秦时候是难得的，也是少数以诗歌留名的女子之一。庄姜和齐国太子一母同胞，是邢侯的小姨妹，也是谭公的小姨子，身份尊贵。庄姜不但出身高贵，还很有着惊人的才华，所以卫人才这样歌咏她。

氓

　　氓之蚩蚩①，抱布贸丝。匪来贸丝②，来即我谋③。送子涉淇④，至于顿丘⑤。匪我愆期⑥，子无良媒。将子无怒⑦，秋以为期。

　　乘彼垝垣⑧，以望复关⑨。不见复关，泣涕涟涟⑩。既见复关，载笑载言⑪。尔卜尔筮⑫，体无咎言⑬。以尔车来，以我贿迁⑭。

　　桑之未落，其叶沃若⑮。于嗟鸠兮⑯！无食桑葚⑰。于嗟女兮！无与士耽⑱。士之耽兮，犹可说也⑲。女之耽兮，不可说也。

　　桑之落矣，其黄而陨⑳。自我徂尔㉑，三岁食贫㉒。淇水汤汤㉓，渐车帷裳㉔。女也不爽㉕，士贰其行㉖。士也罔极㉗，二三其德㉘。

　　三岁为妇，靡室劳矣㉙。夙兴夜寐㉚，靡有朝矣。言既遂矣㉛，至于暴矣。兄弟不知，咥其笑矣㉜。静言思之，躬自悼矣㉝。

　　及尔偕老，老使我怨。淇则有岸，隰则有泮㉞。总角之宴㉟，言笑晏晏㊱，信誓旦旦㊲，不思其反。反是不思，亦已焉哉！

【注释】

　　①氓（méng）：指农民。蚩蚩（chī）：同"嗤嗤"，笑呵呵的样子。②匪：同"非"。③即：就，靠近。④子：你，古代对男子的美称。淇：淇水，卫国的河流，在今河南省北部。⑤顿丘：卫国的邑名，在今河南清丰。⑥愆（qiān）期：拖延日期。⑦将（qiāng）：愿，请。⑧乘：登上。垝垣（guǐ yuán）：坍塌的矮墙。⑨复关：为此男子所居之地。⑩涟涟：眼泪不断的样子。⑪载：又。⑫尔：你。筮（shì）：用蓍（shī）草占卦。⑬体：卦象。咎（jiù）言：凶辞。⑭贿：财物，指嫁妆。⑮沃若：茂盛的样子，喻女子年轻美貌，像水浸过一般有光泽。⑯鸠：斑鸠，一种鸟。⑰无食桑葚：比喻女子不可为爱情所迷。⑱耽：迷恋。⑲说：同"脱"，摆脱。⑳陨：落下。喻女子年老色衰。㉑徂（cú）：往。㉒三岁：泛指多年。㉓汤汤（shāng）：水势盛大的样子。㉔渐：溅湿。帷裳：车厢两旁的布幔。㉕爽：过失。㉖贰：偏差。

㉗罔（wǎng）极：多变，反复无常。极，准则。㉘二三其德：三心二意，德行不专。㉙靡：无，不。室劳：家务。㉚夙（sù）兴夜寐：起早睡晚。㉛言：助词，无实义。遂，犹久。㉜咥（xì）：讥笑。㉝躬自悼：独自伤心。㉞隰：低湿地。泮：同"畔"，边。㉟总角：古代男女未成年时头发的样式，这里指代童年。宴：欢乐。㊱晏晏：欢愉的样子。㊲旦旦：清楚明白。

【赏析】

在故事的开始，像所有爱情故事的开始一样甜美，甚至带着些浪漫的气息，一个善笑的男孩走向一个卖丝的女孩。这个男孩并不是来买丝的，而只是以买丝为借口来接近她，对她说好听的话，最后表达了自己的意愿：希望和她结为夫妻。这是《诗经》中最常见的青涩爱恋，男女相悦的初恋情愫在《氓》中展露无疑。这首诗一共6节，每节10句，叙述了一个古老的，至今还在无数次上演的爱情现实长诗。

接下来的故事便出现了逆转，女子在几经等待之后，男子依然不来接她，就在她以为男子变心的时候，爱人不期而至。原来相爱也是要经受种种等待的折磨才能成就好事的，女子怀揣着内心的幸福和忐忑坐上了男子的婚车。

新婚过后，爱情的甜美被繁杂的婚姻琐事取代，当日的青涩少年也不会再守候于城墙下等待那位如丝的姑娘，他们虽然结为夫妻，但却再也没有了当日花前月下的甜蜜，取而代之的是无休无止的操劳。他们还在自家的庭院桑树下许下永不分离的誓言，同时希望自家枝繁叶茂，多子多孙，幸福美满。女人守着这幸福的盟誓，原想同丈夫白头到老，但相伴到老将会使自己怨恨。淇水再宽终有岸，沼泽虽宽有尽头。少年时一起愉快地玩耍，尽情地说笑。回想起来都是欢乐，山盟海誓都还在，怎么会料到反目成仇。经过了时间的打磨，现在可以说是历经沧桑，她知道，如果自己不走，留在这个是非之地，对自己更加不利，离开这里，也许会有更大的机会与希望。于是发出一声"反是不思，亦已焉哉"的深深感慨，终于结束这无奈的爱情，女子无言离去。这就是人们常说的，好花不常开，好景不长在，韶华易逝，岁月无情。任何东西都会被时光无情地带走。

"琴尚在御，而新声代故。"女人面对旧物只能是"物是人非事事休，欲语泪先流"的感觉。在《氓》里，一位痴情、勤劳、善良的女子却被背信弃义、自私的男人始乱终弃。从这首《国风》中不多见的长诗中，隐隐还可听见远古时代一个女子的悲怆呼声。

木 瓜

投我以木瓜^①，报之以琼琚^②。

匪报也^③，永以为好也^④！

投我以木桃，报之以琼瑶。

匪报也，永以为好也！

投我以木李，报之以琼玖。

匪报也，永以为好也！

【注释】

①木瓜：一种落叶灌木。古代有以此作男女定情信物的风俗。投：赠送，给予。②琼琚：一种美玉，为古代的一种饰物。后"琼玖""琼瑶"同。③匪：同"非"。④好：爱。

【赏析】

《木瓜》中的女孩看见那位心仪已久的人走过，随手将一只木瓜投给了他。女孩笑而不语，而男孩早已心领神会，忙把自己随身携带的玉佩赠送给了姑娘。

在古代中国，甚至到现在，恋人之间的情谊就是以小物品为纽带的，古代时候经常以瓜果、玉佩、丝带等连接感情，在他们看来，一滴水、一朵花、一把扇子都能表达出深深爱意，如《郑风·溱洧》中的"维士与女，伊其相谑，赠之以勺药"，是互赠芍药作为定情之物。再如唐代女词人晁采的《子夜歌》："轻巾手自制，颜色烂含桃，先怀依袖里，然后约郎腰。"意思是说我亲手为你缝制的这条轻盈的丝腰巾，颜色灿烂得像鲜红的桃花，我先把它放进我的衣袖中，然后再送给你来束扎你的腰身。

古代的男女，一相见便觉亲切，有爱慕就表现出来。木瓜、木桃、木李、琼琚、琼瑶、琼玖，这些信手拈来都是信物，随时相遇可定终身。欢快而活泼，令人羡慕。诚如诗所言：匪报也，永以为好也。对美好感情的忠贞和向往才是最珍贵的。

考 槃

考槃在涧①，硕人之宽。独寐寤言②，永矢弗谖③！考槃在阿④，硕人之薖⑤。独寐寤歌，永矢弗过！考槃在陆⑥，硕人之轴⑦。独寐寤宿，永矢弗告！

【注释】

①考：敲，敲击。槃（pán）：即盘，盘子。指一种木制的盘子，古人唱歌时敲盘伴奏。涧：山谷中的水流。②寐：睡。寤：醒。③矢：通"誓"，发誓。谖（xuān）：忘记。④阿（ē）：山坳。⑤薖（kē）：宽大，豁达。⑥陆：山间平地。⑦轴：徘徊，来回走。

【赏析】

架起木屋溪谷旁，贤人觉得很广阔。一个人醒后自言自语，这种乐趣誓不忘记！架起木屋在山坡，贤人当它安乐窝。一个人醒后独自咏歌，誓不与世俗之人交往！架起木屋在高原，贤人盘旋真悠闲。独醒独睡独自躺，此中乐趣不能言！

河 广

谁谓河广？一苇杭之①。谁谓宋远？跂予望之②。谁谓河广？曾不容刀③。谁谓宋远？曾不崇朝④。

【注释】

①杭：即航，渡。一苇杭之：形容两地极近，此处为夸张手法。②跂（qì）：翘起脚跟。予：而。③曾（zēng）：乃，竟。刀：通"舠"，小船。④崇朝（zhāo）：指从天亮到吃早饭之间的一段时间，喻时间短暂。

【赏析】

谁说河面太宽广？一片苇叶就能渡岸。谁说宋国太遥远？跂起脚尖我就能望见。谁说河面太宽广？却容不下一条小船。谁说宋国太遥远？不需一个早上就能到对岸。

第三篇　香草美人之思，伤时忧国之恫

《楚辞》是浪漫主义的代表作，在中国诗歌史上占有重要的地位。它的出现打破了《诗经》以后两三个世纪的沉寂，在诗坛上大放光彩。它与《诗经》开创了我国古代诗歌现实主义与浪漫主义融汇发展的优秀传统，是我国诗歌史上最早出现的两朵奇葩。后人也因此将《诗经》与《楚辞》并称为"风""骚"。风、骚成为中国古典诗歌现实主义和浪漫主义创作的两大流派。

离　骚

【原文】

帝高阳之苗裔兮①，朕皇考曰伯庸②。摄提贞于孟陬兮③，惟庚寅吾以降④。皇览揆余初度兮⑤，肇锡余以嘉名⑥：名余曰正则兮，字余曰灵均⑦。

【注释】

①帝，先秦的"帝"字，直至战国中期，都只指神界主宰者，夏以后的人间君主称"后"称"王"而不称"帝"。古氏族为了美化自己的世系，都要托祖于天神天帝，自称是某"帝"某"神"的后裔。高阳：即颛顼帝的别号。屈原之所以自托为其子孙，是因为颛顼的后代熊绎是周成王的大臣，受封于楚国，及至春秋楚武王熊通生子名瑕，后封于屈地，改姓屈，屈原就是他的后代。苗裔：后代的子孙。兮：文言助词，表示语气，相当于现在的"啊"。②朕（zhèn）："我"的意思，也就是先秦时古人的自称。据《史记·秦始皇本纪》，秦始皇二十六年起，才诏定为帝王自称。皇：光大，美，是古代常用于神圣人、物的赞颂状词。考：指已经死去的父亲或祖先。皇考：就是对已经死去的父亲（或祖先）的美称。伯庸："皇考"的表字。从《离骚》的艺术特点看来，应该是化名，例同下文的"正则""灵均"。③摄提："摄提格"的简称。古人把天宫划为子、丑、寅、卯、辰、巳、午、未、申、酉、戌、亥十二等分，称为十二宫。以岁星（木星）在天空转运所指向的方位来纪年。当岁星指向寅宫那一年，就叫摄提格，即寅年的别名。贞：正。孟：开端。陬（zōu）：夏历正月的别名。正月是一年的开端，故称"孟陬"。夏历正月是寅月。

《楚辞》都用夏历。④惟：文言助词，常用于句首。庚寅：纪日的干支。寅年寅月寅日，古人认为是难得的吉日。吾：是作者在长诗中创造的神话式的艺术形象，不等于屈原本人。降：从天降临，与下文"百神翳其备降兮"的"降"意义相同。⑤皇：从王逸以来，都认为是"皇考"的简称。先秦文献中的单个皇字，用作名词，指天与古之帝王。王逸释皇考为亡父，又说它简称为皇，这不符合当时的语言习惯。刘向《九叹·愍命篇》把《离骚》的"皇考"理解为楚先王，相当于《诗经》颂诗里的"皇祖""皇王"，这样的"皇考"才可以简称为"皇"。览：观察。揆：揣度，衡量。览揆：就是研究的意思。初：开始。度：作名词解，气宇，气度。初度：就是初生时的气度。⑥肇：有"开端、起始"的意思，但此处另作他解。刘向在《九叹·灵怀篇》中有"兆出名曰正则兮，卦发字曰灵均"之句，闻一多在《离骚解诂》中认为"肇"是"兆"的借字，肇兆古通，因此肇在这里取意为卜兆算卦。锡：借作"赐"，赐给。嘉：善。嘉名：就是美名。包括下文的"名"与"字"。古代贵族子弟要在祖庙行冠礼时才取字。行冠礼的年龄一般在二十岁左右，这表示正式加入统治集团，担负起国家大任。⑦"名余"二句：这是在向人阐述我的名和字。正则：公正而有法则。灵均：灵善而均调。关于"正则"和"灵均"是否是屈原的名和字，至今众说纷纭，笔者认为，无论如何，"正则""灵均"都是美名。

【赏析】

我是帝高阳的后裔，我的父亲名叫伯庸。在太岁寅年的正月，庚寅之日我降生。先父看到我初降时的气度，卜兆赐给我美名。我的名叫正则，我的字叫灵均。

【原文】

纷吾既有此内美兮①，又重之以修能②。扈江离与辟芷兮，纫秋兰以为佩③。汩余若将不及兮④，恐年岁之不吾与⑤。朝搴阰之木兰兮，夕揽洲之宿莽⑥。日月忽其不淹兮⑦，春与秋其代序⑧。惟草木之零落兮⑨，恐美人之迟暮⑩。不抚壮而弃秽兮⑪，何不改乎此度？乘骐骥以驰骋兮⑫，来吾道夫先路⑬！

【注释】

①纷：盛貌。《楚辞》句例，往往以一个字或三个字的形容词置于句首。内美：内在的本质的美，这里指前八句所美化的世系、生辰、"初度"、名字。②重(chóng)：

加上。修：修饰。能：古通"态"，这里有"才能"的意思。屈赋经常以修饰容态比喻锻炼品德。③"扈江离"二句：扈（hù）：披在身上，楚地方言。江离：一种香草名，生在江中。芷：香草名，即白芷。辟：同"僻"，幽也。辟芷：幽香的芷草。纫：作动词，穿连。秋兰：香草名，秋季开花，花呈淡紫色。佩：这里作名词，指佩带在身上的饰物。这两句所描绘的"修能"，与《九歌》中的少司命、山鬼诸神一样，显然不是屈原的实际形象。④汩：水流急速的样子。⑤不吾与：不与吾，不等待我。与：等待。⑥搴（qiān）：拔取，楚方言。阰（pí）：大的山坡，楚方言。木兰：香树名，辛夷的一种。揽：采。宿莽：一种经冬不死的香草。无论时间流逝多快，木兰者去皮不死，宿莽仍经冬不枯，暗喻自己在勤奋的锻炼中养成了清雅素洁的坚强个性。⑦淹：停留。⑧代序：轮换。序：古通"谢"。代序：即代谢。⑨惟：想。⑩美人：怀王。《离骚》里的美人都是"吾"思念、追求的对象，这是一个复杂巧妙的比喻。⑪今本句前有"不"字，宋洪兴祖《楚辞补注》说，他所见的《文选》古本没有。抚：据。壮，盛也。⑫骐骥：骏马，比喻有才能的人。⑬夫（fú）：语气助词。本篇除最后的"仆夫悲余马怀兮"的"夫"属实词外，其余都是语气助词。

【赏析】

　　我既有许多内在的美德，又兼具外在的才能。身披幽香的江离和白芷，戴着秋兰穿连的佩饰。时光如流水我怕追不上，岁月恐怕也不等我；朝霞中攀折山上的木兰，夕阳下采撷水洲的宿莽。日月匆匆一刻不停，春秋更替永无止息；想到草木的凋零陨落，害怕怀王霜染两鬓。为何不趁壮年摈弃污秽，为何不改变这样的态度？乘上骐骥去驰骋，我来为你引路。

【原文】

　　昔三后之纯粹兮①，固众芳之所在②；杂申椒与菌桂兮③，岂维纫夫蕙茝④？彼尧舜之耿介兮⑤，既遵道而得路；何桀纣之猖披兮⑥，夫唯捷径以窘步！惟夫党人之偷乐兮⑦，路幽昧以险隘；岂余身之惮殃兮⑧，恐皇舆之败绩⑨！忽奔走以先后兮，及前王之踵武⑩；荃不察余之中情兮⑪，反信谗而齌怒⑫。余固知謇謇之为患兮⑬，忍而不能舍也；指九天以为正兮⑭，夫唯灵修之故也⑮！初既与余成言兮⑯，后悔遁而有他⑰；余既不难夫离别兮，伤灵修之数化⑱。

【注释】

①后：君王。昔三后：指老童、祝融、鬻熊。纯粹：丝无杂质称纯，米无杂质称粹；比喻古三王的德行美好。②固：本来。众芳：喻群贤。在：聚集。因为君王贤德，所以众多有才能的人才愿意聚集到他们身边。③申：这里是重叠的意思，形容茂盛。椒：花椒，一种灌木，所结的果子有香气。菌桂：应作"箇（jùn）桂"，即肉桂，一种香木。④维：唯，只有。蕙：兰草的一种，又名薰草。茝（chǎi）：即白芷。⑤耿：光明。介：正直。⑥猖披：衣不束带、散乱不整的样子。⑦党人：指朝廷里结党营私的群小。先秦的"党"字多指朋比为奸的结合，故孔子说"君子群而不党"，和后来的含义不同。⑧惮：畏惧，害怕。⑨皇舆：君王的乘车，这里比喻楚国。败绩：本指军队溃败，此指车驾倾覆，喻国家灭亡。⑩踵：脚后跟。武：足迹。⑪荃：香草名，此处隐喻怀王。⑫齌（jì）怒：怒火中烧。"齌"本指用猛火烧饭。⑬謇謇（jiǎn）：直谏忠言的样子。⑭九天：苍天，古说天有九层。正：通"证"，意思是指天为证。⑮灵修：作品中塑造的以怀王为原型的另一个艺术形象，寄望他德行兼备，使国家长盛不衰。灵：神。修：美。⑯通行本在这句前面，还有"曰黄昏以为期兮，羌中道而改路"两句，现已公认是衍文，故删去。成言：成约。⑰悔遁：变心。他：别的主意。这里是说秦相张仪游说楚怀王，以商于六百里之地劝他与齐断交，后来怀王信以为真之事。⑱数化：屡次变化。怀王在位期间，张仪数次出使楚国，使怀王在联合抗秦的态度上摇摆不定，楚国国运日益衰微。

【赏析】

古代三王品德纯粹，群贤都围绕在他们周围。花椒丛和菌桂树杂糅相间，岂止是串连蕙草和白芷？那尧舜是多么耿直光明，遵循正道走正路。桀与纣衣不束带，只因贪图捷径难以前行。那些小人偷安享乐，国家的前途黑暗险阻。岂是我害怕自身遭殃，只怕王车将要毁坏。急匆匆前后奔走，想让你赶上先王的脚步；你不体察我的衷情，反而听信谗言对我恼怒。明知忠言会招来祸患，想隐忍却难以舍割；遥指苍天为我作证，全都是为灵修的缘故。当初你与我盟誓，后来竟然反悔另有他想；我倒不难过与你分别，伤心的是灵修的变化无常。

【原文】

余既滋兰之九畹兮①，又树蕙之百亩。畦留夷与揭车兮②，杂杜衡与芳芷③。

冀枝叶之峻茂兮④，愿竢时乎吾将刈⑤；虽萎绝其亦何伤兮⑥，哀众芳之芜秽⑦！

【注释】

①滋：培植。九畹：九是虚数，表示多（下文"九死"同此）。畹有十二亩、二十亩、三十亩几种说法。②畦（qí）：田垄，此作动词用，一行行地种植。留夷，即芍药。揭车：亦香草名。留夷和揭车都是楚地所产香草。③杂：套种。杜衡：即马蹄香。香草象征贤才，以上四句用栽植香草比喻培养英才。④冀：希望。峻：高大。⑤竢：同"俟"，等待。刈（yì）：收割。⑥萎绝：指草木的自然老化、死亡。⑦芜秽：指中途变质，即篇末"兰芷变而不芳兮，荃蕙化而为茅"之意。花开花落，草木凋零虽然是一件悲伤的事，但是芳草的中途变质却更为可伤。

【赏析】

我已培植九畹芝兰，又种下百亩蕙草；分垄栽培留夷和揭车，其中间杂杜衡和芳芷。希望枝叶繁茂，到时候我就收割；即便枯萎凋谢也不悲伤，只哀伤众芳草的芜秽变质。

【原文】

众皆竞进以贪婪兮①，冯不厌乎求索②；羌内恕己以量人兮③，各兴心而嫉妒④。忽驰骛以追逐兮⑤，非余心之所急；老冉冉其将至兮⑥，恐修名之不立⑦。朝饮木兰之坠露兮，夕餐秋菊之落英⑧。苟余情其信姱以练要兮⑨，长颔领亦何伤⑩！揽木根以结茝兮⑪，贯薜荔之落蕊⑫；矫菌桂以纫蕙兮⑬，索胡绳之纚纚⑭。謇吾法夫前修兮⑮，非世俗之所服⑯；虽不周于今之人兮，愿依彭咸之遗则⑰！

【注释】

①竞进：争着向上爬。贪婪：贪得无厌，不知满足。②冯不厌：指贪得无厌。冯：通"凭"，楚方言"满"的意思。厌：满足。③羌：发语词，楚方言。恕：揣度。④兴心：生心，打主意。⑤驰骛：奔走。⑥冉冉：渐渐。⑦修：本义是长，古人以长为美，此处为"美"义。⑧落：始也。英：花的别名。落英：初生的花，即蓓蕾。早晨喝木兰花上坠落的露滴，晚上以秋菊初生的花为食，饮露餐英是比喻修炼品德，使自己人格高洁。木兰春天开花，菊花秋天始荣，这两句意同上文"朝搴阰之木兰兮，夕揽洲之宿莽"，也是以朝夕喻岁时。是说一年到头，无时无刻都在坚持修洁。⑨苟：只要。信：确实。姱：美好。练要：精要，是说操守纯粹。

⑩长：长期。顑颔（kǎn hàn）：面貌憔悴黄瘦。这四句意承上节，众人因追求名利而自得，我却因追求仁义高洁为志向。⑪木根：此指木兰的根。⑫薜荔：香草名，蔓生灌木，亦称木莲。落蕊：初开的花。蕊：花心。⑬矫：举。菌桂：应作箘桂，这里指箘桂的嫩枝。⑭索：绳索，作动词，搓绳。胡绳：一种蔓生的香草。纚纚（xǐ）：长而下垂，整齐美观的样子。以上四句就是篇首所说的"修能"，是"吾"的神话形象的重要部分。⑮謇（jiǎn）：发语词，楚方言。法：效法。前修：前代的圣人。⑯服：所用的服食和服饰。⑰彭咸：关于彭咸是谁有很多种说法，有说是"殷贤大夫"，也有说是彭祖祝融，即太阳神，但现在也没有确凿的证据。唯一可以肯定的是，彭咸应该是诗人心中的另一个美好化身，他包含了作者对德行深厚的理想人物的憧憬和赞美之情。

【赏析】

众人都贪婪成性，个个贪得无厌欲壑难填；用自己的私心猜量他人，钩心斗角互相嫉妒。急速奔驰追逐私利，不是我心中之所急；衰老慢慢地将要来到，怕美名还不能建立。清晨饮木兰滴下的露水，傍晚吃秋菊的花瓣；只求我情操确实美好，长期饥饿也不悲伤。用木兰的根须串连白芷，再串薜荔的花蕊；用菌桂的嫩枝串连蕙草，把胡绳揉搓得又长又美。我效法前贤的模样，不是世俗之人所佩戴的；虽然不合于今人的趣味，只愿依从彭咸的风范。

【原文】

　　长太息以掩涕兮①，哀民生之多艰②；余虽好修姱以鞿羁兮③，謇朝谇而夕替④。既替余以蕙纕兮⑤，又申之以揽茝⑥。亦余心之所善兮⑦，虽九死其犹未悔。怨灵修之浩荡兮⑧，终不察夫民心。众女嫉余之蛾眉兮⑨，谣诼谓余以善淫⑩。固时俗之工巧兮，偭规矩而改错⑪；背绳墨以追曲兮⑫，竞周容以为度⑬。忳郁邑余侘傺兮⑭，吾独穷困乎此时也；宁溘死以流亡兮⑮，余不忍为此态也！鸷鸟之不群兮⑯，自前世而固然⑰；何方圆之能周兮，夫孰异道而相安！屈心而抑志兮，忍尤而攘诟⑱；伏清白以死直兮⑲，固前圣之所厚⑳。

【注释】

　　①太息：叹息。掩涕：掩面流泪。②民生：人生。先秦的"民"字，含义多有不同，一为百姓，一为自指，一为同列的小人。笔者认为，这里的"民"一来是诗人自

伤之词，一来也是哀百姓生活多艰。这是诗人悲天悯人的济世情怀的体现。③虽（雖）：同"唯"；只。好（hào）：爱好。修：修饰。姱：美貌。鞿：马缰绳。羁（jī）：马笼头。鞿羁：束缚，牵累的意思。④謇：发语词。诤（suì）：原义是劝谏。但与上下文意不相属，郭沫若在《屈原赋今译》中曾说"作为卒字解，言卒业也"，即完成的意思。替：废弃。⑤纕（xiāng）：佩的带子。⑥申：再次。⑦亦：语助词，在这里有转折的语气。善：爱好。⑧浩荡：原义水大貌，这里意同荒唐，没有准则。⑨众女：喻上文"众""党人"，是说包围在怀王身边的一群憸谄小人。蛾眉：美貌，比喻美德。⑩谣诼（zhuó）：造谣诽谤，楚方言。⑪偭（miǎn）：违背。规：制圆形的工具。矩：制方形的工具。规矩：在这里比喻法度。错：同"措"，措施。⑫绳墨：木匠画直线用的墨线，喻法度。"规""矩""绳墨"都是匠人用的工具。⑬周容：就圆随方，苟合取容。⑭忳（tún）：忧郁，烦闷的样子。侘傺（chà chì）：心情不定、失意的样子，楚方言。⑮溘（kè）：突然。溘死：暴死。流亡：指暴死野外，尸体不得收殓，而随水漂泊。⑯鸷（zhì）鸟：鹰类的鸟，猛禽。⑰固然：本来就是如此。⑱尤：罪罚。攘：本义是取。诟：侮辱。忍尤攘诟：就是承受各种罪责侮辱。⑲伏：同"服"，保持。⑳厚：动词，看重。

【赏析】

长声叹息眼泪擦不干，哀伤人民生活的艰难；我爱好修饰而受到牵累，早晨刚进谏晚上就被废弃。毁坏了我蕙草作的佩带，又申斥我拿的芳芷。这些都是我的爱好，纵然九死也不后悔。怨恨灵修昏聩荒唐，终究不能体察我的衷肠；众女流嫉妒我的美貌，造谣诼伤我是生性淫荡。世俗之人本来就工于取巧，违背规矩而改变措施；背弃绳墨而追随邪曲，竞相苟且取容以为法度。我忧郁苦闷惆怅失意，独自穷困窘迫在这样的时代；我宁愿暴死于野外，也不忍仿效这种丑态。雄鹰的不合群，自古以来就这样；方榫圆孔如何能吻合，异路人哪会相安？委屈心情压抑志向，隐忍罪责承担侮辱；坚守清白而死的正直，这本为前圣所称道。

【原文】

悔相道之不察兮①，延伫乎吾将反②；回朕车以复路兮，及行迷之未远。步余马于兰皋兮③，驰椒丘且焉止息④；进不入以离尤兮⑤，退将复修吾初服⑥。制芰荷以为衣兮，集芙蓉以为裳⑦；不吾知其亦已兮，苟余情其信芳！高余冠之岌岌分⑧，长余佩之陆离⑨；芳与泽其杂糅兮，唯昭质其犹未亏⑩。忽反顾以游目兮⑪，将往观乎四荒⑫；佩缤纷其繁饰兮，芳菲菲其弥章⑬。民生各有所乐兮⑭，余独好修以为常⑮；虽体解吾犹未变兮⑯，岂余心之可惩⑰！

【注释】

①相：观察选择。察：仔细看清楚。②延：长久。一说延颈而望。伫：站立。延伫：长久站立。反：同"返"。③步马：解开车驾，让马散步。兰皋：长有兰草的水边。皋：水边。④椒丘：有椒树的山丘。且：暂且，姑且。焉：在这儿。⑤进：进仕。离：借作"罹"（lí），遭遇。尤：罪祸。这是说既然进仕郁郁不得志，倒不如退隐以洁一身。⑥初服：芳洁的服饰，这里比喻美好的品德。⑦芰（jì）：菱。芰荷：荷叶，楚方言。芙蓉：荷花。衣、裳：古代分别指上衣，下服，以叶为衣，以花为裳。⑧高：用作动词，加高。岌岌（jí）：本是山高的样子，这里与高叠用，形容很高。⑨长：用作动词，加长。陆离：很长的样子。⑩泽：旧说是"润泽"，与"芳"义近。但从上下文看来，应该是芳的反面，即污浊。糅（róu）：混在一起。芳泽杂糅是说芳香与污浊混杂在一起，比喻"吾"曾与"众女""党人"共处。昭质，清白的本质。昭，明。这两句是出污泥而不染的意思，我虽与一些奸邪小人共处于朝廷之中，但我决不会同流合污。⑪游：放纵。游目：远眺，放眼纵观。⑫四荒：四方荒远之处。荒，远。⑬菲菲：花草香气浓郁。弥：更加。章：同"彰"，显著。⑭民生：人生。⑮好修：爱好"修能"。常：习惯的意思，本作"恒"，与下文"惩"字叶韵，后因汉文帝叫刘恒，汉人为避讳而改。⑯体解：即肢解，古代一种酷刑，把人的四肢砍掉。⑰惩：戒惧而悔恨。

【赏析】

悔恨选择道路不曾细察，踌躇不前我将要返回；掉转我的车走回原路，趁走入迷途还不太远。我的马徐行在兰草边，奔到椒山暂且休息；不前去遭遇罪祸，隐退去重新修我当年衣。缝制芰荷作上衣，采集芙蓉为下裳；没人欣赏我也没有关系，只要我的内心确实芳香。把我的冠冕做得更高，把我的佩带结得更长；芬芳与污泥虽然杂糅，它的光彩质地却未受损伤。蓦然回首张望，我将远观四方；佩带缤纷装饰锦簇，芬芳格外馥郁幽香。人们天生各有自己的喜乐，我独好修洁并习以为常；纵然肢解我也不会改变，难道我的心可以惩戒？

【原文】

女嬃之婵媛兮①，申申其詈予②；曰："鲧婞直以亡身兮③，终然夭乎羽之野④。汝何博謇而好修兮⑤。纷独有此姱节⑥？薋菉葹以盈室兮⑦，判独离而不服⑧。众不可户说兮，孰云察余之中情⑨？世并举而好朋兮⑩，夫何茕独而不予听⑪？"

【注释】

①女嬃（xū）：一说是屈原的姊姊，一说是屈原的妹妹，都没有确实的证据，此处译为女伴即可，她是现实生活中对屈原既同情又缺乏理解的一类人物的艺术化身。婵媛（chán yuán）：关心爱切而显得婉转痛恻的样子。②申申：重叠不休，一遍又一遍。詈（lì）：责备。③鲧（gǔn）：传说中禹的父亲。婞（xìng）直：刚直。亡身：忘我。亡同"忘"。婞直亡身是说持正而不顾自身。④夭：死于非命。羽：山名。传说鲧被杀于羽山。⑤博：多。謇：直言。博謇：过于忠贞，爱说直话。⑥姱（kuā）：美好。节：节操。朱骏声《离骚补注》认为是"饰"字之误。饰指服饰，《离骚》以服饰喻节操。⑦薋（cí）：作动词，草堆积起来的意思。菉（lù）：即王刍，草类的一种。葹（shī）：即苍耳。菉葹都是恶草，比喻奸邪小人。⑧判：区别开来。服：佩戴。⑨孰：谁。云：语助词。余：指"咱们"。⑩并举：互相抬举。好朋：喜欢结党营私。⑪茕（qióng）独：原义是无兄弟称茕，无子称独。

【赏析】

女嬃对我那么关切，再三地把我责备；她说："鲧刚直而忘身，结果死于羽山的原野。你何必直言好修洁，独自赋有这美好的节操？屋子里堆积着野花杂草，偏你与众不同不愿佩戴。不能逐户去解说，有谁会体察咱们的真情；世人相互吹捧好结党朋，你为啥孤傲不听我的话。"

【原文】

依前圣以节中兮①，喟凭心而历兹②；济沅湘以南征兮③，就重华而陈词④；启《九辩》与《九歌》兮⑤，夏康娱以自纵⑥；不顾难以图后兮，五子用失乎家巷⑦。羿淫游以佚畋兮⑧，又好射夫封狐⑨；固乱流其鲜终兮⑩，浞又贪夫厥家⑪。浇身被服强圉兮⑫，纵欲而不忍⑬；日康娱而自忘兮⑭，厥首用夫颠陨⑮。夏桀之常违兮⑯，乃遂焉而逢殃⑰；后辛之菹醢兮⑱，殷宗用而不长⑲。汤禹俨而祗敬兮⑳，周论道而莫差㉑。举贤而授能兮㉒，循绳墨而不颇。

【注释】

①节中：节制不偏，保持正道。②喟(kuì)：叹息。凭：愤懑。历：经历，遭遇。兹：现在，此时。③济：渡。征：行。④重华：舜的名字。传说舜葬于沅湘以南的九嶷山。⑤启：禹之子。《九辩》与《九歌》：我国古代神话中两个有名的乐曲，传说是启上天作客时偷带下来的。⑥夏康娱以自纵：语法与下文"周论道而莫差"同。一说这句仍指启一人。康：大。康娱：过分地逸乐。另一说是指启及其儿子太康。例同下文"日康娱而自忘"。⑦五子：启的五个儿子。用：因而。失：指太康失国。一说"失"为衍字。家巷：家乡，此指故都，太康耽于淫乐，被有穷国的后羿夺了故都。一说，家巷指内部的争斗。夏启十年至十一年间，五个儿子叛乱，被平定。夏启十五年，最小的儿子武观又叛，"五子家閧"就是指这两次内乱。或说"五子"即指武观。⑧淫、佚：都是过度享乐的意思。畋(tián)：打猎。⑨封：大。⑩鲜终：少有好的结果。⑪浞(zhuó)：人名，即寒浞，相传是羿的国相。厥：其。家：妻室家小。传说后羿沉迷于游猎，不理政事，国相寒浞擅权，与妃子纯狐私通，害死后羿。⑫浇(ào)：人名，即过浇，寒浞的儿子。被服：穿戴，引申为负恃、信奉之义。强圉：多力也。⑬不忍：不肯自制。⑭自忘：忘记自身的安危。⑮颠陨(yǔn)：坠落。太康弟仲康之孙少康，攻灭浇，夏遂复兴。⑯常违："违常"的倒文，违背了正常的道理。⑰乃：于是。遂：终于，结果。焉：语气词。⑱辛：纣王的庙号。菹醢(zū hǎi)：菹是切细的腌菜，醢是肉酱，此指古代的一种酷刑，把人剁成肉酱。⑲宗：宗祀，指王朝。⑳汤禹："汤"指商汤，"禹"指夏禹。在屈赋中禹汤并称共三次，下文"汤禹严而求合兮"，《怀沙》"汤禹久远兮"，都是先汤后禹。俨：读作"严"，严明。祗(zhī)：与"敬"意义相同。敬重法度，不敢胡作非为，即谨慎的意思。㉑周：指周初的文王、武王和周公等人。㉒举贤授能，是屈原重要的政治主张之一，在作品里反复强调。这四字虽只在这里出现一次，但屈赋是文学作品，不是政治论文，这一政治主张，主要寄寓于"骐骥""众芳"等大量形象化的语言之中。

【赏析】

遵循前代圣贤坚持正道，可叹历尽如此磨难让人寒心；渡过沅水湘江而朝南行，向虞舜去陈述衷情；夏启窃得《九辩》《九歌》，夏王朝纵情娱乐放任无度；不居安思危考虑后患，五个儿子起了内讧。后羿沉溺于游猎嬉戏，喜欢射杀大狐狸。

本来淫乱之徒就没有好下场，又被寒浞抢占了他的妻室。浇身体强壮有力，放纵自己的欲望不加节制；每日寻欢作乐以致忘形，终究掉了脑袋。夏桀行为违背常理，于是遭到灾殃。纣王把忠臣剁成肉酱，殷朝的王位也因而不长久。汤和禹都谨慎敬戒，周先王讲求理法也没差错，举用贤者和能者，遵守规矩没有偏颇。

【原文】

皇天无私阿兮[①]，览民德焉错辅[②]；夫维圣哲以茂行兮[③]，苟得用此下土。瞻前而顾后兮，相观民之计极[④]；夫孰非义而可用兮，孰非善而可服[⑤]？阽余身而危死兮[⑥]，览余初其犹未悔[⑦]；不量凿而正枘兮[⑧]，固前修以菹醢。曾歔欷余郁邑兮[⑨]，哀朕时之不当；揽茹蕙以掩涕兮[⑩]，霑余襟之浪浪[⑪]。

【注释】

①私：偏私。阿：与"私"同义。无私阿：即公正不偏。②民：人，此指君主。错：同"措"，施行。看万民之中最有道德的，就让他做君王，让贤能之士去辅佐他。③维：唯。茂：美。④相（xiàng）观：仔细地考察。民：万民众生。计：计虑。极：目的。计极：最终的想法。⑤服：义同"用"。⑥阽（diàn）：临近危险。⑦初：初志，初衷。⑧枘（ruì）：插孔用的木栓，此指木柄。凿的上端圆形中空，枘插其内，是为柄。不迁就凿孔的方圆大小来削柄，就插不进去。这是比喻古代的诤臣，不肯苟合取容，而不得善终。⑨曾：借作"增"，屡次。歔欷（xū xī）：悲泣抽噎的声音。⑩茹：柔软。⑪霑：同"沾"，浸湿。浪浪（láng）：流不断的样子。

【赏析】

上天啊，不偏私，看到了有德行的才肯辅助。只有圣哲德行美好，才能够统治天下。考察了前王而又观省后代，看出了万民的心愿。哪有不义的人可被任用，哪有行为不好的人能被敬服？我纵使是身临绝境，回顾自己的初衷也不后悔。不度量凿孔的方圆而只求正枘，前代的贤人被剁成肉酱。我忧郁而又呜咽，哀怜我生不逢时。用蕙草擦干眼泪，眼泪滚滚沾湿了衣襟。

【原文】

跪敷衽以陈辞兮[①]，耿吾既得此中正[②]；驷玉虬以乘鹥兮[③]，溘埃风余上征。朝发轫于苍梧兮[④]，夕余至乎县圃[⑤]；欲少留此灵琐兮[⑥]，日忽忽其将暮。吾令羲和弭节兮⑦，望崦嵫而勿迫⑧；路曼曼其修远兮⑨，吾将上下而求索。饮余马于咸池兮⑩，总余辔乎扶桑⑪；折若木以拂日兮⑫，聊逍遥以相羊⑬。

【注释】

①敷：铺开。衽（rèn）：衣襟。②耿：明亮貌。中正：即上文"节中"，正道，真理。③骖：古代同驾一辆车的四匹马。这里作动词用，就是驾的意思。虬（qiú）：传说是无角的龙。鹥（yī）：传说中凤类的鸟，身有五彩。④轫：阻止车轮转动的木头。发轫就是在行车前把这块木头拿开，是出发的意思。苍梧：地名，舜所葬的九嶷山在其境内。⑤县圃：神话中的山名，在昆仑山顶。县："悬"的古字。⑥灵琐：神的宫门。灵，神。琐，门上雕刻的花纹。此代指门。⑦羲（xī）和：古代神话中十个太阳的母亲，又是太阳的赶车夫。弭（mǐ）：停。节：鞭子。⑧崦嵫（yān zī）：神山名，传说中日没之处。⑨曼曼：同"漫漫"，长而远的样子。修：长。⑩马：指上文当马驾用的玉虬。咸池：太阳沐浴的神池。⑪总：整理系结。辔：缰绳。扶桑：神树名，据说在东方，日出于扶桑之下。⑫若木：神树名，据说生在昆仑山的西极，青叶红花，光华下照。拂日：拂拭太阳，使它放出光明，不要昏暗下去。⑬相羊：同"徜徉""倘佯"，自由自在地往来游玩，有逍遥之意。

【赏析】

跪在衣襟上陈述衷情，我的心中耿直已得中正之道。驾玉虬乘彩凤，飘忽地乘风而上。清晨从苍梧动身，晚上便来到昆仑山上的悬圃。想要在这神山逗留片刻，无奈太阳却匆匆地要西沉入暮。我叫羲和慢慢地行车，看到崦嵫也不要急迫。前面的路那么长，那么远，我将要上天入地去寻求探索。让我的龙马在咸池饮水，把缰绳拴在扶桑树上。折下几根枝条轻轻遮挡阳光，且让我无拘无束地在这里逍遥闲逛。

【原文】

前望舒使先驱兮①，后飞廉使奔属②；鸾皇为余先戒兮③，雷师告余以未具。吾令凤鸟飞腾兮，继之以日夜；飘风屯其相离兮④，帅云霓而来御⑤。纷总总其离合兮，斑陆离其上下⑥；吾令帝阍开关兮⑦，倚阊阖而望予⑧。时暧暧其将罢兮⑨，结幽兰而延伫⑩；世溷浊而不分兮⑪，好蔽美而嫉妒。

【注释】

①望舒：月神。②飞廉：风神。奔属：奔跑跟随。③鸾：神鸟名，形状如鸡而大，

五色。皇：即"凰"，雌凤。④屯：聚集。离：读作"丽"，依附。⑤帅：同"率"，率领。霓：通"蜺"，虹霓。虹常有内外两层，通称为虹。古人分别言之，内层色鲜，称虹；外层色淡，称蜺。御：迎接。⑥斑：光彩斑烂。上下：天地。⑦阍：守门人。关：本义是门栓，此指天门。⑧阊阖（chāng hé）：天门。⑨暧暧：昏暗的样子。罢：完，指一天将尽。⑩结：结交，这里是寄情的意思。延伫：长久站立。⑪溷（hùn）：义同"浊"，肮脏浑浊。

【赏析】

月神望舒在前面为我开道，风神飞廉跟在后面随着奔跑。鸾鸟凤凰在前头替我警戒，雷神却告诉我还没有准备好。我让凤鸟展翅飞腾，不管是白天还是黑夜都不停前行。旋风把分散的云朵聚集起来，率领着云霓前来列队恭迎。飘忽时聚时散，色彩斑斓乍离乍合，我让帝阍把天门打开，他却倚着天门冷冷地望着我。天色昏暗，一天将要过去，我编结着兰花久久地伫立。人世间是这样混浊善恶不分，总爱遮蔽美好的事物并且嫉妒它。

【原文】

朝吾将济于白水兮①，登阆风而緤马②；忽反顾以流涕兮，哀高丘之无女③。溘吾游此春宫兮④，折琼枝以继佩；及荣华之未落兮⑤，相下女之可诒⑥。吾令丰隆乘云兮⑦，求宓妃之所在⑧；解佩纕以结言兮⑨，吾令蹇修以为理⑩。纷总总其离合兮⑪，忽纬繣其难迁⑫；夕归次于穷石兮⑬，朝濯发乎洧盘⑭。保厥美以骄傲兮⑮，日康娱以淫游；虽信美而无礼兮，来违弃而改求⑯。

【注释】

①白水：神话中发源于昆仑山的河，饮后不死。②阆（làng）风：神山名，在昆仑山上。緤：系结，表示在这里停留。③高丘：指阆风山。无女："吾"在天国碰壁以后，渡过白水，登上阆风山顶，却没有一个理想的神女可以追求。④春宫：东方青帝所居。⑤荣华：琼枝上的鲜花。⑥下女：指下文宓妃、简狄、二姚等下界名淑。她们都是神话式人物，只因不住在天上故称"下女"。"下"相对于天而言。诒（yí）：通"贻"，赠送。⑦丰隆：云神。⑧宓（fú）：古通"伏"。宓妃：传说是伏羲氏的女儿，因溺死于洛水，而成为洛水女神。⑨佩纕：佩用的丝带。结言：寄言结交。⑩蹇（jiǎn）修：人名，旧说为伏羲氏之臣。但从《离骚》的

艺术特点来看，应该是作者虚构的寓言人物。⑪纷总总：指宓妃开始时心绪很乱，拿不定主意。离合：若即若离，不易捉摸。⑫纬繣（huà）：别扭。难迁：难以迁就。⑬次：住宿。穷石：西极的山名，传说是夏代东夷族有穷氏后羿所居之地，说法不一。传说宓妃是河伯之妻，常与后羿偷情。⑭洧（wěi）盘：神话里的水名，发源于崦嵫山。⑮保：恃，仗。⑯来：招呼从者之词。违：放弃，丢开。

【赏析】

明天早晨，我将渡过白水，登上阆风山把我的马拴在那里。猛然间回头望，忍不住流起泪来，哀伤啊这高山上没有理想的女子。匆匆地我游逛到春神的宫殿，折下玉树的枝条来续上佩饰。趁着这开放的花朵还未凋落，到下界去送给可心的女郎。我让丰隆驾起云彩，去寻找宓妃住的地方。把佩带解下来寄托我的心意，我让蹇修去作媒人。忙忙乱乱地她总是若即若离，忽然间闹起别扭，真难迁就。晚上，她在穷石住宿，早晨，她却在洧盘的岸边洗头。她仰仗着美貌而满脸骄傲，整日里在外面荒唐地漫游。她虽然貌美，可是太不懂礼节，走吧！我要丢弃她，另外去寻求（别的姑娘）。

【原文】

览相观于四极兮①，周流乎天余乃下；望瑶台之偃蹇兮②，见有娀之佚女③。吾令鸩为媒兮④，鸩告余以不好；雄鸠之鸣逝兮，余犹恶其佻巧⑤。心犹豫而狐疑兮⑥，欲自适而不可⑦；凤皇既受诒兮，恐高辛之先我⑧。欲远集而无所止兮⑨，聊浮游以逍遥；及少康之未家兮，留有虞之二姚⑩。理弱而媒拙兮，恐导言之不固⑪；世溷浊而嫉贤兮，好蔽美而称恶。闺中既以邃远兮⑫，哲王又不寤⑬；怀朕情而不发兮，余焉能忍与此终古。

【注释】

①览相观：三字同义连用，都是看的意思。②瑶台：玉台，犹"琼楼"，华贵美丽的建筑。偃蹇：高耸的样子。③有娀（sōng）：古代部落名。佚：美。传说有娀氏有个美貌的女儿，名叫简狄，未嫁时住在高台上面，她后来成了帝喾的次妃。④鸩（zhèn）：传说中的毒鸟，羽毛呈紫绿色，稍置酒中，即能致人死命。⑤佻巧：言辞不诚实。⑥犹豫、狐疑：都是双声联绵字，疑惑不决的意思。⑦适：往。⑧受：通"授"。诒：原义是赠给，作名词用，指聘礼。高辛：即帝喾。传

说简狄为帝喾之妃，吞食玄鸟（燕子）的卵而生契，为商人的祖先。简狄的婚姻与玄鸟有关，而《离骚》此处不写玄鸟写凤凰，因为它是一部浪漫主义的作品，风格浓艳夸张，凤凰的形象比燕子华美得多，作者出于艺术上的需要，才这样处理。⑨集：就。⑩少康，夏代中兴的君主，是大康弟仲康之孙，其父名相。寒促指使自己的儿子过浇杀相，少康逃到有虞国，国君把两个女儿嫁给他。后来少康杀浇复夏。有虞氏属姚姓，故其两个女儿称"二姚"。⑪导：致。导言：传递言语。固：成，牢固。⑫闺：宫中小门，引申为内室。闺中本义是女子所居之所，这里是女子的代称。邃：幽深，深远。⑬哲：明智。哲王：指楚怀王。寤：醒，喻觉悟。

【赏析】

仔细观察了天空四方的边缘，在天上周游了一遍才降临大地。远远望瑶台那么巍峨壮丽，看见了有娀氏美女简狄。我吩咐鸩鸟去替我作媒，鸩鸟却告诉我说那美女不好。雄鸠边飞边叫着飞远了，可我却讨厌它的轻佻。心里犹豫不决而迟迟疑疑，想亲自前去又觉得不可以。凤凰已经送去了礼物，恐怕高辛已经比我先到了。我要到远处去又没有地方落脚，暂且随便游荡倒也逍遥。趁着少康还没有成家，有虞的两个女儿还在呢。提亲的媒人无能笨拙，恐怕这次传话又没有把握。世道混浊而又嫉贤妒能，喜欢隐蔽美好而宣扬邪恶。闺中的美人住在幽远深邃的地方，聪明的君王又还没觉悟。满怀衷情却无处倾诉，我怎能忍受这长久的痛苦了此一生！

【原文】

索藑茅以筳篿兮①，命灵氛为余占之②。曰："两美其必合兮③，孰信修而慕之④？思九州之博大兮⑤，岂唯是其有女⑥？"曰："勉远逝而无狐疑兮⑦，孰求美而释女⑧？何所独无芳草兮，尔何怀乎故宇⑨？世幽昧以眩曜兮⑩，孰云察，余之善恶⑪？民好恶其不同兮⑫，惟此党人其独异⑬；户服艾以盈要兮⑭，谓幽兰其不可佩。览察草木其犹未得兮，岂珵美之能当⑮？苏粪壤以充帏兮⑯，谓申椒其不芳！"

【注释】

①索：取。藑（qióng）茅：是一种用来占卜的草。古代楚人有"茅卜法"，结草折竹来占卦就用此草。以：与。筳（tíng）、篿（zhuān）：都是算卦用的竹片，楚人用于另一种占卜法。把两种不同的占卜工具写在一起，正如把扶桑与若

木扯在一块、把燕子改作凤凰一样，是《离骚》特殊的艺术手法。②灵氛：卜师之名。从《离骚》的艺术特点看来，向灵氛问卜，是虚构假设之词。③其：表示肯定的语气助词。④信：真正，确实。修：美。慕：与上下文义矛盾，与"占"字韵也不叶，经多方考证，没有确切的文义。⑤九州：泛指天下。⑥是：此。⑦曰：古书中同一个人说的话，中间往往再用"曰"字。这是灵氛针对屈原所提出来的怀疑劝勉他勤奋努力，出去则必有遇合。勉：劝勉。⑧释：丢开，放弃。女：同"汝"，指"吾"。⑨宇：当从一本作"宅"，形之误。"宅"古音待洛反，与"恶"（乌各反）叶韵。故宅：老家，指楚国。⑩世：当从一本作"时"，世与"何所独无芳草"矛盾。眩曜：迷乱的样子。⑪云：语气词。余：包括"灵氛"与"吾"，就是咱们的意思，是一种表示亲密的称谓。⑫民：一般的人们。⑬惟：唯。此：指"故宇"。⑭户：披。艾：野草名，有怪味。要：古"腰"字。⑮珵（chéng）：美玉。当：借作"党"，懂得，楚方言。⑯苏：借作"叔"，索取。帏：佩在身上的香囊。对草木尚且缺乏辨别的能力，更不能鉴别美玉，那么玉再美也不适合他们。灵氛这样说，是为了坚定"吾"的去志。

【赏析】

找到灵草和竹片，请灵氛为我占卜。她说："双方是美的一定能结合，可是谁真正美好值得去爱慕？想想天下是如此的广大，难道只是这里有美女吗？"她说："向远处去吧不要迟疑，哪有追求美好的人会把你丢下？什么地方没有芳草，你何必如此怀念故土？世道既黑暗又让人眼花缭乱，谁能够详察咱们的善恶？人们的好恶本来就有不同，只是这里的小人更加独特不同。家家户户的人都在腰间挂满了艾草，反而说幽兰不可佩戴。分辨草木都不能真切，对美玉又怎能评价得恰当？拿粪土塞满了香囊，偏要说申椒一点儿也不香。"

【原文】

欲从灵氛之吉占兮，心犹豫而狐疑；巫咸将夕降兮①，怀椒糈而要之②。百神翳其备降兮③，九疑缤其并迎④；皇剡剡其扬灵兮⑤，告余以吉故。曰："勉升降以上下兮⑥，求榘矱之所同⑦；汤禹严而求合兮，挚咎繇而能调⑧。苟中情其好修兮，又何必用夫行媒；说操筑于傅岩兮，武丁用而不疑⑨。吕望之鼓刀兮，遭周文而得举⑩；宁戚之讴歌兮，齐桓闻以该辅⑪。及年岁之未晏兮⑫，时亦犹其未央⑬；恐鹈鴃之先鸣兮，使夫百草为之不芳⑭！"

【注释】

①巫咸：古代著名的神巫。但文中的巫咸，仅借用其名，不是历史人物，而是寓言人物。故下文巫咸称引周代的吕望、宁戚。降：从天降临。②怀：揣在怀里，准备。糈（xǔ）：精米，用于祭神的祭品。椒糈：香草和精米。要：祈求。③黰：遮蔽，形容"百神"盛多。备：齐，全都。④九疑：山名，此指九嶷山诸神。⑤皇：读作"煌"，辉煌，是"剡剡"的状语。剡剡（yǎn）：发亮的样子。灵：神。⑥勉：勉强。升降上下：俯仰浮沉，只"求榘矱之所同"，不计地位之高低。"⑦榘：即"矩"，量方形的工具。矱（yuē）：量长短的工具。同：合。⑧挚：即伊尹，汤时贤臣，帮助商汤灭夏。咎繇（gāo yáo）：即皋陶（yáo），传说是夏禹时期的贤臣，是精明公正的立法官。⑨说（yuè）：即傅说，相传本是傅岩地方筑土墙的奴隶，商王武丁梦到他，就画了像到处寻访，结果在刑徒中找到，后为殷高宗时贤相。筑：打土墙用的木杵。⑩吕望：又称吕尚，俗称姜太公。本届姜姓，因先代封邑在吕，故以吕为氏。传说曾在朝歌当过屠夫，遇文王而被重用，是周朝的开国贤臣。鼓：敲。鼓刀：敲刀发声，以招揽生意。⑪宁戚：春秋时卫国人，喂牛时敲着牛角唱歌，抒发怀抱，被齐桓公听到，带去列为客卿。该：预备。辅：辅佐大臣。该辅：预备作为辅佐。以上所举伊尹、傅说、吕望、宁戚诸人，都是处卑"好修"，就地待时，而得到知遇，都没有"用夫行媒"。⑫晏：晚。⑬犹其未：即"其犹未"。上文"虽九死其犹未悔""唯昭质其犹未亏""览余初其犹未悔""览察草木其犹未得"，都作"其犹未"。⑭鹈鴂（tí jué）：子规鸟，秋天鸣。巫咸的话至此止。

【赏析】

想听从灵氛的占卜吉言，心里却又犹犹豫豫无法决断。巫咸将在晚上求神降临，我准备着香椒和精米去邀请他。百神遮天蔽日一齐降临，九嶷山的众神都纷纷去迎接。光灿灿地闪耀着灵光，巫咸又告诉我一些吉利的典故。他说："地上天下地去求索吧！去寻求道义相同的人。商汤夏禹诚心地寻求贤臣，才能和伊尹皋陶协同一心。只要内心确实是美好修洁的，又何必到处去托媒介绍？傅说曾在傅岩筑过土墙，武丁重用他却毫不怀疑。姜太公在朝歌操过屠刀，碰上周文王而得以荐举。宁戚喂牛时敲着牛角唱歌，齐桓公听到了任用他为辅佐。趁年岁还没有衰老，时势的极限还没有来到；当心那子规鸟叫得太早，使百草因此而芳香尽消。"

【原文】

何琼佩之偃蹇兮①，众薆然而蔽之②？惟此党人之不谅兮③，恐嫉妒而折之。时缤纷其变易兮，又何可以淹留④？兰芷变而不芳兮，荃蕙化而为茅。何昔日之芳草兮，今直为此萧艾也⑤？岂其有他故兮，莫好修之害也！余以兰为可恃兮⑥，羌无实而容长⑦；委厥美以从俗兮⑧，苟得列乎众芳⑨。

【注释】

①琼佩：玉树枝做的佩。此处是自喻。偃蹇：繁盛而高贵的样子。②薆（ài）然：受到遮蔽而显得黯然。③谅：诚实，信用。④淹留：久留。⑤萧、艾：都是蒿草，不香。⑥兰：旧说是暗射楚怀王的小儿子子兰，其实不然。⑦羌：发语词。容：外表。长：义同"修"，美好。古人以长为美。⑧委：弃。⑨苟得：能够得到，实际上还配不上。

【赏析】

为什么琼玉的佩饰出众地美丽，众人就把它的光彩遮蔽？这些小人是没有诚信的，怕他们会妒忌而把玉佩毁弃！世俗纷乱易变，怎能在这里久久流连？兰与芷变得不再芬芳，荃与蕙变成了茅草。为什么往日的芳草，今日里直成了野艾臭蒿？难道还有其他的缘故？都只怪他们不洁身自好！本以为幽兰可以信赖，谁知道它也虚有其表，抛弃了美质随从世俗，苟且地名列众芳。

【原文】

椒专佞以慢慆兮①，樧又欲充夫佩帏②；既干进而务入兮③，又何芳之能祗④！固时俗之流从兮⑤，又孰能无变化？览椒兰其若兹兮，又况揭车与江离？惟兹佩之可贵兮⑥，委厥美而历兹⑦；芳菲菲而难亏兮，芬至今犹未沬⑧。和调度以自娱兮⑨，聊浮游而求女；及余饰之方壮兮⑩，周流观乎上下。

【注释】

①椒：王逸认为是暗射"楚大夫子椒"，但和"兰"一样，没有具体实证可考。《离骚》对众芳芜秽写得特别沉痛，在作品中一再严词谴责，应有作者的实际感受为生活基础。大概屈原被疏以后，原来大批得到过屈原扶植，支持屈原的人，全都随风转舵，倒向靳尚等人一边，而与屈原为敌。这是符合旧时代官场世道的

一般规律的。但要说哪种香草影射哪个人，那就很难说了。悃：义同"慢"，傲慢。②槮（shā）：茱萸（yú）一类的草，外形似椒而无香味。③干：义同"务"，钻营追求。④祇：敬重。⑤流从："从流"的倒文，随波逐流，趋炎附势。⑥惟：同"唯"。⑦委：作"秉"解释，把持，坚持。历兹：至今。⑧沫：消失，消散。⑨和：调和，缓和。调度：调整。这句是说把自己的心情调整得和悦、愉快一些。⑩饰：指琼佩。这一段是听了巫咸"吉故"之说后的感慨，是对他的反驳。其中心意思是故国里连众芳都已变质，只剩下"琼佩""偃蹇"，"吉故"不可能在故国重演再现。

【赏析】

花椒专横谄媚而且傲慢，茱萸还想充满佩囊。既然都只贪图攀援钻营，又有哪种芳草能够坚持芳香之道？时俗本来就随波逐流，又有谁能够不生变化？看椒兰都已经这样了，更何况揭车和江离？只有这玉佩是可贵的，却遭到弃置经此危厄！清香依旧难以污损，芳香至今还留存。调节内心的思度求得欢娱，姑且四处逍遥寻求美女。趁着我的玉佩还璀璨美丽，到天上地下去到处游览！

【原文】

灵氛既告余以吉占兮，历吉日乎吾将行①。折琼枝以为羞兮②，精琼靡以为粻③。为余驾飞龙兮，杂瑶象以为车④；何离心之可同兮，吾将远逝以自疏！邅吾道夫昆仑兮⑤，路修远以周流；扬云霓之晻蔼兮⑥，鸣玉鸾之啾啾⑦。朝发轫于天津兮⑧，夕余至乎西极；凤皇翼其承旂兮⑨，高翱翔之翼翼⑩。忽吾行此流沙兮，遵赤水而容与⑪；麾蛟龙使津梁兮⑫，诏西皇使涉予⑬。

【注释】

①历：选择，挑选。②羞：这里泛指菜肴。③精：捣碎。今闽南话还称捣为"精"。靡（mí）：细末。粻（zhāng）：粮食。④象：象牙。⑤邅（zhān）：转，楚方言。⑥扬云霓：举云霓作为旌旗。晻蔼（yǎn ǎi）：云旗蔽日的样子。⑦玉鸾：玉制的车铃，挂在车横上，形状像鸾鸟。啾啾：铃声。⑧津：渡口。天津：天河的渡口。传说在箕、斗二星之间。⑨翼：作动词用，展翅。承：连接。旂：指云旗。⑩翼翼：整齐和谐的样子。⑪遵：循。赤水：神话里的水名，源出昆仑山。容与：从容宽适的样子。⑫麾：指挥。梁津：在渡口搭桥。梁：桥，这里用作动词。⑬诏：命令。西皇：西方天帝少埠。涉予：帮助我渡河。

【赏析】

灵氛告诉我说卜占是吉祥的，选定好日子我就去远方。折琼枝来做菜肴，用碧玉捣碎做干粮。为我驾驭飞龙之车，用美玉象牙装饰那车。怎能跟异心人在一块？我将远游放飞自己！把行程转向昆仑，路途遥远天涯漫漫。用云霓做彩旗飘扬蔽日，玉制的车铃铿锵如鸟鸣。早晨从天河的渡口出发，黄昏就到了西天的尽头。凤凰的彩翎连接如云彩的旗帜，在天空之上高高飞翔。转眼间来到一片流沙之地，沿着赤水河从容优游。指挥蛟龙在渡口搭桥，叫西皇帮我渡过河流。

【原文】

路修远以多艰兮，腾众车使径待①；路不周以左转兮②，指西海以为期③。屯余车其千乘兮，齐玉轪而并驰④；驾八龙之婉婉兮⑤，载云旗之委蛇⑥。抑志而弭节兮⑦，神高驰之邈邈⑧；奏《九歌》而舞韶兮⑨，聊假日以媮乐⑩。陟升皇之赫戏兮⑪，忽临睨夫旧乡⑫；仆夫悲余马怀兮，蜷局顾而不行⑬。乱曰⑭：已矣哉！国无人莫我知兮⑮，又何怀乎故都？既莫足与为美政兮⑯，吾将从彭咸之所居⑰。

【注释】

①腾：传告。待：当从一本作"侍"，与"期"叶韵。径待：在路边侍卫。②路：路过。不周：神话里的山名，在昆仑山西北。③期：读作"极"，目的地。④轪（dài）：车轮的别名，楚方言。⑤婉婉：一作蜿蜿，龙在天空飞行蜿蜒屈曲的样子。⑥委蛇（yí）：即"逶迤"，舒卷蜿蜒的样子。⑦抑志：抑制自己的情绪。⑧邈邈：高远的样子。⑨韶：即九韶，传说是舜时的舞乐。⑩假日：利用时间。媮（yú）：通"愉"。⑪陟（zhì）：登。皇：皇天。戏：同"曦"，光明的样子。⑫临：居高临下。睨：斜视。⑬蜷局：卷曲不伸。顾：回头。⑭乱：本是古代乐曲里的一个名称，用在末尾，约当于今天的"尾声"。辞赋最后往往也有"乱"辞作为一篇的总结。⑮莫我知："莫知我"的倒文。⑯美政：理想的政治。⑰从彭咸之所居：追随彭咸去他的居处。

【赏析】

行程悠远而艰难，叫随从的车辆在两旁等待。路过不周山向左转弯，直奔西海而去！成千的车辆列队集中，玉制的车轮隆隆转动。每辆车驾八条婉婉的神龙，车上云旗飘飘荡荡。控制住兴奋减少兴态，心神已经像奔马一样跑远了。奏起了《九歌》，舞起《九韶》，姑且娱乐一下来打发时光！登上了光辉灿烂的皇天，忽然间俯看到了故乡！仆人悲伤，马儿也怀恋，弯曲着身体回头看不肯向前。最后说：就这样算了吧！国家里没有人懂得我，我又何必怀念故都？既然没有人能同我推行美政，我将追随彭咸寻求安身的地方！

九　歌

东皇太一

　　吉日兮辰良①，穆将愉兮上皇②。抚长剑兮玉珥③，璆锵鸣兮琳琅④。瑶席兮玉瑱⑤，盍将把兮琼芳⑥。蕙肴蒸兮兰藉⑦，奠桂酒兮椒浆⑧。扬枹兮拊鼓⑨，疏缓节兮安歌，陈竽瑟兮浩倡⑩。灵偃蹇兮姣服⑪，芳菲菲兮满堂。五音纷兮繁会⑫，君欣欣兮乐康⑬。

【注释】

　　①辰良："良辰"的倒文，为了与"皇""琅"押韵。②穆：恭敬肃穆。将：介词，同"以"。愉：通"娱"，此作动词用，使之快乐。③抚：抚摸。珥（ěr）：剑鼻，在剑柄上，此指剑柄。④璆锵（qiú qiāng）：佩玉相碰发出的声音。琳琅：美玉名。⑤瑶：美玉名，这里形容席的质地精美。瑱（zhèn）：同"镇"。玉瑱：压席的玉器。席铺在神位前面，上面摆着祭品。⑥盍（hé）：同"合"，聚集在一起。将：拿起。把：持。将把：摆设的动作。琼：美玉名，这里形容花色鲜美，例同"瑶席"。⑦肴蒸：祭祀用的肉。藉：垫底用的东西。⑧奠：祭献。桂酒：桂花浸泡的酒。椒浆：香椒浸泡的美酒。⑨枹（fú）：鼓槌。拊：敲击。⑩陈：列。竽：笙类的吹奏乐器，有三十六簧。瑟：弹奏乐器，有二十五弦。倡：同"唱"。浩倡就是大声唱，气势浩荡。⑪灵：这里指以歌舞娱神的巫女。《九歌》里的"灵"都指所祀之神。偃蹇（yǎn jiǎn）：舞姿优美的样子。⑫五音：宫、商、角、徵、羽，是我国古代音乐的五种音阶。宫相当于C调的第一音，商相当于D调的第一音，以此类推。⑬君：指东皇太一。

【赏析】

　　吉祥日子美好的时光，恭敬肃穆娱祭上皇。手持着玉饰的长剑，身上戴的佩玉脆响叮当。瑶玉装饰的席子、美玉制成的压镇，还有那满把的琼玉吐芬芳。蕙草裹着祭肉垫着馨兰，祭献上桂花美酒和椒浆。扬起了鼓槌敲打着，节奏舒缓伴着轻柔的歌声，吹竽鼓瑟众声齐唱。神灵翩然起舞，挥动着华丽的衣裳，浓郁的香气四溢满堂。五音齐鸣交响四方，神君喜悦而快乐安康。

云中君

浴兰汤兮沐芳①，华采衣兮若英②。灵连蜷兮既留③，烂昭昭兮未央④。謇将憺兮寿宫⑤，与日月兮齐光。龙驾兮帝服⑥，聊翱游兮周章⑦。灵皇皇兮既降⑧，猋远举兮云中⑨。览冀州兮有余⑩，横四海兮焉穷⑪。思夫君兮太息⑫，极劳心兮忡忡⑬。

【注释】

①浴：洗身体。沐：洗头发。古人祭祀前必须斋戒，用兰草沐浴。②英：花。以上二句，写迎神的巫女。③灵：云神。连蜷：长而婉曲。既留：已经留下来。④烂昭昭：写云神的神采灿烂。未央：未尽，正盛。⑤謇（jiǎn）：发语词，楚方言。憺（dàn）：安。寿宫：供神的神堂。⑥龙驾：驾龙车。诸神与《离骚》的"吾"一样，都用龙驾车。⑦聊：暂且。云神下天以前，先在天上盘旋一下。周章：周游往来。⑧皇：同"煌"。降：从天下降临地面。⑨猋（biāo）：去得很快的样子。这句写云神来娭，刚下来很快就走了，引起巫女的相思之苦。⑩览：云神所见。冀州：古称中国有九州，冀州、兖州、青州、徐州、扬州、荆州、豫州、幽州、雍州，冀州为九州岛之首，这里代指中国。有余：说云神的视野超出中国。⑪横：横奔。四海：古人以为九州周围有东南西北四海包围。四海指世界。焉：何。穷：尽。"焉穷"与"有余"互文，描写云神高瞻远瞩，无所不到，仅览中国而有余，横绝四海也不知其穷尽。⑫君：巫女对云神的尊称。⑬忡（chōng）：同"忡"，心忧的样子。

【赏析】

用兰馨之水、白芷之香沐浴满身芳香，鲜艳多彩的衣服像花朵一样。神灵翩然起舞飘忽地降临，神采光辉灿烂不尽不藏。您且在寿宫安乐宴享，与日月同放光芒。穿着帝服乘驾龙车之上，暂且在九天之际遨游观览四方。神灵光芒灿烂的已经降临人间，倏忽间又像风一样飞回天上。览遍九州却仍心想他处，横行四海之后不知您的踪迹将停留何方。我思念神君啊却唯有叹息，无尽的愁思真让人忧虑劳伤！

湘　君

【原文】

君不行兮夷犹①，蹇谁留兮中洲②？美要眇兮宜修③，沛吾乘兮桂舟④。令沅湘兮无波，使江水兮安流。望夫君兮未来⑤，吹参差兮谁思⑥？驾飞龙兮北征⑦，邅吾道兮洞庭⑧。薜荔柏兮蕙绸⑨，荪桡兮兰旌⑩。望涔阳兮极浦⑪，横大江兮扬灵。扬灵兮未极⑫，女婵媛兮为余太息⑬。横流涕兮潺湲⑭，隐思君兮陫侧⑮。

【注释】

①君：湘夫人对湘君的尊称。夷犹：犹豫不前的样子。②蹇（jiǎn）：发语词，楚方言。谁留：为谁而留。③要眇（yāo miǎo）：美好的样子。宜修：修饰得恰到好处。④沛：水势急，这里形容桂舟行速很快。⑤夫（fú）：语气助词。君：指湘君。⑥吹：湘君在吹。参差：即排箫。以竹管编排，各管参差不齐，故名。相传是舜发明。谁思："思谁"的倒文，即思湘君。⑦飞龙：指雕刻着龙形的船。征：行。⑧邅（zhān）：转弯，回转，楚方言。⑨薜荔：蔓生灌木，一名木莲。柏：即"箔"，帘。蕙：兰草类，亦名薰草、佩兰。绸：帏帐。⑩荪：香草名，一作荃，俗名石菖蒲。桡（ráo）：短桨。兰：兰草。旌：旗杆顶上的饰物。⑪涔（cén）阳：地名，在涔水北岸，洞庭湖西北。浦：水边。极浦：遥远的水边，指涔阳。今湖南澧县有涔阳浦，在洞庭湖与长江之间。涔阳可能是传说中湘夫人经常居留的地方。⑫极：引申义，到达。⑬女：侍女（戴震说）。婵媛（chán yuán）：关心痛侧的样子。⑭潺湲（chán yuán）：缓缓而流的样子。⑮陫（fěi）侧：即"悱恻"，内心悲痛。

【赏析】

湘君啊！您犹豫不走。究竟在水中沙洲等待谁？我既美丽又善于修饰自己，来吧！与我在急流中同乘桂木之舟。愿沅水、湘水风平浪静，还请江水缓缓而流。

我盼望着您，为什么您却还不来？您吹着洞箫在思念着谁？我本驾着龙舟向北远行，却转道来了这优美的洞庭。用薜荔做舱壁蕙草做帐，用荪草装饰船桨兰草作为旌旗。眺望涔阳那遥远的水边，我要横渡大江以表达我的挚诚。我的真诚还没全部表达出来，侍女已经心疼地为我发出叹息。眼泪纵横滚滚而下不可收，隐痛地思念你而悱恻伤神。

【原文】

桂櫂兮兰枻①，斲冰兮积雪②。采薜荔兮水中，搴芙蓉兮木末③。心不同兮媒劳④，恩不甚兮轻绝！石濑兮浅浅，飞龙兮翩翩⑤。交不忠兮怨长，期不信兮告余以不闲！鼂骋骛兮江皋⑥，夕弭节兮北渚⑦。鸟次兮屋上，水周兮堂下⑧。捐余玦兮江中⑨，遗余佩兮澧浦⑩。采芳洲兮杜若⑪，将以遗兮下女⑫。时不可兮再得，聊逍遥兮容与⑬。

【注释】

①桂、兰：都是香木名。櫂（zhào）：同"棹"，长桨。枻（yì）：舵，也称艄，置于船尾，决定航向。②斲（zhuó）：同"斫"，砍也。江水冻结，上有积雪，须破冰开道。其实，当时还是秋风初起时节，不会有冰冻积雪。这是湘夫人比喻自己千方百计为爱情打开出路。③搴（qiān）：拔。芙蓉：莲花。木末：树梢。薜荔长于陆地，芙蓉生在水中，这两句是缘木求鱼的意思，形容求爱的艰难，所求不遂。④劳：徒劳。⑤濑（lài）：浅滩上的流水。翩翩：飞行轻快的样子。龙舟虽快，滩水太浅，这也是借喻单思之苦。⑥鼂（zhāo）：古同"朝"（zhāo），早晨。皋：水边。⑦弭（mǐ）：停。节：鞭。渚（zhǔ）：江中沙洲。⑧次：停宿。周：环绕。这两句写处境的荒凉。⑨捐：弃。玦（jué）：环形而有缺口的玉饰。⑩遗：读作"坠"，丢下，义同"捐"。佩：佩玉。澧：水名，在湖南，注入洞庭。⑪芳洲：生芳草的水洲。杜若：香草名。⑫遗（wèi）：赠予，是"馈"的假借字。下女：地位卑下的侍女。"玦"与"佩"是男人的饰物，湘夫人本想送给湘君。因以为湘君背约不来，故而抛掉，表示决绝。采杜若给下女，则与此对照，意思是说：我与其送块玉佩给你这个薄情郎，还不如采芳草给地位卑下的女子。一说"女"指湘君的侍女，希望通过她代为说情。此说与捐玦遗佩的决绝态度不符。或说"女"指自己的侍女，即上文"女婵媛兮为余太息"的"女"。⑬容与：舒缓放松的样子。

【赏析】

桂木的船桨，兰木的船板，刚刚破开的厚冰又因寒雪而堆积起来。我就好像在水中把薜荔摘取，在树梢把芙蓉采摘。两人心意不相通媒人必是劳而无功，恩爱不深也必定会容易分离！水流在石滩上湍急地流淌，飞龙之舟掠过水面疾行翩翩。交往不以忠诚为准就会使怨恨深长，约会不守信诺竟对我说是没有时间！早晨我在江边奔驰疾走，傍晚我在北岸歇息。鸟儿栖息在屋檐之上，流水围绕在华堂之下。把我的玉玦抛弃在江中，而把我的佩饰留在澧水之岸。在芳洲上采摘杜若，想送给陪侍的女郎。消逝的岁月不能再来，姑且逍遥自在而放开胸怀！

湘夫人

【原文】

帝子降兮北渚①，目眇眇兮愁予②。嫋嫋兮秋风③，洞庭波兮木叶下④。登白薠兮骋望⑤，与佳期兮夕张⑥。鸟何萃兮蘋中？罾何食兮木上？⑦沅有茝兮澧有兰⑧，思公子兮未敢言⑨。荒忽兮远望，观流水兮潺湲。麋何食兮庭中？蛟何为兮水裔⑩？朝驰余马兮江皋，夕济兮西澨⑪。闻佳人兮召予，将腾驾兮偕逝⑫。

【注释】

①帝子：湘君对湘夫人的尊称。古人称男女不分性别，均作"子"。因为湘夫人是帝尧的女儿，所以这里的"帝子"相当于后世的"公主"。②眇眇：远望不清的样子。愁予：使我发愁。愁作动词用。③嫋嫋（niǎo）：柔弱而细长的样子。④波：动词，生波。⑤白薠（fán）：草名，秋季生长，雁所食。⑥佳：佳人，指湘夫人。期：约会。张：为晚间的约会而准备、张罗。⑦鸟：指不能入水的陆地飞禽。萃：聚集。蘋：水生植物，萍类。罾（zēng）：鱼网。这两句与《湘君》的"采薜荔兮水中，奉芙蓉兮木末"意同，突出了充溢于人物内心的失望与困惑，大有所求不得、徒劳无益的意味。⑧茝（chǎi）：香草名，即白芷。⑨公子：指湘夫人。古代贵族称公族，贵族子女不分性别，都可称"公子"。⑩麋（mí）：鹿的一种，较大。蛟：传说是无角的龙。水裔：水边。裔：本义是衣的下摆，引申为边。麋本当在山林而来到庭院里，蛟本当在深渊而来到水边。实写眼前荒凉景象，意同上文"鸟何萃兮蘋中，罾何为兮木上"。⑪济：渡。澨（shì）：水边。

⑫腾驾：驾着马车奔驰。偕逝：同去。"召予""偕逝"，以及下文所写的同居生活，都是湘君夜宿"西滋"时的南柯美梦。

【赏析】

湘夫人仿佛已经降临在北岸，我遥望不见而无限哀愁。微微的秋风，吹皱了洞庭湖水，落叶飘扬。我登上长满白蘋的高地纵目四望。与湘夫人的约会，一直忙到月昏黄。鸟儿为什么聚集在蘋草中？鱼网为什么挂在树枝上？沅有白芷，澧有幽兰，我虽思念湘夫人却不敢讲。心思恍惚，举目四望，只看到那洞庭湖水缓缓流淌。野麋寻食，为什么拘束在庭院？蛟龙游戏，为什么困蹙在浅滩？清晨我骑马奔驰在江畔，傍晚就已经渡过了大江西边水岸。听说夫人在召唤我，将与你一同驰车去成欢。

【原文】

筑室兮水中，葺之兮荷盖①。荪壁兮紫坛②，播芳椒兮成堂③。桂栋兮兰橑④，辛夷楣兮药房⑤。罔薜荔兮为帷⑥，擗蕙櫋兮既张⑦。白玉兮为镇，疏石兰兮为芳⑧。芷葺兮荷屋，缭之兮杜衡。合百草兮实庭，建芳馨兮庑门⑨。九嶷缤兮并迎，灵之来兮如云⑩。捐余袂兮江中⑪，遗余褋兮澧浦⑫。搴汀洲兮杜若⑬，将以遗兮远者⑭。时不可兮骤得⑮，聊逍遥兮容与！

【注释】

①葺：编结覆盖。②紫坛：用紫贝铺砌的庭院。紫：指紫贝。坛：中庭，楚方言。③成：借作"盛"。用芳椒涂壁，香气满堂。④橑（liáo）：椽。⑤辛夷：香木名。药：白芷。⑥罔：古同"网"，此作动词用，编结。⑦擗（pǐ）：擗开。櫋（mián）：帐顶。⑧疏：分布。石兰：兰草的一种。⑨庑（wǔ）：走廊。⑩九嶷：此指九疑山的群神，即下句的"灵"。"偕逝"的美梦至此止此。⑪袂（mèi）：复襦，外衣。⑫遗：读作"坠"，丢下。褋（dié）：汗衫。⑬汀：水中平地。⑭远者：陌生人。一说指湘夫人，想作最后的努力，但这与捐袂遗褋的决绝态度不符。⑮骤：屡次。骤得：一次次地得到。

【赏析】

我们在水中建造一栋房子，用芷草修葺，用荷叶苫在房面上。用荪草装饰墙壁，用紫贝砌成小坛，把芳椒撒满屋子，满堂馨香。桂木做的栋梁，兰饰的天花板，辛夷的门楣，白芷的卧房。编结薜荔做帷帐，分蕙草做隔扇，全部已陈设妥当。

洁白的美玉做席镇，压住四角，布列石兰散播它的芬芳。荷叶做的屋子，用芷草修葺，再用杜衡缠绕在房屋四围。聚集了百草充满庭院，筑起放置各种香草芳馨满溢的门廊。九嶷山的神灵纷纷来欢迎，为迎接湘夫人众神灵下降如同彩云一样。我把衣袖抛弃在江水之中，我把短衣丢在澧水岸旁。我在平洲上采摘杜若，向远方的情人表述衷肠。消逝的岁月不能再来，姑且逍遥自在而把心胸放宽！

大司命

【原文】

　　广开兮天门，纷吾乘兮玄云①。令飘风兮先驱，使冻雨兮洒尘②。君迴翔兮以下③，逾空桑兮从女④。纷总总兮九州⑤，何寿夭兮在予⑥。高飞兮安翔，乘清气兮御阴阳⑦。吾与君兮齐速⑧，导帝之兮九坑⑨。

【注释】

　　①纷：多，形容"玄云"。玄：黑色。②冻（dōng）雨：暴雨。③君：巫女对大司命的尊称，下同。④空桑：神话里的山名。女：同"汝"，指大司命。⑤总总：众多的样子。"纷"形容"总总"之状。九州：指九州上的人。⑥何：谁。予：我，大司命自谓。⑦乘、御：都是驾驭的意思。清气：天地间清明之气。阴阳：我国古代辩证思想中两个对立的基本概念，阴代表地、柔、死……阳代表天、刚、生……此处兼及阴阳变化而言。⑧与：跟从。齐速：严肃地快步走，也叫"趋"，为恭谨之貌。⑨导：引。帝：上帝。之：往。九坑：坑，音"冈"，一作"冈"，字同。坑古本作阬，虚。九阬，犹九虚，即九天。九冈就是九州的代称。冈是高地，九州对四海而言，也是指无水的高地的。天帝是造物主，掌握人间生杀予夺的决定权。大司命是天帝这种权威的具体执行者，把大司命带到九州，就是把天帝的这种神威传到九州。这就是"导帝之兮九坑"的意思。故接下去就由大司命自我炫耀这种神威。

【赏析】

　　（神巫唱）打开天国的大门，我驾着纷盛的黑云。命令旋风在前面开路，叫暴雨冲洗道路清洗飞尘。（祭巫唱）神君您盘旋着降临，我越过空桑将您跟从。（神巫唱）九州上的黎民百姓，谁寿谁夭全掌握在我的手上！（祭巫唱）神君啊！

您安详地高高飞翔，乘着天地间清明之气，驾御着宇宙的阴阳。我愿意跟着您啊，恭谨地疾速远去，引导天帝前往九天之上。

【原文】

灵衣兮被被[1]，玉佩兮陆离[2]。壹阴兮壹阳，众莫知兮余所为。折疏麻兮瑶华[3]，将以遗兮离居[4]。老冉冉兮既极[5]，不寖近兮愈疏[6]。乘龙兮辚辚[7]，高驼兮冲天[8]。结桂枝兮延伫，羌愈思兮愁人[9]。愁人兮奈何，愿若今兮无亏[10]。固人命兮有当[11]，孰离合兮可为[12]？

【注释】

①灵衣：神灵之衣。被被：同"披披"，飘动的样子。②陆离：光彩闪耀的样子。③疏麻：神麻。瑶华：玉色的花。④遗（wèi）：赠。离居：离居的人，指大司命。大司命居于天，巫女居于地，所以才这样说。⑤冉冉：渐渐。极：至。⑥寖（jìn）：渐渐。寖近：渐渐使之亲近。⑦"乘龙"二句：写大司命忽然离开祭堂，回天而去。龙：龙驾的车。辚辚：车声。⑧驼：通"驰"。⑨"结桂"二句：写神将离去，巫女对大司命的怀恋。羌：发语词，楚方言。思：指思念大司命。⑩无亏：指身体没有亏损。⑪固：本来。当：当然，本来的意思。⑫为：动词，任意安排，人为。以上四句是失恋后的自我宽慰，也反映古人的宿命思想。

【赏析】

（神巫唱）神灵的衣裳随风飘动，腰间玉佩的光彩夺目灿烂。一生一死是自然的循环，谁也不知道是操纵在我的手上。（祭巫唱）折下一束神麻那如白玉般的花，我将把它赠送给离居的人聊表思念。生命的衰老已渐渐地来到，如果不再亲近就会愈加疏远。神君驾起龙车，其声辚辚，高高地奔驰向上直冲天空。我手拿着桂枝引颈远望，为什么越是思念越觉愁苦。忧愁又有何用，但愿永远像今天这样无所亏缺。既然人生命运本来就有定数，谁又能改变悲欢离合之恨呢？

少司命

秋兰兮麋芜[1]，罗生兮堂下[2]。绿叶兮素华[3]，芳菲菲兮袭予[4]。夫人兮自有美子[5]，荪何以兮愁苦[6]？秋兰兮青青[7]，绿叶兮紫茎。满堂兮美人，忽独与余兮目成⑧。入不言兮出不辞⑨，乘回风兮载云旗⑩。悲莫悲兮生别离，乐莫乐兮新相知。荷衣兮蕙带，儵而来兮忽而逝⑪。夕宿兮帝郊⑫，君谁须兮云之际⑬？与女沐兮咸池⑭，晞女发兮阳之阿⑮。望美人兮未来，临风怳兮浩歌⑯。孔盖兮翠旍⑰，登九天兮抚彗星⑱。竦长剑兮拥幼艾⑲，荪独宜兮为民正⑳。

【注释】

①麋芜：芎䓖（xiōng qióng）幼苗的别名。芎䓖通体芬芳，秋天开花，花色洁白。②罗生：是说"秋兰"与"麋芜"并列而生。③素：白色。华：花。④袭：指香气扑鼻。予：群巫自称。⑤夫（fú）：发语词。人：人们。美子：美好的儿女。古代男女均可称子。⑥荪：香草名，这里用作对少司命的尊称。⑦青青：借作"菁菁"（jīng），草木茂盛的样子。⑧余：少司命自称。目成：眉目传情。⑨入：来。出：去。辞：告辞。⑩"乘回"句：以旋风为车，以云为旗。古人车上插旗。⑪儵（shū）：同"倏"，义同"忽"，忽有忽无不可捉摸的样子。⑫帝郊：天国的郊野。⑬君：对少司命的尊称。须：等待。谁须：须谁，等待谁。⑭女：同"汝"。沐：洗头。咸池：传说中太阳沐浴的神池。⑮晞：晒干。阳之阿：即阳谷，也作旸谷，神话中日所出处。⑯怳（huǎng）：同"恍"，失意的样子。浩歌：放声歌唱。⑰孔：孔雀的翎毛。盖：车盖，圆形似伞。翠：指翡翠的羽毛。旍（jīng）：古"旌"字。以孔雀的羽毛为盖，以翡翠的羽毛为旍，极言其仪仗服饰之美。⑱抚：抚摸。彗星：俗称扫帚星，古人认为是灾星。表示少司命为儿童扫除灾难。⑲竦（sǒng）：挺耸。艾：年幼的称呼。幼艾：泛指年幼的人。⑳正：主宰。

【赏析】

秋天的兰草和细叶麋芜，在堂下并排而生。嫩绿的叶子，素白的花儿，浓郁的清香阵阵扑面而来。凡人都有好儿女，神啊！您何必为此愁苦挂怀？青翠茂盛的秋兰绿叶紫茎，交相辉映。满堂都是迎神的美人，忽然间独独与我眉目传情。来时无语走了也不说再见，乘着旋风，树起云旗飘然而行。人生的悲哀莫过于生生的别离，快乐莫过于结识了新知己。穿荷衣系蕙带，倏忽而来又倏忽而去。傍晚在天国的郊野住宿，神啊！您久久停留在云际，到底是在等待谁呢？想与您同在咸池洗头，到九阳的曲隅把头发晒干。盼望美人啊，仍然没有来到，失意的我迎风高唱心神恍惚。孔雀翎装饰的车盖，翠鸟毛装饰的旌旗，您登上九天抚持彗星。手握长剑保护幼童，只有您才最应该成为百姓的主宰！

东　君

暾将出兮东方①，照吾槛兮扶桑②。抚余马兮安驱，夜皎皎兮既明③。驾龙辀兮乘雷④，载云旗兮委蛇⑤。长太息兮将上，心低徊兮顾怀⑥。羌声色兮娱人⑦，观者憺兮忘归⑧。緪瑟兮交鼓⑨，箫钟兮瑶簴⑩。鸣箎兮吹竽⑪，思灵保兮贤姱⑫。翾飞兮翠曾⑬，展诗兮会舞⑭。应律兮合节，灵之来兮蔽日⑮。青云衣兮白霓裳，举长矢兮射天狼⑯。操余弧兮反沦降⑰，援北斗兮酌桂浆⑱。撰余辔兮高驼翔⑲，杳冥冥兮以东行⑳。

【注释】

①暾（tūn）：温暖而明朗的阳光。②吾：祭者自称。槛：栏杆。扶桑：东方神树，日栖其上。兮：有"于"字的作用，说阳光将于扶桑那边照到我家栏杆。③皎皎：同"皎皎"，光明的样子。④辀（zhōu）：车辕，此指整个的车子。雷：谓车声如雷。一说用雷作车轮，亦通。⑤委蛇（yí）：即逶迤，舒卷蜿蜒的样子。⑥低徊：徘徊不进。心低徊：依恋不舍。顾：回头。顾怀：怀恋。⑦声色：指东君的车声旗色。⑧憺（dàn）：安然不动，这里有入迷的意思。⑨緪（gēng）：急促地弹奏。交鼓：相对击鼓。⑩箫：敲。瑶簴（jù）：挂钟的架。⑪箎：同"篪"（chí），与竽同是竹制的吹奏乐器，形如笛，有八孔。竽：形如笙而略大。⑫思：发语词，带有赞叹语气。灵保：指巫女。⑬翾（xuān）：鸟儿小飞的姿态。翠：翠鸟。曾（zēng）：飞。⑭展诗：此指展开诗章来唱。会舞：合舞。⑮灵：指东君的随从诸神。蔽日：形容众多。⑯矢：箭。这里是星名。天狼：恶星名，相传主侵掠之兆，其分野正当秦国地面。⑰弧：木弓，这里也是星名，指孤矢星。反：同"返"。沦降：指降落西方。⑱援：举。北斗：星名，这里象征酒斗。⑲撰：抓住。辔：马缰绳。驼通"驰"。⑳杳：深远的样子。冥冥：黑暗。东行：古人认为，太阳白天西行，夜里又要在大地背面赶回东方。最后六句写太阳下山、群星毕现的情景。矢、天狼、弧、北斗，都是星名。全诗写了一天的始末，人们一天也不能离开阳光的普照。

【赏析】

黎明的太阳即将在东方升起，照耀着栏杆和扶桑。轻拍我的马儿慢慢前行，夜色渐明而天露曙光。驾龙车乘火雷，车上的云旗迎风飘荡。一声长叹即将登天上，内心怀念着茫茫大地而迟疑惆怅。妙音曼舞让人如此贪恋，使观礼的人都流连忘返。紧弦密鼓，对擂声声，敲起编磬撼动木架。鸣篪吹竽，敬爱的灵保贤德又美丽。翩然而起的舞姿，灵动飘逸的舞步，我们吟唱着诗歌而群起共舞。应和着歌舞的节律，众神灵降临时将阳光都已遮蔽。穿上青云上衣白霓裳，高举长箭射天狼。收起弧弓往西方而降，拿起北斗酌饮桂浆，手持马缰飞高驰翔，在冥冥夜色中我又转向东方。

河　伯

　　与女游兮九河①，冲风起兮横波②。乘水车兮荷盖③，驾两龙兮骖螭④，登昆仑兮四望，心飞扬兮浩荡⑤。日将暮兮怅忘归⑥，惟极浦兮寤怀⑦。鱼鳞屋兮龙堂⑧，紫贝阙兮朱宫⑨。灵何为兮水中⑩？乘白鼋兮逐文鱼⑪。与女游兮河之渚，流澌纷兮将来下⑫。子交手兮东行，送美人兮南浦⑬。波滔滔兮来迎，鱼邻邻兮媵予⑭。

【注释】

　　①九河：传说禹治黄河时开了九条河道，此泛指黄河众支流。②冲风：冲地而起的风，即暴风。③水车：以水为车。荷盖：以荷叶为车盖，古代车盖圆形，似伞。④骖（cān）：古代一辆车套四匹马，中间的两匹马叫"服"，两旁的两匹叫"骖"。这里作动词用，驾在两旁。螭（chī）：无角的蛟龙。这句是说：两条有角的龙驾在中间，两条无角的龙驾在两旁。⑤浩荡：水大貌，这里形容心情开阔。⑥怅：当作"憺"，迷恋。⑦惟：思念。极浦：遥远的水边。寤：醒。寤怀：从对昆仑的迷恋中警醒过来，怀念起遥远的水乡，极言思念之甚。⑧龙堂：壁上画龙的厅堂。⑨阙：王宫前面两边高耸的望台。⑩灵：对河伯的尊称。⑪鼋：一种大鳖，色青黄。"白鼋"疑是神话中的怪异大鳖。文鱼：像鲫鱼、鲤鱼一类有斑纹的鱼。文鱼与白鼋一样，应该都是古代传说中的神异水族。⑫流澌：融解的冰块，也可以解释为流水。将：随同。⑬子、美人：都是河伯对巫女或洛神的美称。⑭邻邻：一作"鳞鳞"，连贯衔接，很有次序的样子。媵（yìng）：古代陪嫁的女子，此作动词用，护送陪伴。予：我，这里是单数作多数用，犹今咱们。

【赏析】

　　我想跟您一块儿在九河里遨游，哪怕暴风吹起汹涌洪波。乘上以荷叶为盖的水车，驾御着两龙，幼螭在两旁护驾。登上昆仑峰顶举目四望，心灵飞扬，豁然开朗。太阳快要落山了，我竟然陶醉得流连忘返！当想起那远岸，才忽然思念起自己的故乡。用鱼鳞砌成的屋子，装饰着龙鳞的厅堂，紫色贝壳堆砌的门阙，明珠装饰的殿堂。神君您为何要居住在水中央？骑着白色大鳖去追随文鱼，神君啊！我愿与您同游在河上。融解的冰块随流而下，您与我握手告别将要走向东方，我送您到南浦渡口，滔滔的波浪都来迎接您，成群的鱼儿把我送回家。

山　鬼

【原文】

　　若有人兮山之阿①，被薜荔兮带女萝②。既含睇兮又宜笑③，子慕予兮善窈窕④。乘赤豹兮从文狸⑤，辛夷车兮结桂旗。被石兰兮带杜衡⑥，折芳馨兮遗所思⑦。余处幽篁兮终不见天⑧，路险难兮独后来⑨。表独立兮山之上⑩，云容容兮而在下⑪。杳冥冥兮羌昼晦⑫，东风飘兮神灵雨⑬。留灵修兮憺忘归⑭，岁既晏兮孰华予⑮?

【注释】

　　①若：发语词。兮：在语法结构上具有"于"字的作用。阿（ē）：曲隅处。山之阿：山凹，山深处。②被：同"披"。带，腰带，此作动词用。女萝：又名菟丝，是一种缘物而长的蔓生植物。③睇（dì）：微盼，楚方言。含睇：含情微盼。宜笑：笑得自然得体。④子：与下文的灵修、公子、君都是指山鬼，亦即扮演山鬼的女巫所思念的人。予：指山鬼。子慕予：你倾慕我。善：善于。窈窕：美好的姿态。⑤乘：驾车。文：花纹。狸：野猫。⑥被石兰：石兰做车盖。石兰即山兰，是兰草的一种。带杜衡：杜衡作车上的飘带。杜衡俗名马蹄香。⑦遗（wèi）：赠。所思：所爱的人。⑧篁：竹。终不见天：整日看不到天空。⑨后来：迟到。⑩表：突出。这句说：独个儿站在山上突出的地方，盼望情人。⑪容容：通"溶溶"，大水流动的样子，此指云。⑫杳：深远。冥冥：黑暗。羌：语气助词，楚方言。昼晦：白天昏暗。⑬神灵雨：雨神在降雨。⑭留灵修：为灵修而留。"灵修"是山鬼对情人的尊称。憺（dàn）：安心，安然。这里是入迷的意思。⑮晏：晚。岁既晏：年已老。孰：谁。华：同"花"，此作动词用。孰华予：谁能使我再像花一样鲜美。

【赏析】

　　好像有人在那山隅里，身披薜荔衣腰束女萝带。含情脉脉巧笑嫣然，原来你倾慕我的形貌美好。驾乘赤豹紧紧跟着斑纹狸猫，辛夷为车桂枝做旗。身披石兰缚着杜衡，你折下芳香的花朵送给思念的人。我住在幽深的竹林里终日不见阳光，道路艰险难行所以我孤独来迟。你孤身一人站在高高的山巅上，云雾滚滚在脚下浮动。眼前一片昏暗使白天如同黑夜一般，东风飘旋降下细雨。我愿为您而留兴奋得不想回去，年华已逝谁能使我永葆容颜？

【原文】

　　采三秀兮於山间①，石磊磊兮葛蔓蔓。怨公子兮怅忘归，君思我兮不得闲。山中人兮芳杜若②，饮石泉兮荫松柏。君思我兮然疑作③。雷填填兮雨冥冥④，猨啾啾兮狖夜鸣⑤。风飒飒兮木萧萧，思公子兮徒离忧⑥。

【注释】

　　①三秀：芝草，一年开花结穗三次，故名。《山海经·中山经》说"服之媚于人"，吃了可以赢得别人的喜爱。"采三秀"直承上句的"执华予"，目的当在此，兮於山，郭沫若认为此"兮"字在句中有"于"字的作用，"於山"即巫山，於、巫古可同音假借。可备一说。②芳杜若：像杜若一样芬芳可爱。③君：指山鬼。然：信。疑：不信。作：生。"然疑作"是说疑信交生。④填填：雷声。雨冥冥，因下雨而天色昏暗的景象。⑤猨：同"猿"。啾啾：猿声。狖（yòu）：黑色的长尾猿。⑥徒：徒然，白白地。离：借作"罹"（lí），遭受。

【赏析】

　　我在山间想要采摘灵芝，却见山石磊磊葛藤盘绕。我恨你啊！竟怅然而忘却归去，或许您还在想念我只是没空闲来看我。山中的你啊就像芬芳的杜若，渴饮石泉水，栖息在松柏。你还想念我吗？我的心中信疑交错。雷声滚滚细雨绵绵，猿猴哀鸣啾啾穿透夜幕。风声飒飒落叶萧萧，我思念您啊，空自悲伤！

第四篇　汉赋奇葩，独秀芳华

　　文学和历史，形神交错，在经历了大汉初期的千锤百炼和百废待兴之后，更是难以剥离。在历史不断前进的脚步之中，那一篇篇大赋绝响再次唱起。没有诸子百家争鸣的胜景，却有楚辞遗风之美感；没有风雅诗经朴实的吟咏，却有着繁盛兴荣的一曲高音唱起。这些琳琅璀璨的文字，在那段寒烟慕华的岁月中，充当了唯一的记录者。

七　发
枚　乘

　　楚太子有疾①，而吴客往问之曰②："伏闻太子玉体不安，亦少间乎？"太子曰："惫！谨谢客。"客因称曰："今时天下安宁，四宇和平，太子方富于年。意者久耽安乐，日夜无极，邪气袭逆，中若节辖③。纷屯澹淡，嘘唏烦酲，惕惕怵怵，卧不得瞑。虚中重听，恶闻人声，精神越渫，百病咸生。聪明眩曜，悦怒不平。久执不废，大命乃倾。太子岂有是乎？"太子曰："谨谢客。赖君之力，时时有之，然未至于是也。"客曰："今夫贵人之子，必官居而闺处，内有保母，外有傅父，欲交无所。饮食则温淳甘脆④，腥醲肥厚；衣裳则杂遝曼煖，燂烁热暑。虽有金石之坚，犹将销烁而挺解也，况且在筋骨之间乎哉？故曰："纵耳目之欲，恣支体之安者⑤，伤血脉之和。'且夫出舆入辇，命曰蹷痿之机⑥；洞房清宫，命曰寒热之媒；皓齿蛾眉，命曰伐性之斧；甘脆肥脓⑦，命曰腐肠之药。今太子肤色靡曼，四支委随，筋骨挺解，血脉淫濯⑧，手足堕窳；越女侍前，齐姬奉后，往来游宴⑨，纵恣于曲房隐间之中。此甘餐毒药，戏猛兽之爪牙也。所从来者至深远，淹滞永久而不废，虽令扁鹊治内，巫咸治外⑩，尚何及哉！今如太子之病者，独宜世之君子，博见强识，承间语事，变度易意，常无离侧，以为羽翼。淹沉之乐，浩唐之心⑪，遁佚之志，其奚由至哉！"

　　太子曰："诺。病已，请事此言。"

　　客曰："今太子之病，可无药石针刺灸疗而已，可以要言妙道说而去之，不欲闻之乎？"

太子曰："仆愿闻之。"

客曰："龙门之桐，高百尺而无枝。中郁结之轮菌，根扶疏以分离。上有千仞之峰，下临百丈之谿。湍流溯波，又澹淡之。其根半死半生。冬则烈风漂霰⑫、飞雪之所激也，夏则雷霆、霹雳之所感也⑬。朝则鹂黄、鸬鴂鸣焉，暮则羁雌、迷鸟宿焉。独鹄晨号乎其上，鹍鸡哀鸣翔乎其下。于是背秋涉冬，使琴挚斫斩以为琴⑭，野茧之丝以为弦，孤子之钩以为隐，九寡之珥以为约。使师堂操畅，伯子牙为之歌。歌曰：'麦秀蕲兮雉朝飞，向虚壑兮背槁槐，依绝区兮临回溪。'飞鸟闻之，翕翼而不能去；野兽闻之，垂耳而不能行；蚑、蟜、蝼、蚁闻之，拄喙而不能前。此亦天下之至悲也，太子能强起听之乎？"

太子曰："仆病未能也。"客曰："犓牛之腴，菜以笋蒲。肥狗之和，冒以山肤。楚苗之食，安胡之饭抟之不解，一啜而散。于是使伊尹煎熬，易牙调和。熊蹯之臑，芍药之酱。薄耆之炙，鲜鲤之。秋黄之苏，白露之菇。兰英之酒，酌以涤口。山梁之餐，豢豹之胎。小饭大歠，如汤沃雪。此亦天下之至美也，太子能强起尝之乎？"

太子曰："仆病未能也。"

客曰："钟、岱之牡，齿至之车；前似飞鸟，后类距虚，穱麦服处，躁中烦外。羁坚辔，附易路。于是伯乐相其前后，王良、造父为之御，秦缺、楼季为之右。此两人者，马佚能止之，车覆能起之。于是使射千镒之重，争千里之逐。此亦天下之至骏也，太子能强起乘之乎？"

太子曰："仆病未能也。"

客曰："既登景夷之台，南望荆山，北望汝海，左江右湖，其乐无有。于是使博辩之士，原本山川，极命草木，比物属事，离辞连类。浮游览观，乃下置酒于虞怀之宫。连廊四注，台城层构，纷纭玄绿。辇道邪交，黄池纡曲。溷章、白鹭，孔鸟、鹍鹳，鵁雏、鸡鹠，翠鬣紫缨。螭龙、德牧，邕邕群鸣。阳鱼腾跃，奋翼振鳞。漻澩菁葱，蔓草芳苓。女桑、河柳，素叶紫茎。苗松、豫章，条上造天。梧桐、并闾，极望成林。众芳芬郁，乱于五风。从容猗靡，消息阳阴。列坐纵酒，荡乐娱心。景春佐酒，杜连理音。滋味杂陈，肴糅错该。练色娱目，流声悦耳。于是乃发激楚之结风，扬郑、卫之皓乐。使先施、徵舒、阳文、段干、吴娃、闾、傅予之徒，杂裾垂髻，目窕心与；榆流波，杂杜若，蒙清尘，被兰泽，服而御。此亦天下之靡丽皓侈广博之乐也，太子能强起游乎？"

太子曰："仆病未能也。"

客曰："将为太子驯骐骥之马，驾飞軨之舆，乘牡骏之乘。右夏服之劲箭⑮，左乌号之雕弓。游涉乎云林，周驰乎兰泽，弭节乎江浔。掩青，游清风⑯。陶阳气，荡春心。逐狡兽，集轻禽。于是极犬马之才，困野兽之足，穷相御之智巧，恐虎豹，慑鸷鸟。逐马鸣镳，鱼跨麋角。履游麕兔，蹈践麏鹿，汗流沫坠，冤伏陵窘。无创而死者，固足充后乘矣。此校猎之至壮也，太子能强起游乎？"

太子曰："仆病未能也。"然阳气见于眉宇之间，侵淫而上，几满大宅。

客见太子有悦色，遂推而进之曰："冥火薄天，兵车雷运，旍旗偃蹇⑰，羽毛肃纷。驰骋角逐，慕味争先。徼墨广博，观望之有圻⑱。纯粹全牺，献之公门。"

太子曰："善！愿复闻之。"

客曰："未既。于是榛林深泽，烟云暗莫⑲，兕虎并作。毅武孔猛，袒裼身薄。白刃磑磑，矛戟交错。收获掌功，赏赐金帛。掩蘋肆若，为牧人席。旨酒嘉肴，羞炰宾客。涌觞并起，动心惊耳。诚不必悔，决绝以诺；贞信之色，形于金口。高歌陈唱，万岁无斁。此真太子之所喜也，能强起耳游乎？"

太子曰："仆甚愿从，直恐为诸大夫累耳。"然而有起色矣。

客曰："将以八月之望，与诸侯远方交游兄弟，并往观涛乎广陵之曲江。至则未见涛之形也，徒观水力之所到，则恤然足以骇矣。观其所驾轶者，所擢拔者，所扬汩者，所温汾者，所涤汔者，虽有心略辞给，固未能缕形其所由然也。怳兮忽兮，聊兮栗兮，混汩汩兮，忽兮慌兮⑳，俶兮傥兮㉑，浩瀇漾兮，慌旷旷兮。秉意乎南山，通望乎东海。虹洞兮苍天，极虑乎崖涘。流揽无穷，归神日母。汩乘流而下降兮，或不知其所止。或纷纭其流折兮，忽缪往而不来。临朱汜而远逝兮，中虚烦而益怠。莫离散而发曙兮㉒，内存心而自持。于是澡概胸中，洒练五藏㉓，澹澥手足，颒濯发齿。揄弃恬怠，输写淟浊，分决狐疑，发皇耳目。当是之时，虽有淹病滞疾，犹将伸伛起躄，发瞽披聋而观望之也，况直眇小烦懑，醒酲病酒之徒哉！故曰：发蒙解惑㉔，不足以言也。"

太子曰："善，然则涛何气哉？"

答曰："不记也，然闻于师曰：似神而非者三：疾雷闻百里；江水逆流，海水上潮；山出云内㉕，日夜不止。衍溢漂疾，波涌而涛起。其始起也，洪淋淋焉，若白鹭之下翔。其少进也，浩浩溰溰，如素车白马帷盖之张。其波涌而云乱，扰扰焉如三军之腾装。其旁作而奔起者，飘飘焉如轻车之勒兵。六驾蛟龙，附从太白，纯驰皓蜺，前后络绎。颙颙卬卬，椐椐彊彊，莘莘将将。壁垒重坚，沓杂似军行。訇隐匈磕，轧盘涌裔，原不可当。观其两旁。则滂渤怫郁，暗漠感突，上击下律，有似勇壮之卒，突怒而无畏。蹈壁冲津，穷曲随隈，逾岸出追㉖。遇者死，当者坏。初发乎或围之津涯㉗，荄轸谷分㉘。回翔青篾㉙，衔枚檀桓。弭节伍子之山，通厉骨母之场，凌赤岸，篲扶桑，横奔似雷行。诚奋厥武，如振如怒㉚。沌沌浑浑，状如奔马。混混庉庉，声如雷鼓。发怒庢沓，清升踰跇，侯波奋振，合战于藉藉之口。鸟不及飞，鱼不及回，兽不及走。纷纷翼翼，波涌云乱，荡取南山㉛，背击北岸，覆亏丘陵，平夷西畔。险险戏戏㉜，崩坏陂池㉝，决胜乃罢。汩漯漯，披扬流洒。横暴之极，鱼鳖失势，颠倒偃侧，沈沈渨渨，蒲伏连延㉞。神物怪疑，不可胜言，直使人踣焉，洄暗凄怆焉。此天下怪异诡观也，太子能强起观之乎？”

太子曰："仆病，未能也。"

客曰："将为太子奏方术之士有资略者，若庄周、魏牟、杨朱、墨翟、便蜎、詹何之伦，使之论天下之精微，理万物之是非；孔、老览观，孟子持筹而算之，万不失一。此亦天下要言妙道也，太子岂欲闻之乎？"

于是太子据几而起㉟，曰："涣乎若一听圣人辩士之言。"涩然汗出，霍然病已。

【注释】

①楚太子：此为假设人物。②吴客：此亦为作者虚构的人物。③中若节辖（sè）：心中就像纤结堵塞一样。辖，古代车旁障蔽物，以皮革重叠缠缚。④甘脆：指香甜可口的食物。⑤支：同"肢"。⑥歷痿（jué wěi）：腿脚麻痹，不能行动。机：征兆。⑦脓：同"醲"，浓烈味醇的酒。⑧淫濯：过分膨胀。淫、濯都有"大"的意思。⑨游宴：游乐吃喝。⑩巫咸：传说中的神巫，相传他能通过祷祝祛人疾病。治外：指在外用巫术进行祷祝之类的活动。⑪浩唐：同"浩荡"。⑫漂：同"飘"。⑬感：同"撼"，震撼。⑭琴挚：春秋时鲁太师（乐官）挚，善弹琴。⑮服：同"箙"，盛箭的器具。⑯游：解为"向"。此句犹言"迎着清风"。⑰旍：同"旌"。偃蹇：高举的样子。⑱圻：同"垠（yín）"，边界。⑲暗莫：不明的样子。暗，同"暗"。莫，一本作"漠"。⑳忽兮慌兮：与"恍兮忽兮"同义。慌：同"恍"。㉑俶（tì）兮傥（tǎng）兮：卓异不羁的样子。俶：同"倜"。㉒莫：同"暮"。㉓洒：同"洗"。练：汰。藏：同"脏"。㉔"发蒙"句：见《黄帝内经·素问》，原文作"发蒙解惑，未足以论也"。发蒙解惑：犹言使头脑清醒。蒙：不明。㉕内：

同"纳"。㉖追：古"堆"字，此指沙堆。㉗或围：地名。或，古"域"字。㉘荄：同"陔"，山陇。轸：隐。一说，上句的"涯"字属此句而无"荄"字，词句为"涯轸谷分"。意思是说，涯如转而谷似裂。两说都是形容江涛来临，使山谷改变了样子。㉙青篾：地名。一说，车名。㉚振：同"震"，威。㉛取：同"趣"，奔趋。㉜险险戏戏：倾侧危险的样子。㉝陂：同"坡"。池：同"陀"。㉞蒲伏："匍匐"。连延：延续的样子。此句说鱼鳖在水中起伏不停。㉟据几：扶几。

【赏析】

枚乘（？～公元前140）是西汉著名辞赋家。字叔，淮阴（今江苏清江市西南）人。吴王有反意，因屡次劝荐吴王而闻名。后投奔梁孝王刘武。"七国之乱"平定后，景帝任命他为弘农都尉，枚乘不愿做郡吏，称病离职，仍旧到梁国，为梁孝王门下文学侍从。据《汉书·艺文志》记载，枚乘有赋9篇，今仅传3篇，其中《柳赋》见于《西京杂记》，《梁王菟园赋》见于《古文苑》，此处所选的《七发》则见于萧统所编《文选》。前两篇前人大多疑为伪作。公认比较可靠的只有这篇《七发》，但亦多争议，因为萧统《文选》中列为无名氏作，所以后人也多有认为此赋并非枚乘之作的。

枚乘的《七发》一般被视为汉代散体大赋正式形成的标志。刘勰《文心雕龙》说："及枚乘摛艳，首制《七发》，腴辞云构，夸丽风骇。盖七窍所发，发乎嗜欲，始邪末正，所以戒膏粱之子也。"

这篇《七发》共8段文字。作者开篇写楚太子有疾，而吴客往问之，其实是假托吴客之口，分析楚太子病因，即在于奢侈享乐、荒淫贪逸的宫廷生活。进而说此病非药灸所能治愈，唯有"以要言妙道说而去之"。于是引出下文，吴客用7种方法为太子"治病"。逐次谈论了音乐、饮食、马车、宫苑、田猎、观涛，太子皆曰："仆病未能也。"就是都不管用。

于是最后吴客向太子进谏道："将为太子奏方术之士有资略者，若庄周、魏牟、杨朱、墨翟、便蜎、詹何之伦，使之论天下之精微，理万物之是非；孔、老览观，孟子持筹而算之，万不失一。此亦天下要言妙道也，太子岂欲闻之乎？"作者在这里借吴客之口，说出了贵族腐朽生活对人身心的戕害，劝诫贵族统治者应采纳文学方术之士的主张。而这正是此文作者的主旨所在。

刘勰称枚乘的文采为"古诗佳丽，或称枚叔"（《文心雕龙·明诗》）。而这篇《七发》虽为讽喻性汉赋，但气势恢宏，辞采华美，在汉代辞赋的发展上，有着很重要的影响。在枚乘之后，汉代出现了一批主客问答形式的“七体”文章。《文心雕龙》称“自《七发》以下，作者继踵，观枚氏首唱，信独拔而伟丽矣。及傅毅《七激》，会清要之工；崔瑗《七依》，入博雅之巧；张衡《七辨》，结采绵靡；崔瑗《七厉》，植义纯正；陈思《七启》，取美于宏壮；仲宣《七释》，致辨于事理。自桓麟《七说》以下，左思《七讽》以上，枝附影从，十有余家。或文丽而义暌，或理粹而辞驳。观其大抵所归，莫不高谈宫馆，壮语畋猎。穷瑰奇之服馔，极蛊媚之声色。甘意摇骨髓，艳词洞魂识，虽始之以淫侈，而终之以居正。然讽一劝百，势不自反。子云所谓‘犹骋郑卫之声，曲终而奏雅’者也”。其影响可见一斑。

刺世疾邪赋

赵　壹

伊五帝之不同礼①，三王亦又不同乐②。数极自然变化③，非是故相反。德政不能救世溷乱④，赏罚岂足惩时清浊？春秋时祸败之始，战国逾增其荼毒。秦汉无以相踰越，乃更加其怨酷。宁计生民之命？为利己而自足。

于兹迄今，情伪万方⑤。佞谄日炽⑥，刚克消亡⑦。舐痔结驷⑧，正色徒行⑨。妪偊名势⑩，抚拍豪强。偃蹇反俗⑪，立致咎殃。捷慑逐物⑫，日富月昌。浑然同惑，孰温孰凉⑬？邪夫显进，直士幽藏。

原斯瘼之所兴⑭，实执政之匪贤。女谒掩其视听兮⑮，近习秉其威权。所好则钻皮出其毛羽，所恶则洗垢求其瘢痕。虽欲竭诚而尽忠，路绝险而靡缘。九重既不可启⑯，又群吠之狺狺⑰。安危亡于旦夕，肆嗜欲于目前⑱。奚异涉海之失柁⑲，坐积薪而待然⑳？荣纳由于闪榆㉑，孰知辨其蚩妍㉒？故法禁屈桡于势族㉓，恩泽不逮于单门㉔。宁饥寒于尧舜之荒岁兮，不饱暖于当今之丰年。乘理虽死而非亡㉕，违义虽生而匪存㉖。

有秦客者，乃为诗曰：河清不可俟，人命不可延。顺风激靡草㉗，富贵者称贤。文籍虽满腹㉘，不如一囊钱㉙。伊优北堂上㉚，抗脏依门边㉛。

鲁生闻此辞，紧而作歌曰：势家多所宜㉜，咳唾自成珠；被褐怀金玉㉝，兰蕙化为刍㉞。贤者虽独悟，所困在群愚。且各守尔分，勿复空驰驱㉟。哀哉复哀哉，此是命矣夫！

【注释】

①伊：发语词。②三王：夏商周三代开国君主。③数：变化的程度。极：到了极点。④涸乱：混乱。⑤情：事情。情伪，假事情。万方：万端。⑥佞谄（nìng chǎn）：也作"谄佞"，这里指谄佞之人，即靠虚情假言拍马奉承的人。⑦刚：直。克：能。刚克，刚直能干的人。⑧舐（shì）痔：舔痔疮。《庄子·列御寇》记载有人给秦王舔痔疮，结果得了好多车子。结驷：乘着四匹马拉的车子结队而行。⑨徒行：徒步走路。⑩妪偊（yù yǔ）：弯腰曲背。⑪偃蹇：高傲。⑫捷：快。愶：惊。"捷愶逐物"意思是急急忙忙、惊惊恐恐地追求物质利益。⑬"浑然"二句：意思是大家都在惑乱的追求当中，谁发烧谁清醒搞不清。⑭瘼（mó）：病。⑮女谒（yè）：皇宫里的女官。⑯九重：多重门，指达官贵人之门。⑰狺狺（yín）：狗叫声。⑱肆：放纵。⑲柁：同"舵"。⑳然：同"燃"。㉑荣纳：光荣地被接纳。闪榆：《后汉书·赵壹传》注："倾佞之貌也。"㉒媸：同"媸"，丑女。妍：美女。㉓法禁：法律和规章制度。㉔单门：与重门相对，指寒士之门。㉕乘理：坚持真理。㉖违义：违背道义。㉗靡草：委靡之草。乘着顺风委靡之草也能被激活。㉘文籍：文章学问。㉙一囊钱：一袋钱。㉚伊优：屈曲佞媚之貌。㉛抗脏：高亢婞直之貌也。也作"肮脏"。㉜势家：有权有势之家。宜：便利。㉝被：同"披"。褐：粗布衣。㉞刍：喂牲口的草。㉟驰驱：奔走努力。

【赏析】

东汉灵帝时，大兴党人之狱，政局极其混浊。赵壹生性耿直，目睹世风日下，感愤颇深，遂作此赋。据史书记载，汉灵帝光和元年（公元178年），汉王朝一息尚存。汉朝廷召集了各郡的官吏到京城的所在地洛阳汇报他们一年的工作情况，无非也就是一些户口、垦田等琐碎事情。大多官员匆匆赶往京城，而当时正在汉阳郡上任的赵壹也来到了洛阳。司徒袁逢主持接见，见到袁逢，大家纷纷跪拜，唯独赵壹只站不跪，对袁逢作揖了事。大家都认为赵壹太孤傲。但赵壹却说，当日郦食其见汉王刘邦时也不过是作了一个长揖，如今他对司徒作揖，没有什么不妥当的地方。袁逢一听，便知道赵壹绝对不是一个泛泛之辈，所以，他当时就请赵壹上坐，坐到贵客的席位上，还对大家介绍赵壹，认为赵壹是忠臣良子，朝廷现任官员中没有一个人可以比得上他。得因此次袁逢等人为其延誉，赵壹名动京师。

之后赵壹又借着出门的机会拜访了河南尹羊陟。羊陟是东林党人中的头面人物，他和赵壹一样都是清廉之人，看不惯豪强的所作所为，敢说敢干，可以说和赵壹惺惺相惜。赵壹的拜访，令羊陟印象深刻。据汉史记载，赵壹在拜访他的时候，所乘坐的车子不但破旧不堪，而且摇摇欲坠，几乎要散架了。要知道在当时的洛阳城里，官员们是十分讲究排场的，不论大官小官，出门所乘坐的车子都十分考究。而赵壹乘坐着这样一辆车子前来，并且十分坦然，这让羊陟感到十分震惊。

在羊陟看来，赵壹就好像是一块藏在石头里的美玉，还没有被赏识的人发现，二人畅谈许久，十分投机。送走赵壹后，羊陟便和司徒袁逢一起举荐了赵壹，这个行为使得当时名不见经传的赵壹一下子成了轰动京城的名人，"名动京师，士大夫想望其风采"。

在返回汉阳的途中，赵壹拜访了弘农太守皇甫规，却因为下人的通报不及时而受了侮辱，当下驾车离开，虽然之后皇甫规几次道歉，并派人去请，赵壹就是不予理睬。

赵壹虽然为人耿直不阿，但是这种刚直使他不容于当时，因此赵壹一生多次历经牢狱之祸，幸得朋友多方面搭救。后来赵壹认识到无法改变世道，于是辞官归家，虽然朝廷几次派人征召，却从此再未出仕，直至老死家中。

这篇赋是赵壹一篇讽喻世事的作品。作者在开篇写道："伊五帝之不同礼，三皇亦又不同乐。数极自然变化，非是故相反。德政不能救世溷乱，赏罚岂足惩时清浊……秦汉无以相踰越，乃更加其怨酷。宁计生民之命？为利己而自足。"

在这里赵壹论述了一个道理，社会发展到一定阶段的时候，就会发生变化。这并不是故意而为之的，就好像是春秋战国，诸侯争霸之时，统治者永远只是为了自己的私利考虑，从不为民生作打算。

接着他说道："于兹迄今，情伪万方。佞谄日炽，刚克消亡。舐痔结驷，正色徒行。……孰温孰凉？邪夫显进，直士幽藏。"这一段正是作者对汉朝世风日下的针砭和忧叹。西汉建立以来，虚伪的感情和不正之风逐渐将原先的质朴民风压抑了下去，"邪夫显进，直士幽藏。"小人开始得势，清白士人却遭到排挤，人情冷暖，世态炎凉。

接下来是作者对于黑暗势力的一一批点，他说"原斯瘼之所兴，实执政之匪贤"。意思是说所有弊端兴起的根由，实在是由于统治者没有才能和德行所致。最后的两段，作者借秦客和鲁生之口发出感慨。秦客道：黄河的水清不可等待，同样人的生命也无法延长，小人得势后，士人便被排挤。鲁生则认为富贵的人唾沫也是金贵的，贫贱的人就算品德再高尚，也只能顾影自怜，所以还不如安守本分，不要白白浪费力气了，因为这就是命运。

赵壹言辞犀利，极尽讽刺，运用两段对话写出了他内心的无奈，他希望锐利的文章可以唤醒沉睡的灵魂，使得这个曾经的天朝再次焕发出新颜。整篇赋词慷慨激昂，但是最后笔锋一转，认为"被褐怀金玉，兰蕙化为刍。贤者虽独悟，所困在群愚。且各守尔分，勿复空驰驱。哀哉复哀哉，此是命矣夫"！表露出作者对于现实无法改变的无奈之情。

《刺世疾邪赋》是赵壹的名篇。作者借此文讽刺不合理的世事，对社会上的邪恶势力给予了强烈批判，表达了自己坚决不与邪恶势力妥协以换取个人荣华富贵的志节。文如其人，也正因为这篇《刺世疾邪赋》，赵壹在中国古典文学史上始终占有一席之地，为后人津津乐道。

悲士不遇赋

司马迁

悲夫！士生之不辰①，愧顾影而独存。恒克己而复礼②，惧志行而无闻。谅才韪而世戾③，将逮死而长勤④。虽有形而不彰，徒有能而不陈。何穷达之易惑⑤，信美恶之难分。时悠悠而荡荡⑥，将遂屈而不伸。使公于公者⑦，彼我同兮；私于私者⑧，自相悲兮。天道微哉⑨，吁嗟阔兮⑩；人理显然，相倾夺兮。好生恶死，才之鄙也⑪；好贵夷贱⑫，哲之乱也。

【注释】

①生之不辰：出生没遇到好时辰。一般以此表示所生之世未遇明主贤君或未逢盛世。②克己：抑制、约束自己的言行。复礼：合于礼的要求。③谅：信。才韪：才质美好。韪（wěi）：善。戾（lì）：违背，引申为不正常。④逮：及，达到。⑤穷：困厄。达：通达，显达。⑥悠悠：形容长久。荡荡：形容广阔无际。⑦公于公者：前一个"公"字是动词，用公心对待；后一个"公"字是名词，指国家或朝廷。⑧私于私者：前一个"私"字，用私心对待；后一个"私"字，指自己或自家。⑨天道：包含自然规律和天意两方面含义。微：精微，微妙。⑩吁嗟（xū jiē）：感叹词。阔：疏阔。⑪才：品质。⑫夷：削平，引申为轻视。

【赏析】

《悲士不遇赋》中，司马迁悲叹自己生于一个无法给予自己机会的时代，顾影自怜的同时，他也在时刻约束自己，生怕有违背礼节的地方令人厌烦。这样的情怀至死都不会放松，这样的世情却只能为他一人所有，时光悠长而无尽，司马迁却无法得到救赎。如赋中所说，他的心意无人能懂，也无人可以诉说，人世间的事情就这样显而易见，互相倾轧、贪生怕死是道德的堕落，嫌贫爱富是智慧的降低。

武帝天汉二年（公元前99年），司马迁46岁。就在这一年，司马迁经历了他从未经历过的沉重打击，不仅是精神上的，还有肉体上的。

这一年，大汉和匈奴进行了一次交战，李广利带兵3万，却劳而无功，几乎全军覆灭，李广利仓皇逃回，却将李广的孙子李陵留在了前线孤军作战。因寡不敌众，李陵被匈奴大军生擒后投降，大汉朝的这次围剿土崩瓦解。汉武帝苦心组织的一场消灭匈奴大戏没能如他所愿地落下帷幕，反而被无情地撕破，这对汉武帝来说是奇耻大辱。当时刘彻就李陵投降的事情征询司马迁的意见，作为一个史官，司马迁有他应有的公道与判断，他告诉刘彻李陵无错，错的只是这一场准备不足的战役。司马迁的坦白直言，令刘彻十分愤怒，将司马迁投入了监牢。一个史官仗义执言，却换来了阶下囚的下场。司马迁一夜之间前途尽毁，而往日交好者竟无人出力营救他。司马迁最终虽然活了下来，但比死还要难堪，在酷吏的折磨下，司马迁被施了宫刑。

武帝征和二年，司马迁穷其一生的心血完成了《史记》。然而这部足以光耀后世的史家绝唱，也并不能抚平当年司马迁因为李陵之祸而带来的耻辱。"悲夫！士生之不辰，愧顾影而独存"。这是作者对生不逢时、英雄无用武之地的哀叹，同时也是对那个社会与时代的悲愤之情的抒发。

吊屈原赋

贾　谊

谊为长沙王太傅①，既以谪去，意不自得；及度湘水，为赋以吊屈原。屈原，楚贤臣也。被谗放逐，作《离骚》赋，其终篇曰："已矣哉！国无人兮，莫我知也。"遂自投汨罗而死。谊追伤之，因自喻，其辞曰：

恭承嘉惠兮②，俟罪长沙③；侧闻屈原兮，自沉汨罗。造讬湘流兮④，敬吊先生⑤；遭世罔极兮⑥，乃殒厥身⑦。呜呼哀哉！逢时不祥⑧。鸾凤伏窜兮⑨，鸱枭翱翔⑩。阘茸尊显兮⑪，谗谀得志；贤圣逆曳兮⑫，方正倒植。世谓随、夷为溷兮⑬，谓跖、蹻为廉⑭；莫邪为钝兮⑮，铅刀为铦⑯。吁嗟默默，生之无故兮；斡弃周鼎⑰，宝康瓠兮⑱。腾驾罢牛⑲，骖蹇驴兮⑳；骥垂两耳，服盐车兮㉑。章甫荐履㉒，渐不可久兮；嗟苦先生，独离此咎兮㉓。

讯曰：已矣！国其莫我知兮，独壹郁其谁语㉔？凤漂漂其高逝兮，固自引而远去。袭九渊之神龙兮㉕，沕深潜以自珍㉖；偭蟂獭以隐处兮㉗，夫岂从虾与蛭蟥㉘？所贵圣人之神德兮，远浊世而自藏；使骐骥可得系而羁兮，岂云异夫犬羊？般纷纷其离此尤兮㉙，亦夫子之故也。历九州而其君兮，何必怀此都也？凤凰翔于千仞兮，览德辉而下之；见细德之险徵兮，遥曾击而去之㉚。彼寻常之污渎兮㉛，岂能容夫吞舟之巨鱼？横江湖之鱣鲸兮㉜，固将制于蝼蚁。

【注释】

①长沙王：西汉长沙王吴芮的玄孙吴差。太傅：官名。②恭承：敬受。嘉惠：美好的恩惠。③俟罪：待罪。④造：到。讬：同"托"，寄托。⑤先生：指屈原。⑥罔极：没有准则。⑦殒（yǔn）：死亡。厥：其，这里指屈原。⑧不祥：不幸。⑨伏窜：躲藏。⑩鸱枭：猫头鹰一类的鸟，泛指不吉祥的鸟，在这里喻指小人。翱翔：这里比喻得志升迁。⑪阘（tà）：小门。茸：小草。⑫逆曳：指不被重用。⑬随：卞随。夷：伯夷。二人皆为古代贤人的代表。溷（hùn）：混浊。⑭跖：春秋时鲁国人，大盗。蹻（jué）：庄蹻，战国时楚国将领。二人皆泛指"坏人"。⑮莫邪（yé）：古代宝剑。⑯铅刀：软而钝的刀。铦（xiān）：锋利。⑰斡（wò）弃：抛弃。斡，旋转。周鼎：比喻栋梁之材。⑱康瓠（hù）：比喻庸才。⑲罢（pí）：疲惫。⑳蹇：跛脚。㉑服：驾。㉒章甫：古时一种礼帽。荐：垫。㉓离：通"罹"，遭遇。咎：灾难。㉔壹郁：同"抑郁"。㉕袭：效法。㉖沕（mì）：深潜的样子。㉗偭（miǎn）：向。蟂獭（xiāo tǎ）：水獭一类的动物。㉘虾（há）：蛤蟆。蛭：水蛭，蚂蟥类动物。蟥：同"蚓"，蚯蚓。㉙般：久。尤：祸患。㉚曾击：高翔。曾，高飞的样子。㉛污渎：污水沟。㉜鱣（zhān）：鲟一类的大鱼。

【赏析】

汉朝是中国历史上第一个巅峰时期，是大一统的封建中央集权统治下的盛世，然而盛世之下，其实累积了很多的弊端和问题，贾谊希望大刀阔斧地将这些问题提早解决，却触碰了那些他不该触碰的人和事。汉文帝虽然爱贾谊之才华，满朝权贵却容不下他，不断向汉文帝进谗言，文帝逐渐疏远了贾谊。后来，贾谊被贬到长沙当太傅，被迫离开长安，当时贾谊仅23岁，正是年轻有为、意气风发的时候。

这篇赋即作于贾谊被贬途中。开篇交代自己"为长沙王太傅"，如今"既以谪去，意不自得"；文字间流露出作者内心的悲愤之情。贾谊只看到了人生的苦，却没想过如何避免此种苦难。他奉旨来到长沙，在湘水边上想起了溺水而亡的屈原，因为生不逢时，所以悲壮落难，屈原是高飞的鸿鹄，却被一群燕雀埋没，这就是时也，命也。屈原的悲剧竟在百年后的自己身上重演，贾谊的悲愤无以言表。

接下来是吊屈原之辞，对于屈原遭受了世上无穷无尽的谗言，最终投身汨罗的命运，作者无尽悲叹，于是感慨道：现在的时局是鸾凤蛰伏，怪鸟翱翔，小人得志、享受尊贵，圣人却遭受谗言，无法立足，坏人被认为廉洁，莫邪这样的宝剑反而被认为锈钝；抛弃宝鼎，却觉得瓦盆为宝物；将跛足的牛当作骏马，反而让良驹拉车。哀叹屈原不幸的同时，贾谊也为自己哀叹，竟然遭遇了这样的不公正。

贾谊是敏锐的，他可以看到当下人们未能触及的问题，他能看到未来需要解决的弊端，然而对于正直激昂的文人来说，仕途总是格外不好走。仕途上的突然跌落不免让作者心灰意冷。

贾谊年纪轻轻便满腹文采，他从小就博览群书，旷古阅今，少年时期跟随着荀子的徒弟学习百家之术，温读《春秋左氏传》，18岁的时候就以出色的诗词歌赋才能崭露头角，而后被汉文帝赏识，进宫为博士，就此迈上了仕途。然而这些并没有带给贾谊多少快乐，贾谊为人耿直，直言快语，他将自己的一腔抱负宣泄了出来。他或许是一个文采斐然的才子，却不能算是一个合格的官员，他在自认为得到了汉文帝的赏识可以大有作为的时候，却没有看到历史的宿命正在延伸。

在这篇《吊屈原赋》中，贾谊将自己和屈原相比较，或许在他心里，自己有着和屈原一样高的情操，而命运偏偏对他们二人如此不公。

最后一段中，作者表达了自己的志向。他认为屈原以死明志，但自己并不太认可这种做法，"彼寻常之污渎兮，岂能容夫吞舟之巨鱼？横江湖之鳣鲸兮，固将制于蝼蚁"。凤凰本应当是志存高远的神鸟，怎么能陷入泥潭无法自拔呢？远离浑浊的世界独自登高，老骥伏枥志在千里，怎么可以因一时的困难而放弃生命？只要坚持下去，那江湖中的鲸鱼，怎么能受制于蝼蚁鼠辈？这是贾谊真正的想法。

与其毫无意义地死去，喂了鱼虾，不如忍辱活着。作者虽然感到前途渺茫不可预测，但他还是不愿放弃信念。贾谊蛰伏 3 年之后，再次被调入长安，担任梁怀王太傅。但好景不长，梁怀王在一次骑马中不慎坠马身亡，这再次给贾谊沉重的打击，他深深自责，一年之后也泪尽而亡，年仅 33 岁。

刘勰称贾谊的文章："理既切至，辞亦通畅，可谓识大体矣。"此赋可谓当之。

答客难

东方朔

客难东方朔曰①："苏秦张仪，一当万乘之主。而身都卿相之位②，泽及后世。今子大夫修先王之术，慕圣人之义，讽诵诗书百家之言，不可胜记。著于竹帛，唇腐而不可释③，好学乐道之效，明白甚矣。自以为智能海内无双，则可谓博闻辩智矣④。然悉力尽忠，以事圣帝⑤，旷日持久，积数十年，官不过侍郎⑥，位不过持戟。意者尚有遗行邪⑦？同胞之徒⑧，无所容居，其何故也？"

东方先生喟然长息，仰而应之，曰："是故非子之所能备⑨。彼一时也，此一时也，岂可同哉！夫苏秦张仪之时，周室大坏，诸侯不朝，力政争权⑩，相擒以兵⑪，并为十二国⑫，未有雌雄。得士者强，失士者亡，故说得行焉。身处尊位，珍宝充内，外有仓廪，泽及后世，子孙长享。今则不然。圣帝德流⑬，天下震慑，诸侯宾服，连四海之外以为带⑭，安于覆盂⑮。天下平均，合为一家，动发举事，犹运之掌⑯。贤与不肖，何以异哉？遵天之道，顺地之理，物无不得其所。故绥之则安⑰，动之则苦；尊之则为将，卑之则为虏；抗之则在青云之上⑱，抑之则在深渊之下；用之则为虎，不用则为鼠。虽欲尽节效情，安知前后？夫天地之大，士民之众，竭精驰说，并进辐辏者⑲，不可胜数。悉力慕之，困于衣食，或失门户。使苏秦张仪与仆并生于今之世，曾不得掌故⑳，安敢望侍郎乎！传曰：'天下无害，虽有圣人，无所施才；上下和同，虽有贤者，无所立功。'故曰：'时异事异。'

"虽然，安可以不务修身乎哉！诗曰：'鼓钟于宫，声闻于外㉑。鹤鸣九皋，声闻于天㉒'苟能修身，何患不荣！太公体行仁义㉓，七十有二，乃设用于文武㉔，得信厥说㉕，封于齐，七百岁而不绝。此士所以日夜孜孜㉖，修学敏行㉗，而不敢怠也。譬若鹡鸰㉘，飞且鸣矣。

"今世之处士㉙，时虽不用，块然无徒㉚，廓然独居㉛，上观许由㉜，下察接

100

舆㉝，计同范蠡，忠合子胥，天下和平，与义相扶㉞，寡耦少徒㉟，固其宜也。子何疑于予哉？若夫燕之用乐毅㊱，秦之任李斯，郦食其之下齐㊲，说行如流，曲从如环，所欲必得，功若丘山，海内定，国家安，是遇其时者也。子又何怪之邪？

"语曰：以管窥天，以蠡测海㊳，以莛撞钟㊴，岂能通其条贯㊵，考其文理㊶，发其音声哉？犹是观之，譬由鼱鼩之袭狗㊷，孤豚之咋虎㊸，至则靡耳㊹，何功之有？今以下愚而非处士，虽欲勿困，固不得已。此适足以明其不知权变，而终惑于大道也。"

【注释】

①难（nàn）：诘问。②都：居。③唇腐而不可释：比喻读书讽诵极为勤苦。释，舍弃，抛弃。④辩智：明智。辩：通"辨"。⑤圣帝：指汉武帝。⑥侍郎：官名，西汉属光禄勋。负责持戟守卫宫殿门户，皇帝出行则充车骑。⑦遗行：失检的行为，有亏的德行。⑧同胞之徒：即兄弟。⑨备：充任。⑩力政：同"力征"。⑪擒：捉拿、制服，此处指争战。⑫十二国：战国时，除齐、楚、燕、赵、韩、魏、秦七雄外，尚有鲁、卫、宋、郑、中山五国。⑬德流：恩德流布。⑭带：指犹如带状相连。⑮安于覆盂：如倒扣的盆碗那样稳固。⑯犹运之掌：《史记》《文选》作"动发举事，犹运之掌"。⑰绥：谓安分守己，不出头。⑱抗：起用，树立。⑲辐辏（còu）：车轮上每根辐条凑集到中心的车毂上面。比喻从四面八方集中一处。⑳掌故：官名。汉文学官之一种，比文学掌故略高。㉑"鼓钟于宫"二句：见《诗经·小雅·白华》。比喻只要有所作为，人们便能知道。㉒"鹤鸣九皋"二句：见《诗经·小雅·鹤鸣》。比喻身卑者其言论高远。㉓太公：指齐太公吕尚。㉔设用：使用，被使用。㉕信（shēn）：通"伸"，伸张。厥说：他的理论。㉖孳孳：同"孜孜"，勤勉，努力不懈。㉗敏行：指勉力修身。㉘鹡鸰（jí líng）：一种鸟，身体较小，黑色，捕食昆虫和小鱼。㉙处士：有才德而隐居不愿做官的人。㉚块然：独立不群。㉛廓然：空寂的样子，孤独的样子。㉜许由：相传为尧时代的高士，尧要把君位让给他，他逃至箕山下农耕而食；尧又请他做九州长官，他到颍水边洗耳，表示名禄之言污耳。㉝接舆：春秋楚国隐士，佯狂不仕。亦以代指隐士。㉞与义相扶：即修身自持。㉟寡耦少徒：耦，通"偶"，指朋辈。徒，同伴。"寡偶少徒"即谓没有情趣相投、志同道合的人。㊱乐毅：战国后期杰出的军事家，辅佐燕昭王振兴燕国。㊲郦食其：初为里监门吏，后为刘邦谋臣，献计克陈留，封广野君。劝齐王田广归

降刘邦时，由于韩信乘机前来攻打，被齐王烹杀。㊳蠡（lí）：瓠瓢。㊴莛（tíng）：草茎。㊵条贯：条理，系统。㊶文理：条理。㊷鼩鼱（jīng qú）：食虫类动物，形似小鼠，体小尾短。袭：袭击。㊸豚：猪，小猪。咋（zé）：啃咬。㊹靡：毁灭，消灭。

【赏析】

东方朔是武帝时期的一位机智博学之士。《汉书》中写道："然时观察颜色，直言进谏。"东方朔试图通过一条特别的路来快速接近这个帝国的权力中心，但他更多的时候还是充当着陪伴在汉武帝身边讨巧调笑的人物。甚至于不少人批评东方朔哗众取宠，不过是扮演了一个小丑的角色。

其实在其讨巧的表面之下，东方朔同样有着一腔抱负，只是没有施展的平台罢了，这是东方朔的悲哀。据史书载，东方朔向武帝上书，"陈农战强国之计"，结果遭到冷遇，于是他写下了《答客难》，希望通过文字来表达怀才不遇的不平，以及内心无可奈何的悲怆。

《答客难》采用主客问答的形式，开头假托有客话诘问东方朔，讥其官微位卑而务修圣人之道不止，然后便是东方朔的一番答对。他说现在与战国时士人所处环境不同，遭遇自然迥异；但是士人修身乃是其本分，不能因时而异。然而生在现在这样一个时代，现状却是即便有才能也无从施展，"贤"与"不肖"也没有什么区别，"用之则为虎，不用则为鼠"，是对统治者不善用人才的讽谏，也是作者自感怀才不遇情绪的宣泄。

作者说道："今世之处士，时虽不用，块然无徒……今以下愚而非处士，虽欲勿困，固不得已。此适足以明其不知权变，而终惑于大道也。"意思就是说，从古至今，多少贤人受到礼遇，上观许由，下视接舆，有像范蠡这样足智多谋的人，还有类似于子胥这样忠诚的臣子。天下太平的时候，与道义相符合是理所应当的事情，帝王为什么对自己还有怀疑呢？至于燕国启用乐毅为将军，嬴政任用李斯为丞相，郦食其说降齐王，都是因为需求才会有所得的。建功立业，四海升平，这是他们所遇到的好形势。君王为何要感到奇怪呢？如果以管窥天，以瓢量海，以草撞钟，考察通常的规律，又怎么能知道发音的原理呢？就好像是老鼠袭击狗，猪咬老虎一般，注定是要失败的。在当朝，贤人只能忍受着君王的冷眼旁观，不但得不到机会，还要忍受非难，因为他们不懂通权达变，所以他们真的是无法明白用人不疑的道理啊。

在这一段中，作者将内心苦闷一尽抒发，畅快淋漓。他认为自己是个人才，却得不到认可，长期的压抑令他心生郁结，郁郁寡欢。他渴望有朝一日能遇到明君，看到他身上治理国家的长处，而不仅仅是把他当作一个逗笑的小丑。

东方朔为官期间，正值汉武帝尚武风气最浓之时，面对边陲的匈奴，汉武帝多次发兵制服。长年的战争使得汉朝的百姓苦不堪言，对此，东方朔是看在眼里的，但是他的多次隐晦劝诫犹如石沉大海而得不到重视。后人也常因为东方朔为武帝宠臣就忽视了他的报国之心。

此赋语言明朗，颇具诙谐感，议论酣畅。刘勰《文心雕龙·杂文》称其"托古慰志，疏而有辨"。班固的《答宾戏》、扬雄的《解嘲》、张衡的《应间》等，都被认为是受其影响。

长门赋

司马相如

孝武皇帝陈皇后时得幸①，颇妒。别在长门宫②，愁闷悲思。闻蜀郡成都司马相如天下工为文③，奉黄金百斤为相如、文君取酒④，因于解悲愁之辞⑤。而相如为文以悟上⑥，陈皇后复得亲幸⑦。

夫何一佳人兮⑧，步逍遥以自虞⑨。魂逾佚而不反兮⑩，形枯槁而独居。言我朝往而暮来兮，饮食乐而忘人⑪。心慊移而不省故兮⑫，交得意而相亲⑬。

伊予志之慢愚兮⑭，怀贞悫之懽心⑮。愿赐问而自进兮⑯，得尚君之玉音⑰。奉虚言而望诚兮⑱，期城南之离宫⑲。修薄具而自设兮⑳，君曾不肯乎幸临㉑。廓独潜而专精兮㉒，天漂漂而疾风㉓。登兰台而遥望兮㉔，神怳怳而外淫㉕。浮云郁而四塞兮㉖，天窈窈而昼阴㉗。雷殷殷而响起兮㉘，声象君之车音。飘风回而起闺兮㉙，举帷幄之襜襜㉚。桂树交而相纷兮㉛，芳酷烈之闾阎㉜。孔雀集而相存兮㉝，玄猿啸而长吟㉞。翡翠胁翼而来萃兮㉟，鸾凤翔而北南㊱。

心凭噫而不舒兮㊲，邪气壮而攻中㊳。下兰台而周览兮，步从容于深宫㊴。正殿块以造天兮㊵，郁并起而穹崇㊶。间徙倚于东厢兮，观夫靡靡而无穷㊷。挤玉户以撼金铺兮，声噌吰而似钟音㊸。刻木兰以为榱兮㊹，饰文杏以为梁㊺。罗丰茸之游树兮，离楼梧而相撑㊻。施瑰木之欂栌兮，委参差以槺梁㊼。时仿佛以物类兮，象积石之将将㊽。五色炫以相曜兮㊾，烂耀耀而成光㊿。致错石之瓴甓兮，象瑇瑁之文章㉑。张罗绮之幔帷兮㉒，垂楚组之连纲㉓。

抚柱楣以从容兮㉔，览曲台之央央㉕。白鹤噭以哀号兮㉖，孤雌跱于枯肠㉗。日黄昏而望绝兮㉘，怅独托于空堂㉙。悬明月以自照兮，徂清夜于洞房㉚。援雅琴以变调兮，奏愁思之不可长㉛。案流徵以却转兮，声幼妙而复扬㉜。贯历览其中操兮，意慷慨而自昂㉝。左右悲而垂泪兮，涕流离而从横㉞。舒息悁而增欷兮㉟，蹝履起而彷徨㊱。揄长袂以自翳兮㊲，数昔日之愆殃㊳。无面目之可显兮，遂颓思而就床㊴。抟芬若以为枕兮㊵，席荃兰而茝香㊶。

忽寝寐而梦想兮，魄若君之在旁㊷。惕寤觉而无见兮，魂迁迁若有亡㊸。众鸡鸣而愁予兮㊹，起视月之精光㊺。观众星之行列兮，毕昴出于东方㊻。望中庭之蔼蔼兮，若季秋之降霜㊼。夜曼曼其若岁兮㊽，怀郁郁其不可再更㊾。澹偃蹇而待曙兮㊿，荒亭亭而复明㉜。妾人窃自悲兮㉝，究年岁而不敢忘㉞。

【注释】

①孝武皇帝：指汉武帝刘彻。陈皇后：名阿娇，是汉武帝姑母之女。武帝为太子时娶为妃，继位后立为皇后。得幸：受到宠爱。②长门宫：汉代长安别宫之一。③工为文：擅长写文章。工，善于，擅长。④文君：即卓文君。取酒：买酒。⑤于：为。此句是说让相如作解悲愁的辞赋。⑥为文：指作了这篇《长门赋》。⑦复：又、重新。⑧"夫何"句：这是怎样的一个佳人啊。夫，犹"是"。何，疑问之辞。⑨逍遥：缓步行走的样子。虞：度，思量。⑩逾佚：外扬，失散。佚，散失。反：同"返"。⑪"言我"二句：谓武帝曾说过朝往而暮来，现在却恣乐于饮食而把人给忘记了。我，指汉武帝。人，指陈皇后。⑫慊（qiàn）移：决绝变化。省（xǐng）故：念旧。此句指武帝的心已决绝别移，忘记了故人。⑬得意：指称心如意之人。相亲：相爱。⑭伊：发语词。予：指陈皇后。慢愚：迟钝。⑮怀：抱。贞悫（què）：忠诚笃厚。懽：同"欢"。此句指自以为欢爱靠得住。⑯赐问：指蒙武帝的垂问。自进：前去觐见。⑰"得尚"句：谓侍奉于武帝左右，聆听其声音。尚，奉。⑱奉虚言：指得到一句虚假的承诺。望诚：当作是真实。⑲"期城南"句：在城南离宫中盼望着他。期，盼望。离宫，正宫之外供帝王出巡时居住的宫室。此指长门宫。⑳修：置办，整治。薄具：指菲薄的肴馔饮食。㉑曾：乃，却。幸临：光降。㉒廓：空寂，孤独。此指忧伤的样子。独潜：独自深居。专精：用心专一。此指一心思念。㉓漂漂：同"飘飘"。㉔兰台：华美的台榭。一说台名。㉕悒悒：同"怏怏"，

心神不定的样子。外淫：指神不守舍。淫，游。㉖郁：郁结。四塞（sè）：遍布。㉗窈窈：幽暗的样子。㉘殷（yǐn）：形容雷的声音。㉙飘风：旋风。起闺：指吹开内室之门。闺，宫中小门。㉚帷幄：帷帐。襜（chān）襜：摇动的样子。㉛交：交错。相纷：杂乱交错。㉜芳：指香气。阎（yín）阎：形容香气浓烈。㉝相存：相互慰问。㉞玄猨：黑猿。猨，同"猿"。㉟翡翠：鸟名。胁翼：收敛翅膀。萃：集。㊱鸾凤：指鸾鸟和凤凰。翔而北南：南北飞翔。此指自由飞来飞去。㊲凭噫：愤懑抑郁。㊳攻中：攻心。㊴"下兰台"二句：谓走下兰台，在深宫中周游观览。极写百无聊赖。㊵块：屹立的样子。造天：达到天上。造，达。㊶郁：形容宫殿雄伟、壮大。穹崇：高大的样子。㊷"间徙倚"二句：谓有时在东厢各处徘徊游观，观览华丽美好的景物。间，有时。徙倚，徘徊。靡靡，华丽。㊸"挤玉户"二句：推开殿门摇动金属做的门环，发出很大的像撞钟一样的声音。挤，排挤，推开。撼，摇动。金铺，金属做的门环。噌吰（zēng hóng），钟声。㊹木兰：树名，似桂树。榱（cuī）：屋椽。㊺文杏：即银杏树。以上二句形容建筑材料的华美。㊻"罗丰茸"二句：梁上的柱子交错支撑。罗，集。丰茸，繁多的样子。游树，浮柱，指屋梁上的短柱。离楼，众木交加的样子。梧，屋梁上的斜柱。㊼"施瑰木"二句：谓用瑰奇之木做成斗拱以承屋栋，房间非常空阔。瑰木，瑰奇之木。欂栌（bó lú），指斗拱。斗拱是我国木结构建筑中柱与梁之间的支承构件，主要由拱（弓形肘木）和斗（拱与拱之间的斗形垫木）纵横交错，层层相叠而成，可使屋檐逐层外延。委，堆积。参差，指斗、拱纵横交错、层层相叠的样子。榱梁，屋室空阔的样子。㊽"时仿佛"一句：时，时时的意思。仿佛，相似，近似。物类，以物比物。积石，指积石山。将（qiāng）将，高峻的样子。㊾炫：明亮。曜：照耀。㊿耀耀：明亮的样子。51"致错石"二句：用彩石铺成的地面，像玳瑁的花纹一样华丽。致，细密。错石，积众石而成彩。瓴甓（líng pì），铺地的砖。瑇瑁，即玳瑁。海龟类动物，背部有褐色和淡黄色相间的花纹。文章，花纹、色彩。52罗绮：皆指用丝织成的布。幔：帐幕。帷：帐子。53楚组：指楚地产的丝带。组，组绶，本用以系玉，以楚产最有名。连纲：指连接幔帷的绳带。纲，网上的总绳。54抚：按，摸。柱楣：柱子和门楣。楣，门上横梁。从容：舒缓。此处指神态消极。55曲台：宫殿名。旧注说在未央宫东面。央央：广大的样子。56嗷（jiào）：鸟哀鸣声。57孤雌：失偶的雌鸟。跱：同"峙"，停留。58望绝：指久候而不至。59怅：愁怅，悲伤。托：指托身。60"悬明月"二句：谓明月高挂，孤独地照着自己，在洞房中消磨如此良夜。徂（cú），往，消逝。洞房，深邃的内室。(61)“援雅琴”二句：指操起琴来弹奏却改变了原来的常调，虽可抒发心中愁思但不能维持长久。援，引，操起。(62)“案流徵”二句：弹奏中转成徵声，声音由轻细而变成激扬。案，同“按”，此指弹奏。徵，古代五音中的第四音，声音激越。幼妙，同“要妙”，指声音轻细。(63)“贯历览”二句：将上述琴曲连贯起来看胸中情操，显示出意志慷慨不平。贯，连贯，贯通。自昂：自我激励。(64)涕：眼泪。流离：流泪的样子。从横：同“纵横”，此指泪流之多。(65)舒：展，吐。息悒：叹息忧闷。欷：抽泣声。(66)蹝（xǐ）履：趿着鞋子。彷徨：徘徊的意思。(67)揄（yú）：扬起。袂：衣袖。自翳：自遮其面。翳，遮蔽。(68)数：计算，回想。諐（qiān）殃：过失和罪过。諐，同“愆”。(69)“无面目”二句：自己无面目见人，只好满怀心事上床休息。颓思，愁思，伤感。(70)抟：揉。芬若：香草名。(71)荃、兰、茝：皆为香草名。此句说以荃、兰、茝等香草为席。旧注说以香草比喻修洁自己行为。(72)魄：魂魄。此指梦境。若君之在旁：谓像在君之旁。(73)惕寤：指突然惊醒。惕，急速，突然。寤，醒。(74)迋（guàng）迋：恐惧的样子。若有亡：若有所失。(75)愁予：即予愁。(76)月之精光：即月光。(77)毕昴：二星宿名，五六月间出于东方。(78)“望中庭”二句：望着中庭微暗的月光，虽然是盛夏，感受如同深秋一样。蔼蔼，月光微暗的样子。季秋，深秋。(79)曼曼：同“漫漫”，言其漫长。(80)郁郁：此指心中的愁苦。不可再更：指不能重有欢乐之时。(81)澹：荡动。偃蹇：伫立的样子。此句指心绪不宁，坐立不安等待天明。(82)荒：昏暗。亭亭：久远的样子。(83)妾人：自称之辞。(84)“究年岁”句：穷年累月终不敢忘君。究，终。

【赏析】

这篇有名的《长门赋》，是司马相如为汉武帝刘彻的陈皇后所作。

诗人开头写道：“夫何一佳人兮，步逍遥以自虞。魂逾佚而不反兮，形枯槁而独居。言我朝往而暮来兮，饮食乐而忘人。心慊移而不省故兮，交得意而相亲。”佳人轻移玉步，香魂飘散而无法相聚，因为独自居住而身形俱损，圣上答应会前去探望，却因为新人笑，而忘记了旧人哭，从此绝迹不再相见，与别的美人相亲相爱时，早已忘记了旧人的苦楚。

在这里诗人寥寥数语，便切中要害，直入主题，阿娇往昔泼辣蛮横的形象荡然销毁，而只是以一个娇俏可人的小女子形象出现，楚楚动人，引人怜爱。

接着下文写："忽寝寐而梦想兮，魄若君之在旁。惕寤觉而无见兮，魂迁迁若有亡。众鸡鸣而愁予兮，起视月之精光。观众星之行列兮，毕昴出于东方。望中庭之蔼蔼兮，若季秋之降霜。夜曼曼其若岁兮，怀郁郁其不可再更。澹偃蹇而待曙兮，荒亭亭而复明。妾人窃自悲兮，究年岁而不敢忘。"这段以陈皇后口吻写，自己夜深时忽然觉得君王又躺在身边，惊醒后发觉原来是美梦一场，顿时魂魄失散，犹如死亡降临一般痛苦。鸡鸣虽然已经响起，但还是午夜时分，不得寐后，只能挣扎坐起，一直到天亮。看着天边的星光，犹如秋之霜降一般清冷，庭院深深深几许，却盛不下这许多的感伤。究竟是故人已然被遗忘于这深宫永巷之中，还是帝王太过繁忙不得来看？

这篇汉地散体大赋，辞藻华丽，时而气采宏流，时而细腻精巧，读者为之动容。作品将离宫内外的景物与人物的情感结合在一起，情景交融，为赋中别创。词文虽长，但无一不是在表述阿娇寂寞之中深感罪孽，夜半醒来，仿佛感觉到帝王就陪伴身边，哪料只是一场梦幻而已，情真意切，感人至深。失宠皇后的凄楚心境历历眼前。汉武帝不是无情之人，看到这里怎能不念及当日深情？

南宋词人辛弃疾写过一首《摸鱼儿》："更能消、几番风雨，匆匆春又归去。惜春长怕花开早，何况落红无数。春且住！见说道、天涯芳草无归路。怨春不语，算只有殷勤，画檐蛛网，尽日惹飞絮。长门事，准拟佳期又误。娥眉曾有人妒。千金纵买相如赋，脉脉此情谁诉？君莫舞，君不见，玉环飞燕皆尘土！闲愁最苦。休去倚危栏，斜阳正在，烟柳断肠处。"其中的长门事就是指汉武帝与陈皇后阿娇的这段故事。只是，司马相如的文笔再好，也只挽得君王一时的悔意和恩情，但这并不曾影响这篇著名的汉赋在文学史的光辉。

这篇《长门赋》，最早见于南朝梁萧统《昭明文选》。序言中说是西汉司马相如作于汉武帝时。由于序言里提及了武帝的谥号，而这是当时的司马相如不可能知道的，而且正史中并无武帝复幸陈皇后之事，所以顾炎武《日知录》认为其是"假设之辞"。何焯《义门读书记》也说："此文乃后人所拟，非相如作。其此细丽，盖平子之流也。"但是因为此文写得甚是动人，是历代文学称赞的成功之作。也正好切合了才子情种司马相如的性情与传闻，所以后世一般还是将其归到司马相如名下。

子虚赋

司马相如

楚使子虚使于齐，齐王悉发境内之士，备车骑之众，与使者出畋。畋罢^①，子虚过诧乌有先生^②，而亡是公存焉。坐定，乌有先生问曰："今日畋乐乎？"子虚曰："乐。""获多乎？"曰："少"。"然则何乐？"对曰："仆乐齐王之欲夸仆以车骑之众，而仆对以云梦之事也。"曰："可得闻乎？"

子虚曰："可。王驾车千乘，选徒万骑，畋于海滨。列卒满泽，罘网弥山^③。掩兔辚鹿^④，射麋脚麟^⑤，骛于盐浦^⑥，割鲜染轮^⑦。射中获多，矜而自功。顾谓仆曰：'楚亦有平原广泽游猎之地饶乐若此者乎？楚王之猎孰与寡人乎？'仆下车对曰：'臣，楚国之鄙人也，幸得宿卫十有余年，时从出游，游于后园，览于有无，然犹未能遍睹也，又焉足以言其外泽者乎？'齐王曰：'虽然，略以子之所闻见而言之。'

"仆对曰：'唯唯^⑧。臣闻楚有七泽，尝见其一，未睹其余也。臣之所见，盖特其小小者耳，名曰云梦。云梦者，方九百里，其中有山焉。其山则盘纡茀郁^⑨，隆崇嵂崒^⑩，岑崟参差^⑪，日月蔽亏；交错纠纷，上干青云；罢池陂陀^⑫，下属江河^⑬。其土则丹青赭垩^⑭，雌黄白坿^⑮，锡碧金银，众色炫耀，照烂龙鳞。其石则赤玉玫瑰，琳珉昆吾^⑯，瑊玏玄厉^⑰，碝石碔砆^⑱。其东则有蕙圃蘅兰，芷若射干^⑲，芎藭菖蒲^⑳，江蓠蘼芜^㉑，诸柘巴且^㉒。其南则有平原广泽，登降陁靡^㉓，案衍坛曼，缘以大江，限以巫山。其高燥则生葴菥苞荔^㉔，薛莎青薠^㉕。其埤湿则生藏莨蒹葭^㉖，东蘠雕胡。莲藕觚卢^㉗，菴闾轩芋^㉘。众物居之，不可胜图。其西则有涌泉清池，激水推移，外发芙蓉菱华，内隐巨石白沙。其中则有神龟蛟鼍^㉙，瑇瑁鳖鼋^㉚。其北则有阴林巨树，楩柟豫樟^㉛，桂椒木兰，檗离朱杨^㉜，楂梨梬栗^㉝，橘柚芬芳。其上则有赤猿蠷蝚，鹓雏孔鸾^㉞，腾远射干^㉟。其下则有白虎玄豹，曼蜒貙犴^㊱，兕象野犀，穷奇獌狿。

"'于是乎乃使专诸之伦^㊲，手格此兽。楚王乃驾驯驳之驷，乘雕玉之舆，靡鱼须之桡旃^㊳，曳明月之珠旗，建干将之雄戟，左乌号之雕弓，右夏服之劲箭；阳子骖乘，孅阿为御，案节未舒，即陵狡兽，蹴蛩蛩^㊴，辚距虚，轶野马^㊵，辀騊駼^㊶，乘遗风，射游骐。倏眒倩浰^㊷，雷动犬至，星流霆击，弓不虚发，中心决眦^㊸，洞胸达腋，绝乎心系。获若雨兽，掩草蔽地。于是楚王乃弭节徘徊，翱翔容与。览乎阴林，观壮士之暴怒，与猛兽之恐惧。徼郄受诎^㊹，殚睹众物之变态。

“‘于是郑女曼姬，被阿緆㊺，揄纻缟㊻，杂纤罗，垂雾縠㊼，襞积褰绉㊽，纡徐委曲，郁桡溪谷。衯衯裶裶，扬袘戌削，蜚襳垂髾。扶舆猗靡，翕呷萃蔡；下摩兰蕙，上拂羽盖；错翡翠之葳蕤，缪绕玉绥；眇眇忽忽，若神仙之髣髴。

“‘于是乃相与獠于蕙圃，媻姗勃窣㊾，上乎金提。揜翡翠，射鵔鸃㊿，微矰出(51)，孅缴施(52)，弋白鹄，连驾鹅，双鸧下，玄鹤加。怠而后发，游于清池，浮文鹢，扬旌枻，张翠帷，建羽盖，罔瑇瑁，钓紫贝。摐金鼓，吹鸣籁，榜人歌，声流喝。水虫骇。波鸿沸，涌泉起，奔扬会。礧石相击(53)，硠硠礚礚，若雷霆之声，闻乎数百里之外。

“‘将息獠者，击灵鼓，起烽燧，车按行，骑就队，丽乎淫淫，般乎裔裔。于是楚王乃登阳云之台，泊乎无为，澹乎自持(54)，芍药之和具而后御之，不若大王终日驰骋，曾不下舆，脟割轮焠(55)，自以为娱。臣窃观之，齐殆不如。’于是齐王无以应仆也。”

乌有先生曰：“是何言之过也！足下不远千里，来贶齐国(56)，王悉发境内之士，备车骑之众与使者出田，乃欲戮力致获以娱左右，何名为夸哉！问楚地之有无者，愿闻大国之风烈，先生之余论。今足下不称楚王之德厚，而盛推云梦以为骄，奢言淫乐而显侈靡，窃为足下不取也。必若所言，固非楚国之美也。有而言之，是彰君之恶；无而言之，是害足下之信。彰君之恶而伤私义，二者无一可，而先生行之，必且轻于齐而累于楚矣。且齐东渚巨海，南有琅邪，观乎成山，射乎之罘，浮渤澥，游孟诸，邪与肃慎为邻，右以汤谷为界，秋田乎青丘，仿偟乎海外，吞若云梦者八九，于其胸中曾不蒂芥。若乃俶傥瑰玮，异方殊类，珍怪鸟兽，万端鳞萃，充牣其中者，不可胜记，禹不能名，卨不能计(57)。然在诸侯之位，不敢言游戏之乐，苑囿之大；先生又见客，是以王辞而不复，何为无以应哉！”

【注释】

①畋（tián）：打猎。②过诧（chà）：访问。③罘（fú）网：捕兔之网。④辚（lín）鹿：用车辗鹿。⑤脚麟（lín）；抓住大牡鹿。⑥骛（wù）于盐浦：在海滩上奔驰。⑦割鲜染轮：杀食猎物，染红车轮。⑧唯唯：是，好。⑨盘纡（yū）岪（fú）郁：迂回曲折。⑩隆崇嵂崒（lǜ zú）：高耸危险。⑪岑崟（cén yín）参差：高峻不平。⑫罢池陂陁（pí yǐ）：山坡宽广。⑬下属（zhǔ）江河：与河相连。

⑭丹青赭（zhě）垩：朱砂、青土、红土、白土。⑮雌黄白坿（fù）：黄土、灰土。⑯琳珉（lín mín）昆吾：玉石、矿石。⑰瑊玏（jiān lè）玄厉：次玉石、磨刀石。⑱碝（ruǎn）石碔砆（wǔ fū）：美石、白纹石。⑲茝若：白芷、杜若。⑳芎䓖（qióng）菖蒲：两种香草名。㉑江蓠（lí）蘼芜（mí wú）：香草名。㉒诸柘（zhè）巴且（jū）：甘蔗、芭蕉。㉓陁（yǐ）靡：斜坡。㉔葴（zhēn）菥（xī）苞荔：马蓝、菥草、苞草。㉕薛莎青薠（fán）：两种野草。㉖藏莨（zāng làng）蒹葭（jiān jiā）：荻草、芦苇。㉗觚（gū）卢：葫芦。㉘菴蔺（ān lǘ）轩芋：两种水草。㉙鼍（tuó）：扬子鳄。㉚鼋（yuán）：大龟。㉛楩柟（pián nán）梗：树、楠树。㉜檗（bò）离：黄檗、山梨。㉝楂梨梬（yǐng）栗：山楂树、梨树、黑枣树、栗子树。㉞鹓鶵（yuān chú）孔鸾（luán）：凤凰、孔雀。㉟腾远射（yè）干：猿猴、小狐。㊱曼蜒（wàn yán）：似狸而长的兽。貙犴（chū àn）：比狸大的猛兽。㊲专诸：勇士名。㊳靡（fēi）：挥动。桡旃（náo zhān）：曲柚旗。㊴蹴（cù）：踩倒。蛩蛩（qióng）：一种巨兽。㊵轶（yì）：超过。㊶轊（wèi）：用车头撞。驹骁：良马。㊷倏眒倩浰：迅速奔驰。㊸眦（zì）：开裂。㊹徼郄（yāo jù）受诎（qū）：拦住并收拾疲乏绝路之野兽。㊺被阿緆（xī）：披薄绸。㊻揄纻缟：拖着麻绢裙。㊼縠（hù）：轻纱。㊽襞（bì）积褰（qiān）绉：裙褶衣皱。㊾媻（pán）姗勃窣（bèi sù）：慢慢行走。㊿鵕鸃（jùn yì）：锦鸡。(51)微矰（zēng）：短箭。(52)缴：箭上细绳。(53)磊（lèi）石：众石。(54)澹（dàn）：保持。(55)脟割轮焠（cuì）：切小块肉在车轮旁烤吃。(56)贶（kuàng）：赐教。(57)卨（xiè）：尧之贤臣。

【赏析】

这是司马相如比较有名的一篇赋作，是在和梁孝王游山玩水之后所作。在此赋中，作者描述了两个虚构人物，即楚国的子虚先生和齐国的乌有先生的一番对话。

开篇写道："楚使子虚使于齐，齐王悉发境内之士，备车骑之众，与使者出畋。"齐王与子虚田猎时，齐王问到楚国的事。之后就是子虚的一番回答，对于楚国的云梦之大和楚王田猎之盛极尽夸张之说辞，而齐国乌有先生听后不服，谓"是何言之过也"！于是，齐国乌有先生便极力夸耀齐国土地之广袤与物产之丰盈。

如果说枚乘的《七发》标志着汉代散体大赋的正式形成，那么司马相如的《子虚赋》《上林赋》便是其中最典型的作品。西汉的赋，据《汉书·艺文志》记载，共有700多篇。而武帝时期就占400多篇。这两篇赋作虽然并不是作于同时，但在内容和风格上却有着内在连贯性，《史记》和《汉书》都将这两篇赋作为一篇，后来在《昭明文选》中才拆分开成子虚、乌有两篇。

司马相如的赋继承了《诗经》的颂与《楚辞》的铺陈的特点，又融合宋玉、贾谊等人的抒情特色，对大赋的体制发展具有深远影响，成为这一时期汉代文学新文学范式确立的标志。

当然也有不少人批评此赋内容空洞，不过极尽辞藻铺陈而言。但这篇《子虚赋》以及后来的《上林赋》，确实对后世中国文学的散体文和骈体文都产生了一定的影响。

西晋时，左思曾作咏史诗八首，其一曰："弱冠弄柔翰，卓荦观群书。著论准《过秦》，作赋拟《子虚》。边城苦鸣镝，羽檄飞京都。虽非甲胄士，畴昔览《穰苴》。长啸激清风，志若无东吴。铅刀贵一割，梦想骋良图。左眄澄江湘，右盼定羌胡。功成不受爵，长揖归田庐。"其中三四两句是说，写论应以贾谊《过秦论》为典范，写赋则应以效仿司马相如的《子虚赋》。足见此赋艺术成就之高。

大人赋①

司马相如

世有大人兮②，在乎中州③。宅弥万里兮，曾不足以少留。悲世俗之迫隘兮④，朅轻举而远游⑤。乘绛幡之素蜺兮⑥，载云气而上浮。建格泽之修竿兮⑦，总光耀之采旄⑧。垂旬始以为幓兮⑨，抴慧星而为髾⑩。掉指桥以偃蹇兮⑪，又旖旎以招摇⑫。揽欃抢以为旌兮⑬，靡屈虹而为绸⑭。红杳眇以眩湣兮⑮，猋风涌而云浮⑯。驾应龙象舆之蠖略逶丽兮⑰，骖赤螭青虬之蚴蟉蜿蜒⑱。低卬夭蟜裾以骄骜兮⑲，诎折隆穷躩以连卷⑳。沛艾赳螑仡以佁儗兮㉑，放散畔岸骧以孱颜㉒。跮踱輵辖容以委丽兮㉓，蜩蟉偃寋怵奂以梁倚㉔。纠蓼叫奡蹋以艐路兮㉕，蔑蒙踊跃腾而狂趡㉖。莅飒卉翕熛至电过兮㉗，焕然雾除霍然云消。

邪绝少阳而登太阴兮㉘，与真人乎相求㉙。互折窈窕以右转兮㉚，横厉飞泉以正东㉛。悉征灵圉而选之兮㉜，部乘众神于瑶光㉝。使五帝先导兮㉞，反太一而从陵阳㉟。左玄冥而右黔雷兮㊱，前长离而后矞皇㊲。厮征伯侨而役羡门兮㊳，诏岐伯使尚方㊵。祝融警而跸御兮㊵，清雾气而后行㊶。屯余车其万乘兮，綷云盖而树华旗㊷。使句芒其将行兮㊸，吾欲往乎南嬉㊹。

历唐尧于崇山兮㊺，过虞舜于九疑㊻。纷湛湛其差错兮㊼，杂遝胶辄以方驰㊽。骚扰冲苁其纷挐兮㊾，滂濞泱轧丽以林离㊿。攒罗列聚丛以笼茸兮㉛，衍曼流烂痑以陆离㉜。径入雷室之砰磷郁律兮㉝，洞出鬼谷之嶔𡾋崴磈㉞。遍览八纮而观四荒兮㉟，朅渡九江而越五河㊱。经营炎火而浮弱水兮㊲，杭绝浮渚涉流沙㊳。奄息总极泛滥水嬉兮㊴，使灵娲鼓琴而舞冯夷㊵。时若薆薆将混浊兮㊶，召屏翳诛风伯而刑雨师㊷。西望昆仑之轧沕洸忽兮㊸，直径驰乎三危㊹。排阊阖而入帝宫兮㊺，载玉女而与之归㊻。登阆风而遥集兮㊼，亢鸟腾而壹止㊽。低回阴山翔以纡曲兮㊾，吾乃今日睹西王母㊿。曤然白首戴胜而穴处兮㉑，亦幸有三足乌为之使㉒。必长生若此而不死兮，虽济万世不足以喜㉓。

回车朅来兮绝道不周㉔，会食幽都㉕。呼吸沆瀣兮餐朝霞㉖，噍咀芝英兮叽琼华㉗。娭侵浔而高纵兮㉘，纷鸿涌而上厉㉙。贯列缺之倒景兮㉚，涉丰隆之滂濞㉛。驰游道而修降兮㉜，骛遗雾而远逝㉝。迫区中之隘陕兮㉞，舒节出乎北垠㉟。遗屯骑于玄阙兮㊱，轶先驱于寒门㊲。下峥嵘而无地兮，上寥廓而无天。视眩眠而无见兮㊳，听惝恍而无闻㊴。乘虚无而上假兮，超无友而独存。

【注释】

①载《史记》卷一一七，《汉书》卷五七下，《艺文类聚》卷七八。这篇赋是因武帝喜好求仙而作的，也可能是迎合武帝心理的游仙文章，据说汉武帝读后非常高兴，称有飘飘然乘云气遨游天地之感。文中用骚体赋形式，大赋的手法，虚构夸张地铺叙"大人"游仙，对跨乘的各种龙描写得尤其生动形象。先写"大人"不满人生短促、人世艰难，于是驾云乘龙遨游仙界；然后分东南西北四方写遨游盛况；文末归于超脱有无，独自长存。有人说是用"归于无为"来"讽谏"，可能是超越人生，摆脱人世，融于自然造化，得到长生的意思。写游西方见"西王母"几句，就是用仙人居住在山谷中，形貌很瘦来劝诫求仙的。②大人：喻天子。③中州：中原，中国。④迫隘：窘迫艰难。⑤朅：通"盍"，何不。⑥幡：旗。蜺：通"霓"。⑦格泽：星名。《史记·天官书》："格泽星者，如炎火之状，黄白，起地而上，下大上兑。"⑧总：系。采：通"彩"。旄：旌旗。⑨旬始：星名。《史记·天官书》谓其"状如雄鸡"。慘：旗旒下饰物。⑩抴：曳。彗：

燕尾，此指燕尾状饰物。⑪掉：摇动。指靡："随风指靡"，柔弱的样子。偃蹇：夭矫的样子。⑫旖旎：婀娜。招摇：飘动的样子。⑬揽：摘取。欃枪：星名，又名欃天、天枪。⑭靡屈：使降下弯曲。绸：缠裹物。⑮杳眇：深远的样子。眩湣：眼花迷乱。⑯此句谓如猋风涌动，如祥云浮游，形容轻举之状。⑰应龙：有翅膀的龙。象舆：太平盛世才出现的一种像车的精气。蠖：尺蠖虫。略：缓行。逶丽：通"逶迤"，曲而长的样子。⑱骖：三马驾一车。此为驾乘意。螭：一种似龙的动物。虬：无角龙。蚴蟉：屈曲行进的样子。⑲卬：高。夭蛟：屈伸的样子。裾：直着颈。骄骜：纵恣奔驰。⑳诎折：通"曲折"。隆穷：通"隆穹"，隆起的样子。躞：疾行的样子。连卷：蜷曲的样子。卷，通"蜷"。㉑沛艾：昂首摇动的样子。仡：举头。佁儗：停止不前。㉒畔岸：自我放纵的样子。骧：举，抬头。屒颜：高峻的样子。㉓跙踱：忽进忽退的样子。辖（hè）辖：摇目吐舌。容：从容、安闲。委丽：通"逶迤"；弯弯曲曲。容以委丽：闲适地曲身。㉔蜩蟉：掉转头。偃蹇：高耸的样子。怵：奔走。梁倚：如梁相倚。㉕纠蓼：通"纠缭"，相引。叫奡：通"叫嚣"，相呼。蹋以艘路：踏上征途。艘：至。㉖蔑蒙：通"蠛蠓"，一种小虫，性喜乱飞。狂趡：狂奔。㉗莅飒卉翕：飞奔相追逐。《汉书》注前二字曰："飞相及也"，注后二字曰："走相追也"。㉘邪绝：斜渡。邪：通"斜"。少阳：东方极地。太阴：北方极地。（均据《史记》"集解"引《汉书音义》）。㉙真人：仙人。相求：相交游。㉚窈窕：深邃，指深邃的地方。㉛厉：涉水，渡。《诗经·匏有苦叶》："深则厉，浅则揭。"注："连衣涉水为厉。"㉜灵圉：仙人名。㉝瑶光：北斗杓头第一星。㉞五帝：伏羲（太皥）、神农（炎帝）、黄帝、尧、舜。㉟反：通"返"。太一：天神名。陵阳：陵阳子明，古仙人。㊱玄冥：水神，一说雨师。黔雷：一种神。或说是天上造化神，或说是水神。㊲长离：神名。矞皇：神名。㊳廝：役使。征伯侨：古仙人名。羡门：羡门高，古仙人。㊴诏：通"嘱"，叫。岐伯：相传是黄帝的太医。尚方：主管方药。㊵祝融：传说是古帝高辛氏的火官，后为火神。跸：清道。帝王出行，阻止行人。㊶雰气：恶气。雰，通"氛"。㊷绰：合，五彩杂合。㊸句芒：相传是古帝少皞氏的木官，后为木神。㊹娭：嬉戏。㊺崇山：狄山。《山海经·海外经》："狄山，帝尧葬其阳。"㊻九疑：九嶷山，又名苍梧山。相传虞舜葬此山。㊼湛湛：积厚的样子。差错：交互。㊽杂遝：众多而杂乱。胶辖：驱驰。㊾冲荙：冲撞。纷挐：牵扯，纠结。㊿滂濞：众盛的样子。泱轧：弥漫。林离：众盛的样子。51攒罗列聚：聚集排列。丛茸：聚集的样子。

⑤衍曼：即"曼延"，连绵不绝。流烂：布散。疢：众多的样子。陆离：参差众盛貌。⑤雷室：雷渊，神话中水名。砰磷郁律：皆形容深峻；一说都是雷声。⑤洞：通。鬼谷：众鬼所居之地。崾礨嵬礓：不平的样子。⑤八纮：八极，八方。纮，维。四荒：四方荒远之地。⑤揭：往。九江：一说指长江水系的九条河，一说指九江郡，在今江西长江边。五河：仙境中的五色（紫、碧、绛、青、黄）河。⑤经营：经过，往来。炎火：炎火山。弱水：河水名。据《山海经·大荒西经》，山在昆仑山外，水在昆仑山下。⑤杭：通"航"，渡。绝：横渡。流沙：沙漠。⑤奄息：休息。总极：总通"葱"，总极指葱岭。泛滥：漂流。⑥灵娲：女娲。传说伏羲作琴，使女娲鼓之。冯夷：黄河水神河伯的姓名。⑥菱菱：通"暧暧"，昏暗的样子。⑥屏翳：《史记》"正义"谓："天神使也"。风伯：风神。雨师：雨神。⑥昆仑：昆仑山，传说是天帝的下都。轧沕洸忽：不分明的样子。⑥三危：仙山名。⑥阊阖：天门。⑥玉女：神女，美女。⑥阆风：神山，传说在昆仑之巅。⑥亢鸟腾：《史记》"集解"引《汉书音义》曰："亢然高飞如鸟之腾也。"亢，高。腾，飞腾。⑥低回：徘徊。阴山：传说在昆仑山西。⑦西王母：传说中神女。⑦皬（hè）然：白的样子。胜：玉胜，一种首饰。⑦三足鸟：传说是为西王母取食的鸟。⑦济：渡。⑦回车：转车。揭：通"盍"，何不。不周：不周山。传说在昆仑山东南。⑦幽都：极北之地，传说是日落处。⑦沆瀣：夜半气，露气。⑦嚾咀：咀嚼。叽：小吃。琼华：玉英。⑦侵寻：渐进。⑦鸿涌：波涛腾涌的样子。厉：扬。⑧贯：通。列缺：闪电。倒景：下射光。⑧丰隆：云神。滂濞：雨水盛。⑧游道：远游的路途。修：长。⑧骛：奔驰。遗雾：把云雾抛在身后。⑧迫：逼近。隘陕：狭隘。⑧舒节：缓行。北垠：极北边际。⑧屯骑：官名，管骑士。玄阙：北方的山。⑧轶：通"遗"，留下。先驱：前导。寒门：北极之门。⑧眩眠：目不安的样子。⑧惝恍：模糊不清的样子。

【赏析】

这篇《大人赋》中有许多关于神仙的描写，看似是对汉武帝求仙访道行为的探讨，但实际上是对汉武帝的成仙梦的提醒，婉转地表达仙佛之道是无法走通的，因为那般旖旎的世界，只能是在海天的尽头，人世过后才可能拥有。所以，当世还是要清醒一些。而作者的主要宗旨是对于自己仕途进退的内心矛盾的流露，对于一个盛世不遇的文人来说，命运的可笑之处就在于自己生逢其时，却不谋其事。

文中写道，武帝你虽然在中原地区，拥有万里江山，但这丝毫不值得稍加停留。

世事艰难险阻，不如飞身远游，旌旗翻动，乘坐云气飘浮于高空，以格泽星云作为长杆，然后系上五彩祥云作为旗帜，以循始星作为旗帜下的幡，拉过彗星作为舞动的羽毛，以偃、蹇二星作为笙，摇曳着旖旎的虹。这些都是司马相如凭着想象描绘出来的。

在汉代的神话题材文学作品中，人们没有痛苦地呻吟和悲哀地感叹，而是很愉快地追求着羽化登仙的过程，希望可以早日得道成仙，将人生继续下去。就如同李泽厚先生在他的著作《美的历程》一书中所提到的那样："这个历史时期的人们并没有舍弃或否定现实人生的观念，相反，而是希求这个人生能够永恒延续，是对它的全面肯定和爱恋，所以，这里的神仙世界就不是与现实苦难相对峙的难及的彼岸，而是好像就存在于现实人间相距不远的此岸之中。"

司马相如写这篇赋词，实在是言者有意，听者无心。司马相如好像在闲话家常，但句句都是正经之言，对于高高在上的汉武帝，司马相如无法令其改变心意，对于成仙的执着，汉武帝变得固执而且不可理喻。司马相如的几句劝慰，又怎么能入他的耳朵呢？

其实，作者和汉武帝之间的心境是十分相似的，司马相如舍不去那片官场土地，而汉武帝则不愿意放弃寻找传说中的仙境乐土。两人都在为了一个不可能达到的目的而前行，心情的迷茫几乎是相同的。

李夫人赋

刘　彻

美连娟以修嫭娽①，命樔绝而不长②。饰新官以延贮兮③，泯不归乎故乡。惨郁郁其芜秽兮④，隐处幽而怀伤。释舆马于山椒兮，奄修夜之不阳⑤。秋气憯以凄泪兮⑥，桂枝落而销亡⑦。神茕茕以遥思兮⑧，精浮游而出畺⑨。托沈阴以圹久兮⑩，惜蕃华之未央⑪。念穷极之不还兮，惟幼眇之相羊⑫。函菱葓以俟风兮⑬，芳杂袭以弥章⑭。的容与以猗靡兮⑮，缥飘姚虖愈庄⑯。燕淫衍而抚楹兮⑰，连流视而娥扬。既激感而心逐兮，包红颜而弗明。欢接狎以离别兮⑱，宵寤梦之芒芒⑲。忽迁化而不反兮，魄放逸以飞扬。何灵魄之纷纷兮，哀裴回以踌躇⑳。势路日以远兮，遂荒忽而辞去㉑。超兮西征，屑兮不见㉒。寖淫敞怳㉓，寂兮无音。思若流波，怛兮在心㉔。

乱曰：佳侠函光㉕，陨朱荣兮㉖。嫉妒阘茸㉖，将安程兮㉗。方时隆盛，年夭伤兮。弟子增欷㉘，洿沫裹猭㉙。悲愁于邑㉚，喧不可止兮㉛。向不虚应，亦云已兮。嫶妍太息㉜，叹稚子兮。懰栗不言㉝，倚所恃兮。仁者不誓，岂约亲兮？既往不来，申以信兮。去彼昭昭㉞，就冥冥兮。既不新宫，不复故庭兮。呜呼哀哉，想魂灵兮！

【注释】

①连娟：细长屈曲的样子。嫭（hù）：姣好。②櫋绝：断绝，这里指李夫人逝世。③延贮：久久伫立等待。④芜秽：荒废而充满秽气。⑤奄：同"淹"，停滞。⑥秋气：肃杀之意，泛指意兴低沉的样子。憯：惨痛。⑦桂枝：代指李夫人。销：同"消"，即香消玉殒。⑧茕茕（qióng）：孤零零的样子。⑨精：精神。浮游：游荡。壃：边界。⑩旷久：永远。旷，同"旷"。⑪央：尽。⑫惟：思念。幼眇：即窈窕。相羊：游荡。⑬荽（suī）：花穗。萩（fū）：散发。⑭章：同"彰"，鲜明。⑮容与：从容的样子。猗靡：婉约。⑯飘姚：同"飘摇"。⑰燕：欢乐。淫衍：极度欢乐的样子。⑱接狎：亲密。⑲寤梦：恍惚，半睡半醒。芒芒：渺茫。⑳裴回：往返回旋。㉑荒忽：隐约。㉒屑：疾速，快速。㉓寖淫敞恍：逐渐模糊。㉔怛（dá）：悲伤。㉕佳侠：美人。㉖闒（tà）茸：卑贱。㉗程：标准。㉘欷（xī）：抽泣声。㉙洿沫（wū huì）：泪流满面。㉚邑：忧愁。㉛喧：恸哭。㉜嫶妍：因忧伤而消瘦。㉝懰栗：悲伤。㉞昭昭：明亮的样子。

【赏析】

这篇赋是汉武帝刘彻为他的爱妃李夫人所作。李夫人十分受宠，可惜染病早逝。刘彻日夜思念这位带给了他无数欢乐的女子，一生没能相忘，于是写下了一首赋词，悼念他的这位妃子。

上天创造这样美丽的可人儿，却又不让她带着美丽长存。作为皇帝，刘彻专门为李夫人修建了宫殿，希望可以与她在里面相会，但失去了她的宫殿就好像城郊恓惶的坟墓，充满了忧伤和静谧。诗人在李夫人的坟茔那里长久停留，从黑夜直到白天。秋日折落的桂枝就像美丽的李夫人一样，让人充满思念，但是这思念却永远无法抵达彼岸，哪怕灵魂出窍，也始终无法抵达。

作者的哽咽，并没有得到回应，就这样随风而逝吧！李夫人留下的孩子还小，因为当初约定好要好好照顾他，便不能因为思念而使得自己身体削弱。不愿意再回到原来相爱的宫殿里，因为死亡真的无可挽回。

呜呼哀哉，冥冥之中的天意就真的这般残忍，将你带走便不留下丝毫的痕迹。

呜呼哀哉，如果早知道是这样的结果，当初为何还要爱到痛彻心扉。呜呼哀哉，但愿你的魂灵可以安息，但愿对你的思念可以永久。

作者言行之间全是对李夫人痴情的思念，如果不是真的读到这篇赋词，谁又能相信这样缠绵悱恻的爱恋之情会是出自汉武大帝刘彻的内心深处？

就在李夫人恩宠正佳，还为刘彻产下皇子之时，她身患了重病，卧床不起，眼看就要香消玉殒、一命归西了，刘彻希望能探望他宠爱的李夫人一眼，却始终遭到了拒绝，刘彻不明白善解人意的佳人为何突然不近人情了。

他不明白，而李夫人却是很明白，她得宠于阿娇皇后被冷落于长门宫后，卫子夫日渐失宠之时，皇宫的女人哪个能与君王白头偕老，虽然人前荣耀，但人后的辛酸又有谁真的知道？她进宫以来深受宠爱，刘彻对她从无半点儿怨言，而今重病在身，如果刘彻见到自己现在这般容颜憔悴、衣衫不整的样子，必定会心生厌恶，与其被帝王遗弃，不如先决绝地保持距离，有朝一日等自己离去，也能给刘彻留下一段美好的回忆。

诗人感慨："是耶非耶，立而望之，偏何姗姗来迟。"这位诗中的佳人在一生最美丽的时刻离开了刘彻，让诗人还来不及不爱，似乎这是帝王宫苑里爱情的最好结局。

闻乐对

刘　胜

建元三年，代王登、长沙王发、中山王胜、济川王明来朝，天子置酒，胜闻乐声而泣。问其故。胜对曰：

臣闻悲者不可为累欷[1]，思者不可为叹息。故高渐离击筑易水之上，荆轲为之低而不食[2]；雍门子一微吟，孟尝君为之于邑[3]。今臣心结日久，每闻幼眇之声[4]，不知涕泣之横集也。

夫众煦漂山[5]，聚蚊成雷[6]，朋党执虎[7]，十夫桡椎[8]。是以文王拘于羑里[9]，孔子厄于陈、蔡[10]。此乃烝庶之成风[11]，增积之生害也。臣身远与寡[12]，莫为之先[13]，众口铄金，积毁销骨，丛轻折轴[14]，羽翮飞肉[15]，纷惊逢罗，潸然出涕[16]。

臣闻白日晒光，幽隐皆照；明月曜夜，蚊虻宵见。然云蒸列布，杳冥昼昏[17]；尘埃抹覆，昧不泰山[18]。何则？物有蔽之也。今臣雍遏不得闻，谗言之徒蜂生。

道辽路远，曾莫为臣闻，臣窃自悲也。

臣闻社鼷不灌⑲，屋鼠不熏。何则？所托者然也。臣虽薄也，得蒙肺附⑳；位虽卑也，得为东藩，属又称兄㉑。今群臣非有葭莩之亲㉒，鸿毛之重，群居党议，朋友相为，使夫宗室摈却㉓，骨肉冰释㉔。斯伯奇所以流离㉕，比干所以横分也㉖。《诗》云："我心忧伤，惄焉如捣；假寐永叹，维忧用老；心之忧矣，疢如疾首㉗。"臣之谓也。

具以吏所侵闻。于是上乃厚诸侯之礼，省有司所奏诸侯事㉘，加亲亲之恩焉。其后更用主父偃谋，令诸侯以私恩自裂地分其子弟，而汉为定制封号，辄别属汉郡。汉有厚恩，而诸侯地稍自分析弱小云。

【注释】

①累：重。②"故高渐离击筑"二句：战国末年，燕人送荆轲去刺秦王，祖于易水之上，高渐离击筑，荆轲因受感染俯首而不食。③"雍门子一微吟"二句：战国时，雍门子以善鼓琴见孟尝君，谈起人生不长，孟尝君听之喟然叹息。参考《说苑·善说篇》。于邑：同"呜唈"，短气貌。④幼眇：精微。⑤众煦漂山：言很多的吐沫能使山漂起来。煦（xǔ）：吐沫。⑥聚蚊成雷：言众蚊的飞声有如雷鸣。⑦朋党执虎：这里借用三人成虎的典故，比喻人多嘴杂，可以移易真伪曲直。执，固执。⑧十夫楺椎：言十夫可以使椎弯曲。⑨文王：周文王。牖里，在今河南汤阴北。⑩陈、蔡：古代两国名。陈都在今河南淮阳，蔡都在今河南上蔡。⑪烝（zhēng）庶：众庶。⑫身远：言已去京师远。与寡：言党羽少。⑬莫为之先：谓素为延誉。⑭丛轻折轴：载轻物超量，致使车轴折坏。⑮羽翮飞肉：展击翅膀，鸟可飞翔天空。⑯潸然：泪流貌。⑰杳（yǎo）冥：幽暗。⑱昧：昧暗。⑲鼷（xī）：鼠类最小的一种。比喻君王左右的小人。⑳肺附：这里谓同宗，即宗室。㉑属：宗属。㉒葭莩（jiā fú）：芦苇里的薄膜，比喻疏远的亲戚。㉓摈却：谓斥退。㉔冰释：谓消散。㉕伯奇：周尹吉甫之子，事后母至孝，而后母谮之于吉甫，吉甫欲杀之，伯奇乃逃亡于山林。㉖比干：商末忠臣，直谏纣王，纣王怒，杀而剖其心。㉗见《诗经·小雅·小弁》。惄（nì）：犹思伤痛。假寐：不脱衣帽打盹。维：因。用：犹而。疢（chèn）：病。疾首：头痛。㉘省：减，免去。

【赏析】

《闻乐对》是西汉中山靖王刘胜所作。文中表现了自己作为藩王对前途难料的悲愁和畏惧心理，其实也是刘胜委婉为自己开脱求情，并为诸侯王鸣冤叫屈之作。时遭逢七国之乱，之后武帝对诸侯王忌心很重，刘胜随时都可能丢掉性命。史载，建元三年（公元前138年），武帝宴请诸侯王，刘胜忽然闻乐而泣，武帝奇怪地问他为何而哭，于是刘胜便将内心感言发表了一番，即这篇有名的《闻乐对》。

刘胜向武帝表达出自己终日惶恐的心情。无意蹚入浑水之中，却始终无法置身事外的局面令他难堪，每日想到这个心结，看到幼小的儿子，便没来由地悲伤哭泣。七国的叛乱，真的是害人不浅，自己已经被连累到心力交瘁了。当武帝被他的凄苦心境所感动的时候，刘胜便口风一转，开始为自己接下去的求情铺路。行走在刀尖上的刘胜开口便将自己放在一个很低的位置，令人对他的境遇心生怜悯。刘胜表明虽然自己远离是非，但是众口一词，足可以令他死上千万回，所以他面对这种无力扭转的局面，除了苍天可鉴之外，真的毫无其他澄清的办法。

《闻乐对》通篇充斥着一股文人式的悲伤，悲戚哀婉同时又不乏贵胄之气，刘胜的一番说辞有理有据，占情占理，且顿挫有致，一气呵成。不但将自己意在归隐说得情真意切，而且还将别人意欲对他加以陷害说得惟妙惟肖。

作者为自己求情并没有直接跪求武帝，而是借哭泣引起武帝的同情，让他有足够的耐心听自己的解释，然后在文辞中将原因讲清楚，同时也将求情的话顺带说出。不能不敬佩这位中山王的智慧韬略，当然更让人钦佩的是他的文采，短短一番说辞就免去了性命之灾，令武帝打消了杀他的念头，更为他在文学史上博得了一席之地。

《闻乐对》存世的原文见于《汉书卷五十三·景十三王传》。后人对这篇闻乐评价甚高，不仅限于辞采，更在于它的政治意义。通观《史记》不难得知，此文揭示了武帝以后中央与地方诸侯势力的关系变化。如清代学者查慎行曰："中山靖王胜传，《汉书》全载《闻乐对》，所以感动武帝，卒从主父偃谋，令诸侯以私恩自裂土分其子弟，与贾生、晁错二传相对应。此事不行于文景而行于武帝，是大有关系文字。"

陈子龙评论道："观《闻乐对》，知王非徒好酒色者，亦以汉法严、吏刻深，故以自晦耳。"近代学人梁玉绳亦引汪绳祖的话说："《闻乐对》词意悲壮，小司马称为'汉之英藩'，则非徒'乐酒好内'也。盖以汉法严吏深刻，托以自晦，有信陵、陈丞相之智识，史略之何与？"

文木赋

刘　胜

丽木离披①，生彼高崖。拂天河而布叶，横日路而擢枝②。幼雏赢毂③，单雄寡雌。纷纭翔集，嘈啾鸣啼。载重雪而梢劲风④，将等岁于二仪⑤。巧匠不识，王子见知。乃命斑尔⑥，载斧伐斯。隐若天崩⑦，豁如地裂⑧。华叶分披⑨，条枝摧折。既剥既刊⑩，见其文章⑪。或如龙盘虎踞⑫，复似鸾集凤翔。青绲紫绶⑬，环璧圭璋⑭。重山累嶂，连波迭浪。奔电屯云，薄雾浓雰⑮。麚宗骥旅⑯，鸡族雉群⑰。蜀绣鸯锦，莲藻芰文⑱。色比金而有裕，质参玉而无分。裁为用器，曲直舒卷。修竹映池，高松植巘⑲。制为乐器，婉转蟠纡。凤将九子，龙导五驹。制为屏风，郁弗穹隆⑳。制为杖几，极丽穷美。制为枕案，文章璀璨，彪炳焕汗㉑。制为盘盂，采玩踟蹰㉒。猗欤君子㉓，其乐只且。

【注释】

①离披：零落的样子。②日路：太阳经过的道路。擢（zhuó）：植物生长。③赢（léi）：瘦弱。毂（kòu）：待哺食的幼鸟。④梢：以树梢抵挡，名词作动词用。⑤二仪：指天与地。⑥斑尔：古代巧匠。⑦隐：象声词，指砍到树木的声音。⑧豁：同"隐"之义。⑨分披：分离。⑩刊：砍。⑪文章：五彩斑斓的花纹。⑫龙盘虎踞：神龙盘曲，猛虎蹲坐。这里形容文木的纹路曲折。⑬绲（guā）：紫青色的绶。⑭环璧圭璋：四种玉器。⑮雰（fēn）：雾气。⑯麚（jiā）宗骥旅：成群的鹿、马。⑰雉：野鸡。⑱芰（jì）：菱角。⑲巘（yǎn）：高峰。⑳郁弗（fú）：山势高峻的样子。穹隆：屈曲的样子。㉑彪炳：光彩焕发的样子。焕汗：同"彪炳"义。㉒采玩：光彩焕发的样子。踟蹰：自得的样子。㉓猗欤：感叹词。

【赏析】

这篇赋虽然不算太长，不比那些汉大赋的鸿篇巨制，但其中所用辞藻之华丽是丝毫不逊色的。

开篇写物图貌，散乱的树木生在崖边，枝叶拂过银河，拦截在太阳落山的道路上，幼雏在枝叶的遮挡下啼叫，这些文字承载日月，与天地同寿。其后接着叙事，虽然手巧的工匠不认识，但鲁恭王却认得，于是他命人用斧头砍伐，声响如天地裂开，枝条摧毁，剥开树皮，可以看到精美的纹路。蔚似雕画的叙述令后人体会到了难言的自然之美。

刘胜所生活的时代，正是汉朝鼎盛之期，所以赋作的"闳侈巨衍"是可以理解的，而如果分析其文化背景，就会注意到当时社会追求宏大和豪壮，对文学风格也产生了影响。

在这篇赋词中，刘胜所描述的家具，都很名贵。色泽比金子还要黄润，质地与玉石没有分别，这样的材质制造的器具，能屈能伸，雕刻松柏便显得苍劲挺拔，而用其制造乐器，则可令乐声婉转，上刻有凤生九子，龙导五驹，而屏风、杖几这些普通饰物亦穷奢华丽。

而作者所映射在赋词中的富贵也很雅致，作为衣食无忧的王爷，刘胜也是"猗敖君子，其乐只且"，享受富贵的同时，亦在享受文赋之美。刘胜的《文木赋》所谓"丽木离披"等，把自然生机的丰满和轻盈、充实和绮丽、萌动和生长，用简洁的文字描绘得十分活泼新鲜。

《文心雕龙·诠赋》说："赋者，铺也，铺采摛文，体物写志也。"刘胜是这方面的代表，他侃侃而谈，徐徐道来，懂得铺陈，也不夸张，只是单纯的描绘，就令人十分尽兴了。汉赋注重对自然景观的描绘，当代学者康金声在《汉赋纵横》中提到过，"汉赋有绘形绘声的山水描写，是山水文学的先声"。刘胜的这篇赋可做代表。

士不遇赋

董仲舒

呜乎嗟乎①！遐哉邈矣②。时来曷迟③，去之速矣④。屈意从人⑤，悲吾族（或作非吾徒）矣⑥。正身俟时⑦，将就木矣⑧。悠悠偕时⑨，岂能觉矣⑩。心之忧欤⑪，不期禄矣⑫。遑遑匪宁⑬，秖增辱矣⑭。努力触藩⑮，徒摧角矣⑯。不出户庭⑰，庶无过矣⑱，重曰⑲：

"生不丁三代之盛隆兮⑳，而丁三季之末俗㉑。以辨诈而期通兮㉒，贞士耿介而自束㉓，虽日三省于吾身㉔，繇怀进退之惟谷㉕。彼寔繁之有徒兮㉖，指其白以为黑㉗。目信嫭而言眇兮㉘，口信辩而言讷㉙。鬼神不能正人事之变戾兮㉚，圣贤亦不能开愚夫之违惑㉛。出门则不可与偕往兮㉜，藏器又蚩其不容㉝。退洗心而内讼兮㉞，亦未知其所从也㉟。观上古之清浊兮㊱，廉士亦茕茕而靡归㊲。殷汤有卞随与务光兮㊳，周武有伯夷与叔齐㊴。卞随务光遁迹于深渊兮㊵，伯夷、叔齐登山而采薇㊶。使彼圣贤其繇周遑兮㊷，矧举世而同迷㊸。若伍员与屈原兮㊹，固亦无所复顾㊺。亦不能同彼数子兮㊻，将远游而终慕㊼。于吾侪之云远兮㊽，疑荒涂而难践㊾。惮君子之于行兮㊿，诫三日而不饭(51)。嗟天下之偕违兮(52)，怅无与之偕返(53)。孰若返身于素业兮(54)，莫随世而输转(55)。虽矫情而获百利兮(56)，复不如正心而归一善(57)。纷既迫而后动兮(58)，岂云禀性之惟褊(59)。昭同人而大有兮(60)，明谦光而务展(61)。遵幽昧于默足兮(62)，岂舒采而蕲显(63)。苟肝胆之可同兮(64)，奚须发之足辨也(65)。”

【注释】

①呜：亦作嗟。嗟（jiē）：叹息。嗟乎，感叹词。②遐：远。邈：遥远。③时：时机。曷：何。④去：离去。速：快。⑤屈：委屈，屈服。从：顺从，跟随。⑥悲吾族：让我们这类人悲伤。非吾徒：此谓非己之意也。⑦正身：端正自身。⑧就木：入棺材，死。木，指棺材。⑨悠悠：形容长久。偕：一同，在一起。此句意谓将与时俱老。⑩觉：醒悟。⑪忧：忧闷。⑫期：期望。⑬惶惶：恐惧的样子。匪：通“非”。宁：安宁。⑭祗：恰好。⑮藩：篱笆。⑯摧：折断。⑰不出户庭：指不出门。⑱庶：庶几，差不多。⑲重：重复。⑳丁：逢，当。三代：指夏、商、周时期。盛隆：鼎盛。㉑三季：夏、商、周。俗：习俗。㉒辨：通“辩”，言辞动听。通：通达，这里指进用。㉓贞士：坚贞之士。耿介：正直。自束：自我约束。㉔日三省于吾身：每日多次反省自己。三，多次，非实数。㉕繇（yǒu）：同“犹”。进退之惟谷：进退两难。㉖寔：同“实”，确实。徒：同党。㉗指其白以为黑：指颠倒是非。㉘信：的确。嫮（hù）：美好。眇：瞎了一只眼。㉙辩：口才好。讷：语言迟钝。㉚正：纠正。变戾：变异与乖戾。㉛愚夫：愚昧的人。违：违背。㉜往：去。㉝藏器：怀才不露。器，才能。蚩：同“嗤”，讥笑。㉞内讼：自我责备。㉟从：适从。㊱清浊：治乱。㊲廉士：廉洁之士。茕茕：孤独无依的样子。靡：没有。㊳卞随与务光：皆古代隐士。㊴周武：周武王。㊵遁迹：这里指投水自尽。㊶山：首阳山。㊷周：普遍。遑：闲暇。㊸矧（shěn）：何况。举：全。㊹伍员：字子胥，春秋楚人。㊺顾：回头看，这里形容留恋。㊻数子：指卞随、务光、伯夷、叔齐、伍员和屈原等人。㊼终慕：终生期慕。㊽吾侪：我辈。㊾涂：道路。㊿惮：怕。

(51)三日而不饭：指旅途艰难。(52)违：违背。(53)怅：惆怅。(54)孰若：何如。素：一向。(55)输转：随波逐流。(56)矫情：违背真情。百利：多种利益。(57)复：反倒。正：端正。(58)纷：杂乱的样子。(59)褊（biǎn）：狭隘。(60)昭：光明。(61)展：省视。(62)遵：遵循。默足：箴默自足。(63)舒采：指表现才能。采，通“彩”。蕲（qí）：通“祈”，求。显：显赫。(64)苟：假如。肝胆：心意。(65)奚：什么，为什么。须发：胡须、头发。

【赏析】

董仲舒是为中国封建社会的发展做出过创新性改变的人，他提出的“罢黜百家，独尊儒术”的建议，使得儒学在封建社会得到了充分的发展。也正因为如此，他得到了汉武帝的重用，他提出的“三纲五常”成为当时的官方哲学，而经学研究也因为董仲舒的大力推崇而在汉代盛行起来。

结合当时的社会大环境来看，董仲舒有着自己内心的不痛快。所以，如果要为汉代的文人评出一个最具争议人物的榜单来，那么董仲舒一定是名列前茅的。所以他的这篇赋序中便显出满腹的委屈，陈词激昂，开头一句“呜乎嗟乎！遐哉邈矣”，伍员、屈子、伯夷、叔齐都是士之不遇，可堪哀叹的例子，作者显然不想做这样的人物，抱憾终生。

接下来作者在第一段这样写道：“生不丁三代之盛隆兮，而丁三季之末俗。以辨诈而期通兮，贞士耿介而自束，虽日三省于吾身，繇怀进退之惟谷。”立于长江边上吊唁屈原，董仲舒认为自己和古代的那些“贞士”一样难遇贤主，故而登碣石洒泪，望向流逝的江水滔滔，独自悲嗟哀叹，恨不得将天地间所有可以形容哀苦的词语都拿来用。草木恓惶，秋风萧瑟，独自一人站立在石头上，犹如天地间的一个孤独个体，这个世界在他的眼中完全颠覆。悲伤逆流而下，将他湮没其中，唯一永恒沉静的，便是头顶的日月更替，岁月流转。董仲舒的行文豁达令人折服，其文中所充满的阴郁和不可抗拒的悲剧色彩，也是令人不能不为之动容的。

对于像董仲舒这样的传统士人来说，盛世不遇是他们最为尴尬的事情。作者经历了汉朝最为辉煌的两个时期，一为文景之治，二为汉武盛世，可以说他选择在一个最好的时代完成他一生的过渡，但是这个盛世却并没有让他顺利地完成他的理想和抱负。

对于董仲舒的不遇，鲁迅《汉文学史纲要》说董仲舒《士不遇赋》“虽为粹然儒者之言，而牢愁狷狭之意尽矣”，一语道破了这位西汉鸿儒的内心隐痛，对他的怀才不遇作了十分精准的解释。

　　大有作为的儒士，他们通常比埋头学术的儒士更勤奋、更刻苦，因为只有这样他们才能证明自己的做法是正确的。所以，董仲舒的一生著作等身，各类学术的研究是有目共睹的，这也令他得到了汉武帝的青睐，从此被任命为江都王相，董仲舒就此踏上了他的仕途。虽然对学术精通，但官场上如何和帝王打交道，想来他是不清楚的。汉武帝欣赏董仲舒所提出的独尊儒术，是因为这样可以巩固其权力统治，除此之外，董仲舒这个儒士和作为政治家的汉武帝之间不会有太多的共同语言。

　　这样，便可以理解作者因何感慨盛世不遇了，这不是时代的问题，而是在那种专制王权的统治下，"观上古之清浊兮，廉士亦茕茕而靡归……昭同人而大有兮，明谦光而务展。遵幽昧于默足兮，岂舒采而薪显。苟肝胆之可同兮，奚须发之足辨也"。这一切不过是文人士大夫正常的感叹唏嘘。

　　这篇《士不遇赋》是董仲舒晚年所写，作者在赋中抒发了他个人的不遇悲慨，同时也是一代士人在大一统政治环境下的普遍不遇的真实境况的反映。比较特殊的一点是这篇赋表现出十分浓厚的儒家色彩。作者借文表达了其人格与志趣，同时也有其对世事的关怀和政治理想的陈述。

逐贫赋

扬　雄

　　扬子遁居，离俗独处。左邻崇山，右接旷野，邻垣乞儿，终贫且窭①。礼薄义弊，相与群聚，惆怅失志，呼贫与语："汝在六极②，投弃荒遐。好为庸卒，刑戮相加。匪惟幼稚，嬉戏土沙。居非近邻，接屋连家。恩轻毛羽，义薄轻罗。进不由德，退不受呵。久为滞客，其意谓何？人皆文绣，余褐不完；人皆稻粱，我独藜飧。贫无宝玩，何以接欢？宗室之燕，为乐不槃。徒行负笈，出处易衣。身服百役，手足胼胝。或耘或耔，沾体露肌。朋友道绝，进宫凌迟。厥咎安在③？职汝为之④！舍汝远窜，昆仑之巅；尔复我随，翰飞戾天⑤。舍尔登山，岩穴隐藏；尔复我随，陟彼高冈。舍尔入海，泛彼柏舟；尔复我随，载沉载浮⑥。我行尔动，我静尔休。岂无他人，从我何求？今汝去矣，勿复久留！"

　　贫曰："唯唯。主人见逐，多言益嗤。心有所怀，愿得尽辞。昔我乃祖，宣

其明德，克佐帝尧，誓为典则。土阶茅茨，匪雕匪饰。爰及季世，纵其昏惑。饕
餮之群⑦，贪富苟得。鄙我先人，乃傲乃骄。瑶台琼榭，室屋崇高；流酒为池，
积肉为崤⑧。是用鹄逝，不践其朝。三省吾身，谓予无愆⑨。处君之家，福禄如山。
忘我大德，思我小怨。堪寒能暑，少而习焉；寒暑不忒，等寿神仙。桀跖不顾，
贪类不干。人皆重蔽，予独露居；人皆恍惕⑩，予独无虞⑪！"言辞既磬⑫，色厉目张，
摄齐而兴⑬，降阶下堂。"誓将去汝，适彼首阳⑭。孤竹二子⑮，与我连行"。

　　余乃避席，辞谢不直："请不贰过，闻义则服。长与汝居，终无厌极。"贫
遂不去，与我游息。

【注释】

　　①窭：贫寒，此句语出《诗·邶风·北门》："终窭且贫，莫知我艰。"②六极：
指上、下、东、南、西、北。③厥：犹"其"。咎：罪责。④职：语助词，犹"惟"。
⑤翰：鸟羽。戾：到达。⑥载：语助词，无义。⑦饕餮：一种传说中贪食的恶兽，
此处比喻贪婪凶残者。⑧崤：此指崤山。⑨愆：同"您"，过失。⑩恍惕：戒惧。
⑪虞：贻误。⑫磬：器空为磬，此引申为尽。⑬兴：起。⑭首阳：山名，在今山西
水济县南。相传商朝名士伯夷、叔齐隐居并饿死于此。⑮孤竹二子：即伯夷、叔
齐因二人为商末孤竹二子，故名。

【赏析】

　　经过文景之治和武帝盛世的整顿，西汉社会虽然有了一定程度的恢复和繁荣，
但是在汉末的时候，困顿再次来临，并且以不可遏制的速度吞噬着整个王朝，这
令所有的汉朝人民感到惶恐。

　　不仅是平头百姓，就连一些大文豪也感到了江山末日所带来的恐惧。扬雄虽
然写过一些极力赞扬汉朝盛世的赋词，但是他自己并没能因此而大富大贵。他也
过着潦倒的生活，在不堪忍受的时候，他将自己的贫困写进文字中，或许只是一
种心理慰藉，但是流传了下来，给了后世一份了解当时社会的文献资料。

　　"扬子遁居，离俗独处。左邻崇山，右接旷野，邻垣乞儿，终贫且窭。礼薄义弊，
相与群聚，惘怅失志，呼贫与语……"扬子是作者自指，贫是作者虚构的形象，
就是西汉时期民俗信仰中的所谓的"贫鬼"。而逐贫指的就是"除贫"。扬雄性
格中一直有着不甘平庸的成分，所以他隐居他处，离群索居。然后，作者以一段
虚构的和"贫"之间的对话展开行文。他说道，在旷野之中，虽然贫苦，却能求

得心安理得，不过时而也会惆怅哀叹。人间世事，不是随波逐流，便是逆流而上，何去何从值得思考，这个不能给予太多希望的地方，还是早日离开的好。

在《逐贫赋》第一段中，作者将一个文人生不逢时的尴尬论述出来，不论在当时，还是现在来看，都是一段为自己感慨命运不公的文字。然而，这其实也只是聊以自慰，而最终无法撑起西汉末年阴霾的天空。在中国漫长的历史岁月中，像扬雄这样的人很多，数不胜数，而他们却几乎无一例外，往往愈到到暮年，愈才发觉世事的荒唐，此生的苍凉无奈。

然后是贫的一番话，"唯唯。主人见逐，多言益嗤。心有所怀，愿得尽辞"。意识到自己的被逐，贫表明了他的观点和志节，最后他说"人皆重蔽，予独露居；人皆忧惕，予独无虞"，我因为是贫，反而"无虞"，没有贻误，我今既然见逐而不容于你，我只有离开你，去寻找孤竹二子，也只有伯夷叔齐这样的真君子能与我同处。

扬雄的《逐贫赋》，以扬子与贫的一番对话展开全文，形式比较独特，极富想象力。但在汉赋中并不是唯一的，比如司马相如的《子虚赋》就是以虚构的子虚乌有二先生对话展开。但扬雄第一次以文学形式对中国历史上关于文人生存的一个重要问题进行了回答，即在污浊现实中，无法融合于主流政治领域时，文人如何安身立世。在文中最后一句，作者写道"余乃避席，辞谢不直：'请不贰过，闻义则服。长与汝居，终无厌极。'贫遂不去，与我游息。"扬雄因为不堪，选择离去；因为理智，最终决定云游他方。这个回答多少是种无奈的选择。文人避世的清高，其实内里都透着股郁郁不得志的无奈与苍凉。

《逐贫赋》对后世文学产生了很大影响。洪迈《容斋续笔》卷十五中便指出，唐代韩愈的《送穷文》和柳宗元的《乞巧文》，显然都有扬雄的这篇《逐贫赋》的影子。钱锺书也曾评论道："子云诸赋，吾必以斯为巨擘焉。创题造境，意不犹人。《解嘲》虽佳，谋篇尚步东方朔后尘，无此诙诡。后世祖构稠叠，强颜自慰，借端骂世，韩愈《送穷》，柳宗元《乞巧》，孙樵《逐痁鬼》出乎其类。"

第五篇　乐府诗香醉千古

汉乐府诗许多是"感于哀乐，缘事而发"的民间歌谣，既反映了当时广阔的社会生活，又具有"刚健清新"的特色，它和《诗经》的"风"，共同奠定了我国诗歌的现实主义基础。汉代乐府诗的形式，有五言、七言和杂言，这是后世五、七言诗的先声。汉代乐府民歌是我国诗歌史上的珍宝。

白头吟

卓文君

皑如山上雪①，蛟若云间月。闻君有两意②，故来相决绝③。今日斗酒会④，明旦沟水头。躞蹀御沟上⑤，沟水东西流⑥。凄凄复凄凄，嫁娶不须啼。愿得一心人，白头不相离。竹竿何袅袅⑦，鱼尾何簁簁⑧。男儿重意气⑨，何用钱刀为⑩。

【注释】

①皑：白。②两意：就是二心，指情变。③决：别。④斗：盛酒的器具。⑤躞蹀：行貌。⑥御沟：流经御苑或环绕宫墙的沟。⑥东西流：即东流。"东西"是偏义复词，此处偏用东字的意义。⑦竹竿：指钓竿。袅袅：动摇貌。⑧簁簁（shāi）：形容鱼尾像濡湿的羽毛。在中国歌谣里钓鱼是男女求偶的象征隐语。此处用隐语表示男女相爱的幸福。⑨意气：这里指感情、恩义。⑩钱刀：古时的钱有铸成马刀形的，叫作刀钱。所以钱又称为钱刀。

【赏析】

当年在卓王孙宴席之上，司马相如以一曲"……凤兮凤兮归故乡，遨游四海求其皇。时未遇兮无所将，何悟今兮升斯堂！有艳淑女在闺房，室迩人遐毒我肠。何缘交颈为鸳鸯，胡颉颃兮共翱翔……"赢得美人心，于是就有了一段传唱千年的爱情佳话。只是后来司马相如变心，在卓文君韶华不再、风光过后，司马相如有了纳妾的念头。在看到司马相如托人送来那首数字诗，"一二三四五六七八九十千万"，卓文君怎么会不明白变了心的男人，如难收的覆水不可挽回呢？于是才会有这首《白头吟》。

"愿得一心人，白头不相离。"可是谁能想到两人还未见白头，离别却是必然的事情了。佛语有云："前世五百次的回眸，换来今生的一次擦肩而过。"不知道用了前世多少次的擦肩而过，才能换来这半生的厮守。从决绝地随着司马相如私奔，卓文君就将自己的命运把握在了自己的手中。

同样的感情，卓文君还作过一首《怨郎诗》："一别之后，二地相悬。只说三四个月，谁知五六年。七弦琴无心弹，八行字无可传，九连环从中折断，十里长亭望眼欲穿。百思想，千系念，万般无奈把郎怨。万语千言说不完，百无聊赖十依栏。九重九登高看孤雁，八月中秋月圆人不圆。七月半，秉烛烧香问苍天，六月伏天人人摇扇我心寒。五月石榴似火红，偏遇阵阵冷雨浇花端。四月枇杷未黄，我欲对镜心意乱。忽匆匆，三月桃花随水转，飘零零，二月风筝线儿断。噫，郎呀郎，巴不得下一世，你为女来我做男。"

读完白头吟，再来看这首诗，令人难以相信，那个被她信赖，被她仰仗的男人，也同世间其他男子一样寡情薄幸。在她年色衰退之后，他便要负她，便要背弃他们两人早年的誓言，另结新欢。命运像远山顶上按捺不住的游云，随风袅袅，人生万里路，早已是飘散得不成形状了。其实，聪慧的女诗人，又怎是那普通女子所能比的，"闻君有两意，故来相决绝"其实是一种爱情忠贞的示威，一句决绝，负心人岂能不明白这位与自己相爱私逃的女子的与众不同，美姜可得，佳人才女与爱妻却是此生难求的。"男儿重意气，何用钱刀为"，负心这个名头司马相如着实担不得。也许，他在接到《白头吟》后后悔的神情早在卓文君的预料之中。

而之后两人重修旧好，共携手白头，也真的实现了卓文君"白头不相离"的诺言。

北方有佳人

李延年[①]

北方有佳人[②]，绝世而独立。一顾倾人城，再顾倾人国。宁不知倾城与倾国，佳人难再得。

【注释】

①李延年（？～约公元前90年），汉武帝时造诣很高的音乐家，中山人（今

河北省定州市），父母兄弟妹妹均通音乐，都是以乐舞为职业的艺人。②佳人：即后来的李夫人，武帝宠妃。

【赏析】

这首《北方有佳人》是汉武帝时期的乐者李延年所作之歌，是专门为了赞美他的妹妹美丽动人而作的。话说当年李延年为了将自己的妹妹献给汉武帝，便精心编排谱写了这首歌曲，虽然是高度的夸张，但是起到了一定的效果，令汉武帝对这位倾国倾城的美人起了好奇之心。相传那一日，本是汉武帝刘彻在宫中大摆宴席，宴请群臣的时候，平阳公主和宫廷的乐师李延年一起侍宴，就在汉武帝酒酣微醉之时，李延年献上了这首《北方有佳人》。

刘彻一生文治武功，家国天下，从不将儿女私情放在心上，却唯独对李延年歌词中所唱的这位佳人念念不忘。他认为天下哪会有这样的女子，便感慨道："世间怎么会有你唱的这样的绝世佳人呢？"

李延年这才坦白承认，他口中的这位佳人便是他的妹妹，天子无法掩饰内心的悸动，他命李延年送美貌的妹妹入宫。李延年口中的佳人果然国色天香、倾国倾城，她不但容貌美丽，而且体态轻盈，舞姿曼妙，精通音律，更知书达理。于是汉武帝将这位女子纳为妃子，后人称其为李夫人。《汉书·外戚传》中称李夫人为"实妙丽善舞"，刘彻更是对这位李夫人疼爱有加，从此后宫上千佳丽粉黛全无颜色，帝王只是终日与李夫人相偎相伴。这就是历史上有名的倾国倾城的故事。

秋风辞

刘　彻

秋风起兮白云飞，草木黄落兮雁南归。兰有秀兮菊有芳①，怀佳人兮不能忘。泛楼船兮济汾河②，横中流兮扬素波。箫鼓鸣兮发棹歌③，欢乐极兮哀情多。少壮几时兮奈老何！

【注释】

①兰：比拟佳人。"菊"同。秀：此指颜色。芳：花的香气。②楼船：上面建造楼的大船。汾河：起源于山西宁武，西南流至河津西南入黄河。③棹：船桨。

这里代指船。

【赏析】

公元前 113 年，刘彻率领群臣到河东郡汾阳县祭祀后土，归途中传来南征将士的捷报，所以，他将当地改名为闻喜，沿用至今。当时正值秋风萧瑟，大雁南飞迁徙，刘彻乘坐楼船泛舟汾河，饮酒赏景，触景生情，感慨万千，写下了这首千古绝唱的《秋风辞》。

开篇两句，清远流丽，清代文人沈德潜读后批出"《离骚》遗响"四个字。在这首短小的《秋风辞》中，诗人将自己一生的情感波折展露无疑。整首赋词以景物起兴，接着描写楼船中载歌载舞的热闹景象，透过这热闹繁华的景象，刘彻看到了人生的匆忙流逝，在感叹乐极生悲之时，又觉得岁月真是如风如雨，从指尖匆匆溜走，不留给人一丝喘息的机会。人生易老，是这位帝王内心深处始终忌讳的事情。

按照《汉书·武帝纪》，从时间上推算，刘彻作《秋风辞》时大概四五十岁，正是知天命的年纪，而且从《历代帝王诗》作者毛翰的口中，也可以得知刘彻为何悲伤："贵为天子，拥有三千佳丽、九州方园，比平民百姓更难抛舍，因而超前伤老，也在情理之中。"可以看出，刘彻是不愿意老去的，这就为他老年之后极力寻求仙方，妄想得道成仙的举动做了解释。正是壮年时期的成功和意气风发，才使得他更加不愿意离开这个带给他许多成功和满足感的舞台，他要不惜一切代价地留下来。

从一句"欢乐极兮哀情多"就可以看出，诗人虽然是堂堂大汉朝的君王，但他依然不快乐。正因为这个世界带给了他太多的快乐，所以使得他愈加悲伤，这看似矛盾的命题其实是刘彻作为一个成功君主的心病所在。当盛年不再，看着自己渐渐老去，甚至死去，这对作为皇帝的诗人来说，应该是无法忍受的吧。清代文人王尧衢在《古诗合解》中对刘彻的此种心境一句道破天机，"乐极悲来，乃人情之常也。愁乐事可复而盛年难在。武帝求长生而慕神仙，正为此一段苦处难遣耳。念及此而歌啸中流，顿觉兴尽，然自是绝妙好辞"。

人难以避免生老病死，就算是君王也难逃这一劫，再多的荣华富贵也只是过眼云烟。想到一切随着死亡而不复存在的时候，又该如何不忧伤呢？更何况在万物萧瑟的秋季，看着满目萧然的景色，又该如何释怀呢？如果成为神仙，就不会有这一切的担忧了，春夏秋冬就对生命无法构成威胁，就不用日夜在这里悲叹生命的短暂了。

草木易衰，人生易逝，与短暂的富贵相比，漫长的死亡将会令人心生感伤。《秋风辞》的最后突兀结尾，以凄婉含蓄的感叹收住，极尽曲折绵绵之情，就好像沈德潜所言："《离骚》遗响。文中子谓乐极哀来，其悔心之萌乎？"虽然比起《离骚》的文辞来说，刘彻略输一二，但文中的情结却并不逊色。

八公操①

刘 安

煌煌上天，照下土兮。知我好道，公来下兮。公将与余，生毛羽兮。超腾青云，蹈梁甫兮。观见瑶光，过北斗兮。驰乘风云，使玉女兮。含精吐气，嚼芝草兮。悠悠将将，天相保兮。

【注释】

①八公操：琴曲名。八公有三种说法：第一种说法是汉淮南王刘安门客，有苏非、李尚、左吴、田由、雷被、毛被、伍被、晋昌八人，称"八公"。他们奉刘安之招，和诸儒大山、小山相与论说，著《淮南子》。见汉高诱《〈淮南子注〉序》。《史记·淮南王传》"阴结宾客"司马贞索隐引《淮南要略》，田由作陈由。毛被作毛周。魏、晋以来，《神仙传》《录异记》等道家著作以刘安好方技，遂附会八公为神仙。第二种说法，晋武帝时，以司马孚、郑冲、王祥、司马望、何曾、荀顗、石苞、陈骞为八公。见《晋书·职官志序》。第三种，北魏明元帝时置八大人官，世号"八公"。

【赏析】

这一首《八公操》是汉代淮南王刘安所作。刘安在汉朝的时候，是文采与声名并著的贵族。相传他对于求仙访道的热情十分高涨，十分入迷。只要可以找到任何一点儿和神仙有关的信息，他都不放过。不论是远在深山的道士，还是民间土方，只要被他知道，就算花费重金他也要得到手。

诗文大意是：天上煌煌之光，将凡尘照耀，知道我喜好仙道，所以特派来术人帮助我羽化登仙、腾云驾雾。不但可以观赏瑶池之风光，更可以欣赏北斗的风云变幻。玉女口吐精气，令人嗅着犹如幽兰一般的芳香。这是诗人刘安心目中的得道成仙的境界。

诗文的确文辞优美，由此可见诗人的文字底蕴深厚，所描绘出的一幅羽化登仙、神游天上的境界更是惟妙惟肖，而刘安内心的膨胀和张扬之感也展露无遗。刘安希望远离红尘俗世，过神仙般逍遥自在的日子，但总是事与愿违，刘安无法超脱自己内心的仇恨和欲望。

后来刘安叛乱被诛。其实这并不是偶然的，他虽然相信黄老之术，认为无为才是治理天下最好的方法，但是这一切不过是刘安给自己的一个幌子罢了。自古以来，基于对皇位的觊觎，多少人前仆后继地倒在了通往皇位的大道上，而刘安也不例外。他的野心最后终于膨胀到了无可附加的地步，虽然他信奉老子的无为思想，但求仙访道希望长生不老却违背了老子思想中消极否定的一面。然而最终的结果还是对历史的重演，刘安如同他的父亲一样，被人告密，还没有起兵就已经被通缉，被迫自杀。

关于这一首《八公操》还有一个典故。当日刘安在招人撰写《淮南子》的时候，所招来的方术之士多达上千人，而这些人之中又有八名方士尤为出名，分别是苏非、李尚、左吴、陈由、伍被、毛周、雷被和晋昌。他们因为仰慕刘安而来投奔，这令刘安感到欣喜若狂，认为天下的人才归他所用，便写下了这首诗歌来歌颂这件事情。

酒 箴

扬 雄

　　子犹瓶矣①。观瓶之居，居井之眉②。处高临深，动而近危。酒醪不入口③，臧水满怀④。不得左右，牵于缧徽⑤。一旦叀碍⑥，为瓽所轠⑦。身提黄泉⑧，骨肉为泥。自用如此，不如鸱夷⑨。

　　鸱夷滑稽⑩，腹大如壶⑪。尽日盛酒，人复借酤。常为国器⑫，讬于属车⑬。出入两宫⑭，经营公家⑮。由是言之，酒何过乎？

【注释】

　　①瓶：古代汲水的器具，是陶制的罐子。②眉：边缘，和"湄"原是一字。③醪（láo）：一种有渣滓的醇酒。④臧：同"藏"。⑤缧（mò）徽：原意为捆囚

犯的绳索，这里指系瓶的绳子。⑥更（zhuān）碍：绳子被挂住。更，悬。⑦甃（dàng）：井壁上的砖。攊（léi）：碰击。⑧提：抛掷。⑨鸱夷：装酒的皮袋。⑩滑（gǔ）稽：古代一种圆形的，能转动注酒的酒器。此处借喻圆滑。⑪腹大如壶：《汉书》作"腹如大壶"。今从《北堂书钞》《艺文类聚》《初学记》等书所引。⑫国器：贵重之器。⑬属车：皇帝出行时随从的车。⑭两宫：指皇帝及太后的宫。⑮经营：奔走谋求的意思。

【赏析】

中国的酒文化源远流长，中国古人赋予了它多重含义，酒可以表示"礼仪"的内涵，也可以是"爱情"的媒介，还可以充当"文化"的源泉。汉赋中就有许多描写酒文化的内容，例如，王粲《酒赋》说："暨我中叶，酒流犹多；群庶崇饮，日富月奢。"可见酒在汉朝的时候就已经深得人心。又如当年的卓文君随司马相如私奔他乡，因为盘缠不够而当垆沽酒，可见她对酒的情有独钟。还有曹操把酒临江，一腔愁绪无处宣泄，却能言出"何以解忧，唯有杜康"的诗句，可见酒在他心目中的地位之高。酒不仅能令这些文人恣意表达文采，而且还能够令胸中的忧愤喷发而出，抒发真性情，借酒性写诗作赋，最容易成就旷世名篇、千古绝唱。

扬雄是爱酒之人，同他一样的人在汉朝还有许多，可以说汉代的酒风盛行正是汉赋中酒文化盛行的原因。酿酒的技术在汉代已然发展成熟，大家都对酒爱不释手，从汉高祖衣锦还乡时曾把酒而唱《大风歌》就可以看出，酒在汉代很风行。汉朝许多人喝酒并不只是为了饮酒，酒对于他们除了是饮品之外，还是抒情感怀的媒介。扬雄的这首酒箴，就将酒与时政相融合，起到了劝诫的作用。杨雄的这篇酒箴就是代表之作。

作者在文中借着酒来劝导汉成帝，男子犹如盛水的容器，所停留的地方处于险境，酒壶却终日浑然不觉，自得其乐；水壶被绳索所缚，没有自由。井绳被井壁所挂住，碰撞打击，这里就是它的葬身之所。而盛酒的壶却是圆滑自如，被看成国宝，不论是皇帝出行，还是有权势的门庭，都对它爱护有加，但是和酒无关。扬雄以酒劝诫汉成帝不要亲近那些圆滑的小人而疏远了淡泊的贤人，借物言志，他将酒融入了政治文化之中。

酒实在是个说不完的话题，后世人借酒赋词，留下了太多的名篇佳话。但是扬雄的这篇箴词却显得比较特别，文小意深，也是古人借物言志的名作。

怨　词

王昭君

秋木萋萋，其叶萋黄，有鸟处山，集于芭桑①。养育毛羽，形容生光②，既得行云，上游曲房③。离宫绝旷，身体摧藏，志念没沉，不得颉颃④。虽得委禽⑤，心有徊惶，我独伊何，来往变常⑥。翩翩之燕，远集西羌⑦，高山峨峨，河水泱泱⑧。父兮母兮，进阻且长，呜呼哀哉！忧心恻伤。

【注释】

①芭桑：丛生的桑树。②形容：形体和容貌。③曲房：皇宫内室。④颉颃（xié háng）：鸟儿上飞为颉，下飞为颃。指鸟儿上下翻飞。⑤委：堆。⑥来往：此处指皇宫内夜夜将佳丽送去给帝王宠幸。⑦西羌：居住在西部的羌族。⑧泱泱：水深广袤。

【赏析】

"千载琵琶做胡言，分明怨恨曲中论。"昭君的一曲《怨词》真唱出了她当时义无反顾和哀莫心死的心境。

秋日中葱郁的树木，已经枝叶金黄，那寄居山里的飞鸟，在放声歌唱。因为故乡的山水，使得它们体格鲜亮，天边的云霞，却将昭君带入了深宫。在宫中，就如同被困的金丝鸟一样的寂寞，当自由失去，梦想便如同大山沉沉地压下，虽然每日锦衣玉食，但总是觉得茶饭不思，而命运依然没有改变，如同远行的飞禽一般。王昭君将自己搁置在远离中原的匈奴，无论是思念还是目光，都无法穿越那层层大山的阻隔，山高水远，家里的父母亲人，大概便是后会无期了吧。

就在诗人在24岁时，丈夫去世，按照匈奴的制度，王昭君应当嫁于新一任的单于，这对于从小恪守礼教的王昭君来说是如此的大逆不道。她写信回汉室求助，但可惜得来的只是冷冰冰的遵从旨意。王昭君虽然是无奈下嫁给了大阏氏的长子雕陶莫皋，但感情还算笃定。经过了十几年的夫妻生活后，雕陶莫皋也去世了。这时的王昭君已经年近四十，对于一个女人来说，她经历万事，已经没有什么看不开的了。随后的日子里，王昭君独自为匈奴和汉朝的边疆关系协调做着努力，使得边疆出现了少有的平和与宁静。

而后人对昭君出塞有过太多的咏叹。汉家秦地月，流影照明妃；一上玉关道，天涯去不归。汉月还从东海出，明妃西嫁无来日。燕支长寒雪作花，蛾眉憔悴没胡沙。生乏黄金枉图画，死留青冢使人嗟。昭君拂玉鞍，上马啼红颊。今日汉宫人，明朝胡地妾。《昭君怨》是唐朝盛世时期诗人李白为王昭君题下的一首哀婉怜惜的诗。

王昭君最后是抑郁而终，终生没能回到令她魂牵梦绕的中原故土。昭君死后，葬于当地，因为她的墓依山傍水，始终草色青葱，所以王昭君的墓地又被后人称为"青冢"。

五更哀怨曲

王昭君

一更天，最心伤，爹娘爱我如珍宝，在家和乐世难寻；如今样样有，珍珠绮罗新，羊羔美酒享不尽，忆起家园泪满襟。

二更里，细思量，忍抛亲思三千里，爹娘年迈靠何人；宫中无音讯，日夜想昭君，朝思暮想心不定，只望进京见朝廷。

三更里，夜半天。黄昏月夜苦忧煎，帐底孤单不成眠；相思情无已，薄命断姻缘，春夏秋冬人虚度，痴心一片亦堪怜。

四更里，苦难当，凄凄惨惨泪汪汪，妾身命苦人断肠；可恨毛延寿，画笔欺君王，未蒙召幸作凤凰，冷落宫中受凄凉。

五更里，梦难成，深宫内院冷清清，良宵一夜虚抛掷，父母空想女，女亦倍思亲，命里如此可奈何，自叹人生皆有定。

【赏析】

这首《五更哀怨曲》满腔幽怨，抒发了王昭君内心的无限感伤，以及她对未来的迷茫和憧憬。在宫中的日日夜夜，无时无刻不在思念着她远在家乡的父母亲人，漫漫长夜里每一更都是无边无际的。从思念家人到现如今身在宫廷，从悲叹命运不公到怨恨画师的无情无义，从空度良宵到承认世事无常……每个夜晚，昭君似乎都将自己置于这样矛盾而无望的思索中不得抽身。

王嫱，字昭君，生活在汉代最为鼎盛的时期，在她最为美丽的年华，被选入宫中。虽然古时候的女子对于自身的命运并没有多大的掌控权，但身在民间，起码也可以享受夫妻之乐，家庭幸福。而一旦被选入皇宫，除非皇帝宠幸，不然只能日复一日地在宫墙之后虚度年华、空度余生。虽然王昭君年轻貌美、才艺双全，但是因为清高过甚，不肯贿赂画师毛延寿，所以遭到了毛延寿的报复，在她的画像上做了手脚，故意将王昭君画得丑陋不堪，令汉元帝看后无心宠幸，所以，昭君在进宫之后，一直是孤身独处，独自挨过那寂寞的岁岁年年。

诗人写下这首《五更哀怨曲》，原本是打发在皇宫中的寂寞时光，就像她在结尾的自我开解所说，"命里如此可奈何，自叹人生皆有定"，诗人在孤苦不堪地打发着漫漫白昼和长夜时，自我安慰一切都是命运的安排。

团扇歌

班婕妤①

新裂齐纨素②，鲜洁如霜雪。裁为合欢扇，团团似明月。出入君怀袖，动摇微风发。常恐秋节至，凉飙夺炎热③。弃捐箧笥中④，恩情中道绝。

【注释】

①班婕妤：名不详。楼烦（今山西宁武）人。西汉女文学家。班固祖姑。少有才学，善辞赋，汉成帝时选入后宫，后立为婕妤，故人称班婕妤（又作倢伃）。②纨：细绢，一种很细的丝织品。③凉飙：凉风。④箧：一种箱子。

【赏析】

《团扇歌》，又名《怨歌行》《怨诗》，是诗人为宫中生活寂寞无奈所作。在这首诗中，诗人以团扇自比，道出这人世间翻云覆雨的变幻。"新裂齐纨素，鲜洁如霜雪"，诗人声声自问，本是干净如雪的团扇，代表了浓情蜜意的团扇，一直捧在君王的怀中，微摇清风，驱除暑气，怎么就突然被扔弃在一旁，一切恩情都通通决绝了呢？

班婕妤其人名字无法考究，只知汉成帝的后宫之中，有名女子为班氏，是越骑校尉班况的女儿，进宫后被选为婕妤，所以后人常以班婕妤来称呼她。班婕妤貌美、聪慧，更有着世间少有的才情。虽然汉成帝对班婕妤专宠多年，但班婕妤庄重自持，太过拘泥于礼教礼法，时间一久，成帝的热情自然在悄无声息中消散殆尽。后来，在一次微服出游时，成帝遇到了一名歌女，她娇艳动人，歌舞曼妙，成帝怦然心动，将此女子带回宫中，从此缠绵厮守，班婕妤便被冷落，这名女子便是赵飞燕。

　　清代纳兰容若在《木兰花令》中用班婕妤典曰："人生若只如初见，何事西风悲画扇。"看似平淡无奇的诗词中，却是藏着深深的叹息。而这首《团扇歌》就是作得再好，也难以掩去诗人内心悸悸的疼痛，山盟虽在，情意不再。

　　后世钟嵘《诗品》评此诗说："《团扇》短章，辞旨清捷，怨深文绮，得匹妇之致。"沈德潜《古诗源》评语中，也说它"用意委婉，音韵和平"。

四愁诗

张　衡

　　我所思兮在太山，欲往从之梁父艰①。侧身东望涕沾翰②。美人赠我金错刀③，何以报之英琼瑶④。路远莫致倚逍遥⑤，何为怀忧心烦劳。

　　我所思兮在桂林⑥，欲往从之湘水深⑦。侧身南望涕沾襟。美人赠我琴琅玕⑧，何以报之双玉盘。路远莫致倚惆怅，何为怀忧心烦怏。

　　我所思兮在汉阳⑨，欲往从之陇阪长⑩。侧身西望涕沾裳。美人赠我貂襜褕⑪，何以报之明月珠。路远莫致倚踟蹰⑫，何为怀忧心烦纡。

　　我所思兮在雁门⑬，欲往从之雪纷纷⑭。侧身北望涕沾巾。美人赠我锦绣段⑮，何以报之青玉案⑯。路远莫致倚增叹，何为怀忧心烦惋。

【注释】

　　①梁父：泰山下小山名。②翰：衣襟。③金错刀：刀环或刀柄用黄金镀过的佩刀。④英：同"瑛"，似玉一样的美石。琼瑶：两种美玉。⑤倚：通"猗"，语助词，无意义。⑥桂林：郡名，今广西壮族自治区地。⑦湘水：源出广西壮族自治区兴安县阳海山，东北流入湖南省会合潇水，入洞庭湖。⑧琴琅玕：琴上用琅玕装饰。⑨汉阳：郡名，前汉称天水郡，后汉改为汉阳郡，今甘肃省甘谷县南。⑩陇阪：山坡为"阪"。天水有大阪，名陇阪。⑪襜褕：直襟的单衣。⑫踟蹰：徘徊不前的样子。⑬雁门：郡名，今山西省西北部。⑭纷纷：雪盛貌。⑮段：同"缎"，履后跟。⑯案：放食器的小几，形如有足的托盘。

【赏析】

　　这是诗人内心的思索。从这首诗歌中，可以看到作者内心的犹豫和挣扎，他思念的人远在泰山，想要去寻找，却因为道路的险阻而泪眼蒙眬。他想要送给美人美玉，却因为道路太远，只能独自徘徊，为此烦忧。他思念的人远在桂林，虽然想去追随，但湘水深沉，不得过去，只能侧目相望。他想赠送美人双玉盘，但同样有心无力，继续烦忧。面对无法跨越的路程和层层阻隔，他心生烦忧，只能哀叹。

《四愁诗》的主旨便是一个"愁"字。

"美人赠我锦绣段，何以报之青玉案。路远莫致倚增叹，何为怀忧心烦惋。"最后一句还在为自己的无能为力而忧伤，其实更多的是感慨生不逢时，无法施展自己的才华为社稷所用，不知道报国之路在何方。张衡极有气节，是一个不随波逐流的人，在政治舞台上，他无法做到同流合污，这样的他必定无法见容于当时的官场。

张衡所走的正是中国知识分子所追求的人生道路。对知识的渴望和累积令他一直出类拔萃。张衡的前半生可以看作是为知识而奋斗的历程，无论是在书本上还是在实践上，他都付出了很大的努力。

虽然淡泊名利，但张衡并不是一介儒生，他有着崇高的政治理想。在为官历程中，他总是坚持自己的立场，不畏强权。他终站在国家和人民的立场上，他希望当朝的统治者可以勤政爱民，使得大汉朝恢复汉武时期的辉煌。可惜，张衡所处时代的政治已经日益腐败，宦官、官员之间争权夺利，民间百姓痛苦不堪。张衡对这些尽收眼底，他向皇帝乞求依法治国，可惜人微言轻，而且那个混乱的局势已经根本无法控制，他彻底陷入了孤立之中。这首《四愁诗》便是诗人心境的写照。

上 邪

上邪[①]！我欲与君相知[②]，长命无绝衰[③]。山无陵[④]，江水为竭，冬雷震震，夏雨雪[⑤]，天地合，乃敢与君绝[⑥]！

【注释】

①上邪（yé）：犹言"苍天啊"，也就是对天立誓。上，指天。②相知：相爱。③命：古与"令"字通，使。④陵（líng）：棱角。⑤雨（yù）雪：降雪。雨，

名词活用作动词。⑥乃敢：才敢。"敢"字是委婉的用语。

【赏析】

这首《上邪》出自《汉乐府·铙歌》，诗歌很短，是一位古代女子对爱情执着的宣誓。大胆直白，比起现代很多情书来显得情真意切，情感浓烈而毫不掩饰。就有这样一位烈性女子，甘愿冒着被世人耻笑的后果，也要勇敢地告诉她的爱人，她的爱是多么浓烈而不可熄灭。

"天地合，乃敢与君绝"，或许，这是天地间最为残酷的爱情誓言。《上邪》中，有着哀伤的声音，就好像是一种无形的力量，在无时无刻地揉打着内心最为柔软的地方，令其痛彻心扉。而这样大胆无畏的爱情表白，使得爱情之苦在千年前的那份执着追求中早就涅槃重生。

这首古诗词，是一个新婚不久的女性思念出远门的丈夫所作。这位女子在丈夫海誓山盟不久后，便要独自忍受寂寞，在等待中度过孤寂的时光。然而她始终相信丈夫的誓言为真，所以在期待中，依然抱有甜蜜的幻想。这是一首思念的诗歌，同时也是一首和爱有关的诗歌，如果爱人将誓言忘记，夜晚微弱的星光将会提醒他，远在家乡的妻子正在等他。当初以手指天，请求苍天为证的誓言还在耳畔，如果想让这爱情消失，除非山峰不再，江水枯竭，冬日打雷，夏天飞雪。如此决绝的誓言，实在不应该被忘记。

有所思

有所思，乃在大海南。何用问遗君①，双珠玳瑁簪②，用玉绍缭之③。闻君有他心，拉杂摧烧之④。摧烧之，当风扬其灰。从今以往，勿复相思，相思与君绝！鸡鸣狗吠⑤，兄嫂当知之。妃呼豨⑥！秋风肃肃晨风飔⑦，东方须臾高知之⑧。

【注释】

①何用：何以。问遗（wèi）："问""遗"二字同义，作"赠与"解，是汉代习用的联语。②玳瑁（dài mào）：即瑇瑁，是一种龟类动物，其甲壳光滑而多文采，可制装饰品。③绍缭：犹"缭绕"，缠绕。④拉杂：堆集。⑤鸡鸣狗吠：犹言"惊动鸡狗"。古诗中常以"鸡鸣狗吠"借指男女幽会。⑥妃（bēi）：训为"悲"。⑦肃肃：飔飔，风声。晨风飔（sī）：据闻一多《乐府诗笺》说：晨风，就是雄鸡，

雉鸡常晨鸣求偶。飔当为"思"，是"恋慕"的意思。一说，"晨风飔"为晨风凉。
⑧须臾：不一会儿。高：是"皜""皓"的假借字，白。

【赏析】

《有所思》其实为《铙歌十八曲》中的一首。铙歌本是为"建威扬德，劝士讽敌"的军乐，但如今流传下来的十八曲里内容庞杂，已经不止是军队乐章了，而是包含战绩、情爱、军民等各方面内容。这首《有所思》将男女之间的爱情描写得惟妙惟肖，可见这位不知名的作者功力实在不一般。

诗歌中最广为人知的"相思"要算晏殊《木兰花》中的名句："天涯地角有穷时，只有相思无尽处。"这个男人将思念化入骨髓，撒入风中，令其随风飞扬天南海北，处处都有其相思。

清人庄述祖云："短箫铙歌之为军乐，特其声耳；其辞不必皆序战阵之事。"《有所思》是用第一人称表现一位女子在遭到爱情波折前后的复杂情绪。和《诗经》中所表现的情感不同，这位女子的爱恨纠结，充满了忧思，但却又无法割舍下过去的一切情感，所以沉迷在痛苦之中，无法自拔。

在《有所思》中，作者所要的已经不仅仅是单方面的情感付出了，而是需要对方给予回报，爱情在这里成为公平的砝码。在这架天平上，不再有高低之分，而是重量持平，这份带着爱情的思念是平等的。如果不再相爱，便是挫骨扬灰，也要将这份感情断绝干净，犹如秋风的肃杀，干净利落。

这首乐府诗中，展现给读者的是爱情这个永恒话题，词句深得民间歌曲朴素直白的妙处，而又有着深远悠长的意境，有着盎然的古风，又不乏清新的气息。读到这样的乐府诗自然而然地会随着它的韵律而心绪转动。

古 歌

秋风萧萧愁杀人①，出亦愁，入亦愁。座中何人，谁不怀忧？令我白头。胡地多飙风②，树木何修修③。离家日趋远，衣带日趋缓。心思不能言④，肠中车轮转。

【注释】

①萧萧：寒风之声。②胡地：古代胡人居北方，故后即用以代指北方。飙（biāo）风：暴风。③修修：与"翛翛"通，鸟尾散坏无润泽貌，这里借喻树木干枯，就

像鸟尾一样。④思：悲。

【赏析】

这首《古歌》所表达的是远游在外的游子思念故乡的情感。诗人用质朴的语言抒发了他浓厚的思乡之情，如果非要说他的诗中有爱，那便是爱他家乡的土地。

"秋风萧萧愁杀人，出亦愁，入亦愁。"满篇的愁绪令人不想再看，就好像是那秋天飘落的树叶和满天的愁云惨淡，羁旅在外，任何事情都是灰色，尤其是看到那秋风落叶洒落一地，更是无限哀思。"座中何人，谁不怀忧？"是啊，谁还能不忧伤呢？而游子更是悲伤得连头发都斑白了，在无边的旷野上，漂泊者何时才能靠岸？羁旅之人就好像是那被风吹散的落叶一样，委靡不振。愁绪就好像是车轱辘一样，在心中碾来碾去，在疼痛的时候，还有无限的反复。这份对故乡的爱，是一种对过往生活的思念，这样的爱更为持久，因为那片土地令其心神摇曳。

孔雀东南飞①

序曰：汉末建安中②，庐江府小吏焦仲卿妻刘氏③，为仲卿母所遣④，自誓不嫁。其家逼之，乃投水而死。仲卿闻之，亦自缢于庭树⑤。时人伤之，为诗云尔⑥。

孔雀东南飞，五里一徘徊⑦。

"十三能织素，十四学裁衣，十五弹箜篌⑧，十六诵诗书⑨。十七为君妇，心中常苦悲。君既为府吏，守节情不移，贱妾留空房⑩，相见常日稀。鸡鸣入机织，夜夜不得息。三日断五匹⑪，大人故嫌迟。非为织作迟，君家妇难为！妾不堪驱使⑫，徒留无所施，便可白公姥⑬，及时相遣归。"

府吏得闻之，堂上启阿母⑭："儿已薄禄相，幸复得此妇，结发同枕席，黄泉共为友。共事二三年，始尔未为久，女行无偏斜⑮，何意致不厚？"

阿母谓府吏："何乃太区区⑯！此妇无礼节，举动自专由。吾意久怀忿⑰，汝岂得自由⑱！东家有贤女，自名秦罗敷，可怜体无比⑲，阿母为汝求。便可速遣之，遣去慎莫留！"

府吏长跪告："伏惟启阿母，今若遣此妇，终老不复取⑳！"

阿母得闻之，槌床便大怒㉑："小子无所畏，何敢助妇语！吾已失恩义，会不相从许！"

府吏默无声，再拜还入户，举言谓新妇㉒，哽咽不能语："我自不驱卿㉓，逼迫有阿母。卿但暂还家，吾今且报府㉔。不久当归还，还必相迎取㉕。以此下心意㉖，慎勿违吾语。"

新妇谓府吏："勿复重纷纭。往昔初阳岁㉗，谢家来贵门㉘。奉事循公姥，进止敢自专？昼夜勤作息㉙，伶俜萦苦辛㉚。谓言无罪过㉛，供养卒大恩；仍更被驱遣，何言复来还！妾有绣腰襦㉜，葳蕤自生光㉝，红罗复斗帐㉞，四角垂香囊；箱帘六七十㉟，绿碧青丝绳，物物各自异，种种在其中。人贱物亦鄙，不足迎后人㊱，留待作遗施㊲，于今无会因。时时为安慰，久久莫相忘！"

鸡鸣外欲曙，新妇起严妆㊳。著我绣夹裙，事事四五通㊴。足下蹑丝履㊵，头上玳瑁光㊶。腰若流纨素㊷，耳著明月珰㊸。指如削葱根，口如含朱丹。纤纤作细步，精妙世无双。

上堂拜阿母，阿母怒不止。"昔作女儿时，生小出野里。本自无教训，兼愧贵家子。受母钱帛多㊹，不堪母驱使。今日还家去，念母劳家里。"却与小姑别，泪落连珠子。"新妇初来时，小姑始扶床；今日被驱遣，小姑如我长。勤心养公姥，好自相扶将㊺。初七及下九㊻，嬉戏莫相忘。"出门登车去，涕落百余行。

府吏马在前，新妇车在后。隐隐何甸甸㊼，俱会大道口。下马入车中，低头共耳语："誓不相隔卿，且暂还家去；吾今且赴府，不久当还归。誓天不相负！"

新妇谓府吏："感君区区怀㊽！君既若见录㊾，不久望君来。君当作磐石，妾当作蒲苇，蒲苇纫如丝㊿，磐石无转移。我有亲父兄51，性行暴如雷52，恐不任我意，逆以煎我怀53。"举手长劳劳54，二情同依依。

入门上家堂，进退无颜仪55。阿母大拊掌56，不图子自归："十三教汝织，十四能裁衣，十五弹箜篌，十六知礼仪，十七遣汝嫁，谓言无誓违。汝今何罪过，不迎而自归？"兰芝惭阿母："儿实无罪过。"阿母大悲摧57。

还家十余日，县令遣媒来。云有第三郎，窈窕世无双。年始十八九，便言多令才58。

阿母谓阿女："汝可去应之59。"

阿女含泪答："兰芝初还时，府吏见丁宁60，结誓不别离。今日违情义，恐此事非奇61。自可断来信62，徐徐更谓之63。"

阿母白媒人："贫贱有此女，始适还家门64。不堪吏人妇，岂合令郎君？幸可广问讯，不得便相许。"媒人去数日，寻遣丞请还，说有兰家女，承籍有宦官⑤。云有第五郎，娇逸未有婚⑥。遣丞为媒人，主簿通语言⑥。直说太守家，有此令郎君，既欲结大义⑧，故遣来贵门。

阿母谢媒人："女子先有誓，老姥岂敢言！"

阿兄得闻之，怅然心中烦。举言谓阿妹："作计何不量⑩！先嫁得府吏，后嫁得郎君，否泰如天地⑦，足以荣汝身。不嫁义郎体⑦，其往欲何云⑦？"

兰芝仰头答："理实如兄言。谢家事夫婿，中道还兄门。处分适兄意⑦，那得自任专！虽与府吏要⑦，渠会永无缘⑦。登即相许和⑦，便可作婚姻。"

媒人下床去⑦，诺诺复尔尔⑦。还部白府君⑦："下官奉使命⑧，言谈大有缘⑧。"府君得闻之，心中大欢喜。视历复开书，便利此月内，六合正相应⑧。良吉三十日⑧，今已二十七，卿可去成婚。交语速装束，络绎如浮云。青雀白鹄舫⑧，四角龙子幡⑧。婀娜随风转⑧，金车玉作轮。踯躅青骢马，流苏金镂鞍。赍钱三百万⑧，皆用青丝穿。杂彩三百匹⑧，交广市鲑珍⑧。从人四五百⑨，郁郁登郡门⑨。

阿母谓阿女："适得府君书⑨，明日来迎汝。何不作衣裳？莫令事不举！"

阿女默无声，手巾掩口啼，泪落便如泻。移我琉璃榻，出置前窗下。左手持刀尺，右手执绫罗。朝成绣夹裙，晚成单罗衫。晻日欲暝⑨，愁思出门啼。

府吏闻此变，因求假暂归。未至二三里，摧藏马悲哀⑨。新妇识马声，蹑履相逢迎。怅然遥相望，知是故人来。举手拍马鞍，嗟叹使心伤："自君别我后，人事不可量⑨。果不如先愿，又非君所详⑨。我有亲父母⑨，逼迫兼弟兄⑨。以我应他人，君还何所望！"

府吏谓新妇："贺卿得高迁！磐石方且厚，可以卒千年；蒲苇一时纫，便作旦夕间。卿当日胜贵，吾独向黄泉！"

新妇谓府吏："何意出此言！同是被逼迫，君尔妾亦然。黄泉下相见，勿违今日言！"执手分道去，各各还家门。生人作死别，恨恨那可论？念与世间辞，千万不复全！

府吏还家去，上堂拜阿母："今日大风寒，寒风摧树木，严霜结庭兰。儿今日冥冥⑨，令母在后单。故作不良计，勿复怨鬼神！命如南山石，四体康且直⑩！"

阿母得闻之，零泪应声落："汝是大家子，仕宦于台阁⑩。慎勿为妇死，贵贱情何薄！东家有贤女，窈窕艳城郭⑩，阿母为汝求，便复在旦夕。"

府吏再拜还，长叹空房中，作计乃尔立。转头向户里，渐见愁煎迫。

其日牛马嘶，新妇入青庐⑩。奄奄黄昏后⑩，寂寂人定初⑩。我命绝今日，魂去尸长留！揽裙脱丝履，举身赴清池。

府吏闻此事，心知长别离。徘徊庭树下，自挂东南枝。

两家求合葬，合葬华山傍⑩。东西植松柏，左右种梧桐。枝枝相覆盖，叶叶相交通。中有双飞鸟，自名为鸳鸯。仰头相向鸣，夜夜达五更。行人驻足听，寡妇起彷徨。多谢后世人⑩，戒之慎勿忘。

【注释】

①选自《玉台新咏》，原题为《古诗为焦仲卿妻作》，这里沿用后人常用的题目。这是我国古代最长的叙事诗，作者不详。②建安中：建安年间（公元196～219年）。建安，汉献帝年号。③庐江：汉郡名，在现在安徽省潜山县一带。府小吏：太守衙门里的小官吏。④遣：休。女子被夫家赶回娘家。⑤缢（yì）：吊死。⑥云尔：句末的语气助词。⑦徘徊：犹疑不决。⑧箜篌（kōng hóu）：古代的一种弦乐器，23弦或25弦，分卧式、竖式两种。⑨诗书：原指《诗经》和《尚书》，这里泛指一般经书。⑩贱妾：仲卿妻自称。妾，封建社会里妇女谦卑的自称。⑪断五匹：断，（织成一匹）截下来。一匹是四丈。⑫不堪：不能胜任。驱使：使唤。⑬白：告诉、禀告。公姥：公公婆婆。这里专指婆婆。⑭启：告诉，禀告。⑮偏斜：不端正。⑯区区：小。这里指见识小。⑰怼：怒。⑱自由：自作主张。⑲可怜：可爱。体：姿态。⑳取，通"娶"。㉑槌床：用拳头敲着床。㉒举言：发言。新妇：指妻子（不是指新嫁娘）。㉓卿：这里是丈夫对妻子地爱称。㉔报府：赴府。到庐江太守府里去办事。㉕迎取：迎接你回家。㉖下心意：有耐心受委屈的意思。㉗初阳岁：冬至以后，立春以前。㉘谢：辞别。㉙勤作息：勤劳的工作。作息，原义是工作和休息，这里只是工作的意思。㉚伶俜：孤单的样子。萦：缠绕。㉛谓言：总以为。㉜绣腰襦：绣花的、齐腰的短袄。㉝葳蕤：繁盛的样子。这里形容刺绣的花叶繁多而美丽。㉞复：双层。斗帐：帐子像倒置的斗，所以叫做"斗帐"。㉟帘：通"奁"。六七十：形容多。㊱后人：指府吏将来再娶的妻子。㊲遗施：赠送、施与。㊳严妆：打扮得整整齐齐。㊴通：遍。㊵蹑：踏（穿鞋）。㊶玳瑁：一种同龟相似的水生爬虫，甲壳黄黑色，有黑斑，有光泽，可制装饰品。㊷纨素：洁白的绸子。流：是说纨素的光像水流动。㊸著：戴。珰：耳坠。㊹钱帛：指聘礼。㊺好自相扶将：好好服侍老人家。扶将，这里是服侍的意思。㊻初七及下九：七月七日和每月的十九日。初七，指农历七月七日，旧时妇女在这晚上乞巧（用针做各种游戏）。下九，古人以每月的

二十九为上九，初九为中九，十九为下九；在汉朝时候，每月十九日是妇女欢聚的日子。㊼隐隐：车声，"甸甸"同。何：副词，何等。㊽区区：这里是忠诚相爱的意思，与上文"何乃太区区"的"区区"不同。㊾录：记。㊿纫：结。○51亲父兄：即同胞兄。○52性行：性情和行为。○53逆：逆料、想到将来。○54劳劳：怅惘若失的状态。○55仪：容貌。○56拊掌：拍手。这里表示惊异。○57悲摧：悲痛。摧，伤心、断肠。○58便言：很会说话。令：美好。○59应之：答应他。○60丁宁：嘱咐，也作"叮咛"。○61非奇：不宜。○62断：回绝。信：使者，指媒人。○63之：它，指再嫁的事。○64适：出嫁。○65宦官：就是官宦，做官的人。○66娇逸：娇美文雅。○67主簿：太守的属官。○68结大义：指结为婚姻。○69量：思量、考虑。○70否：坏运气。泰，好运气。○71义郎：仁义的郎君，指太守的儿子。○72其往：其后，将来。○73适：适合、依照。○74要（yāo）：约。○75渠：他。○76登：立刻，许和：应许。○77下床去：从座位上起来。○78诺诺复尔尔：连声说"是，是，就这样办，就这样办"。尔尔，如此如此。○79部：府署。府君：太守。○80下官：郡丞自称。○81缘，因缘。○82六合：古时候迷信的人，结婚要选好日子，要年、月、日的干支（干：天干，甲、乙、丙、丁……支：地支，子、丑寅、卯……年、月、日的干支合起来共六个字，例如甲子年，乙丑月，丙寅日）都相适合，这叫"六合"。相应：合适。○83良吉：好日子。○84舫：船。○85龙子幡，旗帜名。○86婀娜：这里是轻轻飘动的样子。○87赍（jī）：赠送。○88杂彩：各色绸子。○89鲑：这里是鱼类菜肴的总称。珍，美味。○90从人：仆人。○91郁郁登郡门：热热闹闹地起到庐江郡门。郁郁，繁盛的样子。○92适：刚才。○93暝：日暮。○94摧藏：摧折心肝，伤心。藏，就是脏，脏腑。○95不可量：料想不到。○96详：详知。○97父母：这里指母。○98弟兄：这里指兄。○99日冥冥：原意是日暮，这里拿太阳下山来比生命的终结。○100四体：这里指身体。直：意思是腰板儿硬。○101台阁：原指尚书台，这里泛指大的官府。○102郭：外城。○103青庐：用青布搭成的篷帐，行婚礼的地方，东汉至唐有这种风俗。○104奄奄：暗沉沉的。○105人定：古时计算时间以地支分为12时辰，人定是亥时（相当于现在夜里9点到11点），这里指夜深人静的时候。○106华山：庐江境内的一个小山。○107多谢：多多劝告的意思。

【赏析】

《孔雀东南飞》是我国古典诗歌史上的第一部长篇叙事诗，与北朝民歌《木兰辞》并称"乐府双璧"和"叙事诗双璧"。后人又把《孔雀东南飞》《木兰诗》

与唐代韦庄的《秦妇吟》并称为"乐府三绝"。本诗取材于东汉献帝年间发生在庐江郡（在今安徽境内）的一桩婚姻悲剧。沈归愚称其为"古今第一首长诗"，是我国古代民间诗歌中的杰作。

诗中所讲述的是一个悲惨的爱情婚姻故事。一开始在这首诗歌的前面就有序曰："汉末建安中，庐江府小吏焦仲卿妻刘氏，为仲卿母所遣，自誓不嫁。其家逼之，乃投水而死。仲卿闻之，亦自缢于庭树。时人伤之，为诗云尔。"

"孔雀东南飞，五里一徘徊"，这是刘兰芝与焦仲卿的诀别，也可以说是两人相约另一个世界的约定。刘兰芝决定妥协了，她知道要想回到焦仲卿的身边只有这个办法，这个男人爱她却无法保护她，在这个封建的牢笼中，他和自己一样都是被束缚的弱者。

"十三能织素，十四学裁衣。十五弹箜篌，十六诵诗书。十七为君妇，心中常苦悲"，聪明伶俐的刘兰芝却在嫁人之后失去了少女时期的快乐，不过聪明如她，那些悲伤她都是冷静地收敛于内心深处，从不外露。

"鸡鸣入机织，夜夜不得息。三日断五匹，大人故嫌迟。非为织作迟，君家妇难为"，这是刘兰芝离去的理由，她希望可以用无声的离去让婆婆对自己好一些。毕竟刘兰芝是舍不得离开焦仲卿的，她爱这个男人，希望焦仲卿可以说服他的母亲，将她接回家后开始新的生活。

"府吏得闻之，堂上启阿母"。之后从母子的一番对话中，我们看到焦仲卿在他的母亲面前始终是唯唯诺诺的，面对生他养他的母亲，他无能力改变自身的命运。在那个封建的时代，长幼尊卑分得十分明晰，以至于刘兰芝进退两难，焦仲卿无言以对。

母亲要挑选一个称心如意的儿媳妇，至于婚姻的当事人作何想法，她是不会考虑的。焦仲卿不论作何解释，作何劝说，都无法改变母亲的看法，他忍受着内心的折磨，而此时的刘兰芝却面临了新的危机。

古时候的媳妇被婆家赶出家门是很丢脸的事情，刘兰芝的娘家自然也觉得颜面无光，所以，在刘兰芝住在娘家的几天里，她哥哥迅速地为她谋得了一门亲事，不顾刘兰芝的反对，便将成亲日子定了下来。或许，在他们看来，刘兰芝可以嫁给县令是攀了高枝，但在刘兰芝看来，不能和焦仲卿一起，比死还要难过。

新妇谓府吏："何意出此言！同是被逼迫，君尔妾亦然。黄泉下相见，勿违今日言！执手分道去，各各还家门。生人作死别，恨恨那可论？念与世间辞，千万不复全！"刘兰芝最后的决定是令人惋惜的，但也是无可奈何的。而焦仲卿也为了她"徘徊庭树下，自挂东南枝"。

这样悲苦的故事结局自然让人们惋惜哀叹，所以口口相传。结尾夫妻两人化为鸳鸯，相依相伴，永不分离，多少表达了在那个思想行为多受钳制的时代，人们对自由的爱情与婚姻怀有的同情。"多谢后世人，戒之慎勿忘"也是前人对后人的警示。

上山采蘼芜

上山采蘼芜①，下山逢故夫。长跪问故夫，"新人复何如？""新人虽言好，未若故人姝②。颜色类相似，手爪不相如③。""新人从门入，故人从阁去④。""新人工织缣，故人工织素⑤。织缣日一匹⑥，织素五丈余。将缣来比素，新人不如故。"

【注释】

①蘼芜(mí wú)：一种香草，叶子风干可以做香料。古人相信蘼芜可使妇人多子。②姝：好。③手爪：指纺织等技巧。④阁(hé)：旁门，小门。⑤缣(jiān)、素：都是绢。素色洁白，缣色带黄，素贵缣贱。⑥一匹：长四丈，宽二尺二寸。

【赏析】

从诗中可以看出，这位妻子心灵手巧、勤劳能干，当初与丈夫结合后，想必也过了一段神仙眷侣的生活。至于之后为何被抛弃，丈夫为何另觅新欢，诗中并没有做解释。

有人通过考证认为，《上山采蘼芜》中的妻子是因为无法生育，不能为夫家传宗接代，才被驱逐出门的。无论如何，这位妻子的命运是凄惨的，在重新见到丈夫后，她关心的是接替她地位的女人是否比她更贤惠。而丈夫的回答似乎能让她宽心一些，虽然自己离开了，但接替她的人并没有比自己更好、更合适，这也能让丈夫有意无意中想念自己。

《上山采蘼芜》中的妻子是低眉顺目的，显然她没有抗争的意识，抑或是她没有这样的胆识，在休书下达的时刻便悄无声息地离开，在重遇前夫的时候低眉顺眼地问候。这些都是封建时代女性身上必有的品德，但也是她们不幸生活的源头。

羽林郎

昔有霍家奴，姓冯名子都。依倚将军势，调笑酒家胡。胡姬年十五①，春日独当垆②。长裙连理带，广袖合欢襦③。头上蓝田玉④，耳后大秦珠⑤。两鬟何窈窕⑥，一世良所无⑦。一鬟五百万，两鬟千万余。不意金吾子，娉婷过我庐⑧。银鞍何煜爚⑨，翠盖空踟蹰⑩。就我求清酒，丝绳提玉壶。就我求珍肴⑪，金盘脍鲤鱼⑫。贻我青铜镜⑬，结我红罗裾⑭。不惜红罗裂⑮，何论轻贱躯！男儿爱后妇，女子重前夫。人生有新故，贵贱不相逾⑯。多谢金吾子⑰，私爱徒区区⑱。

【注释】

①姬：美貌的女子。②垆：旧时酒店里安放酒瓮的土台子，亦指酒店。③襦（rú）：短衣。④蓝田玉：指用蓝田产的玉制成的首饰，是名贵的玉饰。⑤大秦珠：西域大秦国产的宝珠，也指远方异域所产的宝珠。⑥鬟（huán）：古代妇女梳的环形发髻。窈窕：女子文静而美好。⑦良：确实。⑧娉婷：姿态美好的样子。庐：房舍。⑨煜爚（yù yuè）：光耀、光辉灿烂。⑩翠盖：饰以翠羽的车盖。踟蹰：徘徊不进的样子。⑪珍肴：美味佳肴。⑫脍（kuài）：细切的肉。⑬贻：赠送。⑭红罗：红色的轻软丝织品。多用以制作妇女衣裙。⑮裂：古人从织机上把满一匹的布帛裁剪下来叫"裂"。⑯逾：超越。⑰谢：感谢，这里含有"谢绝"的意思。金吾子：执金吾，是汉代掌管京师治安的禁卫军长官。这里指调戏女主人公的豪奴。⑱私爱：单相思。徒：白白地。区区：指拳拳之心，恳挚的意思。

【赏析】

在这首《羽林郎》中，诗人描写的女主角叫胡姬。胡姬的形象最为吸引眼球。她的穿着打扮和行为举止都那么有特色。

"胡姬年十五，春日独当垆。"十五岁的酒家女胡姬，身形窈窕，容貌俏丽，每天抛头露面招揽生意，阅人无数，成日里对无数的匆匆过客，笑脸相迎，她分得清楚谁是好人，谁是坏人。男人对这样的女子总是多了几分轻薄之心，而胡姬也能机智地对付过去。诚如诗中所言："人生有新故，贵贱不相逾。"胡姬忠于自己的感情，愿意从一而终，而不会嫌贫爱富，抛弃原有的郎君去攀高枝。

谁说女子不如男，胡姬小小年纪，便能在酒肆中独当一面，还能不坠入俗流风尘之中，依旧保持女儿纯洁心性，不能不说品质高洁。胡姬和罗敷一样是美艳动人的，她们都是内心纯洁的女子，所以，她们的美更是令人只可远观而不可亵玩。

这首诗多少反映了当时长安百姓的生活，就像胡姬一样，虽然出身低贱，但却乐观积极，对于一些不好的人或事总能乐观看待，这是当时长安城内的大环境所造就的。

这首诗以胡姬的生活片段，带出了整个长安城里的生活景象。如果说那些富贵的商人壮大了长安的商业贸易活动，那么小小的胡姬便是这群人中微不足道的点缀。诗人歌颂了女子胡姬，也歌颂了像她一样自食其力的长安百姓，也正因为他们的存在，大汉长安才更显得繁荣有趣。

江南曲①

江南可采莲，莲叶何田田②。鱼戏莲叶间。鱼戏莲叶东，鱼戏莲叶西，鱼戏莲叶南，鱼戏莲叶北。

【注释】

①《相和歌辞·相和曲》之一，原见《宋书·乐志》。②田田：指荷叶茂盛的样子。

【赏析】

这首《江南可采莲》是《相和歌辞·相和曲》中的一首，可以算得上是采莲诗歌的开山鼻祖之作了。全诗通过简单质朴的描写将人生中快乐的因素展露无疑。所以在后人的眼中，这首民间诗歌显得十分可爱。

在这首看似反复吟唱的乐府诗歌中，其实有着古代民歌朴素明朗的风格，在这片江南的风景中，千年后的读者所能看到的已经不仅仅是荷叶之美，而是蕴涵、沉淀其中的盎然古意。从这些简单的诗句中仿佛可以看到当时那热闹非凡的场面，在采莲人的船下，那游来游去的自在小鱼，也为后来的读者带来了采莲人当时会心的微笑。

这种民歌的最初创作者已经不可考了，其实这并不重要，因为这种民歌大多是民间百姓的无心之作，他们只是将当时大自然的一片活泼生机表达出来，所以，这是可遇而不可求的不可复制的大自然之音。

清人沈德潜将《江南可采莲》这首诗看作是"奇格"，他认为这首诗意境清幽，文字朴素，十分易懂。另一位清代文人张玉穀认为《江南可采莲》虽然是在写采莲的乐趣，但却是只写莲叶，令人读后心中展开一副美好的景象，接天莲叶无穷碧中，能想象到荷花的清幽宜人。

留别妻

苏 武

结发为夫妻①，恩爱两不疑。欢娱在今夕，嬿婉及良时②。征夫怀远路③，起视夜何其④？参辰皆已没⑤，去去从此辞。行役在战场⑥，相见未有期。握手一长叹，泪为生别滋⑦。努力爱春华⑧，莫忘欢乐时。生当复来归，死当长相思。

【注释】

①结发：指男女初成年时。男子二十岁束发加冠，女子十五岁束发加笄表示成年，通称结发。②嬿婉：欢好的样子。以上二句是说良时的嬿婉不能再得，欢娱只有今夜了。③怀远路：惦着走上旅途。④夜何其（jī）：《诗经·庭燎》云："夜如何其？"其，语尾助词，犹"哉"。⑤参辰皆已没：意思说天将要亮了。⑥行役：应役远行。⑦滋：多。⑧春华：喻少壮时期。

【赏析】

这首诗讲述了一个绝望而悲凉的爱情故事。据说是苏武所作，一般被认为是假托。但诗中感情真挚，表达的是苏武北海牧羊时对家中妻儿的思念。

苏武出使匈奴被扣，被监禁在北海，也就是今日的贝加尔湖，这一待就是十几年。守在贝加尔湖畔的苏武，手里握着他的节棍，身边除了猎猎的风声，便是那群温顺的绵羊。在这长达十几年的牧羊生活中，有可能见过苏武的汉人恐怕也只有李陵了。一个是被扣的使者，一个是大汉降将。这二人的相见生出多少感慨悲意，自是不消言说。

在那片荒芜冷寂的土地上，李陵为苏武带来了他家中近年发生的悲剧，妻离子散，兄亡母死。如此境况对苏武来说，苟延残喘地活下去已经不再具有之前的光辉了，如果只是为了单纯地活下去，苏武在湖畔牧羊的坚持便都没有了意义。任何人听到这样悲惨的消息，都会彻底陷入了绝望之中。但是，苏武还是选择了隐忍地活下来，只是为了可以亲眼看到那片他日思夜想的大地。

　　在李陵走后，苏武为他改嫁的妻子作了一首诗歌，这是他内心积郁了多年的辛酸喷薄而成。苏武不是在怪他的结发妻子，毕竟他离家多年，生死未卜，妻子离开也是可以理解的。虽然结发为夫妻，恩爱是不用怀疑的，但是在丈夫踏上远途的时候，相见已经没有了归期，就算是分开，也不要忘了曾经在一起的欢乐时光，如果可以活着回去，算是造化，如果死在这里，那就相思无绝期。

　　诗歌的意思是很容易理解的。"征夫怀远路，起视夜何其？参辰皆已没，去去从此辞。行役在战场，相见未有期。"将要随军出征的丈夫想着明日的远行，起身檠望星空，参星已经落去。这就要离别了啊。我就要赶赴战场，这一生恐怕再无相见之期。"去去从此辞"一句五字却寄寓了离别之际深深的不忍之意。"努力爱春华，莫忘欢乐时。生当复来归，死当长相思。"这是作者的美好愿望，而其中却透露着无限悲凉。朔北的风，无休无止地吹。生离死别不是自己可以做主的，诗人用最后的时间为他和妻子之间书写了一段恩爱两不移的爱情誓言。然而，这一切都被"相见未有期"的未来无情打碎，所以只有徒劳地彼此嘱慰。若活着，我一定回来与你团聚，若死了，那也要此生不渝地彼此思念。

　　苏武在一次又一次的磨难中始终坚持，终于守得云开见月明，一位使臣知道苏武还活着，便要求单于释放苏武，慑于大汉的天威，苏武才得以回到家乡，离开时正值壮年，归来却已头发斑白。重新回到阔别了19年的长安，苏武已经是一位白发苍苍的老人了，唯一不变的是他始终握在手里的节棍，虽然已经破旧不堪了，但还是那根他当初带出长安的节棍。

　　苏武回来后，世人仰慕，他安享晚年，八十而终，也算是善始善终了，虽然其间磨难重重，不过十九载之后的归来犹如凤凰浴火的涅槃，生命得到升华。

东门行

　　出东门，不顾归；来入门，怅欲悲。盎中无斗米储[1]，还视架上无悬衣。拔剑东门去，舍中儿母牵衣啼："他家但愿富贵，贱妾与君共铺麋[2]，上用仓浪天故[3]，下当用此黄口儿[4]。今非！""咄！行！吾去为迟！白发时下难久居！"

【注释】

　　[1]盎：一种口小腹大的瓦盆。[2]铺麋：吃粥。[3]用：为了。仓浪天：指苍天。

④黄口儿：幼儿。

【赏析】

这是一首凄苦的诗，主人公出了东门之后就不想回家，因为家中已经没有他留恋的温暖了。家中一贫如洗，只有惆怅悲愁。这个男人不能就这样看着家人悲惨地饿死，他愤怒地提剑想要出东门去，他想要和命运搏一搏，为他的妻子、孩子搏得一个温饱，哪怕只是一碗粥也可以。

主人公选择铤而走险，是官逼民反的血泪史，也是一幕活生生的人间惨剧。他明白这是一条不归路，所以他去而返，返而去。他的内心充满了矛盾和挣扎，因为他仅有的动力便是饥饿，这点儿可怜的支撑并不足以让他义无反顾地踏上这条未知的道路。

"咄！行！吾去为迟！白发时下难久居！"男子还是要走的，因为已经别无选择了。这就是东汉末年的缩影，大多数家庭都面临着这样的窘境，去也难，留也难，无论作何选择都将会通往死亡。

曹植有诗云："家家有位尸之痛，室室有号泣之哀，或阖门而殪，或覆族而丧。"写的就是那个时代的社会现状。

这首《东门行》是汉朝的乐府诗歌中的一首，诗句简单质朴，令人想到的却是满目疮痍的社会景象。从刘邦建立西汉的黄老无为之治，到东汉末年的民不聊生，在历史长河中，这不过是弹指一挥间的事。自东汉顺帝即位以来，汉朝的政治日益腐败，先是外戚擅权，后是宦官专权，一些正直的士大夫为了维护汉朝最后一丝气息，与其作着艰难的斗争，但可惜天数已尽，曾经辉煌的汉朝已经走入了历史深处，取而代之的是那上至朝堂，下至民间的惨淡经营。在党人夺权失败之后，笼罩东汉王朝的阴霾更加低沉。根据《后汉书·党锢列传》里记载："逮桓、灵之间，主荒政谬，国命委于阉寺。士子羞与为伍，故匹夫抗愤，处士横溢，遂乃激扬名声，互相提拂，品窍公卿，裁量执政，婞直之风，于斯行矣。"

统治者的腐败无能令人民的生活雪上加霜。人民不是死于贫穷，便是死于疾病。这首诗就是那个时代人们生活的写照，诗人儿乎用写实的手法，刻画了人民水深火热毫无生路的困苦情形，人物的对白很具感染力。

陌上桑

日出东南隅①，照我秦氏楼。秦氏有好女，自名为罗敷。罗敷善蚕桑②，采桑城南隅。青丝为笼系③，桂枝为笼钩④。头上倭堕髻⑤，耳中明月珠⑥。缃绮为下裙⑦，紫绮为上襦⑧。行者见罗敷，下担捋髭须⑨。少年见罗敷，脱帽著帩头⑩。耕者忘其犁，锄者忘其锄。来归相怨怒，但坐观罗敷⑪。使君从南来⑫，五马立踟蹰⑬。使君遣吏往，问是谁家姝⑭？"秦氏有好女，自名为罗敷。""罗敷年几何？""二十尚不足，十五颇有余"。使君谢罗敷⑮："宁可共载不⑯？"罗敷前致辞："使君一何愚⑰！使君自有妇，罗敷自有夫。""东方千余骑⑱，夫婿居上头⑲。何用识夫婿⑳？白马从骊驹㉑；青丝系马尾，黄金络马头㉒。腰中鹿卢剑㉓，可值千万余㉔。十五府小吏㉕，二十朝大夫㉖，三十侍中郎㉗，四十专城居㉘。为人洁白皙，鬑鬑颇有须。盈盈公府步㉙，冉冉府中趋㉚。坐中数千人，皆言夫婿殊㉛。"

【注释】

①东南隅（yú）：指东方偏南。隅，方位、角落。我国在北半球，夏至以后日渐偏南，所以说日出东南隅。②善蚕桑：很会养蚕采桑。善，有的本子作"喜"。③笼：篮子。系（xì）：络绳（缠绕篮子的绳子）。④笼钩：一种工具，采桑用来钩桑枝，行时用来挑竹筐。⑤倭堕髻（wō duò jì）：即堕马髻，发髻偏在一边，呈坠落状。⑥明月，宝珠名。⑦缃绮（xiāng qǐ）：浅黄色有花纹的丝织品。⑧襦（rú）：短袄。⑨捋（lǔ）：抚摸。髭（zī）：嘴唇上方的胡须。须：下巴上长的胡子。⑩著（zhù）：戴。帩（qiào）头，古代男子束发的头巾。⑪坐：因为，由于。⑫使君：汉代对太守、刺史的通称。⑬五马：指（使君）所乘的五匹马拉的车。汉朝太守出行用五匹马拉车。踟蹰（chí chú）：徘徊不前的样子。⑭姝（shū）：美女。⑮谢：这里是"请问"的意思。⑯宁（nìng）可：愿意。不：通假字，通"否"。⑰一何：怎么这样。⑱东方：指夫婿当官的地方。千余骑（jì）：泛指跟随夫婿的人。⑲居上头：在前列。意思是地位高，受人尊重。⑳何用：用什么（标记）。㉑骊驹：黑色的小马。这里指马。㉒络：这里指用网状物兜住。㉓鹿卢剑：剑把用丝绦缠绕起来，像鹿卢的样子。鹿卢，即辘轳，井上汲水的用具。㉔千万余：上千上万（钱）。㉕小吏：太守府的小官。有的本子作"小史"。㉖朝大夫：朝廷上的一种高等文官。㉗侍中郎：出入宫禁的侍卫官。㉘专城居：作为一城的长官（如太守等）。专，

独占。㉙盈盈：仪态端庄美好。公府步：摆官派，踱方步。㉚冉冉：走路缓慢。㉛殊：出色，与众不同，非同一般。

【赏析】

古人对于美的赞颂总是含蓄而内敛的，但也正是因为如此，才使得人们对古诗中所塑造的美人形象十分向往。在古人的眼中，美人要身形俊美，但心灵和品德的美尤为重要。

这首《陌上桑》是一个名叫罗敷的女子勇敢面对使君的调戏，机智地驳得使君哑口无言的民间故事。诗篇大意是说，清晨的太阳从东南升起，照在秦氏人家的楼上。这家有一位好女子，叫作罗敷。善于养蚕的罗敷踏着晨光前往城南采桑，精致的妆容，配合衣裙的搭配，所有见到罗敷的人都立足而视，忘记了自己要干的活儿。

接下来写贪婪的使君觊觎罗敷的容姿，上前搭话，并无耻地向罗敷提出"宁可共载不？"的要求，故事的最后一节从"东方千余骑"开始，写罗敷拒绝使君，罗敷在太守面前夸赞自己的丈夫，打消使君的邪念，并使之对其轻佻的行为感到羞愧。

汉代描写女性的赋词和诗作并不是很多，而在这为数不多的作品中，可以看到有一个共性就是描写女性多从她们的穿戴服饰和神态体貌来进行铺展。

这首诗成功地塑造了罗敷这样一个美丽端庄、机智可爱的女子形象。罗敷的形象是阳光而活泼的，但她的美丽同样是不可忽视的，她可以令在农田里忙种的人们忘记干活，她也可以令使君对她垂涎三尺，但是她更懂得洁身自好，不会攀附富贵，而是冷静地以自己的机智令使君颜面扫地。面对使君的诱惑，罗敷丝毫不为所动，她口中的夫婿不但一表人才，而且德才兼备，前途无可限量，罗敷的一番言词明里是夸赞自己的夫婿，暗里却是讥笑使君的昏庸无能。这个时候，罗敷的美已经不再是她自身容颜的美，而是内心散发的美。

妇病行

妇病连年累岁，传呼丈人前一言。当言未及得言，不知泪下一何翩翩。"属累君两三孤子，莫我儿饥且寒，有过慎莫笪笞①，行当折摇，思复念之！"

乱曰：抱时无衣，襦复无里②。闭门塞牖，舍孤儿到市。道逢亲交，泣坐不能起。从乞求与孤儿买饵。对交啼泣，泪不可止："我欲不伤悲，不能已。"探怀中钱，持授交。入门见孤儿，啼索其母抱。徘徊空舍中，"行复尔耳！弃置勿复道。"

【注释】

①笪笞（dá chī）：鞭打。②襦：短袄。

【赏析】

这首诗歌描述了一个病危的女子在临终前对丈夫的嘱托，她希望丈夫能在她死后好好对待她留下的孩子们，但是丈夫哪还有什么能力抚养这几个嗷嗷待哺的小生命？面对妻子含泪的双目，他又无法不作出承诺。他不知道今后的生活该如何继续下去，如果不把孩子丢掉，一家人都会被饿死，但丢掉孩子，又于心不忍。这是一个痛苦的抉择，妻子的死反倒成了一种解脱，她今后都可以不再忍受这无休止的折磨和痛楚了，反倒是活着的丈夫需要有更大的勇气去承受命运加在他身上的枷锁。

这首诗歌通过描写一个生病妇女的家庭悲剧，生动地描绘出了汉代末年劳动人民在残酷的重压和剥削之下，苦苦徘徊在死亡边缘线上的生活惨状。那病榻前的叮咛令读者可以由衷地感受到这位母亲的无奈和悲伤。这就是在大汉朝最后的光景下，人们所过的日子。如果不是有这些诗歌留下来，谁能想到那个遥远的过去会有这样悲惨的事情发生过呢？

《妇病行》通过一系列细节描写，将一个穷苦人家贫病交加的窘迫状况栩栩如生地表现了出来，他们那远在千年前的生活情形、语言动作就好像是在眼前展开的一幕幕独幕剧一般活灵活现，作者不需要对诗中所要表达的悲苦多加修饰，就可以让人感觉到那蕴含其中的沉痛哀婉之情，令读过的人无不感到深切的痛苦。这样的艺术特色正是汉乐府"感于哀乐，缘事而发"的现实主义特色的体现。

饮马长城窟行

青青河畔草，绵绵思远道。远道不可思，宿昔梦见之。梦见在我傍，忽觉在他乡。他乡各异县，展转不相见。枯桑知天风，海水知天寒。入门各自媚，谁肯相为言！客从远方来，遗我双鲤鱼①，呼儿烹鲤鱼，中有尺素书。长跪读素书，书中竟何如？上言加餐食，下言长相忆。

【注释】

①双鲤鱼：古代指信封，是用两块鱼形木板做成，中间夹着书信。

【赏析】

郦道元的《水经注》里说："余至长城，其下有泉窟，可饮马，古诗《饮马长城窟行》，信不虚也。"

从诗的首句中可以看出，这是一首思念远行客的乐府诗。虽是春寒料峭，但是春的气息已经绕遍了万水千山，四处都是勃勃生机。那个等待远征丈夫归来的女子，却丝毫不觉得春日里有温暖的气息，她只是感到凄凉，因为她看不到未来，看不到心爱的丈夫何时归来。

她总是这样思念着远方的爱人，时日重复地过着，她却不知道自己已经在这无尽的春夏秋冬中，黯然老去，容颜不再了。

这首诗歌以比兴开始，由绵绵的河畔青草引出妻子对丈夫的无限思念，以旁人的热闹衬托出自己的寂寥悲伤。女子起身看着远方漫长的山路，想象那不知身在何方的丈夫会尽早回来，在秋风吹起的时候，在大海波涛翻滚的时候，在太阳终于冉冉升起的时候，踏上回来的路。邻居和亲人的家中总是充满了欢声笑语，而她只能独自在家守候着等待的孤独，苦涩难耐，也无可奈何，谁让她的丈夫不归来呢？值得庆幸的是，终于有一天同乡的人从外归来，带给她一个刻有鲤鱼的信函。这让她欣喜万分，她不敢自己动手打开，怕是让她失望的消息。于是，她让5岁的幼子将信函打开，里面是一块雪白的锦帕，她颤抖地打开锦帕，上面只有寥寥6个字："加餐饭，长相忆。"这是丈夫对她的无言思念，透过洁白的锦帕，这个可怜的妇人仿佛看到了在军队中服役而无法归来的丈夫，他那瘦弱的面孔上，写满了思念。

这是一首汉乐府诗歌，却有着《诗经》的痕迹，虽然为东汉的作品，却透露出了一股原始质朴的上古之风。

虽然谈不上是精致之作，但诗歌中的每一个字都充满了真情实感，朴实的情感让人感动得想要落泪。虽然作者和具体的写作年代都不甚明了了，但这诗词中妇人和丈夫之间浓郁悠长的感情足以震撼人心。"梦见在我傍，忽觉在他乡。"一个"忽"字起到了转折、传神的作用，本来在梦中的无限快乐，刹那间变成了残酷的现实，梦醒之后的冰凉令妇人的希望变成了肝肠寸断的失望。

这首诗歌可以算得上是汉乐府之中的经典之作，前苦后甜，转折突然却不突兀。这是这首诗歌的妙处之所在。

艳歌行

翩翩堂前燕，冬藏夏来见。兄弟两三人，流宕在他县①。故衣谁当补？新衣谁当绽？赖得贤主人，览取为吾绽。夫婿从门来，斜柯西北眄。语卿且勿眄，水清石自见。石见何累累，远行不如归！

【注释】

①流宕：漂泊，流浪。

【赏析】

《艳歌行》是汉代乐府古辞，属《相和歌·瑟调曲》，又作《古艳歌》，或者《艳歌》。

这首《艳歌行》是对流浪在外的三个兄弟所作的，他们孤苦无依，只能在别人家打工为生。女主人对他们很好，还为他们缝补衣服。女主人的丈夫在回家的一瞬间看到了这个场景，使得场面尴尬而充满紧张气氛。这时候，他们才意识在别人家里即使待遇再好，也依然是受人恩惠，远不如在自己家中幸福，走了这么远，或许真到了该回去的时候了。

整首诗歌围绕着流浪汉的凄苦展开，戏剧性的情节使得这首诗歌情节紧张，矛盾突出，是难得的上乘之作。最后的结尾"远行不如归"更是与开头呼应。全篇浑然天成，气氛舒缓，生动真切，行文显得谐趣随意，但是一句"远行不如归"，却又满含凄苦之情，读来不由得令在外的游子潸然泪下。

这首诗歌就好像是深入精神内部的千年古树忽然开出的艳丽花朵，芳香深远而悠长，虽然年代久远，但并不妨碍它与后人之间的纯粹交流。在这里，乐府诗已经不仅仅是一首诗歌这么简单了，而是代表了一种远行当归的情思。

别 歌

李 陵①

径万里兮度沙漠，为君将兮奋匈奴②。路穷绝兮矢刃摧③，士众灭兮名已，老母已死，虽欲报恩将安归④！

【注释】

①李陵（？～前74年），字少卿，汉族，陇西成纪（今甘肃静宁南）人。西汉将领，李广之孙。曾率军与匈奴作战，战败投降匈奴，汉朝夷其三族，致使其彻底与汉朝断绝关系。②奋匈奴：与匈奴作战。③矢：箭。刃：刀刃，指刀。矢刃摧，箭和刀用尽了。④安：哪里。将安归，能回哪里？

【赏析】

这首诗的大意是：行军万里，穿过茫茫沙漠，本是想杀敌来报效汉室天朝，怎料到竟会是如此下场？已经是百口莫辩的投降罪名了，就连家中的老母亲都被我牵连至死，就算是想报恩都已经是无处可报了啊。

面对苏武，李陵应该是惭愧难当的，作为一个使节，苏武忍受折磨而忠心不改，在苦寒之地忍饥挨饿，但他始终抱着那根当初从大汉朝带出来的节棍。虽然没人知道，也没人在乎，但苏武从没有放弃过内心的执着。这个男人有着钢铁一般的意志，他是深信自己可以活着回去的，或许，即便回不去，他也要将这份气节坚守到底。这让任何人在他面前都会感到自惭形秽。

这首《别歌》既是送给苏武，也是送给作者自己。告别苏武，便是告别了过去那个自己，从今而后的李陵只是一个匈奴人，他只能在大漠中过着游牧生活，他必须斩断之前那几十年的生活，重新活过。这对一个人来说是残酷而疼痛的，但是李陵别无选择。

子夜四时歌

春歌其一

春林花多媚，春鸟意多哀①。春风复多情，吹我罗裳开。

【注释】

①春鸟意多哀：是说在春天鸟的啼声中多有一种哀婉的情调。

【赏析】

在《乐府诗集》里收《子夜四时歌》晋、宋、齐辞共七十五首，均为抒写妇女四季中的日常生活和思想感情。这里共选了八首，春歌、夏歌、秋歌和冬歌各二首。有的表现女子对爱人的思念，有的抒写青年男女的互相爱慕并忠贞不渝。这些诗中各种真实生活的展示和细腻情感的表达都能与不同季节和各种景物相结合，并且语言秀丽清新。

春歌其二

朝日照北林，初花锦绣色①。谁能不相思，独在机中织。

【注释】

①朝日照北林：《乐府诗集》作"明月照桂林"，今据《玉台新咏》改。初花：春花。

夏歌其一

田蚕事已毕，思妇犹苦身①。当暑理绕服，持寄与行人②。

【注释】

①思妇：出征人的妻子。犹苦身：即身犹苦，还很辛苦。②绕服：细葛布衣。理绕服，即缝制夏衣。这二句是说：思妇冒着酷暑裁制夏衣，托人带给征夫。

夏歌其二

青荷盖渌水①，芙蓉葩红鲜②。郎见欲采我，我心欲怀莲③。

【注释】

①渌（lù）：清澈的水。②葩（pā）：花未开足叫葩，这里用作动词。③采：谐"睬"。莲：谐"怜"。这二句是双关隐语，以采莲、爱莲表达男女双方的互相爱慕与追求。

秋歌其一

白露朝夕生，秋风凄长夜①。忆郎须寒服，乘月捣白素②。

【注释】

①凄长夜：即长夜凄凄，是说秋风吹来，夜显得特别漫长凄凉。②捣白素：将织成或洗净的白色衣料放在砧上，用杵槌平，准备裁制衣服。

秋歌其二

秋风入窗里①，罗帐起飘飏。仰头看明月，寄情千里光②。

【注释】

①风：《乐府诗集》作"夜"，今据《玉台新咏》改。②寄情千里光：是说希望月光把自己的相思之情传达给千里之外的征人。

冬歌其一

渊冰厚三尺①，素雪覆千里②。我心如松柏，君情复何如？

【注释】

①渊冰：深水结的冰。②素雪：白雪。

冬歌其二

果欲结金兰①，但看松柏林。经霜不堕地，岁寒无异心②。

【注释】

①结金兰：即结同心之好。金和兰是比喻两情契合、坚定不移。本《易·系辞》："二人同心，其利断金，同心之言，其臭如兰。"②这二句是说：松柏经受冰霜叶子并不凋落，在严寒的冬天还是那样苍翠。用以比喻对爱情的坚贞不渝。

第六篇　魏晋诗文，中华风骨

　　美学家宗白华曾言："晋人风神潇洒，不滞于物。他们以虚灵的胸襟、玄学的意味体会自然，乃表里澄澈、一片空明，建立了最高的晶莹的美的意境。"其实何止晋人如此，魏晋南北朝数百年的分裂混乱，久经离患的文人们内心无一不具有空灵的美感。折戟沉沙，六朝如梦。诗人们把心灵自由之美和山川自然之美放大到了浑然遨游天地间的地步。

短歌行

曹　操

　　对酒当歌①，人生几何②？譬如朝露，去日苦多③。慨当以慷，忧思难忘④。何以解忧？唯有杜康⑤。青青子衿⑥，悠悠我心⑦。但为君故⑧，沉吟至今⑨。呦呦鹿鸣⑩，食野之苹⑪。我有嘉宾，鼓瑟吹笙⑫。明明如月，何时可掇⑬？忧从中来，不可断绝。越陌度阡⑭，枉用相存⑮。契阔谈䜩⑯，心念旧恩。月明星稀，乌鹊南飞⑰。绕树三匝，何枝可依？山不厌高，海不厌深。周公吐哺⑱，天下归心⑲。

【注释】

　　①当：临。②几何：多少。意思是叹人生短促，时光易逝。③去日：过去了的日子。④这句对应首句，表达在感叹时光飞逝的同时，更应慷慨高歌，只是苦于忧思重重，难以释怀。⑤杜康：相传是古代最早的造酒人，此处代指酒。⑥子衿：周代读书人的服装，这里指代有学识的人。衿（jīn），衣领。⑦悠悠：形容忧虑不断。借用《诗经·郑风·子衿》里的诗句，表达对贤才的思念。⑧但：只。君：指贤才。⑨沉吟：指低声吟咏《诗经》中的《子衿》一诗。⑩呦呦（yōu）：鹿叫声。⑪苹：艾蒿。⑫鼓：弹奏。⑬掇：拾取。此句意将贤者比为高空明月，可望而不可即，喻指人才难得。⑭越陌度阡：指贤士远道而来。陌、阡，田野中纵横交错的小路。南北为阡，东西为陌。⑮枉用：指贤士屈尊相从。存：问候。⑯契阔：久别。谈䜩（yàn）：欢饮畅谈。䜩，通"宴"。⑰乌鹊：乌鸦。⑱吐哺（bǔ）：热情接待，

不敢怠慢。哺，口中咀嚼着的食物。⑲归心：心悦诚服地归顺。

【赏析】

这首诗是曹操最有名的诗篇之一，千百年来流传甚广，以至于说起曹操，人们就会想起他的"对酒当歌，人生几何""何以解忧，唯有杜康"。当年曹操在平定北方后，率领着百万雄师，饮马长江，要与孙权争夺那江东之地，当夜明月皎皎，曹操为了稳定军心，鼓励士气，便大展酒宴，与众将士痛饮一番，其间诗兴大发，慷慨而歌，写下了这首脍炙人口的《短歌行》。

诗人用诗歌来表明自己在政治上的用意，在微微的醉酒之后，道出内心的期许，"青青子衿，悠悠我心"，而青衿在古代是被作为读书人的代称，开篇就点名了这个求人才的主题。接着诗人又唱道"我有嘉宾，鼓瑟吹笙。明明如月，何时可掇"？"绕树三匝，何枝可依"，在这里表达的是诗人求贤若渴的心情。在这首酒醉后的高歌中，诗人明明白白地将自己的内心感受吟咏出来，他虽然引用《诗经》中的词句，却没有《诗经》中那般幽怨的情感，而是寄托了自己最初和最终的理想。

曹操是一个为了千秋大业而活着的人，他在诗歌中毫不掩饰地表达自己求贤若渴的心情和希望名垂青史的愿望，虽然其中有着哀思的情调，但却丝毫没有妨碍到整首诗歌的主题，那就是立业建功。

诗中名句颇多，像"何以解忧，唯有杜康""月明星稀，乌鹊南飞""山不厌高，海不厌深"等。曹操的《短歌行》是一首艺术性极高的古诗。在这首诗中，那个奸诈的乱世枭雄不见了踪影，一个求贤若渴、忧国忧民的贤明领袖形象兀立在我们面前。

却东西门行

曹　操

鸿雁出塞北，乃在无人乡。举翅万余里，行止自成行。冬节食南稻，春日复北翔。田中有转蓬①，随风远飘扬。长与故根绝，万岁不相当②。奈何此征夫③，安得去四方④！戎马不解鞍，铠甲不离傍。冉冉老将至⑤，何时返故乡？神龙藏深泉⑥，猛兽步高冈⑦。狐死归首丘⑧，故乡安可忘！

【注释】

①转蓬：菊科植物，亦称飞蓬，古诗中常以飞蓬比喻征夫游子背井离乡、在外漂泊的生活。②不相当：不相逢。当，值，遇。意思是蓬草飘扬远方，与故根分离，永不能会合。③奈何：如何。④安得：怎能。去：离开。以上两句意谓：可怜这些征夫们有什么办法能离开四方回家去呢？⑤冉冉：渐渐。⑥深泉：即"深渊"，唐人当时为避唐高祖李渊之讳，抄写古书时常把"渊"字改为"泉"。⑦猛兽：即"猛虎"。⑧首丘：头向着自己的窟穴。首，作动词用，音念去声。"狐死首丘"是古时的一种说法，原用以比喻人不该忘记故乡。这里以龙、虎、狐不忘窟穴，来反比征夫们的流离辗转，难以望见故乡。

【赏析】

曹操的诗颇有风骨，大开大阖、舒缓从容，通常以沉郁悲凉的笔调描写非凡的气度和胸襟，这一首《却东西门行》写征夫思乡之情，浓郁感伤。文如其人，曹操的文字自然也透露出他的为人，通过这些苍劲有力的诗句，可以让后人窥出这位蛰伏在帝位下，久久不肯坐上龙椅的男人内心的真正所想。其实在这位世人口中的白脸奸臣心中，始终隐藏着不变的道德底线，他徘徊在这条底线边缘，却始终不曾越过，或许是这样的道德制约，使得曹操最终没有登上皇位。

"冉冉老将至，何时返故乡？"曹操并不是一个不能体会民间疾苦的"奸贼"，相反在他的诗歌里，对于展示历史有着强烈的倾向，后人称其诗作为"汉末实录，真诗史也"。圣人讲不以言废人，不以人废言，是很有道理的，放在诗词的欣赏问题上，亦是如此。曹操的这一首《却东西门行》，十分真实地表现出了诗人面对这样一个世界时内心的悲悯情怀。

观沧海

曹　操

东临碣石，以观沧海。水何澹澹①，山岛竦峙②。树木丛生，百草丰茂。秋风萧瑟，洪波涌起。日月之行，若出其中。星汉灿烂③，若出其里。幸甚至哉，歌以咏志。

【注释】

①何：多么。澹澹：浩荡平满的样子。②山岛：指碣石山，当时的碣石山在海边上。

竦（sǒng）峙（zhì）：高峻挺拔的样子。③星汉：天河。

【赏析】

《观沧海》是《步出夏门行》的第一首。曹操曾用这个旧题写过新辞，全诗共四首，前面有"艳"（序歌）。

《观沧海》通过描绘碣石山下深秋独有的海景，自然而巧妙地抒发了作者对于当时的种种忧虑，诸如动荡的社会、艰难的生计、不定的人心，并暗含着他要削平割据、稳定时局、建功立业、统一天下的壮志雄心。诗作所呈现的场景极其壮阔，而豪迈的情感又与壮阔的场景水乳交融地结合在一起。

龟虽寿
曹　操

神龟虽寿，犹有竟时①。腾蛇乘雾，终为土灰。老骥伏枥②，志在千里。烈士暮年③，壮心不已。盈缩之期④，不但在天。养怡之福，可得永年⑤。幸甚至哉，歌以咏志。

【注释】

①竟：终极，终了。②骥：千里马。伏枥：卧在马棚里，形容马老病的样子。枥，马棚。③烈士：重义轻生，有志建功立业的人。④盈缩之期：指人的寿命长短。盈，满、长。缩，短。⑤永年：长寿。这二句是说：如果能使人的身体和精神经常保持安静愉快，就能健康长寿。

【赏析】

《龟虽寿》是《步出夏门行》的第四首。这首诗表达了作者自强不息、老当益壮、锐意进取的积极精神与豪迈气概。这是从哲学角度表现作者对人生的看法，既是他对方士们关于神仙种种妄谈的否定，也是对于当时社会上流行的消极颓废和及时行乐说法的否定。

杂　诗

曹　丕

西北有浮云，亭亭如车盖①。惜哉时不遇，适与飘风会。吹我东南行②，行行至吴会③。吴会非我乡，安得久留滞。弃置勿复陈④，客子常畏人。

【注释】

①亭亭：耸立而无所依靠的样子。车盖：车篷。②我：浮云自称，指游子。③吴会：指吴郡和会稽郡（今江、浙一带）。④乐府诗套语，意为"抛开吧，不要再说了"。

【赏析】

这首诗写得很真诚，也很聪明，本来就文采很好的曹丕，因为偶尔的心情悸动，便能引申出无限的情思遐想。这首游子之诗以浮云起兴，隐含着人生如浮云、漂泊无依的感叹，这是曹丕最为常见的感叹内容。可见，他虽然高高在上，但内心却丝毫没有逃脱命运的苦闷压力。

其实，这只是说明曹丕的内心中蕴含着轻灵的情愫，碍于帝王身，不便轻易表露，只得在诗作中一展胸臆。曹丕的能力无可怀疑，不然也不会成为魏文帝，曹操不肯跨越的底线，被曹丕视若无物，他没有父亲那样的谨慎细微，在这位年轻人看来，皇位根本就是唾手可得，既然如此，还要客气什么呢？于是，在曹丕的手中，天下改朝换代，魏朝兴起。

曹丕天生敏锐，有着捕捉新鲜事物特征的本领，这首杂诗被后人评为"风回云合，缭空吹远"。

杂　诗

曹　丕

漫漫秋夜长，烈烈北风凉。展转不能寐，披衣起彷徨。彷徨忽已久，白露沾我裳。俯视清水波，仰看明月光。天汉回西流①，三五正纵横②。草虫鸣何悲，孤雁独南翔。郁郁多悲思，绵绵思故乡。愿飞安得翼，欲济河无梁。向风长叹息，断绝我中肠。

【注释】

①天汉：指银河。②三五：星名，一般指参宿和昴宿。也说指心宿和柳宿。

【赏析】

曹丕生性好伤感，而他的伤感与曹操的伤感是完全不同的，曹操虽然也会伤感，但那伤感之中更多的是一份豪情壮志，是一份壮志难酬的伤感，而所伤的大多与命运有关。

漫漫秋夜长，诗人借这首《杂诗》将满心的忧虑抒发出来。他说道：

秋夜漫漫，风凉如水，在夜不得寐的时候，起床独自彷徨。待到露水沾湿衣裳，才意识到时间已过去大半。头顶的月光流转四溢，虫鸣声悲切难当，还有那孤独南飞的大雁，让人忧郁哀伤。想要渡河却苦于没有桥梁，对于故乡的思念只能向风倾诉，以表我的愁肠。

西晋文臣陈寿认为曹丕"文帝天资文藻，下笔成章，博闻强识，才艺兼该；若加之旷大之度，励以公平之诚，迈志存道，克广德心，则古之贤主，何远之有哉"！

从这首《杂诗》中可以看出，陈寿的夸赞绝对是所言非虚，曹丕的文采不在曹操之下，或者可以说是更胜一筹。在曹丕的文字中，有着一种幽然思远的感觉，令人感伤之余又有些心灵上相互碰撞的感觉。

感离赋

曹 丕

秋风动兮天气凉，居常不快兮中心伤。出北园兮彷徨，望众墓兮成行。柯条惨兮无色①，绿草变兮萎黄。感微霜兮零落，随风雨兮飞扬。日薄暮兮无悰②，思不衰兮愈多。招延伫兮良从③，忽踟蹰兮忘家。

【注释】

①惨（cǎn）：忧伤。②悰（cóng）：欢乐。③延伫：也写作"延竚"，久久站立的意思。

【赏析】

在曹丕的辞赋中，秋风是出现最多的词语，或许秋风起的时候，他内心的彷徨会令他心生诗意。这首《感离赋》是祭奠思念而作，因为思念无法到达的地方，便寄情于风。愿风能到达那个他永远无法抵达的远方。

建安十六年，西征途中，秋风四起，令天气清凉，心境亦随之忧伤。曹丕在园中彷徨远望，前方的众多墓碑令枝叶都没了颜色。绿草变得凄黄，霜寒随着风雨飘摇落下，薄暮的落日令快乐消隐，升起的全是哀思，停驻良久，这哀伤竟让人连对家的思念都踟蹰了起来。

比起政治成就，曹丕的文学天赋更高，他"妙善辞赋"，是魏晋时期辞赋创作较多的作家之一。他的辞赋或叙事，或咏物，或写景，题材广泛，且以抒情见长。"便娟婉约，能移人情"，这是曹丕赋的总体特点。这固然与其浓厚的文士气质有关，但同时也是动乱时代的投影。曹丕的诗文最能以情动人，且清新淡雅，十分耐读。

杂诗七首 （其三）

曹 植

西北有织妇，绮缟何缤纷①。明晨秉机杼②，日昃不成文③。太息终长夜④，悲啸入青云。妾身守空房，良人行从军⑤。自期三年归，今已历九春。孤鸟绕树翔，嗷嗷鸣索群⑥。愿为南流景⑦，驰光见我君⑧。

【注释】

①绮：华丽的丝织品。缟：白色生绢。绮缟，泛指织物。缤纷：凌乱的样子。②明晨：清晨。秉：拿。杼：织布机上的织具。③日昃：日过午。文：纹理。④太息：叹息。⑤良人：对丈夫的称谓。⑥嗷嗷（jiào）：鸟鸣叫的声音。⑦景：阳光。南：向南。⑧驰：流驰。君：对丈夫的称谓。意为：思妇想要化为阳光，向南流驰而去，照见丈夫。

【赏析】

曹植的诗作大多大气有余，但这一首却是幽思阵阵。织妇独守空房，对远在他乡行军的丈夫无限思念。诗中织妇的丈夫从军时日已久，于是妇人看着孤鸟离群索居在树间低鸣，不觉感慨自身，也是此般无奈思情。

关于这首杂诗，有人认为是曹植感叹自身时运不济的寄情之作，也有人认为是一首怨妇思念远行丈夫的作品，更有人认为这是曹植思念甄氏的隐晦之作。其实，欣赏诗歌，大可不必去穿凿附会，只要静静地看出诗歌中所蕴含的美感便可以了。

七步诗

曹 植

煮豆持作羹^①，漉菽以为汁^②。

其在釜下燃^③，豆在釜中泣。

本自同根生，相煎何太急。

【注释】

①持：用来。羹：用肉或菜做成的糊状食物。②漉：过滤。菽：豆。③其：豆类植物脱粒后剩下的茎。

【赏析】

这首《七步诗》是曹植的名篇。南朝刘义庆《世说新语·文学》记："文帝尝令东阿王七步作诗，不成者行大法。应声便为诗曰：'煮豆持作羹，漉菽以为汁。其在釜下燃，豆在釜中泣。本自同根生，相煎何太急。'帝深有惭色。"

曹植是曹操的第四子，从小才华出众，很受父亲的疼爱。曹操死后，他的哥哥曹丕当上了魏国的皇帝。曹氏兄弟间本来有阋，曹丕登上皇位后，以曹操亡故时曹植和曹熊（曹操五子）未来看望为由，要追查二人，结果曹熊因惧怕自杀了。曹植则被押进朝廷。幸得曹植生母卞氏开口求情，曹丕才勉强给曹植一个机会，命他七步之内作出一首诗，否则杀无赦。于是曹植作出了这首广为传颂的诗。

诗人在诗中以同根而生的豆其和豆来比喻同胞兄弟，用其煎其豆来比喻同胞骨肉的残害，生动形象，情挚感人，将诗人自身的艰难处境与一腔愤激沉郁之情表现得淋漓尽致。

诗人以纯比兴手法起笔，语言清浅直白，却寓意深刻。作者借用了一个极其纯朴巧妙的譬喻，读来令人称奇。"本自同根生，相煎何太急"两句，千百年来成为同室操戈、兄弟阋墙的警示名句。曹丕感于诗中所言的兄弟骨肉之情，又害怕杀了曹植会遭世人耻笑，最后放了曹植。

送应氏

曹 植

步登北邙坂，遥望洛阳山。洛阳何寂寞，宫室尽烧焚。垣墙皆顿擗①，荆棘上参天。不见旧耆老②，但睹新少年。侧足无行径，荒畴不复田③。游子久不归④，不识陌与阡。中野何萧条，千里无人烟。念我平常居⑤，气结不能言。

【注释】

①顿擗（pǐ）：倒塌、崩裂。擗，剖，裂。②耆（qí）老：老人。耆，老。③荒畴：荒芜了的土地。田：耕种，用作动词。以上二句是说：到处是一片荒芜，连个可以走人的小道都没有，土地也无人耕种了。④游子：指应氏。⑤我：代应氏。平常居：平时一道生活的人。有本作"平生亲"，义同，都是指应氏的亲属而言。最后二句是说：想到自己的亲属荡然无存，不由得伤心哽咽，说不出话来。

【赏析】

应氏指应场，字德琏，建安时期的诗人，"建安七子"之一。建安十六年（公元221年）春，曹植被封为平原侯，应场被任命为平原侯庶子（属官名）。同年七月，曹操西征马超，曹植、阮瑀等也一道随行。

《送应氏》共两首，这里选的是第一首。作品通过生动描绘董卓之乱以来洛阳凄凉残破的景象，表明给社会造成惨重破坏和给人民带来深重灾难的元凶就是混战。

白马篇

曹 植

白马饰金羁，连翩西北驰①。借问谁家子？幽并游侠儿②。少小去乡邑，扬声沙漠垂。宿昔秉良弓③，楛矢何参差④。控弦破左的⑤，右发摧月支。仰手接飞猱⑥，俯身散马蹄。狡捷过猴猿，勇剽若豹螭⑦。边城多警急，虏骑数迁移。羽檄从北来⑧，厉马登高堤⑨。长驱蹈匈奴⑩，左顾凌鲜卑⑪。弃身锋刃端，性命安可怀？父母且不顾，何言子与妻！名编壮士籍，不得中顾私⑫。捐躯赴国难，视死忽如归。

【注释】

①连翩：轻捷矫健的样子。②幽并：幽州、并州，古代二州名。游侠：汉代指那种崇武尚气、能急人之难的人。③宿昔：同"夙夕"，早晨、晚上，指每日皆如此。④楛（hù）矢：楛木做的箭。参差：本义是长短不齐的样子，这里实际是指多。以上二句是说：他们的良弓日夜不离手，身边还携带着许多的箭。⑤控弦：开弓。的：箭靶。⑥仰手：指仰身而射。接：迎面而射。⑦剽：轻捷。螭（chī）：传说中的一种无角的龙。⑧羽檄：插有羽毛的军中征调文书。军书插羽，以示紧急。《说文》："檄，以木简为书，长尺二寸，用征召也。"⑨厉马：策马。堤：高坡。以上二句是说：边方的紧急征调文书下来了，勇士们闻命策马，登高堤以探视敌情。⑩蹈：践踏，此处即指冲击。⑪凌：冲击。⑫顾私：怀念个人或家庭的私事。

【赏析】

这首诗里塑造了一个爱国将士的形象，他武艺高强、渴望建功立业，甚至不惜壮烈牺牲。作者正是借着歌颂这样一个英勇的北方将士，来抒发自己愿意为解救国难而不惜抛弃一切，乃至生命的英勇豪迈精神。

种瓜篇

曹 睿

种瓜东井上，冉冉自逾垣①。与君新为婚，瓜葛相结连②。寄托不肖躯，有如倚太山。兔丝无根株③，蔓延自登缘。萍藻托清流，常恐身不全。被蒙丘山惠，贱妾执拳拳。天日照知之。想君亦俱然。

【注释】

①逾：超过，翻过。②瓜葛：瓜与葛都是蔓生植物。这里比喻夫妻。③兔丝：植物名，即菟丝子。常以喻妻室。

【赏析】

曹睿，魏明帝，字符仲，曹操之孙，曹丕之子。能诗文，与曹操、曹丕并称魏之"三祖"，诗文成就不及操、丕。今存散文二卷、乐府诗十余首。

曹睿的这首诗写得颇有情趣，虽然曹睿的文采比起曹操和曹丕稍逊一筹，但从这一篇《种瓜篇》中，还是能够看出曹睿敏捷的才思和淡然的文风中蕴含着淡淡的风雅和悠悠的情思，意味深长，读后令人口齿留香。比起曹操的沧桑和曹丕的敏感，曹睿的诗作似乎更多了一份淡然。

或许这和个人经历有关，正因为经历不同，所以心性和作品也都不尽相同。他们三人的诗歌之所以受到人们的推崇，除了诗文本身的绮丽，更多的则是因为他们的诗歌中有着当时文人感同身受的认同感。

短歌行

陆　机

置酒高堂，悲歌临觞①。人寿几何，逝如朝霜。时无重至，华不再阳。苹以春晖，兰以秋芳。来日苦短，去日苦长。今我不乐，蟋蟀在房。乐以会兴，悲以别章。岂曰无感，忧为子忘。我酒既旨②，我肴既臧③。短歌有咏，长夜无荒④。

【注释】

①临觞：犹言面对着酒。觞，酒杯。②旨：美好，这里指酒的味美。③臧：好。④荒：废弃，荒废。

【赏析】

陆机是名门之后，他的祖父陆逊曾任东吴丞相，是三国时期著名的大将。这首诗写的是，一个伤心的男人站于风中，衣衫猎猎作响，心中惆怅难言，饮酒高堂，感言人生苦短，最好及时行乐才能不辜负此生，长夜漫漫，还是借酒消愁的好。

陆机一生留下的诗作有很多，而这一首《短歌行》便是其代表作之一。在陆机的笔下，酒是他忘记现实的工具，这个男人想的只是来日苦短，去日苦长，今天不行乐，只怕日后就再没有机会了。从曹操到陆机，其间不过短短数十载的时光，光阴可以改变历史，也可以变动人心。同为政客，陆机远没有曹操的雄才大略和高瞻远瞩，因而，这首诗虽然与曹操的《短歌行》有着几分相像，但在气度开阖和艺术表现力上要逊色很多。

赴洛道中作

陆 机

　　远游越山川，山川修且广。振策陟崇丘①，案辔遵平莽②。夕息抱影寐③，朝徂衔思往④。顿辔倚嵩岩⑤，侧听悲风响。清露坠素辉，明月一何朗⑥。抚几不能寐⑦，振衣独长想⑧。

【注释】

　　①策：古时的马鞭，头上有刺。振策：挥鞭。陟（zhì）：登高。崇丘：高山。这句是说鞭马登上高山。②案：同"按"。按辔：手抚马缰，任马慢步行走。遵：循。平莽：草原。这句是说：按辔让马循平原慢行。③夕息：夜晚休息。抱影：形影相吊，说明孤独。④徂（cú）：往。朝徂：早晨出发。衔思：含悲，说明凄楚。⑤顿：舍、止。顿辔：停马。嵩：高。这句和下句是说驻马倚着高岩，听见悲风声从旁边传来。⑥素辉：洁白的光辉。一何朗：多么明朗。这两句是说：白光闪烁的清露下滴，皓月极为明朗。⑦几：小桌子。古人放在座旁，疲倦时可供倚靠。这句说面对此情此景抚几不能入睡。⑧振衣：抖动衣服以去灰尘，这里指穿衣。这句是说重新穿衣而起，独自长想。

【赏析】

　　《赴洛道中作》共二首，这是第二首。这首诗描绘了作者在旅途中所见的景物，抒发了自己哀伤的心情。精心雕琢，文字工丽，体现了作者诗歌的形式主义风格。

胡笳十八拍

蔡文姬

　　胡笳本自出胡中，缘琴翻出音律同①。十八拍兮曲虽终，响有余兮思未穷，是知丝竹微妙兮均造化之功②。哀乐各随人心兮有变则通③，胡与汉兮异域殊风。天与地隔兮子西母东，苦我怨气兮浩于长空④，六合离兮受之应不容⑤。

【注释】

①缘琴翻出：用琴演奏胡笳曲。②丝竹：泛指乐器。丝，琴瑟等弦乐器。竹，笙箫等管乐器。造化：造物者。③有变则通：心里有什么活动就能通过音乐表现出来。④浩：充满。⑤六合：指上、下、东、西、南、北之内的整个空间。

【赏析】

蔡文姬是东汉大学者蔡邕的女儿，生于乱世，饱受苦难，又婚姻不幸，人生多舛，后来被掳去匈奴，嫁与匈奴王，并生下两个儿子。胡笳是匈奴人常吹的一种乐器。在南匈奴的那十二年里，蔡文姬也学会了一些胡笳的演奏，但是当她离开这片一直试图远离的土地时，才知道时间真的可以将一个人的生命浸透，当你在一片土地上生活得越久，你的回忆就越厚重。所以，蔡文姬虽然选择了返回故乡，但她的人生注定残缺，因为她的大半记忆都随着她的血脉一起留在了匈奴。

因与蔡邕有交，作为义气之举，曹操发函匈奴首领，要他务必交出蔡文姬。曹操的一纸书函彻底改变了蔡文姬逐渐平静下来的生活，他要蔡文姬回中土，匈奴不敢不放人。曹操势力强大，无人不忌惮。所以，蔡文姬在十数年之后，踏上了回乡的路程，可是她的心情十分复杂，万般情思萦绕心头。十余年前被掳至胡地，十余年后又复归中原，何处才是她的故土，哪里才是她的家？

这首诗就是在这样的心境和历史时代里写下的。后世很多人认为此诗不是蔡文姬本人所作，而是后人假托，然而由于情感深挚，自古以来还是被广为传诵。"胡笳本自出胡中，缘琴翻出音律同"，一代才女佳人，音容身世消散在杳杳胡笳声中。

悲愤诗

蔡文姬

欲死不能得，欲生无一可。彼苍者何辜①，乃遭此厄祸。边荒与华异②，人俗少义理。处所多霜雪，胡风春夏起。翩翩吹我衣③，肃肃入我耳④。感时念父母，哀叹无穷已。有客从外来，闻之常欢喜。迎问其消息，辄复非乡里。邂逅徼时愿⑤，骨肉来迎己。已得自解免⑥，当复弃儿子。天属缀人心⑦，念别无会期。存亡永乖隔⑧，不忍与之辞。儿前抱我颈，问母欲何之。人言母当去，岂复有还时。

【注释】

①彼苍者：指天。辜：罪孽。"彼苍者何辜，乃遭此厄祸"意谓：老天啊，我们有什么罪孽，要遭受这般苦难？②边荒：偏远之地。指南匈奴。③翩翩：风吹动衣物的样子。④肃肃：风的声音。⑤微：侥幸。⑥解免：脱离在南匈奴的屈辱生活。⑦天属：指直系亲属。缀：联系，指母子连心。⑧乖隔：隔离。

【赏析】

婚姻的不幸给蔡文姬带来了许多悲苦，这首《悲愤诗》中，言不尽的全是悲愤。

"欲死不能得，欲生无一可。"生亦何欢，死亦何哀，对于蔡文姬这样一位一生坎坷的女人来说，再多的挫折也只是命运对她开的一次玩笑罢了。就好像季节更替，四时变动一般，无论是对于父母的思念，还是忍痛抛下子女的痛楚，对她来说都是可以忍耐的。

"儿前抱我颈，问母欲何之。人言母当去，岂复有还时。"对故乡的思念，令她含泪而去，当子女问她意欲何往时，她无言以对，因为她知道，再也没有回来的时候了。

蔡文姬一生三嫁，命运多舛。关于蔡文姬这一生的三次婚姻，丁廙在《蔡伯喈女赋》一书中是这样说的："伊大宗之令女，禀神惠之自然；在华年之二八，披邓林之曜鲜。明六列之尚致，服女史之语言；参过庭之明训，才朗悟而通云。当三春之嘉月，时将归于所天；曳丹罗之轻裳，戴金翠之华钿。羡荣跟之所茂，哀寒霜之已繁；岂偕老之可期，庶尽欢于余年。"

"处所多霜雪，胡风春夏起。翩翩吹我衣，肃肃入我耳。"这样细腻凄伤的景象，如何不令人心生悲意？更何况，"已得自解免，当复弃儿子。天属缀人心，念别无会期。存亡永乖隔"，诗人又怎忍心与之辞？然而感时念父母，哀叹无穷已，对故土和亲人的思念却又让诗人内心充满着煎熬，无比的矛盾与无奈化为一腔悲愤，催人泪下。后人在评价这首诗时说，"真情穷切，自然成文，激昂酸楚，自成一格"。

杂　诗

孔　融

岩岩钟山首，赫赫炎天路。高明曜云门，远景灼寒素。昂昂累世士，结根在所固。吕望老匹夫^①，苟为因世故。管仲小囚臣，独能建功祚^②。人生有何常，但患年岁暮。幸托不肖躯，且当猛虎步。安能苦一身，与世同举厝。由不慎小节，庸夫笑我度。吕望尚不希，夷齐何足慕^③。

【注释】

①吕望：即吕尚，后世多称姜子牙。②功祚：指辅助帝王的功业。③夷齐：伯夷，叔齐。

【赏析】

孔融的诗文"体气高妙"，诚如这首诗开篇所言，"岩岩钟山首，赫赫炎天路"，慷慨的情辞中透露出诗人远大的抱负，在诗人看来，他并不认为天下之路就是为那些世子所铺设的，贫寒之人一样可以走通。大路朝天，光耀门楣之事并不只是局限于士族子弟的。"安能苦一身，与世同举厝。由不慎小节，庸夫笑我度。"这样的人真是不拘小节，气度高尚的，他不立足于天地间，还有何人？可惜生不逢时，使他无法与时代同进退。

正是基于诗中所洋溢的这种情怀，孔融才不会因为人情世故就改变自己的原则，他看不起吕望那样的老匹夫，却欣赏管仲这样的人才。但他的刚直惹怒了曹操，犯下了死罪。建安年间，曹操接到了一封这样的书信，"武王伐纣，以妲己赐周公"。写信的人是孔融，他是专门就曹操攻下邺城，其子曹丕纳袁绍儿媳甄氏为妻一事进行讽刺的。

曹操自然大怒，但碍于孔融名声过大，而且是儒家大学者，只能将恶气强压，但孔融却丝毫没有因此而收敛。

孔融毫不收敛，他虽然聪明，却并不明白官场中的利益规则。他认为自己是"当时豪俊皆不能及"，对于他人总是一副恃才傲物的模样，就连曹操他也不放在眼里。曹操"挟天子以令诸侯"的行为，在孔融看来是大逆不道，不可容忍的，所以，但凡曹操出一点儿差错，孔融必定会唇齿相逼，惹得曹操大为不满。

孔融身为圣人后裔，自小学习儒术，却完全背弃了儒术的内在精神。孔融认为孝道是不足守的，他说，"父之于子，当有何亲？论其本意，实为情欲发耳。子之于母，亦复奚为？譬如物寄瓶中，出则离矣。"孔融此言一出，即刻遭到了大众的反对。

作为当时正直的士族代表人物的孔融，一生傲岸，为人刚直，但也正是因为如此，他才落得了最后身首异处的结果。想来孔融一生跌宕起伏，也算是乱世一英杰，却祸从口出，而飞来横祸，不但自己遭殃，还连累妻儿共赴黄泉。实在是可悲可叹。

"吕望尚不希，夷齐何足慕"，这是何等大的口气！而曹操斩杀孔融的理由便是因为孔融那些肆无忌惮的言论，对于孔融能将父母比作容器的话语，曹操为孔融带上了不孝不贤的罪名。其实最初和最终的理由只有一个，便是他不能让孔融这样不安分的人妨碍了他的统治大业。

七哀诗三首 （其一）

王 粲

西京乱无象①，豺虎方遘患②。复弃中国去③，委身适荆蛮④。亲戚对我悲，朋友相追攀⑤。出门无所见，白骨蔽平原。路有饥妇人，抱子弃草间。顾闻号泣声⑥，挥涕独不还⑦。未知身死处，何能两相完⑧。驱马弃之去，不忍听此言。南登霸陵岸⑨，回首望长安。悟彼下泉人⑩，喟然伤心肝⑪。

【注释】

①西京：长安，是西汉时的国都。无象：没有章法、体统。②豺虎：指董卓的部将李傕等。遘：造。③中国：指中原地区。④委身：托身、置身。荆蛮：荆州。古代中原人称南方民族为蛮。因荆州地位南方，故曰荆蛮。⑤追攀：形容依依不舍的样子。攀，攀着车辕恋恋不舍。⑥顾：回头看。⑦挥：挥洒。⑧完：全。这两句是妇人所说的话，说自身还不知死所，哪能两相保全，不得已才弃子逃生。⑨霸陵：汉文帝刘恒的陵墓所在地。岸：高地，高冈。⑩悟：领悟。下泉：《诗经·曹风》中的篇名之一，下泉，即"黄泉"，下泉人喻指汉文帝。⑪喟然：伤心叹息的样子。

【赏析】

后人对于《七哀诗》有很多解释，大都认为所谓哀，便是痛而哀，与人的七情六欲有关。但也有人认为哀主要围绕的主题与音乐有关，和韵律有关。

这一首《七哀诗》写于公元 192 年，当时长安刚刚经历过一场动乱。

在诗歌中，诗人交代了他远离长安的理由，也在诗歌中道出了长安已经变成了何等模样，"西京乱无象，豺虎方遘患"。在诗人离开长安前往目的地的路途中，他见到了最为残酷的景象：累累的白骨和荒芜的田野，路边有一个饥饿难当的妇人，抱着自己的孩子丢弃在草丛间，回头看时，听到孩子的哭声，妇人洒泪却不抱回自己的孩子——自己尚且不知将来要死在何处，如何能母子两全呢？实在是不得已才抛弃孩子的呀。

这一幕令诗人不忍卒看，于是他骑马加快速度离去，不忍心听这世间哀号凄惨的声音。

王粲历经苦难，支撑他在乱世中存活下来的便是心中不灭的信念。在他的诗中，萧条凌乱的景象并不可怕，那些凋敝都会过去，然而此诗所描绘的景象触目惊心，"悟彼下泉人，喟然伤心肝"，何止是诗人自己，后世读到此诗的人莫不喟然而伤。"出门无所见，白骨蔽平原"，也成为那个时代的一个经典影像。

从军诗五首　（其五）

王　粲

悠悠涉荒路，靡靡我心愁。四望无烟火，但见林与丘。城郭生榛棘，蹊径无所由①。藿蒲竟广泽②，葭苇夹长流。日夕凉风发，翩翩漂吾舟。寒蝉在树鸣。鹳鹄摩天游③。客子多悲伤，泪下不可收。朝入谯郡界④，旷然消人忧。鸡鸣达四境，黍稷盈原畴。馆宅充廛里⑤，士女满庄馗⑥。自非贤圣国，谁能享斯休。诗人美乐土，虽客犹愿留。

【注释】

①蹊径：小路，野径。②藿蒲：芦苇和蒲草。泛指水草。③鹳鹄：鹳与鹄。其形瘦长，飞翔极高。④谯郡：指谯县，古县名，秦朝设置。约在今安徽省亳县。⑤廛（chán）里：城市聚居的地方。⑥庄馗：四通八达的道路。馗，同"逵"。

【赏析】

这首《从军诗》分为两部分，前半部分描写了山河破碎的荒芜景象，后半部分则对未来寄予了厚望。

王粲，字仲宣，山阳高平人，初侍刘表，后跟随曹操。三国名臣，为七子之冠冕。善于诗赋，更有过目不忘之才能。对功名的急迫渴望，王粲毫不掩饰。在曹操帐下，王粲得到了从未有过的重视。谁说凋敝的王朝就注定荒芜一切？王粲的才气在曹操那里得到了完全的发挥，虽然曹操帐下人才济济，但王粲还是凭借着他的才能赢得了曹操的赞赏，而他自己对于曹操的知遇之恩也是感恩戴德，他曾说："帝王虽贤，非良臣无以济天下。"

文人自古以来便是以悲悯情怀为重的，王粲也不例外。就在跟随曹操征讨东吴的路途上，王粲写下了《从军诗》五首，这是其中之一。虽然是描述了动荡的汉末年月，但却是从侧面抒发了希望可以拥有美好生活的愿望。生活在那个战乱的年代，诗人与众生一样不可避免地要历经磨难，但是他并不绝望，而是在艰险磨难之中，看到了未来的乐土，那里是让他的忧愁烟消云散的地方。

杂 诗

王 粲

日暮游西园，冀写忧思情。曲池扬素波。列树敷丹荣。上有特栖鸟①，怀春向我鸣。褰裳欲从之②，路险不得征。徘徊不能去，伫立望尔形。风飘扬尘起，白日忽已冥。回身入空房，托梦通精诚。人欲天不违，何惧不合并？

【注释】

①特：单的、独的，这里指没有配偶的鸟。②褰：揭起，撩起（衣服）。裳：同"裳"。

【赏析】

这首诗表达的是诗人对朋友的思念之情。诗人从游园写起，借景抒情，在弯曲的池水中，还有成行的木丛里，将满心的愁绪托付给了这一片赏心悦目的景色。明代文人王夫之有言道："以乐境写哀，以哀景写乐。"王粲正是这样做的。他以文人独有的清明内心和强大的自我意识，以及细腻的情感，将他对人世间无常情感的看法一一描摹出来。

诗人以细腻的感情触角，想象到"上有特栖鸟，怀春向我鸣"。进而由树上孤独的飞鸟，想到了远方的友人，如同在对他召唤一般哀鸣，所以诗人快步向前，希望可以追随上这份召唤的脚步。

但却是道路险阻，举步维艰。游园之内自然不会难行，所以诗人隐喻的是世间动乱，难以前行，在这首诗歌中，诗人将自己的幽思和社会的动荡有机地结合在了一起。当现实与理想交织之后，所带来的冲击已经能掀起惊天的波浪。

由虚入实，王粲的内心情感随着诗句的延续而延伸下来，在无法抗拒的恶劣环境中，王粲最终也只得选择退回房中，暗自哀叹"人欲天不违，何惧不合并"？明明担心难以与友人再度重逢，却偏偏还要安慰自己有什么可怕的，纠结的内心在摇摆的世风中孤独地摇曳，深沉含蓄。

王粲的这首《杂诗》哀婉动人，全诗直抒胸臆，将对友人的深情抒发得淋漓尽致，比起刘桢的《赠徐干》来，多了几分哀思，少了几分愤慨。

饮马长城窟行

陈　琳

饮马长城窟①，水寒伤马骨。往谓长城吏，慎莫稽留太原卒②。官作自有程③，举筑谐汝声。男儿宁当格斗死④，何能怫郁筑长城⑤。长城何连连⑥，连连三千里。边城多健少⑦，内舍多寡妇。作书与内舍，便嫁莫留住。善侍新姑嫜⑧，时时念我故夫子⑨。报书往边地，君今出语一何鄙⑩。身在祸难中，何为稽留他家子。生男慎莫举，生女哺用脯。君独不见长城下，死人骸骨相撑拄。结发行事君⑪，慊慊心意关⑫。明知边地苦，贱妾何能久自全。

【注释】

①长城窟：长城附近的泉眼，古时供行役者饮马用。窟，泉窟，即泉眼。②慎：小心。稽留：滞留。太原卒：从太原地区调来服役之人。③官作：政府的工程。程：期限。④格斗：短兵相接的搏斗。⑤怫郁：烦闷。这一句和前一句意谓：男子汉宁可与敌人搏斗而死，怎能憋着一肚子气而在这里修筑长城呢？⑥连连：绵长的样子。⑦边城：亦指长城。健少：健壮的年轻人。⑧姑嫜：古时如此称呼丈夫的父母，即今日的"公婆"。⑨故夫子：原来的丈夫。上面四句是戍卒劝妻子

改嫁的信中之语。⑩鄙：薄。⑪结发：古时男子二十束发而冠，以示成年。⑫慊慊：怨恨的样子。关：牵系。

【赏析】

《饮马长城窟行》是乐府古题之一。这一首诗歌，通过描写修筑长城所带给人们的苦难，写出当时的哀风悲鸣。

陈琳是"建安七子"之一，在追随曹操之前，曾效力于袁绍，多次写文章辱骂曹操，历数他的罪行。后来陈琳被曹操俘虏，曹操惜才，便安抚陈琳，没有将他斩杀，反而收为部下。

"饮马长城窟，水寒伤马骨。"战乱的时代，塑就了诗人独特的视角和笔触。边地水寒若此，连马喝了这种水，都会因受不了寒气而被伤，戍卒苦役们的艰辛可想而知。诗人开句点题，直接进入主题。一个征夫对监管修筑长城的官吏诉苦说："我已经到了服刑期满的日子了，千万不要延迟我的归期。"可以看出这位征夫归心似箭，也可以看出修长城是一项多么非人的徭役。

征夫提醒之后，官吏并不放行，只是打着官腔说官府自有定夺。这让归期已到的征夫十分不满，他认为大丈夫如果要死，就要战死沙场，轰轰烈烈，而不是在这里窝窝囊囊地做苦工。但他的怨言又有何用呢？战事一日不停，长城就不能停止修建。

如果要怨，也只能怨这无休止的战争和动荡的时局。长城绵延万里，何时才能修筑得完？可是生命有限，如果将全部的精力都耗费在修筑长城上面，那几时才能为自己打算和考虑？但不论征夫作何打算，他都无法违抗官府的命令。

在这首诗歌中，诗人用征夫绝望的心情来寓意当时的纷乱时代，与建安七子其他人相比，陈琳相对年长，所以，他对汉末魏初的动荡岁月有着刻骨的体会。

"明知边地苦，贱妾何能久自全"，女子明知道丈夫生死难料，但仍甘愿以自己的一生作为赌注，等待丈夫最终的归来。征夫与妻子之间的这份情感在那个纷乱的时局中尤为可贵。正因为知道艰难，所以才愈加珍惜和耐心。

这首《饮马长城窟》一直是魏晋诗歌史上的名篇，给那个黑暗的年代增添了少许的光亮。可以说，这是陈琳一览民间疾苦，然后将自身所受之苦相融合，迸发出的情感汇总。

别诗 （其二）

应 场①

　　浩浩长河水，九折东北流。晨夜赴沧海，海流亦何抽②？远适万里道，归来未有由。临河累太息，五内怀伤忧。

【注释】

　　①应场（公元 177～217 年），字德琏，东汉南顿县（今项城）人。东汉末文学家，建安七子之一。长于诗赋，今有文赋数十篇，《侍五官中郎将建章台集诗》为其代表作品。②抽：吸干，纳尽。

【赏析】

　　应场的才气虽然比不上王粲，但在建安七子中也是名列前茅的。他留给后世的诗作虽不多，但我们也能从中看出这位诗人对时局的忧虑和对苍生的担忧。

　　诗人写道：浩荡的长河水荡尽了古今，却荡不尽世人的忧伤，在沧海横流之际，诗人站于高处俯瞰脚下河流纵横，感叹这奔腾了万里的水流是否知道疲倦。诗人无法坦然地接受荒郊四野的景象，也无法对那些苦难的黎民视若无睹，"临河累太息，五内怀伤忧"，该句所描绘的画面，是诗人因为悲悯而穿越无尽时光的展现。

驾出北郭门行

阮 瑀

　　驾出北郭门①，马樊不肯驰②。下车步踟蹰，仰折枯杨枝。顾闻丘林中③，嗷嗷有悲啼④。借问啼者出⑤，何为乃如斯？亲母舍我殁，后母憎孤儿。饥寒无衣食，举动鞭捶施⑥。骨消肌肉尽，体若枯树皮。藏我空室中，父还不能知。上冢察故处，存亡永别离。亲母何可见，泪下声正嘶⑦。弃我于此间，穷厄岂有赀⑧？传告后代人⑨，以此为明规。

【注释】

　　①北郭门：城郭北门。郭，外城。古时坟地多于城郭北门。②樊：马因过度负重而不肯再走。③顾：回头听到。④嗷（jiào）：悲啼的声音。⑤出：谁。⑥

举动：动辄。捶：用以鞭马的木棍。⑦嘶：破声，这里指哭至嘶哑。⑧穷厄：穷困。赀：同"资"，财富。⑨传告：规诫。

【赏析】

这一首诗歌属于乐府题材，被北宋末期的学者郭茂倩收录在《乐府诗集》中。题目由古诗中"驱车上东门，遥望北郭墓"一句引申而来。

阮瑀借此诗描写了一个孤儿遭到继母虐待的故事。整首诗歌作者以第一人称的身份出现，令读者看到后愈发感到真实。作者驾着马车奔驰在道路上，却在一处树林间听到隐隐的哭声，十分悲苦。作者下车查看，只见一个孩童哭坐于一处孤坟上。

这是铺垫，继而从作者的发问引发到高潮，孩童哭诉自己忍受虐待的经过，使得听者流泪，闻者伤心。最后再回到孩童生母的坟墓前，但已经是天人两隔，生离死别的分开了，所以这样的悲痛更加使人无奈。

阮瑀出身名门望族，才华横溢，琴棋书画，无不精通。本人也自视甚高，是建安七子中脾气最为固执的一个人。"书记翩翩，致足乐也"指的便是阮瑀。

阮瑀文笔极好，但凡他写过的文章，别人就无法再增加一字或者再减少一字。为此曹操多次考验过阮瑀，但他都顺利过关。最为精彩的一幕便是曹操需要一份公文，而当时阮瑀正在马背之上，但他却以马为案，提笔写好了公文，曹操接过一看，果然还是一字不用增加，一字不用减少。

赠徐干

刘　桢

谁谓相去远，隔此西掖垣①。拘限清切禁，中情无由宣。思子沉心曲，长叹不能言。起坐失次第，一日三四迁。步出北寺门，遥望西苑园。细柳夹道生，方塘含清源。轻叶随风转，飞鸟何翩翩。乖人易感动②，涕下与衿连。仰视白日光，皦皦高且悬③。兼烛八纮内④，物类无颇偏。我独抱深感，不得与比焉。

【注释】

①西掖：指宫阙西侧。垣：墙。②乖人：犹离人。③皦皦：明亮洁白。④八纮（hóng）：指八方极远之地。

【赏析】

建安七子中有一人颇得曹操和曹植的喜爱，他们总和此人饮酒做对，畅谈歌赋，对他委以重任，这人就是刘桢，后世称其为"文章之圣"。

刘桢放荡不羁，在曹丕所设宴席之上，甄氏出来与众人见面，大家纷纷下跪以示尊重，刘桢因为厌恶曹丕抢夺他人之妻，不肯对甄氏下跪。这惹得曹丕大怒，当下便要将刘桢处死，后来经人求情，才将其投入监狱。

本是耿直地想要表达自己内心的不满，却不料惹来了牢狱之灾。事有凑巧，刘桢被关押的北寺狱旁边，便是他的好友徐干办公的地方。二人只有一墙之隔。

刘桢陷入囹圄，是因为他的直言不讳。仕途断送，只有荒僻的监狱才是他的归宿。而隔壁的公堂就好像一个巨大的讽刺，那样的地方，曾经也是刘桢办公的地方，可是如今却成为了禁锢他的工具。而他的好友徐干此刻却处于这样一个地方。想来刘桢当时的内心应当是充满了失意和惆怅的。于是他提笔写下了这首有名的《赠徐干》。刘桢的心中充满了向往，他看穿了这世事变化，将内心积郁的沉闷一吐为快。

这首诗歌倾诉了自己被囚禁的痛苦和不满，还抒发了对徐干的思念之情。虽然二人相距不远，但依据当时的法律法规，二人想要见一面，却并不是那么容易的。所以，刘桢只能将自己对好友的思念之情写入诗歌之中，以此来表达自己内心的愤懑。

"起坐失次第，一日三四迁。步出北寺门，遥望西苑园。"这是刘桢通过自己的坐立不安来衬托出他的痛苦。虽然因为口角太烈而受到了关押，但在这种情况下，刘桢丝毫不改，他依然语气激烈地抱怨现实的不公。

"仰视白日光，皦皦高且悬。兼烛八纮内，物类无颇偏。"刘桢从不忍气吞声，从不阿谀奉承的心性在这首诗中展露无疑。

刘桢在当时的七子中就是颇负诗名的，曹丕称他"五言诗之善者，妙绝时人"。钟嵘夸他："仗气爱奇，动多振绝。贞骨凌霜，高风跨俗。"刘桢作诗如做人，狂放不羁，凛冽傲骨，字里行间多是情骇言壮之辞。清代文人刘熙载说刘桢是"公干气胜"，是有些道理的。

赠从弟

刘 桢

亭亭山上松①，瑟瑟谷中风②。风声一何盛，松枝一何劲！冰霜正惨凄③，终岁常端正。岂不罹凝寒④？松柏有本性。

【注释】

①亭亭：孤高直立的样子。②瑟瑟：寒风声。③惨凄：凛冽、严酷。④罹：遭受。凝寒：严寒。最后二句是说：难道松柏没有遭到严寒的侵袭吗？但是它依然青翠如故，这是它的本性决定的。

【赏析】

《赠从弟》全诗共三首，这里选的是第二首。作品以不畏冰雪风霜的松树比喻人格的独立和操守的坚贞，并以此勉励从弟要做独立而坚贞的人。当然，这既是勉励别人，也是自我勉励。

酒德颂

刘 伶

有大人先生者①，以天地为一朝②，万朝为须臾，日月为扃牖③，八荒为庭衢④。行无辙迹⑤，居无室庐，幕天席地⑥，纵意所如。止则操卮执觚⑦，动则挈榼提壶，唯酒是务，焉知其余？

有贵介公子，缙绅处士，闻吾风声⑧，议其所以。乃奋袂攘襟⑨，怒目切齿，陈说礼法，是非锋起。先生于是方捧罂承槽⑩，衔杯漱醪⑪。奋髯箕踞⑫，枕曲借糟⑬，无思无虑，其乐陶陶。兀然而醉⑭，豁尔而醒⑮，静听不闻雷霆之声，熟视不睹泰山之形，不觉寒暑之切肌，利欲之感情。俯观万物，扰扰焉如江汉三载浮萍；二豪侍侧焉，如螺蠃之与螟蛉⑯。

【注释】

①大人先生者：德行高尚的老先生。②朝：天。③扃牖（jiōng yǒu）：门窗。④庭衢（qú）：庭道。⑤辙迹：轨迹。⑥幕天席地：以天为幕，以地为席。⑦卮：饮酒器具。"觚"同。⑧风声：名声。⑨奋袂攘襟：敛起袖子，绾起衣襟。⑩方：正。

⑪醪（láo）：浊酒。⑫奋：拨弄。髯：胡须。⑬曲（qū）：酒曲。⑭"无思无虑"三句：昏沉的样子。⑮豁尔：猛然。⑯蜾蠃（guǒ luǒ）：细腰蜂。螟蛉：螟蛾的幼虫。

【赏析】

魏晋人嗜酒，而以竹林七贤尤甚。嗜酒者以借酒消愁的居多，唯有刘伶却多引以为乐趣。在一次酒醉之后，他写下这篇200余字的《酒德颂》，本作自赏用途，不承想写了亘古妙文，把喝酒升华到了一种玄奥的境界。

该篇颂里出现的主人公是个德行高尚的老先生，也可以说就是刘伶本人。在文章的起始处，老先生便称自己喝酒喝到一种超凡的境界。他可以把天地开辟作为一天，把万年作为须臾，把日月作为门窗，把天地八荒作为庭道；行走没有一定轨迹，居住无一定房屋。他还能以天为幕，以地为席，放纵心意，随遇而安。一个人可以"以天为幕，以地为席"，该算得上是非常逍遥的人了。

接着在第二段，作者写道："有贵介公子，缙绅处士，闻吾风声，议其所以。"由于他的行为乖张，有很多人时常在人前折损他，刘伶并不是不以为然，时常反唇相讥。激动时便跳起来敛袖缩襟，张目怒视，咬牙切齿予以反驳：礼仪法度又算得了什么，真正的是非自有公道人心去判定。

骂够之后，刘伶仍然继续衔杯痛饮，枕着酒曲睡觉，无忧无虑，其乐陶陶。困了便睡，醒了便饮，什么四时寒暑、声色货利，都像脚下随波逐流的"江汉三载浮萍"，都如"蜾蠃之与螟蛉"，渺小得不值一提。全颂洋洋洒洒，尽是作者不羁的风度。

竹林七贤虽都有饮趣，但是真正在喝酒方面有心得的只有刘伶一人。

对于酒完全没有抗拒力的刘伶，自然酒后就更加毫无约束。他曾因喝酒喝得太多，为了散热而脱光衣服，大字形躺在自家屋子里。一次客人进屋找他，发现他什么都没穿，便讽刺他放纵。刘伶笑嘻嘻地说："天地是我的房屋，房室是我的衣裤，你们为什么要钻进我的裤裆里？"客人顿时无言，尴尬地离开。

刘伶在饮酒方面本身已达到可驭万物的境界，忘却生死，忘却荣辱，他在文才上或可永世不能企及阮、嵇二人，但他的酒脱中见可爱，是谁也到不了的境界。这篇《酒德颂》就是作者对于酒与性情的一种独特的个人体悟。

第七篇　大唐诗情，盛世华章

黄河之水天上来，奔流到海不复回。大明宫的冷月辉煌，玉门关的胡笳羌笛，太多的人有过一个大唐梦。那个时代的风流才俊、豪士羁客，与红颜明媚，总是那么招摇迷人。这是一个以诗命名的时代，三百年大唐留下无数诗行，山水田园、边塞怀古、感物忧思、闺怨悼离……若以花相拟，唐诗的绚烂唯牡丹之富贵雍容可以当之。

蝉

虞世南

垂绥饮清露①，流响出疏桐。
居高声自远，非是藉秋风。

【注释】

①绥（ruí）：即璎珞之类的东西，垂饰物。

【赏析】

清代沈德潜在《唐诗别裁》中说："咏蝉者每咏其声，此独尊其品格。"所以，古人说"餐风饮露"既有蝉的清高，也有做人的风骨。所以文人们都喜欢以咏"蝉"来自比高洁，而在唐诗中，咏蝉诗年代最早的一首，就是虞世南的这首《蝉》。

"绥"是古人帽带下垂，结在下颔的部分，类似于蝉的触须。垂绥是官宦、显赫的一种身份象征，与蝉饮"清露"似乎略有矛盾，既贵且清的人和事也并不多见。所以，虞世南说，蝉长长的鸣叫从梧桐树里飘出来，很响亮。这是什么道理呢？只要身居高位，并不需要借秋风吹送，声音也自然可以传得很远。这恰恰解释了"清"与"贵"的关系。"登高而招，臂非加长也，而见者远。顺风而呼，声非加疾也，而闻者彰。"一个人志存高远、心地清洁，其人格魅力显著，自然不需要靠权势、地位才能给自己树立声望。

唐太宗经常称赞虞世南的"五绝"，认为他"德行、忠直、博学、文词、书翰"

等方面均是上品。从这首《蝉》中，似乎可以读出虞世南的自信与从容。同为唐人"咏蝉三绝"之一，骆宾王说"露重飞难进，风多响易沉"，是一种不得志的抱怨；而"居高声自远，非是藉秋风"却显示了诗人淡定的气质、自省的精神。

在狱咏蝉

骆宾王

西陆蝉声唱①，南冠客思深②。

不堪玄鬓影，来对白头吟。

露重飞难进，风多响易沉。

无人信高洁，谁为表予心。

【注释】

①西陆：指秋天。②南冠：代指俘虏。

【赏析】

这是初唐诗人骆宾王的一首名作。写作此诗的时候，骆宾王因得罪武则天而落监，故而名为《在狱咏蝉》。

秋蝉声声，诗人在监狱里听得阵阵心寒。一个"客"字意味深长。他觉得自己本不属于此，却被关在牢中，所以他把自己当成客人。如此的心境，哪里经得住蝉鸣呢？你看秋蝉黑色的羽翼，而我已经白发苍苍。人无两度少年时，这种对比，实在令人心生伤感。

颔联两句，诗人运用比兴手法，委婉曲折地表达了一股凄恻之感情。"白头"二字，写出了不足40岁即鬓发花白的忧虑，也写出了为情所伤的惨痛。"白头吟"原是乐府曲名，据《西京杂记》记载，时司马相如对卓文君爱情不专后，卓文君作《白头吟》以自伤，"凄凄重凄凄，嫁娶不须啼，愿得一心人，白头不相离"。诗人在这里正是巧妙地运用了这一典故，隐喻自己对国家的一片忠爱之心却遭遇辜负。可谓一语双关，平添不少韵味。露水很重的时候，蝉翼淋水，没办法振翅高飞；风声呼啸，它再大的鸣叫也容易被淹没。所以，骆宾王不禁对蝉感叹，浊世昏昏，无人相信你的高洁，除了像我之外，还有谁能够知道你的心意呢？这句话似在对蝉低语，又仿佛安慰自己。蝉的心事没人知道，难道诗人的志向就有人明白吗？

由蝉到人，因功力深厚，诗作结尾丝毫不见漂浮之意，反而顿挫有力，沉思哀婉。

骆宾王写作此诗后不久便被释放。但他继续反对武则天当政，而且写下著名的《伐武曌檄》，号召天下人群起讨伐武则天。武则天看过他的文章后，不但不怒，反而大赞其文采斐然，并感叹他确为人才，甚至有宰相之能。可惜的是，他最终还是投靠叛军，兵败身亡。

于易水送别

骆宾王

此地别燕丹①，壮士发冲冠②。

昔时人已没③，今日水犹寒。

【注释】

①此地：指易水，易水源自河北易县，是战国时燕国的南界。②壮士：指荆轲，战国卫人，刺客。③昔时人：即指荆轲。没：死亡。

【赏析】

作为初唐四杰之一，骆宾王以诗文见长，但是他的一生却是以悲剧告终。清人陈熙晋在《骆临海集笺注》里说："临海少年落魄，薄宦沉沦，始以贡疏被愆，继因草檄亡命。"概括了骆宾王的一生。

诗人写此诗，虽是送别，但更多的是借诗抒发胸怀情感。荆轲是战国的勇士，骆宾王在易水畔，想起荆轲的故事，多少有些惺惺相惜的感怀。

当年荆轲刺秦，行至易水，高渐离击筑，荆轲慷慨悲歌，"风萧萧兮易水寒，壮士一去兮不复还。"天地愁云，送行之人无不变色。后来荆轲虽不幸失手，但他肝脑涂地的热忱与忠诚，却令后世深深铭记。昔日的侠客勇士已经随历史消逝在烟尘中，如今唯有寒风萧瑟，依然有当年的肃杀之气，易水桥下，流水还是如此冰寒，大有念天地之悠悠之感。只不过，骆宾王这首诗起首写得气势开阔，咏史感怀，却不落哀伤，带出几分悲怆与豪壮，末尾稍稍收抑，胸中的感情恰适而出。

寥寥四句，给人荡气回肠之感。不愧是借送别咏史言志的佳作，同时也开了初唐此类诗的风气先河。

送杜少府之任蜀州①

王　勃

城阙辅三秦②，风烟望五津③。与君离别意，同是宦游人④。

海内存知己，天涯若比邻。无为在歧路⑤，儿女共沾巾。

【注释】

①少府：县尉。之任：赴任。②辅：环抱。三秦：项羽灭秦后，分秦之旧地为雍、塞、翟三国，统称"三秦"。③五津：指岷江的五大渡口，即白华津、万里津、江首津、涉头津、江南津，皆在蜀中。④宦游人：出外做官之人。⑤无为：不要。歧路：分岔路口，古人送行常至路的岔口而分手。

【赏析】

此诗是王勃送友人去四川时所写。起首两句渲染出一派壮阔景象，将相隔千里的秦、蜀两地写于一张画面之上，突出了"展望"之意。"与君"二句承首联写惜别，尽显惺惺相惜之情。"海内存知己，天涯若比邻"十字慷慨发挥，谓知己之心不会受到距离的影响，虽然海角天涯，却因为心的紧紧相连而如同比邻。结语处殷勤劝慰即将远行的朋友不要像小儿女一般饮泣堕泪，表现了作者豁达的胸襟和奋发向上的精神风貌。

和晋陵陆丞早春游望①

杜审言

独有宦游人②，偏惊物候新③。云霞出海曙④，梅柳渡江春⑤。

淑气催黄鸟⑥，晴光转绿蘋。忽闻歌古调⑦，归思欲沾巾⑧。

【注释】

①和（hè）：以诗相和。晋陵：今江苏常州市。陆丞：陆姓县丞。②宦游人：在外做官的人。这里既指陆丞，又指自己。③物候：景物变化的征状。④曙：晓色。⑤梅柳渡江春：意谓春色由江南到了江北。⑥淑气：和暖的气候。催黄鸟：催着黄莺啼叫。⑦古调：指陆丞的《早春游望》。⑧沾巾：流泪。

【赏析】

　　和陆姓友人于早春时节一同赏览江南风光，作者发出了只有在外地做官的游子才会对物候翻新感到触目惊心的感慨。江南的早春很是迷人，朝日在漫天云霞的衬托下从海上生起，梅柳枝头的春色渡过江水向北延伸，和暖的春气催起了黄鹂的鸣唱，明媚的阳光照绿了水中的浮萍。但是作者并不能尽情陶醉在这异乡美景当中，他听到朋友偶然哼起抒发乡情的古老歌曲，归思的涟漪在心中荡漾，想家的泪水打湿了衣襟。

从军行

杨　炯

　　烽火照西京①，心中自不平。
　　牙璋辞凤阙②，铁骑绕龙城③。
　　雪暗凋旗画④，风多杂鼓声。
　　宁为百夫长⑤，胜作一书生。

【注释】

　　①西京：长安。②牙璋：古代发兵所用之兵符，分为两块，相合处呈牙状，朝廷和主帅各执其半。凤阙：皇宫。③龙城：汉代匈奴聚会祭天之处，此处指匈奴汇聚处。④凋：暗淡，模糊。⑤百夫长：军队的头目，泛指下级军官。

【赏析】

　　从军行，为乐府《相和歌·平调曲》旧题，多写军旅生活。诗人在首联两句写到，紧急的军情犹如燃烧的烽火迅速传到了西京。于是"国家兴亡，匹夫有责"的感受将书生意气层层激荡，心中的英气突然翻滚，再也不想端坐书斋，消磨青春与人生。

　　随后写辞别皇宫，从皇帝的手中领到那支令箭，铁骑龙城，奔赴金戈铁马的沙场。颈联是对朔北疆场的细致描写，大雪纷飞，军旗上的彩绘也在岁月的风尘里渐渐褪色，狂风怒吼，鼓角争鸣的喧闹夹杂在风中。

　　诗人戴叔伦在《塞上曲》中说："愿得此身长报国，何须生入玉门关。"能够驰骋疆场，报国报民，又何必在乎自己的生死呢？可见，英雄之气，磊落风骨，早已存在胸中，为国为民为众生，肝脑涂地，哪里还顾得上生死？

诗作的最后两句，杨炯直抒胸臆，"宁为百夫长，胜作一书生"，哪怕只是当个军队小官，也好过在书房里静坐。一股报国的急迫冲动飞流直下，颇有阵阵轰鸣、气壮山河之豪气。

代悲白头翁

刘希夷

洛阳城东桃李花，飞来飞去落谁家？
洛阳女儿惜颜色，行逢落花长叹息。
今年落花颜色改，明年花开复谁在？
已见松柏摧为薪①，更闻桑田变成海②。
古人无复洛城东，今人还对落花风。
年年岁岁花相似，岁岁年年人不同。
寄言全盛红颜子，应怜半死白头翁。
此翁白头真可怜，伊昔红颜美少年。
公子王孙芳树下，清歌妙舞落花前③。
光禄池台文锦绣，将军楼阁画神仙④。
一朝卧病无相识，三春行乐在谁边？
宛转蛾眉能几时⑤，须臾鹤发乱如丝。
但看古来歌舞地，唯有黄昏鸟雀悲。

【注释】

①松柏摧为薪：松柏被砍伐作柴薪。②桑田变成海：典出《神仙传》："麻姑谓王方平曰：'接待以来，已见东海三为桑田。'"③这两句是说，白头翁年轻时曾和公子王孙在树下花前共赏清歌妙舞。④这两句是说白头翁昔年曾出入权势之家，过豪华的生活。光禄：光禄勋。此处指东汉马援之子马防的典故。《后汉书·马援传》载：马防在汉章帝时拜光禄勋，生活十分奢侈。文锦绣：指以锦绣装饰池台中物。将军：指东汉贵戚大将军梁冀。曾大兴土木，建造府宅。⑤宛转蛾眉：这里指女子的青春年华。

【赏析】

诗歌的大意是说，洛阳城东开满了桃花与李花，飞来飞去，不知道都落在了谁家。洛阳的女子感慨落花，常常叹息犹如人生的绽放与凋落。今年落花，明年发新枝、开新芽，不知道还有谁能在。沧海桑田，大自然鬼斧神工还有什么不能改变吗？古人已经不会再经过洛阳城东了，而今天的人却依然对着风中落花感慨。年年月月，花都是一样地开落；可是，月月年年，赏花的人却已然不同。诗的后半段写到白头老翁，说这老翁也曾经是红颜美少年，可惜一朝生病无人过问。言外之意，这红颜少女也终有两鬓风霜的一天，韶光易逝，不过都是短促之间。诗歌的后半部分是感怀古人，多少风光显赫的贵胄，轻歌曼妙的丽人，最后也都只落得个须臾鹤发乱如丝。

诗歌末尾四句最是悲情，真正应了诗题所谓的"白头吟"。

此诗又名《代白头吟》，是一首拟古乐府。《白头吟》是汉乐府相和歌楚调曲旧题，古辞写的是女子毅然与负心男子决裂。诗人在这里则从少女写到老翁，咏叹人生的富贵无常、韶华易逝。抒情婉转，语词优美和谐，在初唐长诗中极受推崇，历来传为名篇。"年年岁岁花相似，岁岁年年人不同。"两句历来被作为佳句竞相传诵。

这首诗很难说到底是悲伤还是快乐，又或兼而有之，总归是写出了自然的恒常与人生的无常。神龟虽寿，犹有竟时。不管你怎样看待人生，珍惜或者浪费，她都如滔滔江水般一去不复返。所以，中国有句俗话，"年轻别笑白头翁，花开花落几日红"。没有谁能够永远朱颜皓齿，"人生韶华短"，早一步或者晚一步而已，每个人都要步入白发苍苍的行列。

渡汉江

宋之问

岭外音书断①，经冬复历春。

近乡情更怯，不敢问来人。

【注释】

①岭外：五岭之外。

【赏析】

诗人和家里断绝音讯已经很久了，从冬天到春天就一直没有消息。等到离家乡近了，心理上反而有了疏离与惊恐，因为不知道家里的情况会怎样，更不敢问家里的情况。这看似矛盾的心理背后，掩藏着诗人的焦灼与渴望。

杜甫说，"烽火连三月，家书抵万金"。当战乱的马蹄踏碎了家园，分别日久，不知道家中是否已经横生变故。对亲人的关切、家园的担忧，恰恰让人不敢轻易触碰。几番梦回故里，笑着睡去；如今荣归故里，反倒不知所措。

家中的一切是否如昔？老屋外的草地、草地边的小溪、小溪畔的垂柳、垂柳下的旧居，一切都在岁月的流逝中静静地数着年轮。而那长长久久的乡愁，盘旋在心头的熟悉，就这样在欢天喜地中渐渐扬起。

"近乡情更怯，不敢问来人"，一个"怯"字，如点睛之笔，把诗人复杂的心情表现了出来。读来令人心中不免为之一震。

登幽州台歌

陈子昂

前不见古人，后不见来者。
念天地之悠悠①，独怆然而涕下②。

【注释】

①念：想到。悠悠：形容时间的久远和空间的广大。②怆然：伤感的样子。涕：古时指眼泪。

【赏析】

幽州台，即燕国时期燕昭王所建的黄金台，在今北京一代。诗人登上幽州台，目光穿越历史，回到战国，当年燕昭王筑黄金台招才纳贤，令天下臣服。而今，孤立在台上的诗人，回望前尘，张看身后，再也看不到贤王，也没有一位那样贤明的君王来效仿此法了。天悠悠之高远，地悠悠之壮阔，在这漫长的历史长河面前，诗人难掩心中万千感慨，孤独地兀立于此，怆然而泪下。

陈子昂生活在初唐时期，天下初定，万事更新，一切都处在激烈的变化中，含着历史层层断裂的悲痛，也有着对新生的渴望与追逐。所以，他没有辛弃疾那种"儒冠误身，英雄无路"的叹息，也没有张孝祥那种"匣剑空蠹，一事无成"的愁苦。相反，在他的诗中，始终贯串着报国的激情。所以，即便悲伤、孤独，也都显示出格局的大气与开放。

李泽厚先生在《美的历程》中这样评价此诗："陈子昂写这首诗的时候是满腹牢骚，一腔愤慨的，但它所表达的却是开创者的高蹈胸怀，一种积极进取，得风气先的伟大孤独感。它豪壮而并不悲痛。"

杂　诗

沈佺期

闻道黄龙戍①，频年不解兵②。可怜闺里月，长在汉家营。

少妇今春意，良人昨夜情③。谁能将旗鼓④，一为取龙城⑤。

【注释】

①闻道：听说。黄龙戍：即黄龙冈，今辽宁开原县北，唐时边防要地。②不解兵：战事不断。③良人：丈夫。④将：持。⑤一为：一举。龙城：今蒙古人民共和国境内，匈奴祭天处。此处泛指侵略者的大本营。

【赏析】

本篇为沈佺期的代表作之一，写因边事长年不息而导致的夫妇离别的相思之苦。丈夫戍守边关，妻子独守空闺，这是唐诗描写的夫妻生活常见的一幕，诗中说"频年不解兵"，更可以想见他们分离时间之长和相见之日的遥遥无期。于是每逢月明之时，便有万千妻子征人对月伤怀，因为只有这悬挂于中天的月儿，见证了夫妻往昔生活的和谐美满，见证着望月之人的苦苦相思。

少妇又是一春的刻苦思念，犹如丈夫夜夜不断的无限深情，而情到浓时，则化为一句由衷的祝愿：愿朝廷早日派遣良将荡平胡虏，使我大唐能得长治久安，使我夫妇终能团圆。全诗借写思妇的内心感受而道出了战争给人们带来的巨大痛苦，寄托出人们对于战争早日结束的深切期望，以小而言大，可谓别具新意。

独不见

沈佺期

卢家少妇郁金堂①，海燕双栖玳瑁梁②。九月寒砧催木叶，十年征戍忆辽阳③。白狼河北音书断④，丹凤城南秋夜长⑤。谁为含愁独不见，更教明月照流黄⑥。

【注释】

①卢家少妇：梁武帝萧衍《河中之水歌》中有："十五嫁为卢家妇，十六生子字阿侯。卢家兰室桂为梁，中有郁金苏合香。"这里指长安富家少妇。②玳（dài）瑁（mào）梁：指画梁。玳瑁：一种海龟，甲壳黄褐色，有黑斑，很光滑，可做装饰品。③辽阳：今辽宁辽阳一带。唐时为边防重地。④白狼河：即今辽宁大凌河。⑤丹凤城：指京城。⑥流黄：彩色的丝织品。

【赏析】

尽管身居用郁金香涂壁的华丽堂屋，但女主人公并不快乐，她看到画梁上双宿双栖的海燕，心中满是幽怨。凉秋九月，到处响着妻子们为征人捣制寒衣的砧声，听到这声音，少妇感到更加的凄凉寂寞，在她的眼中，纷纷木叶也仿佛是被砧声催落。十年光阴，她无日不在思念着戍守辽阳的丈夫，自从夫君音讯断绝，独守空闺的她忐忑不安、忧思重重地度过了一个又一个不眠之夜。

恼人的秋月，又一次将少妇的黄罗帐照得明晃晃的，引起了她"唯你不见我满心忧愁"的迁怒。

回乡偶书　（二首）

贺知章

其一

少小离家老大回，乡音无改鬓毛衰①。

儿童相见不相识，笑问客从何处来。

其二

离别家乡岁月多，近来人事半消磨。

惟有门前镜湖水②，春风不改旧时波。

【注释】

①鬓毛：额角边靠近耳朵的头发。衰（cuī）：疏落，衰败。②镜湖：湖名。在今浙江绍兴会稽山北麓。

【赏析】

贺知章36岁考中进士后便离开了家乡，所以自称少小离家。等到86岁的时候，在外奔波了半个世纪，终于在高龄的时候回到了家乡。一个人的生命能有多长呢？大概和记忆的铁轨一样漫长，深深地铺向生命的尽头。多少年过去了，他已然白发苍苍，可骨子里那份对故乡的依恋和执着，却从未有过任何的变化。年轻的孩子们却并不认识他，还笑着问他是从哪里来的。本来是故乡的人，却被误以为"客"，世事苍茫，人生短暂，诗人心头不免涌起无限感慨。

在《回乡偶书》的第二首诗中，他将这份归乡之情描绘得更加直白。他说：离开家乡已经太久了，近来人事沧桑，所以返回家乡。实际上，贺知章一生仕途都较为平顺，虽然没有大红大紫，但也算善始善终。八十几岁告老还乡，得到玄宗赏赐的土地，而且有许多朝中大臣都来唱和送行，也算衣锦还乡了。但一切荣耀都抵不上返乡的渴望。沧海变幻，物是人非，少年已然不认识当年的老者，但老者当年走时又何尝不是少年？

贺知章漂泊一生，返乡不久后便过世了。漂泊半世，终回故里，可惜却又是这般匆匆地离世，不能不让人嗟叹。

春江花月夜

张若虚

春江潮水连海平，海上有月共潮生。

滟滟随波千万里①，何处春江无月明。

江流宛转绕芳甸②，月照花林皆似霰③。

空里流霜不觉飞④，汀上白沙看不见⑤。

江天一色无纤尘，皎皎空中孤月轮。

江畔何人初见月？江月何年初照人？

人生代代无穷已，江月年年只相似。

不知江月待何人，但见长江送流水⑥。

白云一片去悠悠，青枫浦上不胜愁⑦。

谁家今夜扁舟子？何处相思明月楼⑧？

可怜楼上月徘徊，应照离人妆镜台。

玉户帘中卷不去⑨，捣衣砧上拂还来⑩。

此时相望不相闻，愿逐月华流照君。

鸿雁长飞光不度⑪，鱼龙潜跃水成文⑫。

昨夜闲潭梦落花⑬，可怜春半不还家。

江水流春去欲尽，江潭落月复西斜。

斜月沉沉藏海雾，碣石潇湘无限路⑭。

不知乘月几人归⑮，落月摇情满江树。

【注释】

①滟滟（yàn）：波光闪动的光彩。②芳甸：遍生花草的原野。③霰（xiàn）：雪珠，小冰粒。④流霜：飞霜，古人以为霜和雪一样，是从空中落下来的，所以叫流霜。这里比喻月光皎洁，月色朦胧、流荡，所以不觉得有霜霰飞扬。⑤汀（tīng）：水边沙地。⑥但见：只见、仅见。⑦青枫浦：一名双枫浦，在今湖南济阳济水中。这里泛指荒僻的水边之地。⑧明月楼：月夜下的闺楼。这里指闺中思妇。⑨玉户：形容楼阁华丽，以玉石镶嵌。⑩捣衣砧：古人洗衣，置石板上，用棒槌棰击去污。这石板叫捣衣砧。捣，反复捶击。⑪光不度：意谓飞不过这片无尽的月光，也就是书信不到之意。⑫鱼龙：这里是偏义复词，龙字无义。古乐府《饮马长城窟行》："客从远方来，遗我双鲤鱼。呼儿烹鲤鱼，中有尺素书。"后以鱼书指书信，这句意思同上句，水成文，也就是虚幻同水花之意。⑬闲潭：幽静的水边。⑭碣石：山名，在河北。指北方。潇湘：水名，潇水在湖南零陵入湘水，这一段湘水叫潇湘，指南方。⑮乘月：随着月色。

【赏析】

张若虚是开元年间著名的"吴中四士"之一，至今存诗仅有两首，而这首《春江花月夜》以"孤篇盖全唐"的美誉，流传千古，被闻一多赞为"诗中的诗，顶峰的顶峰"。"春、江、花、月、夜"5个字包含了5种景色，诗题就令人心驰神往，而这5种意象，都包含了自然的循环往复与人世的更迭。集中体现了人世间最动人的良辰美景，构成了一片引人探寻遐想的奇妙艺术境界。轮回的春天，流动的江水，花开花落是时光的一份见证，千古月光照耀着古今的人们，而清凉的夜色也陪衬了如水般的岁月和生活。所以，张若虚说"人生代代无穷已，江月年年只相似"。不知道江月在等待什么人，只能看见长江流水，绵绵不绝。

《春江花月夜》是乐府《清商曲辞·吴声歌曲》中的旧题。关于此诗题创制者，"未详所起"；也有说是陈后主所作，或者隋炀帝所创作。据郭茂倩《乐府诗集》所录，题名《春江花月夜》的诗作共7首，除张若虚这一首外，隋炀帝二首，诸葛颖一首，张子容二首，温庭筠一首。而以张若虚这首最上，历来有"孤篇横绝，竟为大家"的盛誉。

感遇 （二首）

张九龄

其 一

兰叶春葳蕤[1]，桂华秋皎洁。欣欣此生意，自尔为佳节[2]。
谁知林栖者[3]，闻风坐相悦。草木有本心[4]，何求美人折？

【注释】

①葳蕤（wēi ruí）：枝叶茂盛披离的样子。②自尔：自然而然的。③林栖者：林中隐者。④本心：天性。

【赏析】

春天是兰草繁茂的季节，秋天是桂花芬芳的时候，兰桂都是这样欣欣向荣，自然是各自的生机勃勃和清新雅洁象征了春秋佳节。

何料林中隐者，闻到了兰桂的芬芳而生爱慕之情，殊不知兰桂的美好完全是源自它们的本心本性，哪里是在为求人折赏呢？

此诗是张九龄受谗遭贬后所作《感遇》组诗十二首的第一首，诗人自比兰桂，抒发了孤芳自赏，不求人知的情怀。

其　七

江南有丹橘，经冬犹绿林。岂伊地气暖①，自有岁寒心。可以荐嘉客，奈何阻重深。运命唯所遇，循环不可寻②。徒言树桃李，此木岂无阴③？

【注释】

①岂伊：难道是。②"运命"二句：意思是运命的好坏只在于遭遇的不同，周而复始、变化莫测的自然之理，让人无法探究。③阴：同"荫"。

【赏析】

江南生长着丹橘，它经历严冬却能葱翠依然，这并非是因为那里的气候温暖，而是橘树本身具有着耐寒的禀性。

丹橘佳美，可以用来招待嘉宾，无奈有重重阻隔，山高水深。在这个命运只在机遇、事理难以穷究的纷乱尘世里，世人只知道倾心于桃李的浮华艳媚，难道丹橘不是更有葱郁不凋的树荫吗？

诗人以丹橘自比，委婉含蓄地表达了对自己因为正直而遭贬逐的悲愤之情，期待朝廷重新起用的心意也是灼然可见。末尾"徒言树桃李，此木岂无阴"的反诘，深沉凝重，矛头直指玄宗后期信用奸人、排斥贤良的用人政策。

凉州词
王之涣

黄河远上白云间①，一片孤城万仞山②。
羌笛何须怨杨柳③，春风不度玉门关④。

【注释】

①远上：远远向西望去。"远"一作"直"。②仞：长度单位。古时七尺或

八尺为一仞。万仞，形容极高。③羌笛：是一种乐器。④度：越过，经过。玉门关：汉武帝置，因西域输入玉石取道于此而得名。故址在今甘肃敦煌西北小方盘城。

【赏析】

凉州词又名《凉州歌》，为当时流行的一种曲子配的唱词。凉州为唐属陇右道，州治在今甘肃省武威县。

这首《凉州词》虽是一首怀乡曲，却写得慷慨激昂、雄浑悲壮，毫无半点儿悲凄之音。"黄河远上白云间"，既有奔涌磅礴的气势，也有逆流而上的坚韧。一片孤城，羌笛何怨，将冷峭孤寂的情思脱口而出，却没有消极和颓废之感。万丈雄心与盛唐气象如水银泻地，流畅自如。

登鹳雀楼①
王之涣

白日依山尽，黄河入海流。

欲穷千里目，更上一层楼。

【注释】

①鹳雀楼：在现山西永济。楼有三层，面对中条山，下临黄河。常有鹳雀停留其上，因称鹳雀楼。

【赏析】

首联写登鹳雀楼所见景色：苍茫白日依山而尽，滚滚黄河奔流入海。这北国河山的磅礴气势和壮丽景象使作者胸襟大开，他继而联想到，如果要望到更远的地方，就须更上层楼。此诗虽然写的是登临所感，却蕴含着对于人生哲理的感悟，体现着积极向上的进取精神。

秋登兰山寄张五
孟浩然

北山白云里①，隐者自怡悦②。相望试登高，心随雁飞灭。愁因薄暮起，兴是清秋发。时见归村人，沙行渡头歇。天边树若荠③，江畔洲如月。何当载酒来，共醉重阳节。

【注释】

①北山：指兰山。②隐者：作者自指。晋陶弘景有诗云："山中何所有，岭上多白云。只可自怡悦，不堪持赠君。"③荠（jì）：荠菜。

【赏析】

在白云飘浮的北山中，孟浩然自得其乐地过着清淡的隐居生活。一个秋天的傍晚，他因为思念居住在白鹤山中的朋友张五而登上兰山相望，思念的心随着大雁一起飞向了朋友的方向。薄暮里相望不见让他感到惆怅，但心情又因为秋色的清爽优美而意兴盎然。远树像排列在天边的细小荠菜，江畔的沙洲被潮水冲刷得如洒满月光一样洁白，劳累了一天的村民三三两两地坐在沙滩上，尽情地享受着暮色带来的恬适和安闲。诗人在此寄语朋友："什么时候你携酒前来吧，我们一同酣醉在即将到来的重阳佳节。"

夏日南亭怀辛大①

孟浩然

山光忽西落②，池月渐东上。散发乘夕凉，开轩卧闲敞③。荷风送香气，竹露滴清响。欲取鸣琴弹，恨无知音赏。感此怀故人④，终宵劳梦想⑤。

【注释】

①辛大：名不详。大：排行第一。②山光：山中日光。③轩：窗户。闲敞：幽静宽敞的地方。④感此：有感于此。故人：老朋友。⑤终宵：整夜。劳：苦于。

【赏析】

度过了闷热的夏日午后，作者在夕阳西下的时候，松散开久为簪带束缚的头发，悠闲地来到水亭乘凉。他推开亭窗，斜倚在凉床上，看着月儿慢慢地从池边升起。微风送来荷花的阵阵清香，竹叶上滴落的露珠发出清泠的声响。身处如此优雅的环境当中，作者不由得想要取来瑶琴弹奏，与这清风竹露相应和，但终于因为没有知音欣赏而作罢。他因此怀念起老友辛大，以至终宵思念梦想。

夜归鹿门山歌

孟浩然

山寺钟鸣昼已昏，鱼梁渡头争渡喧①。人随沙岸向江村，余亦乘舟归鹿门。鹿门月照开烟树，忽到庞公栖隐处。岩扉松径长寂寥，唯有幽人自来去②。

【注释】

①鱼梁：《水经注·沔水注》："沔水中有鱼梁洲，庞德公所居。"在襄阳，离鹿门很近。②幽人：隐居之人，此指作者自己。

【赏析】

山寺传来黄昏报时的钟响，渔梁渡头上，一派人们争渡回家的喧闹景象。船儿向前行走，看着村民们顺着沙岸回归江村，诗人却是离家去鹿门，两样心情，两种归途。

走在鹿门山路上，笼着烟雾的山树在月光的映照下朦胧而美妙，诗人在陶醉中漫步，忽而发觉不经意间已然来到了庞德公的旧居，但见山门寂寥，松径犹存。他不禁怀古思今，在清静中走来走去，体味到真实的自我。

临洞庭上张丞相

孟浩然

八月湖水平①，涵虚混太清②。气蒸云梦泽③，波撼岳阳城。
欲济无舟楫④，端居耻圣明⑤。坐观垂钓者，徒有羡鱼情⑥。

【注释】

①湖水平：湖水涨得饱满。②涵虚：水气浩淼的样子。太清：天空。③云梦泽：古大泽名，包括今湖南湖北两省的部分。④济：渡。舟楫：船只。⑤端居：闲居。耻圣明：有愧于此圣朝明世。⑥"坐观"两句：这两句是作者将"临渊慕鱼，不如退而结网"的古语另翻新意。

【赏析】

前两联写秋天的洞庭湖：八月的洞庭湖水涨得与岸齐平，它烟波浩淼，远远望去，水光天色难以分清。它的水气蒸腾，滋养哺育了广大的云梦泽，波浪澎湃鼓荡，撼动了坐落在湖边的岳阳城。

后两联诗人向张丞相委婉抒发胸臆：我想渡过湖去，却苦于找不到舟楫；空守安闲，又感到有愧于圣明的朝代。我坐在一边观看专心致志的渔翁，心中徒然有跟随他临水垂钓的心情。

岁暮归南山

孟浩然

北阙休上书①，南山归敝庐②。不才明主弃，多病故人疏③。
白发催年老，青阳逼岁除④。永怀愁不寐⑤，松月夜窗虚。

【注释】

①北阙：指朝廷奏事处。②敝庐：破旧的居所。③故人疏：老朋友因之而疏远。④青阳：春天。⑤永怀：郁于胸怀而不去。

【赏析】

仕途失意以后，孟浩然只好重新归隐南山。他在诗文中心情沉重地说："我的才学不够，所以受到圣明君主的弃置；因为身体多有疾病，亲朋好友也都渐渐地和我疏远了。"头上有了白发，就更觉得年老的速度在加快；春天回归人间的时候，就意味着这一年即将走到终点。老大无成的诗人用"催"和"逼"形容时光的流逝，足见他心中的不甘和无奈。愁绪满怀，诗人夜不能寐，窗间松影月光虚迷一片，衬托着他惆怅落寞的心情。

过故人庄

孟浩然

故人具鸡黍①，邀我至田家。绿树村边合②，青山郭外斜。
开轩面场圃③，把酒话桑麻。待到重阳日④，还来就菊花⑤。

【注释】

①具：准备。鸡黍：农家丰盛的饭菜。黍（shǔ）：黄米饭。②合：环绕。③轩：窗户。场圃：打谷场和菜圃。④重阳日：阴历九月初九重阳节，古人有登高饮菊花酒的习俗。⑤就：赴。

【赏析】

老友备下农家菜肴，邀请浩然前去一聚，浩然所以欣然而往。到得乡间，但见绿树环抱着村庄，青山在远处映衬；宾主落座后打开窗户，窗外正对谷场菜园，他们于是把酒闲话农事桑麻。

惬意的拜访，友人的深厚情谊，作者岂能不生再次前来之意？他在告辞时留言说："等到重阳佳节时，我还要前来做客，与你共赏美丽的菊花。"

留别王维

孟浩然

寂寂竟何待，朝朝空自归。欲寻芳草去①，惜与故人违②。

当路谁相假③，知音世所稀。只应守寂寞，还掩故园扉④。

【注释】

①寻芳草：指寻找隐居的去处。②违：分离。③当路：当权者。假：提携，帮助。④扉：门。

【赏析】

求仕不得，孟浩然不愿再在京城长安滞留，他满怀失意地悄然离去，并将这首诗留给挚友王维，作为此行的一个说明。

诗中说：寂静落寞中，我也不知道自己究竟在等待什么，但是每一天都拖着失望的步子独自而回。我想要追寻芳草的清香远远离开，但又对你这位老朋友依依不舍。当权者没人对我伸出援手，世上的知音本来就少之又少啊。我想我只应当甘守寂寞，就此归去，从新掩起故园的柴门。

诗文言浅意深，满含辛酸，颇能引起求仕失意者的共鸣。

春 晓

孟浩然

春眠不觉晓，处处闻啼鸟。
夜来风雨声，花落知多少。

【赏析】

世间最美莫过于春天的梦，睡意酣香而天已破晓，此时鸟儿的叫声从各处美景胜境中传来，诗人爱春之意自生。忽然想到一夜春风春雨，更见落英缤纷，不知昨夜繁花又飘落多少，进而惜春之情转深。诗中蕴含着珍惜人生春晓，不愿让美好事物过早逝去的感想，永远引起人们心底的共鸣。

宿建德江

孟浩然

移舟泊烟渚，日暮客愁新。
野旷天低树，江清月近人。

【赏析】

日暮时分，诗人移船至烟雾蒙蒙的小洲边停泊下来，苍茫的暮色，让羁旅异乡的他心头又增添了些许新愁。向江边望去，原野平旷，天幕从远方树木的梢顶低斜下去；不知不觉中，新月升起，清清的江面上倒映的月影，显得和人是那样的亲近……

全诗寓情于景，泊舟所见反映出的是愁客独特的内心感受。

古 意

李 颀

男儿事长征①，少小幽燕客。
赌胜马蹄下，由来轻七尺②。
杀人莫敢前，须如猬毛磔③。

黄云陇底白云飞，未得报恩不得归。

辽东小妇年十五，惯弹琵琶能歌舞。

今为羌笛出塞声④，使我三军泪如雨。

【注释】

①事长征：从军戍边。②轻七尺：犹轻生甘死。③须：胡须。④羌笛：羌族乐器，属横吹式管乐。

【赏析】

自古幽燕一带多豪客，那里的男子都会沾染慷慨悲歌的士气，也便多了几分刚烈与彪悍。长大以后更是从军戍边，将勇武的气概泼洒在疆场之上，争做杀敌的英雄，为取胜甚至不惜付出生命的代价。凶煞的胡须如刺猬的毛刺一样密密地直竖在脸上，强敌当前，居然不敢向他靠近。

在这紧张的节奏中，一个手持雪亮战刀的七尺大汉的形象跃然纸上，在其背后黄沙漫漫，他怒目而视的眼神，吓倒敌军无数。就是这样一副雄壮与伟岸，将男子汉的铮铮铁骨都展现出来，胸中的激情陡然升起，"未报国恩，未立战功，怎可回还"？

然而李颀笔下并不是一味这样渲染疆场战士勇莽的形象，反而一转笔写到，辽东少妇年方十五，善于弹琵琶也善歌舞，今天忽然用羌笛吹奏了出塞的歌曲，曲波荡漾下，三军将士挥泪如雨。如此写来，不仅将虎虎生威的硬汉写得柔肠百结，也勾起了离家多年的军人浓浓的思乡之情。

对戍边或征战的将士来说，乡音最令人难以承受，当年项羽被围垓下，四面楚歌之声响起，军心动荡，思乡情切，部队再也无意征战。此诗以这样前后反差地描写，既奔腾顿挫，又含蓄细腻，全诗一气贯通，使得诗人笔下的这些将士，既有执着的血性，也有无尽的柔情，堪称七言诗佳作。

古从军行

李 颀

白日登山望烽火①，黄昏饮马傍交河②。

行人刁斗风沙暗，公主琵琶幽怨多③。

野营万里无城郭，雨雪纷纷连大漠。

胡雁哀鸣夜夜飞，胡儿眼泪双双落。

闻道玉门犹被遮，应将性命逐轻车。

年年战骨埋荒外，空见蒲桃入汉家。

【注释】

①烽火：古代用作警报信号。②饮（yìn）马：给马喂水。③公主琵琶：汉武帝时刘细君远嫁乌孙国王时，因途中烦闷而作琵琶之音。

【赏析】

诗人白天在山上望四方的烽火，晚上在交河边饮马。行军之人，白天以刁斗煮饭，晚上用此来省更。黄沙漫天，漆黑的夜晚，只能听得到巡夜的更声，还有如泣如诉的琵琶声。万里之内，没有城郭没有人烟，雨雪纷飞，苦寒之地，连着茫茫的大漠。胡雁胡儿的哀鸣和眼泪，就这样双双落下。谁不想回家呢？可玉门被遮，只能和敌人决斗分出你死我活。年年战骨，埋在荒野之外，只为了换"葡萄"种满汉家的庭院。

通过李颀的这首诗，人们对汉武帝的穷兵黩武似乎有了更全面的认识，但很多人似乎都忽略了一句深藏在诗中的落寞。

"公主琵琶幽怨多"。这句简简单单的诗描述了汉代公主细君的故事。刘细君本是江都王刘建的女儿，被汉武帝册封为公主，远嫁到乌孙王国做夫人。史书里记载，说她不但貌美且多才多艺，琴、筝等古乐更是无不精通。唐人《乐府杂录》中就说："琵琶，始自乌孙公主造。"

和亲与远嫁，似乎是许多公主难逃的命运。在这条和亲的路上，留下的不仅有鼓乐喧天远嫁的欢歌，也有那些年轻公主们的泪水、屈辱、魂断故乡的执着。

从军行 （三首）

王昌龄

其一

烽火城西百尺楼①，黄昏独坐海风秋②。

更吹羌笛关山月③，无那金闺万里愁④。

其二

琵琶起舞换新声，总是关山旧别情。

撩乱边愁听不尽，高高秋月照长城。

其三

青海长云暗雪山，孤城遥望玉门关⑤。

黄沙百战穿金甲，不破楼兰终不还⑥。

【注释】

①烽火：又称烽燧，古代边防报警的两种信号。②海：唐诗写西北边塞而称海者，非海洋。或谓即青海湖，又或说是瀚海，即沙漠。③关山月：乐府横吹曲名，内容多写戍边生活。④无那：即无奈。金闺：古时称年轻女子的居室为闺房。⑤玉门关：俗称小方盘城，位于中国甘肃省敦煌市西北约 90 公里处，是中国境内连通丝绸之路的重要关隘之一，在汉朝和唐朝两次建立。现在的玉门关是唐代玉门关的遗址。⑥楼兰：历史上西域三十六国之一。

【赏析】

这是王昌龄从军行四首中的三首，辽阔的疆土，壮丽的河山，常常能令诗人生发出一股豪迈；而这份冲天的志向，又以恢宏的诗篇丰富了大唐的雄壮。黄沙漫漫，白雪纷纷，边塞生活的劳苦与艰辛，恐怕是许多诗人早已料到的。

第一首诗的内容写的是烽火台上，孤独的城楼矗立在荒凉的狂野上。举目四望，秋意渐浓，凉风一起，更添寂寞之情。此时，忽然传来笛声，曲调悠扬，如泣如诉。想起久别的妻子，这个时候，也一定坐在深闺里想念远征的人吧。

读至此，不禁令人深深叹息。这长长的思念如漫长的征途，又像茫茫的荒漠，不知何时才是尽头！戍边出征的将士，他们的苦总是蕴含着浓烈的思乡情，对故乡亲人的思念，就像苍茫辽阔的大漠一样无边无际。

第二首诗角度显得新颖。诗人起笔本是一派歌舞欢腾的景象，音乐和舞蹈不断地变换，翻新出新的曲调，但换来换去总是离别的伤情。这样的曲子总是能拨动人们的愁绪，而这愁绪又似乎总也听不尽。试问，这些烽火台上的征夫，歌舞欢庆的士兵，哪一个不是别家而来，谁没有归家的渴望！平日战火纷飞，生死一念的战场让人无暇顾及内心的感情。唯有在寂静的秋风中，落日的余晖下，才能想起故乡的温暖。

第三首诗则是对古代戍边将士的军旅之苦与征战的决心的形象刻画，同时也展示了整个西北边陲的景象，大气苍茫。首句写到青海上空，长云漫卷，渐渐遮住了雪山。站在孤城之上，遥望远远的玉门关，不禁想起家乡和亲人。"黄沙百战穿金甲"，短短七个字中，深藏了战争的长久与艰苦，时间的流逝犹如滚滚黄沙，在身经百战中，渐渐磨透了将士们身上厚重的铠甲。这漫长的军旅生活不知道什么时候才能结束。可是，没有短暂的分离也便没有长久的相聚，只有打退了外族的入侵，才能回归田园，过幸福的日子。"不破楼兰终不还。"辛劳与责任，光荣与梦想，都在气势如虹的边塞诗中得到了充分的展现。王昌龄的这首《从军行》将环境氛围与人物的精神感情很好地融汇一起，极具感染力。

出 塞

王昌龄

秦时明月汉时关，万里长征人未还。
但使龙城飞将在①，不教胡马度阴山②。

【注释】

①龙城飞将：实指李广，但在诗中不仅指其一人，更是指代众多汉朝抗匈名将。
②胡：古人对西北少数民族的称呼。阴山：山名，指阴山山脉，在今内蒙古境内。

【赏析】

自秦汉以来，冷月边关，一切似乎都没有变化；而月下关口的征战似乎也从未停止。在辽远的时空里，战争似乎成了明月、关隘唯一的主题。万里征途，将士们此去还没有回来。假如镇守龙城的卫青还在，抗击匈奴的飞将军李广还在，便再也不会有外敌入侵境land。诗中说的"秦时明月汉时关"，不能简单理解为秦朝的明月，汉朝的关塞，而应该将秦、汉、明月、关塞都融合在一起，叠加成各种不同的画面。而龙城和飞将都不是特指，而是暗含了对良将名臣的呼唤。只要有这样勇猛的将军，便可以让人们过上和平的生活。

这首诗看似平常，写的是古代常见的边塞战争，但实际上却暗含了一个主题：和平。王昌龄说只要有奋勇杀敌的将军，为国捐躯的战斗精神，就可以抵御外族的侵扰，还百姓以安宁。其实不仅是秦、汉，世世代代的人们所渴望的都不过是安居乐业的生活。这里，并没有"笑谈渴饮匈奴血"的胆魄，也没有"直捣黄龙"的野心，在他的心里，只要能够镇守住边疆的平安、祥和，对敌人有震慑力就足够了，并无攻城略地、挥师抢占别国领土的意图。而这份"点到即止"的战争观，其实就来自于传统文化的"平和"之气。

明代文学"后七子"的领袖李攀龙，将王昌龄的这首《出塞》评为"唐人七绝的压卷之作"，足见其成就之高。

芙蓉楼送辛渐

王昌龄

寒雨连江夜入吴①，平明送客楚山孤②。
洛阳亲友如相问，一片冰心在玉壶③。

【注释】

①吴：三国时的吴国在长江下游一带。②平明：清晨，黎明。客：指辛渐。楚山：春秋时的楚国在长江中下游一带。③冰心：比喻自己心地晶莹纯洁。

【赏析】

芙蓉楼原名西北楼，遗址在润州（今江苏镇江）西北。辛渐是唐代人，是作者王昌龄的朋友。这首诗大约写于开元二十九年以后，当时王昌龄为江宁（今南京市）丞。此诗写的是早晨在江边送别朋友的情景。第一句"寒雨连江夜入吴"，描写烟雨迷蒙笼罩着江天，像是漫天里无边无际的离愁别绪。

这首诗不像普通"送别诗"那样极力渲染离情，而是以寒雨、孤山来衬托自己的孤独。虽然没有直说自己思念朋友的心情，但却想象着朋友对自己的思念，而且叮嘱说，假如他们问起我的话，一定要告诉他们，我的心依然像冰一样纯洁，玉一样高贵。

关于玉壶冰之典之前就有很多诗人用过，玉壶冰成为人格澄澈磊落的象征。诗人王昌龄几次遭贬，"谤议沸腾，两窜遐荒"，大诗人仍然不拘小节不改初衷。

在这首诗里，他托辛渐给洛阳亲友带去口信，用冰和玉来映衬自己的志向，传达的就是自己依然冰清玉洁、坚持操守的信念，深藏了巧妙的语言功力，也给人留下了深刻的印象，确是上乘佳作。

塞上曲

王昌龄

　　蝉鸣空桑林①，八月萧关道②。出塞入塞寒，处处黄芦草。从来幽并客③，皆共尘沙老。莫学游侠儿④，矜夸紫骝好⑤。

【注释】

　　①空桑林：叶子已然枯落的桑树林。②萧关：古时关中与塞北的交通要冲，在今宁夏固原东南。③幽并：幽州和并州，唐时皆属于边防之地。④游侠儿：指恃勇逞强、意气用事、常常惹是生非的人。⑤矜夸：骄傲自夸。紫骝（liú）：泛指骏马。

【赏析】

　　阴历八月的边塞风物，桑林凋落，秋风鸣蝉；萧关道上征人远戍，大漠荒寒，处处枯草。来自幽州和并州的边关将士都在边塞沙场上度过一生，诗人劝告青年人，莫学那些整日矜夸紫骝宝马如何名贵的游侠儿，空自夸耀却不能为国出力御敌。全诗现出了一种积极的人生观和价值观。

塞下曲

王昌龄

　　饮马度秋水①，水寒风似刀。平沙日未没，黯黯见临洮②。昔日长城战，咸言意气高③。黄尘足今古，白骨乱蓬蒿④。

【注释】

　　①饮（yìn）马：给马喝水。②临洮（táo）：今甘肃岷县一带，是长城的起点。③咸：都。④蓬蒿：泛指野草。

【赏析】

饮过了马儿，然后横渡秋水，但觉河水冰冷，秋风如刀。放眼远望，无垠瀚漠中隐约能看到落日余光下昏暗的边城临洮。临洮自古便是胡汉交战之地，距此不远的开元二年（公元714年），唐军还在这里打败了吐蕃军队。提起那一仗，人们总是说唐军的士气是如何之高，但从古至今，这里都是黄沙弥漫，白骨散乱在野草丛中。

闺　怨

王昌龄

闺中少妇不知愁，春日凝妆上翠楼①。
忽见陌头杨柳色②，悔教夫婿觅封侯。

【注释】

①凝妆：盛装。②陌头：道边。

【赏析】

家境富裕、不知忧愁的少妇在一个春日里盛妆登上阁楼去观赏春景，不经意间看到了路边的青青柳色，于是心生悔恨，悔恨当初劝导丈夫从军远征，以求建功封侯。春光正好，无奈只能自己独自欣赏，精心地打扮却没有展示美丽的对象，青春在空闺独守中白白流逝，这催夫封侯的代价，怎能不引起少妇的幽怨和悔恨？

田园乐

王　维

桃红复含宿雨①，柳绿更带新烟。
花落家童未扫，莺啼山客犹眠。

【注释】

①宿雨：隔夜雨，指昨夜下的雨。

【赏析】

此诗一题作"辋川六言"。大意是，红红的桃花上还含着昨夜的雨露，绿色的柳条上也沾满清晨的烟雾，落花满园，家童还没来得及清扫，黄莺在清脆地啼叫，山客还在睡梦中酣眠。早春过后，低低的雾霭夹杂着氤氲的水汽，昨夜被春雨打落的花瓣散在院中。粉红的桃花，碧绿的枝条，一切都带着春天的气息、泥土的芳香。

在这首诗中，桃红柳绿莺啼，都如美丽的画卷般徐徐展开。寂静的清晨里传来黄莺的欢叫，而这一切都消融在客人甜美的梦境中。乡村的早晨，凝霜含雾，带着雨后土地新翻的气息，渐渐地在空气中弥散。

六字句诗在唐诗中并不多见，然其独特的韵律感却生出一种别样的意趣，堪称王维妙手天成的一首佳作。

长信怨

王昌龄

奉帚平明金殿开①，暂将团扇共徘徊。

玉颜不及寒鸦色，犹带昭阳日影来②。

【注释】

①奉帚：手持扫帚。②昭阳：赵合德所居之昭阳宫。

【赏析】

本诗中写女主人公手把团扇徘徊，暗示主人公的命运好像团扇一样。末联尤为绝妙，道寒鸦尚能沾些皇帝临幸的光彩，而玉颜却空自憔悴，不能得到些微恩爱关怀；怨意一出，让人感到悲凉无限。

春宫怨

王昌龄

昨夜风开露井桃，未央前殿月轮高。

平阳歌舞新承宠，帘外春寒赐锦袍。

【赏析】

失宠者在春夜暖风中独自徘徊，悲凉无限；得宠者在料峭春晨收得锦袍之赐，感受主上无限关怀。二者的境遇都以气候衬出，以暖衬冷，以冷衬暖，诗人借此强烈对比，来替历代失宠者抒发心中怨意。

渭川田家

王 维

斜光照墟落①，穷巷牛羊归②。

野老念牧童，倚杖候荆扉③。

雉雊麦苗秀④，蚕眠桑叶稀。

田夫荷锄至，相见语依依。

即此羡闲逸，怅然吟式微⑤。

【注释】

①墟落：村庄。②穷巷：深巷。③荆扉：柴门。④雉雊（zhì gòu）：野鸡鸣叫。⑤式微：此处表归隐之意。语出《诗经·邶风·式微》，曰："式微，式微，胡不归。"

【赏析】

诗人笔下的田园生活充满着宁静闲适，在夕阳晚照映红的村落里，在放牧归来的牛羊走进的小巷中，老人惦念着放牧的孩子，拄着拐杖，倚着门扉，等着他们回来。野鸡在鸣叫，吃饱了桑叶的蚕也开始休眠，荷锄归来的农夫们彼此寒暄，悠游地聊着家常。一切都被夕阳镀上了金色。

"夕阳返照桃花镀，柳絮飞来片片红"。在这美好的景致面前，诗人禁不住羡慕农村生活的悠闲与安逸，在这样的时空里，忽然想起《式微》。《式微》乃《诗经》中的名篇，"式微，胡不归"意思就是，天黑了，怎么还不回家？很多评论都说王维的这首诗表现了他的退隐精神。但纵观王维一生，他厌恶官场却又不能决然而去，所以始终过着半官半隐的生活。开荒、守园，看似简单，其实都透着不寻常。繁华落尽，能够守着恬淡生活固然是好事；但能将这"淡而无味"的生活守到云开雾散、甘之如饴的地步，却并不是件容易事。这需要清净的思想，绝尘的灵魂。

　　王维用佛学的理念来弥合了官与隐之间的缝隙，将田园的乐趣发挥到极致，建造了属于自己的"人间乐园"。而乡村，也因为有朴实的感情、热烈的骄阳、劳累后身体的疲惫与心灵的轻松，而受到人们的喜欢。古代如孟浩然、王维等诗人，都能将自己的情怀放置在山水田园间，呼吸自由的空气，感受生命的真实。

少年行

王　维

出身仕汉羽林郎①，初随骠骑战渔阳②。
孰知不向边庭苦③，纵死犹闻侠骨香。

【注释】

　　①出身：出仕、出任。羽林郎：官名，汉代置禁卫骑兵营，名羽林骑，以中郎将、骑都尉监羽林军。②骠骑：官名，即骠骑将军。渔阳：地名，汉置渔阳郡，治所在渔阳县（今北京市密云县西南）。③孰知：即熟知、深知。

【赏析】

　　诗歌大意讲，诗人离开家不久便成了皇帝的御林军，随后就跟着骠骑将军辗转沙场，参加了渔阳大战。其实，谁不知道远赴边疆既辛苦又危险呢？但是保家卫国是每一个男人责无旁贷的使命，纵然战死疆场，留下一堆白骨，也在所不惜。

　　"出身仕汉羽林郎"，是以汉代唐的比喻。古今中外，军营都是对男子汉的历练与考验。投笔从戎，更是许多书生向往的一种人生选择。王维当时正青春年少，热血沸腾，对杀敌报国自然也充满了向往。本诗正是王维壮志的体现，也是很多青年才俊的梦想。

陇西行

王　维

十里一走马，五里一扬鞭。
都护军书至①，匈奴围酒泉②。
关山正飞雪③，烽戍断无烟④。

【注释】

①都护：官名。②匈奴：这里泛指我国北部和西部的少数民族。酒泉：郡名，在今甘肃省酒泉县东北。③关山：泛指边关的山岳原野。④烽戍：烽火台和守边营垒。断：中断联系。

【赏析】

"陇西行"为乐府古题名之一。陇西即陇山之西，在今甘肃省陇西县以东。

王维素以山水田园诗著称，其笔调清新优美，常常流淌着静静的禅意，被尊为"诗佛"。然而少年时的王维也深受儒家思想影响，有强烈的入世思想。这首《陇西行》诗起笔便以走马扬鞭的急迫态势，展示了十万火急的军情。风驰电掣的军书，只有简洁的一条消息：匈奴迫近，已经围住了酒泉。可是，抬眼望去，关山飞雪，一片白茫，根本看不到传递消息的烽火。这飞马疾驰传来的消息，该如何继续传递出去？刻不容缓的军情遭遇连绵的飞雪……

这首《陇西行》犹如边塞生活的横断面，切开了军旅生活紧张的节奏，然后便戛然而止，消失得无影无踪了。至于后面的故事，犹如茫茫白雪，无迹可寻，却引人想象。

宋代严羽在《沧浪诗话》中曾说，"唐人好诗，多是征戍、迁谪、行旅、离别之作，往往能感动激发人意。"而这首边塞诗无疑是最具豪情的。诗中所体现出来的快马加鞭的急促和风风火火的杀气，也算是对诗人早年积极进取的一种诠释。

山居秋暝

王　维

空山新雨后，天气晚来秋。

明月松间照，清泉石上流。

竹喧归浣女①，莲动下渔舟。

随意春芳歇，王孙自可留。

【注释】

①浣女：洗衣的女子。

【赏析】

　　雨后的山色一片翠绿，秋天的傍晚天高气爽。明月静静地照在松林之间，脉脉清泉静静地在石头上流淌。竹林里洗衣归来的妇女欢笑着离去，江上的莲蓬晃动，渔翁也在收线。春天的芳菲已然散去，但是他依然喜欢停留在这片山色湖光之中。

　　王维用淡淡的笔墨写下了这首诗，也描绘了这幅美丽的水墨山水画。这正应了苏轼对王维的称赞，"诗中有画，画中有诗"。王维的每一首诗都是优美的画卷，山色、湖光、宿鸟、鸣虫、晚照、轻风、朗月、晴空，所有自然的景物都在他的诗作中拥有了自己的生命，活灵活现，栩栩如生。大自然似乎把所有的感情和景色都和盘托出，呈现在读者的眼中。

　　诗人喜欢"随意春芳歇，王孙自可留"的淡然，欣赏"明月松间照，清泉石上流"的空静，生活犹如一杯淡淡的香茶，他的诗篇就像在茶水中慢慢绽放的茶叶，尽情地舒展，然后释放出一缕缕浓香。也如一次次雨后的空间，清新洗练，荡漾着温润和松软。

第八篇　宋词的美丽与哀愁

　　这是一个自由又任性，开阔又禁锢，舒适又离乱的朝代。盛与衰在此交融，高雅与低俗在这里磕碰，尘世的欲想与来世的幻想在这里纠结。只有动荡并立、雅俗同分的时代，才能够看到如此的妖娆与壮烈。一带江水，将大宋一分为二，一半给了风花雪月，一半给了山河壮烈。悲壮与妩媚同存，贪逸与愤慨并彰，还有数不清的繁华，汴梁的车水马龙、杭州的暖风曛醉、勾栏烟巷里的醉酒弹歌，宋词是一幅旖旎又壮烈的山河画卷。

相见欢

李　煜

　　林花谢了春红①，太匆匆，无奈朝来寒雨晚来风。

　　胭脂泪②，留人醉③，几时重④？自是人生长恨水长东。

【注释】

　　①谢：凋谢。②胭脂泪：指女子的眼泪。女子脸上搽有胭脂泪水流经脸颊时沾上胭脂的红色，故云。③留人醉：一本作"相留醉"。④几时重：何时再度相会。

【赏析】

　　这首《相见欢》初读字字写景，细品却句句言情。花开花谢，时光匆匆，人世间最无常的就是自然的更迭，恰如晨起的寒雨晚来的冷风。在苦雨凄风的岁月中，不禁想到了分别时的场景。人生的哀痛莫过于"生离死别"，娇妻的泪水点点滴落，可惜连这样伤感的时光都不知几时还能再有，人生的遗憾犹如东流之水连绵不休。

　　正所谓"一切景语皆情语"，岁月匆匆，不仅有红花凋落，也有国破山河碎的悲凉。"朝来寒雨晚来风"，简简单单的 7 个字，既写出了晨昏的景致，也写出了处境的凄苦。

　　李煜被软禁期间，虽然名为侯，实则与外界几乎隔绝。"违命侯"这三个字对这位南唐后主的羞辱恐怕是外人无法真正体会的。人间的悲欢离合、春秋苦度，深深地刺痛着词人。

除了风雨，真的再也没有什么来客了。人生长恨水长东，这般恨，真个无有终了。

虞美人

李　煜

春花秋月何时了①，往事知多少。小楼昨夜又东风，故国不堪回首月明中！

雕栏玉砌应犹在②，只是朱颜改③。问君能有几多愁④，恰似一江春水向东流。

【注释】

①了：了结，完结。②砌：台阶。雕栏玉砌：指远在金陵的南唐故宫。应犹：一作"依然"。③朱颜改：指所怀念的人已衰老。④君：作者自称。能：或作"都""那""还""却"。

【赏析】

据史书记载，南唐旧臣徐铉探望李煜，李煜拉着徐铉的手悲切地哭了起来，感慨当初听信谗言错杀忠臣，抚今追昔，悔恨难平。不料，徐铉是宋太宗派来的"眼线"。贰臣终究是贰臣，被宋太宗一逼问，吓得什么都说了，当然吞吞吐吐透露出的还有李煜对近况的哭诉。这是宋太宗所无法忍受的。

很快，李煜四十二岁的生日到了。明月当空，故国不堪回首。后主的文人情思在这夜色和月色中被深深地唤起，"雕栏玉砌应犹在，只是朱颜改。问君能有几多愁，恰似一江春水向东流"。推杯换盏之际，竟然忘了寄人篱下需低头的道理，酒入愁肠，一时兴起，国仇家恨喷薄而出。

一首《虞美人》，成就了李煜个人词史上的辉煌，也葬送了他宝贵的生命。据说宋太宗被"小楼昨夜又东风"激怒，赐下毒酒一杯。李煜死后被追为吴王，爱妻小周后悲痛欲绝，不久也随之而死。美人香销玉殒随爱仙逝，空留一段《虞美人》孤独遗世千古传唱。

纵观李煜的一生，半是词人，半是帝王。为词，他香艳旖旎；为王，也多如此。李煜走后，世间留下了他的词作。人们记不得他当皇帝时候的词，却感慨他阶下囚生活的无尽心酸，"梦里不知身是客，一晌贪欢。独自莫凭栏，无限江山，别时容易见时难。"字字看来皆是血，今非昔比痛断肠。所以王国维评价说："后主之词，真所谓以血书者也。"

破阵子

李 煜

　　四十年来家国①，三千里地山河。凤阁龙楼连霄汉，玉树琼枝作烟萝。几曾识干戈②？

　　一旦归为臣虏，沈腰潘鬓消磨③。最是仓皇辞庙日④，教坊犹奏别离歌⑤。垂泪对宫娥。

【注释】

　　①"四十年"句：南唐始祖建国到最后为宋所灭，历三朝共三十八年。②干戈：指战争。③沈腰：《南史·沈约传》记载，沈约怀才不遇，曾写信给好友说自己因病消瘦，以至于要收束腰带。后人因以形容人憔悴消瘦。潘鬓：晋潘岳《秋兴赋》序中云："余春秋三十有二，始见二毛。"后人因以形容人的鬓发斑白。④辞庙：辞别宗庙。指离开南唐祖业，被押赴宋廷。⑤教坊：古时宫廷中管理音乐的官署。

【赏析】

　　以阶下囚的身份对亡国往事做痛定思痛之想，自然不胜感慨系之。四十年来家国基业，三千里地的秀美河山，耸入云霄的凤阁龙楼，玉树琼枝般的奇花佳木，看惯了歌舞升平的后主何曾识得干戈？

　　只是一朝成为臣虏，他的精神与肉体都备感折磨。最让他失魂落魄的记忆是那辞别宗庙、肉袒北上的日子，旧臣俱已风流云散，只剩教坊之人仍前来为他奏起别离悲歌，后主千言万语终作无声泪水，他垂泪对宫娥。

浪淘沙

李 煜

帘外雨潺潺①，春意阑珊②，罗衾不耐五更寒。梦里不知身是客，一晌贪欢③。

独自莫凭栏，无限江山，别时容易见时难。流水落花春去也，天上人间。

【注释】

①潺潺（chán）：雨水声。②阑珊：残，将尽。③一晌（shǎng）：片刻，一会儿。

【赏析】

帘外雨声潺潺，听雨声便可晓得，春天将过。

五更梦断，是因为罗被难以抵挡破晓前的寒气，作者因寒冷而醒，醒来回想梦境，深叹梦中可以忘掉现实的残酷，享受须臾的欢乐。

他继而警醒自己：独自不要凭栏怀远吧，那南国的无限江山是别时容易见时难。悠悠过往真如水流花落春去，离开故土以后，人生从此由天上而人间。

摊破浣溪沙

李　煜

菡萏香销翠叶残，西风愁起绿波间。还与韶光共憔悴，不堪看。

细雨梦回鸡塞远，小楼吹彻玉笙寒。多少泪珠何限恨，倚阑干。

【赏析】

这首词咏思妇怀人。思妇在梦中与征人相会，可那只是瞬息的欢愉。随着梦醒而逝去，外边的一切都是那么现实。荷花凋谢，香消玉殒，荷叶残败在花下。一阵西风荡起了绿波的愁思，为荷花的凋落飘零而发出阵阵叹息，同时也引起了思妇的心绪。

清平乐

李　煜

别来春半，触目愁肠断。砌下落梅如雪乱，拂了一身还满。

雁来音信无凭，路遥归梦难成。离恨恰如春草，更行更远还生。

【赏析】

从弟弟入宋到现在，春已过半，看到春光仍在一点一滴地流逝着，作者愁情无限。

伫立在台阶，阶下落梅似雪般纷乱，花瓣沾衣，拂去一身片刻便又落满。有雁飞过，但不曾带来远人的片纸音讯，山长水阔，远路使梦中也难觅归影。

作者离恨满怀，他将之比为春草，无处不在，无限地蔓延，滋生。

江南春

寇 准

波渺渺，柳依依。孤村芳草远，斜日杏花飞。江南春尽离肠断，蘋满汀洲人未归①。

【注释】

①蘋：一种生活在水中的蕨类植物。

【赏析】

这是寇准流传于世的一首小词，词中写道：江南春水荡漾，烟波缥缈，绿柳条条，绵绵思绪，柔柔芳草。夕阳映照下，杏花飘飞。孤村，芳草，斜阳，总归是离愁别绪，断肠苦，人未归；青春年华如浮萍遇水，聚散两依依。

堂堂宰相，写此柔情似水的小词，难免让人联想其弦外之音。

寇准出身世家，十九岁就高中进士。当时的皇帝宋太宗赵光义选官时，喜欢倾向于年老持重的人，于是有人建议寇准把年龄填大一点儿，不料遭到寇准的拒绝，理由是："准方进取，可欺君耶？"从步入仕途的那一刻，寇准的正直就为他迎来了无数的荣耀。

寇准其人虽正直、率真，但识人的眼光却并不准。早年时，老臣王旦一直对他十分赏识，并在太宗面前推荐他为宰相。结果他却毫无知觉，并常奏本揭发王旦的短处，连皇帝都替王旦叫屈。良相未能善待，而后辈奸臣丁谓又出其门下。丁谓等人不断排挤寇准，终于把他挤出了朝廷，贬到千山万水外，不知所终的地方。

晚年的寇准，不但在政界惨遭排挤，铺张浪费也屡遭指责。他生性奢豪，飞黄腾达后更是极度奢侈，家里从来不点油灯，都是用蜡烛照明。相传，连寇准家的厨房、厕所里，烛光都彻夜不熄，天明便可见烛泪遍地堆积。南宋大诗人陆游，在巴东叩拜寇准遗像时，曾作诗云，"人生穷达谁能料，蜡泪成堆又一时。"寇准在仕途上无限风光，但生活方面却多为后世诟病。素以节俭著称的司马光就经常以他为反面教材，教育儿子要勤俭持家。

长相思

林　逋

吴山青①，越山青②。两岸青山相送迎，谁知离别情③？
君泪盈，妾泪盈。罗带同心结未成④，江头潮已平⑤。

【注释】

①吴山：指钱塘江北岸的山，古代这里属吴国。②越山：指钱塘江南岸的山。③此句一作"争忍有离情"。④罗带：丝织成的带子。同心结：把罗带打成结，比喻同心相爱。⑤潮已平：江潮涨满，与岸齐平。表示船将开行。

【赏析】

这首《长相思》虽然写的是离愁别绪，但笔调清新优美，上阕写景，"吴山青，越山青"两个叠字的运用，在复沓的民歌中唱出江南美景。一句"谁知离别情"似乎是对亘古青山的怨怒，也像是对情人的嗔怪，别有意味。下阕由景入情，"君泪盈，妾泪盈"，满纸离别之痛，泪眼婆娑，哽咽无言。

吴越为春秋时期古国之名，在今江浙一带。这里自古以来明山秀水，风光无限。

林逋是北宋初年著名隐士，目下无尘、孤高自许，隐居在西湖边的孤山；二十年不入城、不入仕。他终身未婚无子，植梅养鹤，人称梅妻鹤子。提到林逋，人们首先想到的自然是他的诗，"占尽风情向小园，众芳摇落独暄妍。疏影横斜水清浅，暗香浮动月黄昏。"一首小诗，田园之乐，暗夜之情，跃然纸上；满溢的遐思和仰望在后人的心头层层荡漾，隐居的清雅和高逸，也如夜半歌声，缥缈而至。

这首词作，深深地浓缩了吴越青山绿水的万种风情，如一朵凝香含露的小花，意境优雅，盈溢出一抹清香。

点绛唇

林 逋

金谷年年①，乱生春色谁为主？余花落处，满地和烟雨。

又是离歌，一阕长亭暮。王孙去②，萋萋无数，南北东西路③。

【注释】

①金谷：即金谷园，指西晋富豪石崇在洛阳建造的一座奢华的别墅。因征西将军祭酒王诩回长安时，石崇曾在此为其饯行，而成了指送别、饯行的代称。②王孙：贵人之子孙。这里指作者的朋友。③萋萋：草盛貌。

【赏析】

古人有"萋萋芳草喻离愁"的文学传统，如"青青河畔草，绵绵思远道"（《饮马长城窟行》），"又送王孙去，萋萋满别情"（《赋得古原草送别》），无处不生的春草，犹如人们无处不在的深情，别意缠绵，难舍难分。

林逋的这首《点绛唇》写得气韵生动，于众多咏物诗词中脱颖而出。残园、乱春、烟雨、落花、离情、日暮，在阡陌交通的小路上不断蔓延。全词无一草字，却字字令人联想到芳草萋萋，写景抒情浑然一体，被奉为咏物词的佳作。王国维更是称赞为"咏春草三绝调"之一（另两首分别为梅尧臣的《苏幕遮》和欧阳修的《少年游》）。

古人咏春咏草多为感怀伤世，以屈原为首的文人骚客，也多以香草美人自喻，含蓄地表达自己对君主的忠贞、"迷恋"，以及愿意为江山社稷肝脑涂地的决心。所以，这类"八股写法"常常是托物言志，鲜有真诚、纯粹的咏物之作。

唯此，林逋的词中融进了自己的离愁别恨，又无关时局的波澜，在眼界和境界上自然与别家不同。其颇得盛赞也是情理之中。

从林逋的隐居情况来看，宋初虽偶有征战，但生活还算安逸，用现代词汇来讲，比较"休闲"。假若生逢乱世，逃命尚且来不及，哪里还有闲情雅致来隐居。于美丽的西湖边，看梅花怒放，听野鹤长鸣，林逋过上了传统文人的最向往的"隐居生活"。他超脱凡尘俗世，情怀高拔挺秀，为文人的躬耕自守、恬退隐居树立了最初的范本。

林逋存词仅三首,《长相思》为闺情极品,《点绛唇》为咏物一绝,故谈及宋词,始终越他不过。

卜算子慢

柳　永

江枫渐老,汀蕙半凋[①],满目败红衰翠。楚客登临,正是暮秋天气。引疏砧、断续残阳里。对晚景、伤怀念远,新愁旧恨相继。

脉脉人千里。念两处风情,万重烟水。雨歇天高,望断翠峰十二。尽无言、谁会凭高意?纵写得、离肠万种,奈归云谁寄?

【注释】

①汀蕙:水边小洲上的蕙兰。

【赏析】

残阳映照,画柳烟桥边,执子之手,离愁万种。情到深处,却依然要含蓄隐忍片刻,无语凝噎,千叮万嘱,含情脉脉,话不尽的依依别情,留恋处,兰舟时时催发。此情此景,在传统文人的生活中,一般都是和发妻话别时的情景。到了柳永这里,便不是娇妻,而是风尘女子了。

柳永笔下云集的青楼女子,秀香、英英、瑶卿、心娘、佳娘等都得到过柳永诗词。"秀香家住桃花径,算神仙才堪并""英英妙舞腰肢软,章台柳,昭阳燕""有美瑶卿能染翰,千里寄小诗长简""心娘自小能歌舞,举意动容皆济楚""佳娘捧板花钿簇,唱出新声群艳伏"。

柳永仅凭婉约小词,就将世所唾弃的青楼女子形象带进了高雅的文学殿堂。从为文和为人两方面来讲,都是一种突破,是非一般的境界。他不像达官显贵,一夜春宵后,重整衣冠,站在道德的制高点,鄙视他们曾经玩弄过的青楼女子,一副道德君子的模样。柳永是以平等的、同情的态度去对待这些女子的。他可以发现她们灵魂中可贵的东西,用饱含怜悯的诗词抚慰她们冰冷的灵魂。

柳永比亲人还能体谅她们的苦处,她们找到了能倾诉衷肠的好伙伴。他的眼神抛弃了轻蔑,多了点儿理解,随时令人感到"同是天涯沦落人"的惆怅;他不是一般的嫖客,甚至可以从嫖客变成她们的好朋友。这些女子把他当成知己看待,

225

甚至抛却了钱色的交易。

忆帝京

柳　永

　　薄衾小枕凉天气，乍觉别离滋味①。展转数寒更，起了还重睡。毕竟不成眠②，一夜长如岁③。

　　也拟待、却回征辔④；又争奈、已成行计。万种思量，多方开解，只恁寂寞厌厌地⑤。系我一生心，负你千行泪。

【注释】

　　①乍觉：刚刚发现。②毕竟：终于、到底、无论如何的意思。③岁：年。④也拟待：这是万般无奈后的心理活动。却回征辔：怎么能掉转马头回去呢。⑤寂寞厌厌地：百无聊赖地。

【赏析】

　　柳永和歌伎舞女们的感情极深，这一点不容置疑。但柳永笔下的情词，多为女子的思恋。这一首《忆帝京》，沾染了无限相思，以男子的口吻和立场来写可谓别具一格。难怪刘熙载在《艺概》论柳词中盛赞"细密而妥溜，明白而家常"。

　　细看这首词，薄衾天凉秋意渐浓，深夜独卧，辗转反侧，相思袭来难入眠，醒来还想睡，希望在梦里重逢。一句"毕竟不成眠"蕴含了无比的思念和孤单。我们常常用"一日不见如隔三秋"形容相思之苦，却不料柳永的一句"长夜如岁"更让人心惊。别离的滋味可说是写得情浓隽永。

　　下阕更加深入地描写了离情。相思无尽，只想回头找你；可是已赴征程，为功名也为生计。于是寂寞天地，只能在万种无奈中开解自己。通篇明白晓畅，平和浅易，寥寥数字勾勒出一个离开心爱之人的男子度日如年的愁苦。如果至此结束，顶多不过为"淫词艳曲"中流行一时的诗句。可柳永毕竟不是普通人，他对艺伎的感情也非同一般。结尾处一句"系我一生心，负你千行泪"如繁花落地。落拓曲折处，委婉动情，九曲回肠之意，深切动人。从来，人们太熟悉女子的倾诉，正因如此，在一个男权世界里，能够听到才华横溢的才子深深的表白，更觉意义非凡。

读柳永词，虽然可以读出他的沉沦，也同样可以读出一种别样的韵味。柳永，一个深入市井的落魄文人，一个青楼女子的蓝颜知己，一个烟花柳巷的四时常客，一个在潦倒中走出异样轨迹的词人。他的生活像北宋这场大戏里的一个亮点，照亮了当时的人生百态，折射了时代为人所耻、歌舞升平而又道德冰冷的角落。所幸的是，他的词作没有和生活一样浪迹酒色，而是时刻散发出人性的悲悯和况味。

望海潮

柳　永

东南形胜①，三吴都会②，钱塘自古繁华。烟柳画桥，风帘翠幕，参差十万人家。云树绕堤沙，怒涛卷霜雪，天堑无涯③。市列珠玑④，户盈罗绮⑤，竞豪奢。

重湖叠巘清嘉⑥，有三秋桂子，十里荷花。羌管弄晴，菱歌泛夜⑦，嬉嬉钓叟莲娃。千骑拥高牙⑧，乘醉听箫鼓，吟赏烟霞。异日图将好景⑨，归去凤池夸⑩。

【注释】

①形胜：位置重要，交通便利。②三吴：此处泛指江浙的广大地区。③天堑：天然的险阻。此处指钱塘江。④珠玑（jī）：珠宝。⑤罗绮：绫罗绸缎。⑥重湖：北宋时西湖已有里湖、外湖之分，故云。叠巘：层层的山峦。⑦菱歌：采菱女子们欢唱的歌曲。⑧高牙：本指军前大旗，此处指高官的仪仗旗帜。⑨异日：他日。图：描绘。⑩凤池：凤凰池，此处指代朝廷。

【赏析】

既是东南地区的交通枢纽，又是三吴等地的重要都市，杭州自古以来便以繁华闻名。那轻烟笼罩的杨柳，美丽精致的画桥，各式各样的竹帘翠幕，参差错落在十万人家之间。你还能看到望之如云的树木环抱着沙堤，澎湃似怒的海潮卷起白浪，以及壮美钱塘江的无边无涯。如果走在街市，眩目的是处处的珠光宝气、锦缎光华。

谈到秀美多姿，那就一定要说说杭州的重湖群山。你可以于秋季向山中寻桂子，可以在夏季观览湖中的十里荷花；坐在西湖岸边，可以晴天听羌管，夜来听菱歌，喜看湖中嬉戏的钓叟莲娃。如果有幸跟随将军的盛大仪仗出游，则可以乘醉听箫鼓，吟赏烟霞。

作者赞叹杭州的富庶美丽，他不但以文记述，更要以画描摹，以便他日前往京城时，好向同僚夸。

八声甘州

柳　永

对潇潇暮雨洒江天，一番洗清秋。渐霜风凄紧，关河冷落①，残照当楼。是处红衰翠减②，苒苒物华休③。惟有长江水，无语东流。

不忍登高临远，望故乡渺邈④，归思难收。叹年来踪迹，何事苦淹留？想佳人，楼头颙望⑤，误几回，天际识归舟。争知我，倚栏杆处，正恁凝愁⑥。

【注释】

①关河：关口和航道。②是处：处处，到处。③苒苒：渐渐，慢慢。④渺邈：渺茫、遥远。⑤颙望：举头凝望。⑥恁：如此。

【赏析】

潇潇暮雨，洒遍江天，直洗出一片清秋天地。雨过后，渐觉霜风凄紧，秋意一阵紧似一阵。词人独立高楼，极目远望，关河冷落，夕阳残照。风雨过后，到处红衰翠减，韶光休矣。唯有长江水，无语东流，似与词人默默相对。不忍登高临远，因故乡渺邈不可见，而望乡又总使人归心难收。更遥想佳人，此刻亦独立妆楼举首凝眸远望，多少次天际识归舟，总是一场空！美人迟暮之悲，和红衰翠减之悲，亦融成一片。佳人又怎知道，此时此刻，他与你正一样凝愁相望！

雨霖铃

柳　永

寒蝉凄切①，对长亭晚②，骤雨初歇。都门帐饮无绪③，留恋处，兰舟催发④。执手相看泪眼，竟无语凝噎⑤。念去去、千里烟波，暮霭沉沉楚天阔⑥。

多情自古伤离别，更那堪⑦、冷落清秋节！今宵酒醒何处？杨柳岸、晓风残月。此去经年，应是良辰好景虚设。便纵有千种风情⑧，更与何人说！

【注释】

①寒蝉凄切：秋蝉的鸣叫声凄凉而悲哀。②长亭：古代设于官道旁供行人休息的亭子。③都门帐饮：在京城郊外张设帷帐，宴饮送别。④兰舟：木兰舟。泛指装饰华美的木船。⑤凝噎：犹哽咽。气咽声堵，说不出话来。⑥暮霭沉沉楚天阔：傍晚的云雾弥漫在辽阔的天空，显得苍茫幽远。楚天：战国时楚国在南方，故称南方地区的天空为楚天。⑦更那堪：又怎么受得了。⑧风情：风月情怀，即男女恋情。此指兴味，情致。

【赏析】

人即将别离，天色已晚，阵雨刚刚停歇，寒蝉发出一声声凄切的哀鸣，在送别的长亭，人怎么能不悲伤？送别都门，在都门设帐钱别，却无心畅饮。留恋朋友，不想让他离开，无奈船主催促，已经快到出发的时间了。送朋友登上小船，他们在船头紧握双手，泪眼相对。傍晚的云雾弥漫在辽阔的天空，显得苍茫而幽远。设想别后道路遥远，不知将来彼此的人生道路如何，他们备感惆怅。离别的悲伤，历来如此。何况离别的时刻选在这冷落凄凉的深秋！叫人怎能不伤心！今夜酒醒后会在何处呢？醒来在船中，抬头看到残月惨淡地挂在夜空，岸上的柳树依依，清晨的风徐徐吹来，使人清醒。才知昨夜的离别不是一场梦境。这一别离，一去就是几年，别后将是长久的寂寞，年华虚度。别后再会无期，这种别后的愁思，无限风情跟谁诉说？

鹤冲天

柳 永

黄金榜上①，偶失龙头望②。明代暂遗贤③，如何向？未遂风云便④，争不恣狂荡。何须论得丧？才子词人，自是白衣卿相。

烟花巷陌⑤，依约丹青屏障。幸有意中人，堪寻访。且恁偎红倚翠⑥，风流事、平生畅。青春都一饷。忍把浮名，换了浅斟低唱！

【注释】

①黄金榜：科举考试中举的试榜用金字题名，故称此榜为黄金榜。②龙头：状元的别称。③明代：政治开明的时代。④风云：此指志向。⑤烟花巷陌：指妓

女的住处。⑥恁：如此。红、翠：代指美人。

【赏析】

在那张张贴着中举者名单的黄金榜上，我（词人自己）没能居于榜首高中状元（而是榜上无名），这算不了什么，只是一个偶然，并非我的才学不行。在这个政治开明的时代，我没能高中只是暂时的，是朝廷暂时遗漏了我这个贤人而已。既然在风云际会时我未能一展身手，施展抱负，那我索性转向另一种恣意狂荡、无拘无束的生活。何必说此种的得失呢？要知道，我这个天才词人，无须入官场，自然就是穿着白衣（是未取得功名的读书人的象征）的卿相。我可以自由地出入于烟花巷陌之间，那儿随处都是丹青屏障，精致雅美，最为庆幸的是在那儿还可以寻访到我的意中人，我可以在那里偎红倚翠，可真是人生的最为快乐酣畅的风流事！须知青春时光短暂易逝，怎么忍心虚掷，所以不如把那些浮名都换成尽情的浅斟低唱！

渔家傲

范仲淹

塞下秋来风景异①，衡阳雁去无留意。四面边声连角起②。千嶂里③，长烟落日孤城闭④。

浊酒一杯家万里，燕然未勒归无计⑤。羌管悠悠霜满地⑥。人不寐，将军白发征夫泪！

【注释】

①塞下：边地。风景异：指景物与江南一带不同。②边声：马嘶风号之类的边地荒寒肃杀之声。角：军中的号角。③嶂：像屏障一样并列的山峰。④长烟：荒漠上的烟。⑤燕然：山名，即今蒙古境内之杭爱山。勒：刻石记功。据《后汉山·窦宪传》记载，东汉窦宪追击北匈奴，出塞三千余里，至燕然山刻石记功而还。燕然未勒：指边患未平、功业未成。⑥羌管：羌笛。霜满地：喻夜深寒重。

【赏析】

范仲淹曾亲历战场，带兵作战，其许多军旅题材的词作广受青睐，最著名的便是这首《渔家傲》。开头两句是对塞外朔地景象的描绘，给人营造了一种开阔苍茫的气象。在这塞外守边征战，其艰苦是常人无法想象的，思乡变成了永久的话题，然而"浊酒一杯家万里，燕然未勒归无计"。战事未成，归家不得，这是种悲情，但同时似乎也蕴含着词人"不破楼兰终不还"的隐隐决心。词句彰显的是一位爱国文人的胸怀，这虽是一首边塞词，但却不入俗臼，显得悲壮而不悲伤。结尾"人不寐，将军白发征夫泪"，可堪可叹，苍苍白发，空对南飞大雁，一杯浊酒，闷对落日孤城。英雄情怀的悲歌与幻灭，都在这一刻随长烟腾起。

苏幕遮

范仲淹

　　碧云天，黄叶地，秋色连波，波上寒烟翠。山映斜阳天接水，芳草无情，更在斜阳外。

　　黯乡魂①，追旅思②，夜夜除非，好梦留人睡。明月楼高休独倚。酒入愁肠，化作相思泪。

【注释】

　　①黯乡魂：黯，愁苦、沮丧。指思乡之愁苦令人黯然销魂。②追旅思：追，追缠不休。旅思，羁旅的愁思。

【赏析】

　　范仲淹工于诗文，除了家国愁恨之外，也有自己的一份闲情逸致，且写过许多描写景致的词，其中以这首《苏幕遮》写得最是凄婉。

　　词开头两句"碧云天，黄叶地"，从天地大气之中抽取出无边秋色。然后是远山、斜阳、芳草外，天水相连。感伤、旅怀、忧思、乡愁，令一切都黯淡无神。独倚栏杆，泪暗洒，一杯美酒，一怀愁绪，浓烈地在心里燃烧，化为无尽的相思泪。

　　自古文人多风流，而宋代文人由于生活的滋润与富饶，则更添几分情致。宋词中男欢女爱、相思成灾的词多如牛毛，但能够写到范仲淹这样沉痛的并不多。

天仙子

张 先

《水调》数声持酒听①，午醉醒来愁未醒②。送春春去几时回？临晚镜，伤流景③，往事后期空记省④。

沙上并禽池上暝⑤，云破月来花弄影。重重帘幕密遮灯，风不定，人初静，明日落红应满径⑥。

【注释】

①《水调》：曲调名。②愁未醒：愁未消。③流景：像水一样逝去的年华。④后期：以后的事情。记省：记得，这里指对将来的预测。⑤并禽：成双成对的鸟儿，多指鸳鸯。暝：天晚。⑥落红：指被风雨打落的花朵。

【赏析】

这首《天仙子》不但是张先的代表作，也是北宋词坛的惊世名篇。词人那天听歌吃酒，结果举杯消愁愁更愁，不觉醉去，醒来时闲愁还是闷在心里无处消散，于是，引出了更多的伤感。"送春春去几时回？临晚镜，伤流景，往事后期空记省。"

"送春"，送的只是四季的交替；而"春去"，去的却是大好的青春年华。感伤流年，原来正是因为迢迢往事被清晰地记住，其情思之绵长，铺叙之委婉，极尽惆怅动人之能事。

天色渐晚，水禽并眠在池边休息，暮色低垂，渐覆大地。忽然一阵晚风，吹开了云层，露出了朦胧的月光；而在这月色渐浓的时候，园中小花也渐渐抖动，月光斑驳，花影婆娑，在光阴的流逝中忽然瞥见那一缕春意盎然的微光，令词人的情思不免异常矛盾。转身回到屋中，拉上重重帘幕，风更大了，世界终于安静下来了。这样的风，明天又会吹得落花满院了吧。

张先，字子野，与柳永齐名，擅长小令，偶尔也作慢词。词意含蓄，常常以男欢女爱为题材，情味深婉。因写过"心中事，眼中泪，意中人"的名句，被人称为张三中。后又因常常列举自己平生得意之句："云破月来花弄影"（《天仙子》），"娇柔懒起，帘幕卷花影"（《归朝欢》），"柳径无人，堕絮飞无影"（《剪牡丹》），后又将最后一句改为"柔柳摇摇，坠轻絮无影"；因三句皆有"影"

字，世称"张三影"。

王国维先生在《人间词话》中评论遣词造句时说，一个"弄"字意境全出。天上地下月色花影，在瞬间拥有了灵性，令人心生怜爱。

千秋岁

张　先

数声鶗鴂，又报芳菲歇。惜春更把残红折。雨轻风色暴，梅子青时节。永丰柳^①，无人尽日飞花雪。

莫把幺弦拨^②，怨极弦能说。天不老，情难绝。心似双丝网，中有千千结。夜过也，东窗未白凝残月。

【注释】

①永丰：唐代长安有永丰坊。②幺弦：琵琶第四弦，因其最细，故称幺弦。

【赏析】

这首小词上下阕语意贯通，表达了爱情受阻的幽怨和坚定不移的决心。"天不老，情难绝"既化用了李贺的"天若有情天亦老"，又别出自心，肯定了天不会老，深情也不会断绝的信念。其中"心似双丝网，中有千千结"更是发挥了谐音的妙用，"丝"恰好暗示了"思"，寸寸相思，结成紧密的网，任谁也破坏不了。

张先的词上承花间下启苏轼，是宋词发展中的重要一环。陈廷焯在《白雨斋词话》中评价为："张子野词，古今一大转移也。"他的词作蕴意凝练，情感饱满，"才不大而情有余"，是婉约言情类的高手，而这首《千秋岁》更是个中翘楚。

青门引　春思

张　先

乍暖还轻冷，风雨晚来方定。庭轩寂寞近清明^①，残花中酒^②，又是去年病。楼头画角风吹醒^③，入夜重门静^④。那堪更被明月，隔墙送过秋千影。

【注释】

①庭轩：庭院中的小屋。②中酒：久饮成病。③画角：古管乐器。形如竹筒，

本细末大，因外加彩绘，故名。这里指军乐。④重门：一道道门户。

【赏析】

清明前后，气候忽冷忽暖，很不稳定。乍暖还寒的时候心绪最不平静。外面天色不好，像是郁积着风雨的样子，天空中时而还随风飘来几颗雨滴。到晚上风雨才消歇。一轮残月升了起来。已经快到清明时节，庭院小屋中寂静无声。词人在残花下饮酒喝醉了，从去年到现在，因为长时间酗酒，词人已经久饮成病。楼头的画角随风吹动，惊醒了词人。夜已经很深，一道道门户都闭了，人们都已经进入了梦乡。月明之夜，月亮把隔壁秋千的影子投照进来，那院里应该别有人在。但自己的心上人再也不会出现了。

清平乐

晏　殊

红笺小字①，说尽平生意。鸿雁在云鱼在水②，惆怅此情难寄。

斜阳独倚西楼，遥山恰对帘钩③。人面不知何处，绿波依旧东流。

【注释】

①红笺：印有红线格的绢纸。多指情书。②鸿雁：大雁。③帘钩：挂窗帘的铜钩，此代指窗户。

【赏析】

晏殊字同叔，14岁的时候，应神童试，真宗召其与众进士同廷应考，结果晏殊提笔成文，从容镇定，真宗赐其进士出身。35岁正是许多人为功名挤破头的时候，晏殊却已经升任翰林学士，后拜相；一生富贵，青云平步。

或许正因此，晏殊的词里多为平和的情感，很少使用冷僻的典故。其清健的词风，正如他平平稳稳的一生，"修身、齐家、治国、平天下"，而悠游也可以成就难得的风雅。一首《清平乐》，正是这种从容、娴雅的例证。

小词上阕写情，幽幽爱慕都铺陈在一方小巧的信纸上，"雁足传书""鱼传尺素"，惆怅深处，连最愿意传递感情的它们也不忍将情书送出。托书不成，便只能借景抒情，将无限情思融入眼前的景色中，斜晖脉脉，高楼上独自一人，"遥山恰对帘钩"，本想两两相望穿越时空，不料目光受到青山的阻隔，徒添一段愁思。结尾两句，笔锋忽转，并无更多悲凉之感，情人不在，而绿波依旧。言虽有尽，却含义无穷。

这首《清平乐》读来虽有哀愁却并不哀怨，虽是艳情却毫不妖艳；惆怅难遣，却也不似柳永和周邦彦等人的浓艳香软、汪洋恣肆。所谓"文如其人"正是此意。晏殊写词，由于经历和身份的原因，感情上总是有所收敛，"胸有惊涛、面如平湖"，这种风致在这首小词中得到了充足的体现。

浣溪沙

晏　殊

一曲新词酒一杯，去年天气旧亭台①。夕阳西下几时回？

无可奈何花落去，似曾相识燕归来。小园香径独徘徊②。

【注释】

①"去年"句：语本唐人邓谷《和知己秋日伤怀》诗"流水歌声共不回，去年天气旧池台"。②香径：花园里的小路。

【赏析】

这是晏殊最为著名的一首词作，词境直指人世无常，感慨世事变迁。

对酒当歌，试问"夕阳西下几时回"？夕阳西下，触动了词人的情思，彩虹易散琉璃碎，亭台楼阁依旧，而韶华流转却转眼成空。词人不仅描写了眼前事物，更有对世事无常的感喟。

"无可奈何花落去，似曾相识燕归来"两句更成为词坛绝唱。花开花落，春去秋来，美好事物的消长无法阻止，空留词人在园中徘徊独思。年年岁岁花相似，岁岁年年人不同。这种对人生哲理性的思考，令其词作在语言和意境上都显示出卓尔不群的风采。

由于晏殊的位高权重，所以他不用像南宋很多词人那样，为晋级和交友而做些应制的唱和，他不用为酬答谢意而埋藏真性情，辱没自己的才学。

有人说晏词的清丽雅秀有花间词的遗风，但从晏殊这首《浣溪沙》来看，实在有"出于蓝而胜于蓝"的成就。

浣溪沙

晏 殊

一向年光有限身①，等闲离别易销魂②。酒筵歌席莫辞频。

满目山河空念远，落花风雨更伤春。不如怜取眼前人③。

【注释】

①一向：片刻，一晌。有限身：意思是人生短暂。②等闲：一般，平常。销魂：灵魂离开肉体，指极度悲伤、痛苦或快乐。③怜：怜爱，珍惜。取：语助词。

【赏析】

这首《浣溪沙》是晏殊的代表作之一。词人哀怨的是时光有限，离别之情最是伤人。推杯换盏之际，良友相对，及时行乐方能排遣抑郁。满目山河空悲喜，落花时节，风雨更添春愁，不如把酒言欢，立足现实，珍惜眼前。

晏殊虽少时得赐进士出身，但在论资排辈的封建官场，一切工作都要从基层做起。词人似乎能参透人生的憔悴易损，所以自然也不愿意让时光一去成空。与其悲辛无尽不如用心珍惜，正所谓："满目山河空念远，落花风雨更伤春。不如怜取眼前人。"而类似的主题，词人在他的《踏莎行》中也曾吟唱过："春光一去如流电。当歌对酒莫沉吟，人生有限情无限。"能够好好地珍惜眼前的一切，才能牢牢地抓住幸福的人生。这是词人的人生哲学。

蝶恋花

晏 殊

槛菊愁烟兰泣露①，罗幕轻寒②，燕子双飞去。明月不谙离恨苦，斜光到晓穿朱户③。

昨夜西风凋碧树，独上高楼，望尽天涯路。欲寄彩笺兼尺素④，山长水阔知何处！

【注释】

①槛：栏杆。②罗幕：丝罗质地的帷幕，富贵人家所用。③朱户：指大户人家。

又言朱门。④尺素：书信的代称。古人写信用素绢，通常长约一尺，故称尺素。

【赏析】

这首小词以"昨夜西风凋碧树，独上高楼，望尽天涯路"三句闻名于世，是一首抒发离愁别恨的上乘词作。婉约派词人的怀远伤感之作，大抵都褪不去忧郁的底色，词境上也显得不够开阔。唯有此词，以高楼独倚的姿态，写尽天涯人生路上的孤独，读来不禁伤怀且蕴含了广大而深切的苍凉。其词意之悠远、格局之阔大，皆非同类婉约词所能比拟；一枝独秀，如寒梅傲雪，令人在"忘尽"之余，虽苍茫悲壮，却也辽远阔达。

王国维先生曾借用此三句来解释治学之道，认为乃为学三重天之第一境界。跳出了狭小的爱慕与柔情，王国维对词意的夸张似乎更显得出这首词的普适性。

人们无法揣测晏殊的爱情，只能从他的词作中，寻到些蛛丝马迹。就像这首词中的那些字眼，明月离恨、西风碧树、彩笺尺素……正是"山长水阔知何处"，一片恋恋离愁低吟不绝。

玉楼春

晏　殊

绿杨芳草长亭路①，年少抛人容易去②。楼头残梦五更钟，花底离愁三月雨③。无情不似多情苦，一寸还成千万缕④。天涯地角有穷时，只有相思无尽处。

【注释】

①长亭路：指送别的路。②年少抛人：也可作"人被年少所抛弃"，意思是人由年少变为年老。③五更钟：指思念人的时候。"三月雨"同。④一寸：指心。千万缕：指相思愁绪。

【赏析】

这首《玉楼春》依然延续了婉约派恋情词的特质，"无情不似多情苦"大有"爱过才知情重，醉过才知酒浓"的意味，一缕情思被剪成千万段。身为大宋朝堂堂宰相，虽然碍于情面不能过分表露自己的深情，但"天长地久有时尽，相思绵绵无绝期"之感慨，想来也是真正有过铭心刻骨的爱情吧。

大宋词坛犹如一盘好棋，无论贩夫走卒还是帝王将相，都可以找到适合自己的位置，将才情发挥到极致。"一团和气，两句歪诗，三斤黄酒，四季衣裳。"中国传统文人的理想生活模式，在晏殊的身上得到了完美的演绎。

破阵子

晏　殊

燕子来时新社①，梨花落后清明。池上碧苔三四点②，叶底黄鹂一两声。日长飞絮轻。

巧笑东邻女伴③，采桑径里逢迎。疑怪昨宵春睡好，元是今朝斗草赢④。笑从双脸生。

【注释】

①"燕子"句：相传燕子春社时飞来，秋社时飞去。新社：指春社，在立春后第五个戊日。此时农村祭土地神（社神）。②碧苔：碧绿的苔痕。③东邻女伴：邻居结伴的少妇。古人多以"东邻"指美女所在之处。④斗草：古代女子一种游戏。唐宋时的斗草在二三月，即本词开头所说的春社时刻。

【赏析】

春社将近，已见燕子回来，梨花凋落以后就是清明节了。池塘上已经长出了碧绿的苔藓，三四点地装饰着池塘。树叶底下的黄鹂鸟偶尔发出一两声鸣叫。白天慢慢变长了，柳絮轻轻飘飞，天气慢慢转暖了。闺中少女，此时应节换了薄装，停了针线，赶节郊游踏青。看那两位邻家少女，她们笑着走出家门，在采桑的小路上相遇。难怪昨天晚上做了一个好梦，原来是今天在斗草游戏中玩赢了。赢了以后，她们笑得就更加灿烂了。这首词抓住少女斗草获胜后的一个镜头，表现出她们充满青春活力的精神面貌。

采桑子

晏　殊

时光只解催人老，不信多情，长恨离亭①，滴泪春山酒易醒。

梧桐昨夜西风急，淡月胧明，好梦频惊，何处高楼雁一声。

【注释】

①离亭：古代送别之所。

【赏析】

　　韶华易逝，流光催人，转眼春去秋来。词人感慨时光易逝，惆怅亲爱分离，在离亭送别，情多凄怆，心中有无限的哀愁。词人的烦恼无可化解，只好借酒浇愁，然而不久便泪湿春衫，连酒也无法使自己暂时解脱，伤心之情反而更加浓重。西风飒飒，桐叶萧萧，一股凉意直透人的心底。抬头一看，窗外月色朦胧而又惨淡，仿佛它也受到西风的威胁。每当词人希望好梦多留一刹那的时候，它就突然破灭了。而且每一回破灭，现实的不幸之感就又一齐奔集而来。每当这时，室外的各种音响，各样色彩，以及词人时光流逝之感，情人离别之痛，春酒易醒之恨，把刚才的好梦全都打成碎片了。正在词人沉抑的情绪在凌乱交织之中时，突然传来一声高亢的哀鸣。这一声哀厉的长鸣，是如此突如其来，使众响为之沉寂，万类为之失色。这是孤雁的哀唳，响彻天际，透入人心，把室中人的思绪提升到一个顶峰。这一声代表什么呢？是感觉秋已更深吗？是预告离人不返吗？还是加剧室中人此时此地的孤独之感呢？高楼雁声，更加增添了词人的离愁别恨。这首词意境优美，柔丽而富诗意，且蕴含着一种凄婉的情绪。

踏莎行

晏　殊

　　小径红稀①，芳郊绿遍，高台树色阴阴见②。春风不解禁杨花，濛濛乱扑行人面。
　　翠叶藏莺③，朱帘隔燕。炉香静逐游丝转④。一场愁梦酒醒时，斜阳却照深深院。

【注释】

　　①红稀：花儿稀少。红，指花。②阴阴见：暗暗显露。见，同"现"。③翠叶藏莺：指莺燕都深藏不见。这里的莺燕暗喻佳人。④游丝：蜘蛛、青虫之类的丝，飞扬空中，叫作游丝。

【赏析】

  暮春之时的芳郊野外，小路两旁，花儿已经稀疏，只间或看到星星点点的几瓣残红；放眼一望只见绿色已经漫山遍野；高台附近，树木繁茂成荫，一片幽深。春天已经消逝，暮春气息很浓。春风不懂得约束杨花，以致让它漫天飞舞，乱扑在行人的脸上。大自然已经无计留春，只好听任杨花飘舞送春归去。翠绿的树叶已经长得很茂密，藏得住黄莺的身影；燕子为朱帘所隔，不得进入室内。初夏嘉树繁阴，永昼闲静。如此闲静的室内，香炉里的香烟，袅袅上升，和飘荡的游丝纠结、缭绕，逐渐融合在一起，分不清孰为香烟，孰为游丝了。日暮酒醒梦觉之时，夕阳正照着这深深的朱门院落，词人遂生初夏日长难以消遣之意，流露出淡淡的哀愁。

生查子
欧阳修

去年元夜时^①，花市灯如昼。月上柳梢头，人约黄昏后。
今年元夜时，月与灯依旧。不见去年人，泪满春衫袖。

【注释】

  ①元夜：农历正月十五夜，即元宵节，也称上元节。

【赏析】

  这首《生查子》是欧阳修的代表作。通过主人公对"去年今日"的怀念和追忆，写出了物是人非之感，今昔对比，似乎是受唐代诗人崔护《题都城南庄》的启发。小词叙事清晰，构思巧妙，如上等香滑巧克力，入口即溶，绵绵情意唇齿留香。

  在中国古代，元宵节相当于情人节，宋朝更是放长假五天。《岁时杂记》云："自非贫人，家家设灯。"可见欧阳修的"花市灯如昼"所言非虚，但看那"月上柳梢，人约黄昏"实在不像在人山人海的城里赏灯，倒像是青年男女的幽期密会。上阕至此戛然而止，言有尽而意无穷，如水穷之处坐看云起……只在下阕"不见去年人，泪满春衫袖"中约略可推断出当年甜蜜约会的场景。

  月、柳、花灯，繁华并起一如往昔，却再也寻不到去年的佳人，怅然若失犹如一曲人生咏叹调。古人吟咏"元宵节"的诗词很多，佳作迭出，令人目不暇接。

这首《元夕》堪称此类诗词中的上品。

浪淘沙

欧阳修

把酒祝东风①，且共从容，垂杨紫陌洛城东②。总是当时携手处③，游遍芳丛。
聚散苦匆匆，此恨无穷。今年花胜去年红。可惜明年花更好，知与谁同？

【注释】

①把酒：端着酒杯。②紫陌：泛指郊野的大路。③总是：大多是，都是。

【赏析】

抚今追昔，时光交错，故地重游，这似乎成了欧阳修词作中的一个基调。这首《浪淘沙》又是一例。

据词作分析，去年此时，把酒问东风，欧阳修和朋友同游洛阳城东，垂柳依依，携手游春，无限从容。可惜，别后重逢再难聚，今年花更红，却不知此番分别何时才能再聚，明年即便花开更艳，也不知该与谁同行赏春？赏春之时不免留下伤春之感。后人赞此词"深情如水，行气如虹"。作为一代文史大家，欧阳修的文与人，似乎也都兼具了这两点特征。

欧阳修少时家贫，母亲以获画字，教他读书。他天资聪慧，且勤勉好学，一生从不自满，不耻下问，加上胸襟坦荡，终成一代文豪。

在任何一个朝代，最有名气的文人，必定是文章写得最好的那个。所以，在苏轼还没有成名前，欧阳修无疑是文坛泰斗。在苏轼兄弟双双中进士不久，一次偶然的机会，欧阳修读到了苏轼的文章，慧眼识珠，认定苏轼将来必将一代风流，"吾老矣，当放此子出一头地。"此言落地后不胫而走，一时引为文坛佳话。

如欧阳修这等文坛盟主，有很多人都不愿意退居历史二线，于是打压后辈，以便巩固其地位。而欧阳修却从不如此，他曾经在和儿子论文章的时候，提到苏东坡，认为三十年后，便无人再提起自己，大有"只知东坡，不知欧阳"的悲凉。可尽管有此先见之明，欧阳修却依然扶持后辈，曾巩、王安石等身为布衣的时候，都曾得到过欧阳修的提携与赞赏。

朝中措

欧阳修

平山阑槛倚晴空①，山色有无中②。手种堂前垂柳，别来几度春风。

文章太守，挥毫万字，一饮千钟。行乐直须年少，尊前看取衰翁③。

【注释】

①平山：即平山堂，欧阳修出守扬州时修建，后成为扬州名胜。②山色有无中：王维《江汉临泛》"江流天地外，山色有无中。"此处借用其句。意思是山色若隐若现。③衰翁：作者自谓。

【赏析】

欧阳修一生宦海沉浮，几经贬谪，流年岁月，再次饯别知己，人生感慨不免脱口而出。

词的首句开篇写景，拔地而起，有凌空突兀的气势。手种垂柳既有对生活琐事的深情，"枝枝叶叶离情"，不知道已经过了多少个春秋。几度春风几度霜，深婉细腻处更添豪放。下笔如风，一饮千钟，太守才气纵横、满腹豪情，都栩栩如生跃然纸上。结尾处劝人劝己，现身说法，奉劝诸位"行乐直须年少"。另有一说，认为欧阳修劝告年轻人，宦海挣扎，须早作打算，"成名需趁早"，但此意与作者词旨相去甚远。

结尾两句，确有时光易逝之感慨，虽貌似消极，但通读全词，却有苍凉豪迈之情、顿挫之感，词意渐渐开阔。这一杯酒，喝得醉卧红尘，笑谈千古人生事，虽为醉言醉语，却实在吟诵得情真意切。欧阳修为人为官，光明磊落，酒后沉醉，也丝毫不辱才名；斗酒填词，留下一座"醉翁亭"，供后世瞻仰。

采桑子

欧阳修

群芳过后西湖好①。狼籍残红②，飞絮濛濛，垂柳阑干尽日风③。

笙歌散尽游人去④，始觉春空⑤，垂下帘栊，双燕归来细雨中。

【注释】

①群芳过后：百花凋零之后。西湖：指颍州（今安徽阜阳）西湖。②狼籍残红：落花纷乱。狼籍：同"狼藉"，散乱的样子。③尽日：整天。④笙歌散尽：乐声歌声消逝后。⑤春空：春天已过。

【赏析】

群芳凋谢后颍州西湖别具一番美丽，它更显恬静清幽。落英缤纷、柳絮纷飞的暮春景色，常会引起人们的惋惜之情。而欧阳修面对颍州西湖的暮春景色，却会心地发出了赞美之声。落红零乱满地、翠柳柔条斜拂于春风中的姿态，也一样美丽如画。昔日湖上游人不断、笙歌相随的盛况已不复见，这时词人才觉得春天已经空落得所剩无物了。从繁华喧闹消失后清醒过来的感觉，既觉有所失的空虚，又觉获得宁静的畅适。外面细雨濛濛，词人垂下珠帘，燕子轻盈地双双归来，词人的心胸是多么旷达，心境是何等恬淡！

踏莎行

欧阳修

候馆梅残①，溪桥柳细，草薰风暖摇征辔②。离愁渐远渐无穷，迢迢不断如春水③。

寸寸柔肠，盈盈粉泪④，楼高莫近危阑倚⑤。平芜尽处是春山，行人更在春山外。

【注释】

①候馆：迎候宾客的馆舍。这里泛指旅舍。②草薰：青草散溢的香气。薰：花草的芳香。征辔：马缰，这里代指马匹。③迢迢：连绵久长。④盈盈：泪水充溢的样子。⑤危阑：高楼上的栏杆。

【赏析】

春暖了，旅舍的寒梅日渐凋谢，只剩细细碎碎的几片残瓣儿；溪桥边的柳树却生出了浅绿嫩芽。暖暖的春风在大地上拂过，风中带了花草芳香，远行的人，也都在这时动身了。在这美好的春光里，我也送走了你。你渐行渐远，我的愁绪也渐生渐多，就像眼前这一江春水，来路无穷，去程不尽。于是只好上楼远望你离去的方向，期盼你能够早归。然而，映入眼帘的，只是绵绵不绝的春草原野，原野尽处是隐隐青山。而你，更在遥远的青山之外，渺不可寻！

蝶恋花

欧阳修

庭院深深深几许①？杨柳堆烟，帘幕无重数。玉勒雕鞍游冶处②，楼高不见章台路③。

雨横风狂④三月暮，门掩黄昏，无计留春住。泪眼问花花不语，乱红飞过秋千去。

【注释】

①深深：形容庭院的深广。极言其深。几许：多少。②玉勒雕鞍：玉饰的笼头和雕绘的马鞍。这里借指华贵的车马。游冶处：指歌楼妓馆等游乐场所。③章台路：泛指繁华游玩之地。章台：汉代长安有章台街，是当时歌伎集中的地方，后借以代指歌楼妓馆。④雨横风狂：雨势迅猛，风力疾劲。

【赏析】

庭院深深，究竟有多深邃呢？杨柳在雨雾迷蒙中显得厚重深沉，好像有无数层的屏风遮挡着。少年公子们华贵的车马停靠在歌楼妓馆等游乐场所，歌楼妓馆是他们最爱去的游玩之地。那里楼阁高耸，歌楼妓馆一家连着一家，是歌伎的集中地。雨势迅猛，风力疾劲，天色已经是黄昏时分，还不见丈夫归来。女主人公敞开着门，等待丈夫的归来。一阵风把门关住了。此时此景只有掩起门户独守空房。有什么办法能把春天留住呢？含泪问花，花纷纷下落，乱自飘零而不回答。整首词如泣如诉，凄婉动人，意境浑融，语言清丽，尤其是最后两句，向为词评家所赞誉。

西江月

司马光

宝髻松松挽就，铅华淡淡妆成①，青烟翠雾罩轻盈，飞絮游丝无定②。

相见争如不见③，有情何似无情。笙歌散后酒初醒，深院月斜人静。

【注释】

①铅华：铅粉。②"青烟翠雾"两句：皆形容珠翠冠的盛饰，指妇女的头饰。③争：怎。

【赏析】

宋代尚文，对于司马光来说，生活在宋朝，不仅拥有独立的精神、无上的荣耀，还很自然地沾染了时代的气息：比如文人指点江山的激越，锐意进取的情怀；当然也还有软香温玉的甜腻。

词的上阕写宴会上遇到的一个舞女，松挽云鬓，薄施粉黛，体态轻盈，如青烟翠雾般袅娜，如柳絮柔丝般旖旎，妩媚动人，风情万种。下阕忽然由写景转到写情，有点儿多情却被无情恼的落寞，长长的相思如碧波荡漾的柔情，剪不断、理还乱。月斜人静，酒后初醒，夜色清凉如水，眷恋、伤感，抑或惆怅，心中五味杂陈，一切景语皆情语，风月无边情意绵绵。

因为刚直不阿的性格，司马光通常会被很多人误认为是一位不懂风月的严肃刻板的人，然而后人从文学里读到的司马光并不是一个怒目金刚式的道学家，他不会永远正襟危坐、高谈阔论，在觥筹交错，酒酣耳热、丝竹乱心之际，这位政坛才子也会写下这片段情思，歌之咏之。

这首词上阕写人下阕写景，看似平淡无奇，实则回味隽永。与宋朝许多浓艳香软的词风不同，《西江月》清新淡雅，风格婉丽，可谓"不着一字，尽得风流"。

桂枝香

王安石

登临送目，正故国晚秋，天气初肃。千里澄江似练，翠峰如簇。征帆去棹残阳里，背西风酒旗斜矗。彩舟云淡，星河鹭起，画图难足①。念往昔，繁华竞逐②，叹门外楼头③，悲恨相续④。千古凭高⑤，对此漫嗟荣辱⑥。六朝旧事如流水，但寒烟衰草凝绿。至今商女⑦，时时犹唱《后庭》遗曲。

【注释】

①画图难足：用图画也不能完美地表现它。②繁华竞逐：争着过豪华的生活。③门外楼头：指南朝陈亡国惨剧。④悲恨相续：指亡国悲剧连续发生。⑤凭高：登高。

⑥漫嗟荣辱：空叹什么荣耀耻辱。这是作者的感叹。⑦商女：歌女。

【赏析】

王安石是北宋著名文学家、政治家，字介甫，晚号半山。他的一生可谓跌宕起伏，是少有的在政治上和文学上都有大手笔的人物之一。他是唐宋八大家之一，一生留下诗词作品更是可观，其中不乏佳作。

登高吊古，词人开门见山以"正故国晚秋，天气初肃"起笔。自古逢秋悲寂寥，而半山先生却以"初肃"二字领起，笔力遒劲，精神抖擞，与刘禹锡的"我言秋日胜春朝"有相似的意境。"澄江似练，翠峰如簇"看似随手拈来，却于锦绣江山之上，看出其宏大的视野、开阔的胸襟。

词作下阕忽念往日繁华，六朝古都的风流如此迅速便随历史云卷云舒，千古江山，万种情愫，都只剩相继的荣辱。最后两句，化用了杜牧的诗句："商女不知亡国恨，隔江犹唱后庭花。"嗟叹之感，弥新而永固。"千古凭高，对此漫嗟荣辱"，无限的慷慨悲凉，读来荡气回肠。

中国传统文人总是喜欢借景抒情，登高怀古，放眼远眺，山河秀美，壮志难酬。这惆怅之中，有感怀沧海桑田之变迁，有抒发仕途坎坷之愤懑，也有慨叹国家兴衰之忧虑。宦海沉浮、国运起落全都融合在自然的景色中，涌上心头。宋代更是词人佳作频出的时代。或许正如有人所说的那样，宋朝的确是培养真正"精神贵族"的沃土，而王安石便是这沃土中孕生的一颗明珠。

临江仙

晏几道

梦后楼台高锁，酒醒帘幕低垂。去年春恨却来时①。落花人独立，微雨燕双飞。记得小蘋初见②，两重心字罗衣③。琵琶弦上说相思。当时明月在，曾照彩云归④。

【注释】

①春恨：春日离别的情思。却来：又来。②小蘋：是晏几道朋友家歌女的名字。③心字罗衣：绣有心字图案的丝罗衣裳。④彩云：这里指小蘋。

【赏析】

这首《临江仙》是晏几道久负盛名的佳作，也是婉约词中的绝唱。午夜梦回，烟锁重楼；残梦醒来，见帘幕低垂，不禁悲从中来。去年的闲愁旧恨又纷至沓来，这恼春的情绪已非一日之功。想起当年初遇美女小蘋的时候，她穿着绣有双重"心"字的罗衫，仿佛也在期待日后的心心相印。娇柔的手指奏出美妙的琵琶乐，"低眉信手续续弹，说尽心中无限事"。明月当空，小蘋如彩云般飘然而归……

晏几道乃宰相晏殊第七子，字叔原，号小山，疏狂磊落，不慕荣利，称得上是豪门中的"异数"。他虽生于相府，却视功名利禄如粪土，倒是把姐妹们看得比生命都珍贵。

词作从"楼台酒醒"开始写起，时空交错，由眼前实景写入心中真情，由相思无尽想到前尘旧事；结尾处，虚景中暗藏孤单之意，却无愁凉之叹，朗月当空，顿挫曲折之情油然而生。"落花人独立，微雨燕双飞"虽化用了前人诗句，但与词情十分贴切。

陈廷焯在《白雨斋词话》中称赞这首词："既闲雅，又沉着，当时更无敌手。"读《临江仙》，人们依然能够感受到小山当年呼之欲出的深情，后世也罕见敌手。

鹧鸪天
晏几道

醉拍春衫惜旧香。天将离恨恼疏狂①。年年陌上生秋草，日日楼中到夕阳。
云渺渺，水茫茫。征人归路许多长。相思本是无凭语，莫向花笺费泪行②！

【注释】

①疏狂：词人个性及生活情态的自我品题。疏，阔略世事；狂，狂放不羁。②花笺：信纸的美称。

【赏析】

这首《鹧鸪天》，将悠悠相思写得云烟缥缈、雾水迷茫。"相思本是无凭语，莫向花笺费泪行"两句更让人痛断肝肠。既然相思本来是无可诉说的，那一腔热情岂不是都白白浪费在诗词上了吗？可是，除此之外，似乎又别无他法。

晏几道的词，常常可以听到他的呼唤，"莲、鸿、苹、云"是他最常提起的四个名字，此四人皆为歌伎。小山虽为贵族，但却深味人间的悲凉，对底层的女子有一种充满温度的体贴和尊重。

鹧鸪天

晏几道

彩袖殷勤捧玉钟[①]，当年拼却醉颜红。舞低杨柳楼心月，歌尽桃花扇底风[②]。从别后，忆相逢，几回魂梦与君同。今宵剩把银釭照[③]，犹恐相逢是梦中。

【注释】

①捧玉钟：指劝酒。玉钟：精美的酒杯。②"舞低"两句：描绘彻夜不停的歌舞作乐。月亮本来是挂在树梢上照进楼中的，此处不说月亮低沉下去，而说"舞低"，指明是欢乐把夜晚消磨了。桃花扇是歌舞时用的扇子，这里不说歌扇挥舞不停，而说风尽，表明唱的回数太多了。③剩：尽情地。釭（gāng）：油灯。

【赏析】

词写作者与一位歌女久别重逢的一幕，开篇则从对曾经与她共度时光的回忆写起——

那一个个温馨旖旎的春日夜晚，她总是在侧殷勤劝酒，他则是不辞饮得满面酡红；她每每极尽所能，把最美妙的歌舞献给他，他则沉醉其中，通宵达旦乐而忘归。

对这一段疏狂生涯，作者并不后悔，女子的音容笑貌在二人分别的岁月里常出现于他的梦中，他盼望着能够再次与她相见。

天公作美，安排了他们的重逢。惊喜之下，作者手把蜡烛照亮夜色中她朦胧的面容，睁大眼睛仔细地端详着这个让他朝思暮想的佳人，唯恐这一次又是在梦境当中。

江城子

苏 轼

十年生死两茫茫[①]，不思量[②]，自难忘。千里孤坟，无处话凄凉。纵使相逢应不识，尘满面，鬓如霜。

夜来幽梦忽还乡③，小轩窗④，正梳妆。相顾无言，惟有泪千行。料得年年肠断处⑤，明月夜，短松冈⑥。

【注释】

①茫茫：渺茫，不知音信。②思量：思念，想念。③幽梦：梦境隐约，故云幽梦。④小轩窗：小室的窗前。轩，只有窗槛的小室。⑤料得：料想。⑥短松冈：种植小松树的山冈，指王氏墓地。

【赏析】

这是诗人的妻子王弗祭日的十周年，苏轼梦魂相扰，夜半惊醒。他惶惶四顾，王弗对镜梳妆的样子已经随着梦醒被四周的黑暗吞掉，伸手一拭，双鬓已被眼泪浸湿，苏轼难掩心中沉痛，下床题了这首《江城子》。

据史料记载，王弗为人"敏而静"，知书达理，秀外慧中。在与苏轼婚后的生活中，王弗总能在一些生活琐事上从旁点拨，对苏轼给予提醒，无论是待人接物，还是诗词赏析，苏轼都能从王弗那里得到不同的惊喜。相传当年北宋进士王方在四川眉州青神县的岷江河畔与友人相聚。此地一片青翠俊秀的山峰连绵在云海间，其中一山名为中岩，名声在外。此山中有一汪清泉，水波清澈见底，而池中的游鱼更是颇具灵性，只要临池拍手，这些鱼儿便如同听到召唤一般纷纷游来。王方见到此景时爱不胜收，便命人为这池清泉取名，众人挠头深思时，一少年已经挥毫而就，写下了"唤鱼池"三个大字。笔法遒劲，取义深刻，王方对面前这个少年顿时生出几分赏识。

这个少年便是苏轼。因为年少才俊，苏轼被王方选为乘龙快婿，将自己16岁的爱女王弗嫁给了苏轼。才子佳人，珠联璧合，也算得上是一段人间佳话了。苏轼为人豁达，不拘小节，在与客人交往时，常会因无心之失而将人得罪。这时，王弗便凝立屏风之后，将苏轼之过谨记，然后婉言相告，言辞凿凿，令苏轼心悦诚服。王弗的病逝将两个人11年的幸福终结。王弗去世的第四年，苏轼续弦，娶了王弗的堂妹王闰之，她也是一个温顺贤良的女子，有着和王弗相似的眉眼。恍惚中，苏轼似乎又能看到曾经的幕幕往事。

第九篇　元曲，触及心灵的浅吟低唱

金元之际，游牧民族入主中原，文化的交融催生了元曲的兴盛。而元人独特的精神特质从元曲里可以看到七八分。天涯羁縻，西风寥落，元人的文字中流淌着的是旧年马蹄，是市井狎客、羁旅文人的种种情思。因一切向往而产生的温馨与美好，因一切专注而产生的哀怨与疯魔，因一切痴狂而产生的荒唐与罪恶，无不让人感到怜惜、肃然而又庄重。

［黄钟］人月圆　卜居外家东园

元好问

重冈已隔红尘断①，村落更年丰。移居要就，窗中远岫，舍后长松②。

十年种木，一年种谷③，都付儿童。老夫惟有，醒来明月，醉后清风。

【注释】

①重冈：重叠的山峦。红尘：指繁华纷扰的人世。②"移居"三句：陶渊明《归去来兮辞》中有"云无心以出岫，鸟倦飞而知还。景翳翳以将入，抚孤松而盘桓"。③"十年"两句：《管子·权修》中有"一年之计，莫如树谷；十年之计，莫如树木"。

【赏析】

重重山冈隔断了红尘俗世，时值丰年，又是新迁，在这宁静的乡村闲住，窗中见远山，舍后有长松，元好问也乐得个清闲自在，他说：十年种木，一年种谷，关于明天，还是让年轻人去开拓吧。老夫唯有，醒来明月，醉后清风。看上去像是不想再问世事，打算在诗酒中了此余生了。然而仔细品味本篇，想想他所生活的时代，那亡国之初文人的无奈和无所适从的心情便轻轻地泛了出来。

［中吕］喜春来　春宴

元好问

　　春盘宜剪三生菜①，春燕斜簪七宝钗②。春风春酝透人怀③。春宴排，齐唱喜春来。

【注释】

　　①春盘：春卷。按古时的风俗，每年立春这一天，就将面粉制成薄饼，摊在盘中，加上精美蔬菜食用，故称春盘。②春燕：古代迎春时妇女们会将丝绸剪成燕形作为佩饰，以图吉利。③酝：酒。

【赏析】

　　在古代，立春时要吃春卷、佩春燕儿，还要举行一些宴饮娱乐活动来迎接春天的到来，此曲描写的就是这喜庆欢快的迎春场面。

　　用薄饼卷了春蒿、黄韭、蓼芽几种时蔬，将红绸子剪成的春燕儿用簪子插在头上，节日的气氛就已经弥散在空气中了。和煦的春风，香醇的春酒，更让人感觉到心中有无限的畅快。在一片欢声笑语当中，大家开始合唱起了《喜春来》。这首小令虽然简单，却自自然然，欢乐的气氛溢于纸外，让人有身临其境之感。

［双调］骤雨打新荷

元好问

　　绿叶阴浓，遍池亭水阁，偏趁凉多①。海榴初绽②，朵朵簇红罗。乳燕雏莺弄语，有高柳鸣蝉相和。骤雨过，珍珠乱撒，打遍新荷。

　　人生有几，念良辰美景，休放虚过。穷通前定③，何用苦张罗。命友邀宾玩赏，对芳樽浅酌低歌。且酩酊，任他两轮日月，来往如梭。

【注释】

　　①偏趁凉多：意谓此处比别处更为清凉。②海榴：石榴。③穷通：困厄与发达。

【赏析】

池亭水阁得到了高大柳树的荫庇，看上去清凉舒爽；石榴花刚刚开放，火红如锦，生机盎然。蝉儿在柳树上知了知了地叫着，好像在与那些唧唧喳喳的乳燕雏莺们相互唱和；一阵骤雨袭来，雨点儿打在刚出水面的荷叶上，宛如珍珠落盘，飞溅跳脱。对此良辰美景，作者不由得兴起日月如梭、人生几何的感慨，并认为人生的通达与否是命中注定的，不必去苦苦经营；只有在诗酒交游中终老，才是真正的快乐。

［越调］小桃红　采莲女

杨　果

满城烟水月微茫，人倚兰舟唱①。常记相逢若耶上②，隔三湘，碧云望断空惆怅③。美人笑道：莲花相似，情短藕丝长。

【注释】

①兰舟：小舟的美称。②若耶：若耶溪。它源出若耶山，相传西施曾在溪边浣纱。③望断：望尽。

【赏析】

江城夜景，烟水冥迷，月色朦胧。听得江中有清歌传来，看到曼妙女子泛舟由隐约而清晰，作者的心不觉被深深触动。他并非滥情之人，只是眼前的女子和她进入自己视野的方式像极了记忆中的恋人，恋人如今相隔千里，自己常常会空自眺望，思念，惆怅；异时异地，能见到与她如此相似的身形，他焉能无动于衷？

他显然是将自己的这些情思告诉了这位偶遇的女子，女子笑了，对他说：莲花相似，情短藕丝长 ——我和她虽然相似，但只是相似，你对我的情短，对她的相思却是悠长的啊。小令借美人之口道出了作者对远方恋人的深深思念，耐人玩味，余韵悠长。

小桃红　江岸水灯

盍西村

万家灯火闹春桥，十里光相照，舞凤翔鸾势绝妙①。可怜宵②，波间涌出蓬莱岛。香烟乱飘③，笙歌喧闹，飞上玉楼腰④。

【注释】

①舞凤翔鸾：凤形和鸾形的花灯在飞舞盘旋。鸾，凤凰一类的一种鸟。②可怜：可爱。③香烟：灯火，焰火。④玉楼：华丽的高楼。

【赏析】

这一曲《小桃红》写的是元宵灯节时的情景。作者盍西村仅有 17 首散曲流传后世，其中有 8 首都是在江西临川郡游历时即景抒情之作。这首曲写的正是"临川八景"之一的"江岸水灯"。

当时正赶上元宵灯节，独挑一盏金鱼灯的作者在街上走来走去。因宦游在外，他没有亲人朋友傍身，只好独自欣赏万家灯火、华丽的节日盛况，在他人的热闹中寻找温暖，以慰藉自己孤独的心灵。十里灯辉舞动闪烁，在夜空中勾勒出诸多幻影，如同凤凰飞舞、鸾鸟翱翔，美轮美奂。江水掩映着光辉潺潺流动，水上花灯时隐时现，不时有游船过往，传来好听的歌声，让他以为自己到了蓬莱仙境。烟雾缭绕、笙歌震天，整个临川化作了琼楼玉宇，于祥云之中展露风姿。从曲子中可见，作者此时的内心充满了欢畅。

每年的农历正月十五是春节之后第一个重要的节日，又称"上元节"。南宋吴自牧在《梦粱录》讲："正月十五日元夕节，乃上元天官赐福之辰。"也就是这一天乃天官赐福，地官赦罪的大好吉日。不仅如此，张灯三日亦是传下千年的习俗，历朝历代各地各县都把张灯观灯作为一大盛事。据《隋书·音乐志》记载：隋代的元宵庆典格外隆重，处处张灯结彩，日日歌舞升平，八里戏台、乐者过万，表演者达数万人，游玩凑热闹的百姓更是不计其数。京城里更是通宵达旦，彻夜尽欢。到了宋代，张灯习俗由三夜延长至五夜，除此之外尚有大量街头表演和烟火，与今日过节无异。《东京梦华录》中记载：每逢灯节，开封御街上，万盏彩灯垒成灯山，花灯焰火，金碧相射，锦绣交辉。京都少女载歌载舞，万众围观。十里长街，万人空巷，酒肆茶坊无不热闹非凡，百里灯火不绝。

盍西村是钟嗣成《录鬼簿》中名不见经传的一个人物，但钟氏仍把他列为"学士"之一，可见此人的文化底蕴值得后人称道。根据盍西村这首曲子所描写的情景，元宵节在元代其盛况依然不减当年。作者在曲子中勾勒了一个繁华热闹的上元佳节盛况。

喜春来

伯　颜①

金鱼玉带罗阑扣②，皂盖朱幡列五侯③，山河判断在俺笔尖头。得意秋，分破帝王忧④。

【注释】

①伯颜：蒙古族人。②金鱼：一种象征官阶的配饰。罗阑：丝罗做的官服。③皂盖朱幡：指高官出行时的仪仗。④分破：减少。

【赏析】

1273 年，忽必烈汗任命伯颜为伐宋军最高统帅，与左丞张弘范兵分两路攻打南宋。陆秀夫与宋朝的小皇帝跳海，宣告了以伯颜为首的蒙古南伐军大获全胜。甩鞭下马，伯颜大踏步走进了位于临安的南宋皇宫，两侧铁甲兵以整齐的步伐跟在他的后面，轰鸣的脚步声响彻殿霄，盔甲明晃晃的光泽为瓦片染上了一层雪色。蒙古族人当时的意气风发，怎能用言语来形容？当晚，伯颜便命人大摆宴席，与张弘范举杯同庆。

酒过三巡，兴致所至，伯颜忍不住唱了起来。这曲《喜春来》充溢着他的人生得意：腰缠玉带，并悬金鱼配饰，出入身穿紫气东来袍，乘的是一品大臣的黑盖红幡车，笔尖所写的是主宰大好河山未来去向的文书，谈吐运筹帷幄，行走迅疾如风，生平不做他事，专为帝王解忧。此等业绩，伯颜当然有理由大谈特谈。

伯颜生于西亚蒙古四帝国之一的伊儿汗国，是蒙古巴邻氏后裔，他的祖父阿拉黑、祖叔父纳牙阿都是成吉思汗的开国元勋，他的父亲晓古台和他本人臣属成吉思汗幼子托雷家族。想当年托雷做监国时期，就注定了伯颜的家族在元帝国中的不平凡。一次偶然的机会，伯颜入朝给忽必烈奏事，结果忽必烈一眼就看出他以后必成大器，将其留在身边。不久，伯颜便先后升为中书左丞相、中节右丞、知枢密院事，专司主持伐宋的军政要事。

"得意秋，分破帝王忧"，得意之际，绝不能忘了自己身兼护国的重任。伯颜灭宋之际，始终都在想方设法为元王朝拉拢人才。当初元兵俘虏宋朝名臣文天祥，伯颜是蒙古将领中唯一主张力劝文氏投降的人。文天祥乃治世之才，如果忽必烈能得到此人相助，相信蒙古江山会更加稳固。此时的伯颜不但有眼光，而且能做到不忌才，在元人当中难能可贵。不仅如此，在他劝文天祥时，被后者骂得狗血淋头，却毫无怒色，这份胸襟与他在曲子中所展露出的气度如出一辙。

黑漆弩　游金山寺

王　恽①

苍波万顷孤岑矗②，是一片水面上天竺③。金鳌头满咽三杯，吸尽江山浓绿。蛟龙虑恐下燃犀，风起浪翻如屋。任夕阳归棹纵横④，待赏我平生不足。

【注释】

①王恽：字仲谋，号秋涧，卫州路（今河南）人。元朝著名学者、诗人、政治家，是元世祖忽必烈、裕宗皇太子真金和成宗皇帝铁木真三代的谏臣。②岑：小而高的山。③上天竺：上天竺寺（杭州灵隐山上）。④棹（zhào）：船桨，这里代指船。

【赏析】

此曲是王恽到金山一地所写的，前曲是站在金山上描写江水，后曲则是乘船后对沧浪的感叹。

金山是江苏镇江西部的一个小岛，位于长江边上，金山寺自然就在此处。说起这个寺庙，让人立刻想到白娘子"水漫金山"的故事。王恽来到此处，目的是为了游金山寺，但他的曲中几乎没有关于寺庙的描写，也没提到白、许的故事，而是立于小山之上，望万顷碧波，看天高水远，想象自己身置于天竺圣地。

登临高处，人的胸襟会不由得变得旷达，曹操观沧海、苏轼看赤壁，皆是胸涌豪情。王恽自然也想如古人一样，做"一樽还酹江月"的洒脱之事。不过他没有用酒水便宜了江水，而是痛饮数杯，恨不得自己有神鳌的海量，将江山绿川连同酒水一起"吸尽"。吞八荒并六合的气势，自古便是人们最向往的，王恽被风物所撼，豪情自然就扼不住了。黑碣尖翘，水浪滔天，如同被蛟龙翻搅。王恽在后曲的开篇用了"蛟龙恐燃犀"的典故。据《晋书·温峤传》记载，温峤到长江西北的采石矶，听说矶下的水深不可测，有蛟龙等怪物，于是点燃犀角观察，果然看到了类似蛟龙的怪物。那怪物怕燃烧的犀角，吓得翻腾不已，搅起了倾天大浪。王恽看着眼前翻腾的沧浪，禁不住想起了这个典故，游兴更盛。

轰鸣的大浪让许多船掉转离去，作者却执意乘船迎浪直上。他的目的当然不是为了冒险，而是游乐的情绪蓬勃不已，不肯回头。

作者一生为官之作为，大多都能得到皇帝们的支持，官路可谓一路亨通。他终年78岁，到死都受到元王室的尊重。也许这也是作者所写的词曲，抛却了景、人的因素，总有豪情万丈的原因吧。

平湖乐

王　恽

采菱人语隔秋烟，波静如横练①。入手风光莫流转②，共留连。画船一笑春风面。江山信美，终非吾土，问何日是归年？

【注释】

①横练：形容湖水的平静澄清。②入手风光：映入眼帘的风景。

【赏析】

这是王恽一首风格较为独特的曲作。水上腾升的烟波如白练一般，在朦朦胧胧中隐约能听到采莲女的笑声。她们探出纤手，撷下一株莲蓬，虽然因为江雾的关系，王恽看不清她们甜甜的脸蛋，依然能感觉到她们的美。单听得船中传出她们的笑声，就令他如沐春风了。

此处美景之胜，本应让人乐而忘返，可是作者却突然伤感起来，对所有景致失去了兴趣，反而思念起北方的家乡，不知离开多年的家变成了什么样子。此处正是"萧索更看江叶下，两乡俱是宦游情"的真实写照。越是胜景，越发激起人的乡情。

久经仕途，在外游宦多年的作者又一次到了江南。从前游的是金山，这次则来到了江南水乡。他本想继续豪迈放歌一曲，说说自己在事业、为学、人生上的志向和体会，却发现水乡里的景象似乎调动不了他的激情，反倒是水上采莲女妖娆、欢快的模样吸引了他，让他的心顿时变得柔软起来。

这首《平湖乐》没有了滚滚碧涛，而是静波水烟，显出几分惆怅。正如其在曲中感叹的："江山信美，终非吾土，问何日是归年？"

寿阳曲

卢　挚①

才欢悦，早间别，痛煞煞好难割舍②。画船儿载将春去也，空留下半江明月。

【注释】

①卢挚：字处道，号疏斋。元代涿郡（今河北）人。曾任廉访使、翰林学士。诗文与刘因、姚燧齐名，有"刘卢""姚卢"之称。②痛煞煞：形容悲痛之甚。

【赏析】

这首《寿阳曲》是卢挚与梨园名伎朱帘秀离别时所写。生活本是聚少离多，更何况卢挚有公务在身，还是大家子弟，不可能总跟朱帘秀在一起。时值春季，二人刚刚爱到浓时，他就要踏上归程，朱帘秀也要赴他乡演出，这一分别不知道要多久才能相见。于是在分别之际，卢挚写下了这首《寿阳曲》，传达内心的离别苦痛。

朱帘秀又名珠帘秀，在当时梨园戏班子里排行老四，所以大家叫她四姐，小辈称她一声"娘娘"。梨园里出来的名角不少，朱帘秀却是顶尖中的顶尖，她的美与一般青楼女子、戏苑名伶的香艳俗气迥然不同。关汉卿亦曾赞叹上妆登台的朱四姐如琉璃放彩，周围一切事物都会黯然失色。

身为翰林学士的卢挚，其文采自不在话下，诗文与名家刘因、姚燧等人齐名，是当时的名士之一。朱帘秀的名声远播，自然勾起了卢挚对她的遐想。闻名不如见面，卢挚也去听了朱帘秀的戏。未曾想，一睹红颜便失了心，从此对朱帘秀的爱恋竟一发不可收拾。

作者每次看到朱帘秀的表演，都说她的音色动林梢，连夜里啼鸣的黄莺都要对她甘拜下风。讲到她的容貌时已经无法用人间的言语来描绘，唯恐会亵渎了她。其实朱四姐的音容笑貌未必好到如此程度，但在卢挚看来完全是没来由的美。因此，当二人不得不离别的时候，卢挚才会苦闷无比。

"才欢悦，早间别"，作者感叹二人刚刚聚首，就要分别，心痛欲碎。"画船儿载将春去也，空留下半江明月"，面对载着朱帘秀离去的画船，感到周围的绿意和鸟鸣瞬间失色，一切的喜悦都被朱帘秀的画船载走，徒留他对着半江明月追忆二人相处的时光。作者内心的离别与相思之苦痛溢于言表，令人慨叹。

折桂令　长沙怀古

卢　挚

朝瀛洲暮舣湖滨①，向衡麓寻诗②，湘水寻春，泽国纫兰，汀州搴若，谁与招魂？空目断苍梧暮云，黯黄陵宝瑟凝尘，世态纷纷，千古长沙，几度词臣。

【注释】

①舣：船靠岸边。②麓：山脚。

【赏析】

卢挚的一生可以说是一个悲剧，元世祖至元五年（1268年），经过几轮的筛选，卢挚荣登进士榜单前列，不久之后当上翰林院集贤学士。卢挚做集贤学士没多久，就因得罪人而遭谗，被贬谪到湖南，路经长沙偶感风物，写下了这曲《折挂令》。

早晨还在朝中办事，晚上却已被放逐到遥远的南方。朝夕不过几个时辰，境遇却是天壤之别。古人把天子脚下比作"瀛洲"，卢挚借"瀛洲"与"湖滨"对比，来说自己遭到朝廷的放逐。

曲中第一句交代自己的遭遇后，接下来便写他在湖南的见闻：徜徉在衡山之麓，漫步于湘水之滨，鼻尖嗅到的是岸芷汀兰散发的幽香，眼前是漫天芳草，令人想起了以秋兰为佩的屈原和在江边追忆屈原的宋玉。哎，像宋氏一样肯为屈原招魂的有几人呢？千年时光匆匆而逝，他来到了湘水之滨，举目遥望远处苍梧山与黄陵庙，不禁想到了舜帝和他的两个妃子，思古之情油然而生。

"空目断苍梧暮云，黯黄陵宝瑟凝尘"两句，所指的便是舜帝与娥皇女英的故事。司马迁在《史记·五帝本纪》里曾讲到，舜到南方巡狩，死于苍梧山下，便葬在此处。《水经注》中记载，娥皇、女英对舜帝忠贞不已，舜帝死后，她们纷纷溺毙于湘水殉情。人们为了纪念二女而在洞庭湖畔修了黄陵庙。卢挚用这两句话来描写暮霭覆盖的苍梧山和黄陵庙，并对尘土掩埋的二妃抒发自己的哀伤和追悼之意。

　　作者在江南待了数年之久，以《蟾宫曲》为曲牌写了十余首怀古曲，名义上感叹千秋万世，其实是倾倒一肚子的苦水。卢挚思屈原、宋玉，思舜帝、二妃，皆是有缘由的。长沙湘水畔，多少年来留下了无数骚客的遗憾。卢挚也怕在这里度过余生，再难回到帝王身边施展长策。为忠臣者最怕遭冷弃，他的伤情在曲中不言而喻。

蟾宫曲　武昌怀古

卢　挚

　　问黄鹤惊动白鸥：堪鹦鹉能言，埋恨芳洲①？岁晚江空，云飞风起，兴满清秋。有越女吴姬楚酒，莫虚负老子南楼。身世虚舟②，千载悠悠，一笑休休。

【注释】

　　①芳洲：芳草丛生的小洲。②虚舟：任其漂流的小舟。

【赏析】

　　感怀身世的卢挚，在人生理想幻灭之后，不得不放手，辗转到了湖北武昌。卢挚此时仍戴着集贤院学士的高帽，却终日闲极无聊。一日，他登临名闻天下的黄鹤楼，忽而有只惊起的白鸥横空飞过，与黄鹤楼构成了奇妙的画面，就像黄鹤惊动白鸥一般，令白鸥不敢停留。此情此景，激发了卢挚的灵感，他遂写下了这首曲。

　　举目望去，看到远处的鹦鹉洲，卢挚蓦然想起死在此处的汉末才士祢衡。祢衡因为恃才傲物、桀骜不驯，相继得罪曹操、刘表等人，最后一个收留他的江夏（武昌）太守黄祖也受不了祢衡的嘴，将他处死。祢衡的饮恨在卢挚看来可悲可悯。卢挚认为，一个有才能的人因为高位者的不赏识而就此淹没，实是一件恨事。

　　不过，浩瀚长空，云淡风轻，有美女香酒陪伴，卢挚觉得不应因为一点儿伤古之情就浪费了眼前的景致，辜负"老子南楼"的美意。"老子南楼"本是《晋书·庾亮传》里的一个小故事。东晋六州都督庾亮镇守武昌时，他的部下殷浩等人月夜乘船登南楼赏夜景，庾亮得知后也来凑热闹。部将们见状纷纷走开，为自己偷闲的行为感到不好意思。庾亮却笑着说："你们不用这么着急走，就算先生老子来了这里，看到胜景也不忍离开的。"说罢便亲热地与殷浩等人饮酒作乐，谈论国家大事。

作者借"老子南楼"来劝自己，不要辜负良辰美景。面对身世如虚舟，无根无底、四处飘荡的境况，卢挚虽然伤怀，可是却于事无补，他能做的只剩下自我释怀。历史记载中的卢挚温柔多情，词曲清丽，在他的众多曲子当中，这曲《蟾宫曲·武昌怀古》竟突发豪放之言，叫人不免惊讶。难得卢挚能如此看得开，在淫雨霏霏的元代发出清音。

不可否认的是，他的怀古曲既不是为赞扬古人而作，也不是为天下黎民所写，通常都只是为自己诉苦。他无力改变现实，能做的只剩下饮酒作乐，寻求离开浮生，获得解脱。

一枝花　不伏老

关汉卿

【梁州】我是个普天下郎君领袖，盖世界浪子班头。愿朱颜不改常依旧①，花中消遣，酒内忘忧。分茶颠竹②，打马藏阄，通五音六律滑熟，甚闲愁到我心头？伴的是银筝女③，银台前、理银筝、笑倚银屏；伴的是玉天仙，携玉手、并玉肩、同登玉楼；伴的是金钗客，歌金缕、捧金樽、满泛金瓯。你道我老也，暂休。占排场风月功名首，更玲珑又剔透，我是个锦阵花营都帅头，曾玩府游州。

【隔尾】子弟每是个茅草岗、沙土窝、初生的兔羔儿，乍向围场上走；我是个经笼罩、受索网、苍翎毛老野鸡④，踏踏的阵马儿熟。经了些窝弓冷箭镵枪头，不曾落人后，恰不道人到中年万事休，我怎肯虚度了春秋。

【尾】我是个蒸不烂、煮不熟、槌不匾、炒不爆、响当当一粒铜豌豆；恁子弟每谁教你钻入他锄不断、斫不下、解不开、顿不脱、慢腾腾千层锦套头。我玩的是梁园月，饮的是东京酒，赏的是洛阳花，攀的是章台柳。我也会围棋、会蹴鞠、会打围、会插科、会歌舞、会吹弹、会咽作、会吟诗、会双陆。你便是落了我牙，歪了我嘴，瘸了我腿，折了我手，天赐与我这几般儿歹症候，尚兀自不肯休。则除是阎王亲自唤，神鬼自来勾，三魂归地府，七魄丧冥幽，天哪，那其间才不向烟花路儿上走。

【注释】

①朱颜：红颜美色。②分茶颠竹：品茶、画竹。③银筝女：妓女。④翎毛：羽毛。

【赏析】

关汉卿此曲可谓字字珠玑，精彩异常，逐字逐句都是关汉卿个性的体现。在"梁州"的第一句中，关汉卿便自夸为"普天下郎君领袖，盖世界浪子班头"。历史上敢于吹嘘自己是俏郎君，而且事事皆会的，除了汉代的东方朔以外，恐怕也只有关汉卿如此"大言不惭"了。然而，当时的很多文坛中人都说关汉卿的确风流倜傥、博学多才，无论吟诗、吹箫、弹琴、舞蹈、下棋、打猎等，无一不精。

据史书上载，关汉卿大约生活在 1300 年前后。他与马致远、王实甫、白朴并称为元杂剧四大家。关汉卿原本家学从医，曾在皇家医院任职，给皇上、娘娘们诊过脉、熬过药。他天生聪颖，学任何事情都一点就透，可偏偏对医学就是提不起兴趣，反而爱上了写剧本，天天在外游荡。

生活经历的扑朔迷离，并没有令关汉卿本人的性格变得难以揣测，相反，他个性十足，而且在当时的文坛上别树一帜，这在他的套曲《一枝花》里可以明显地看出。

在这首套曲中，最精彩的部分要数"尾"曲的前两句，关汉卿自称是"铜豌豆""千层锦套头"，言下之意自己又硬又韧，谁也管不了，谁也劝不了，个性十足。他身在勾栏，周边美女如云，可却并不爱人间情事、风花雪月。他只爱吹拉弹唱，处处留才。他希望人们通过他的笔和戏，看看这世界疯狂到什么程度。如果有人要迫他闭嘴，就算打断他的腿脚、打歪他的嘴巴、毁他的容，只要他还有表达的意识，就绝对不会善罢甘休。除非是"阎王亲自唤，神鬼自来勾，三魂归地府，七魄丧冥幽"，他才能闭上自己的嘴。

元末剧作家贾仲明说关汉卿是"驱梨园领袖，总编修师首，捻杂剧班头"。此话可以说是对关汉卿最大的赞赏。国学大师王国维在讲到关汉卿的剧曲时说："关汉卿一空倚傍，自铸伟词，而其言曲尽人情，字字本色，故当为元人第一。"

赵盼儿风月救风尘

关汉卿

【胜葫芦】你道这子弟情肠甜似蜜，但娶到他家里，多无半载周年相弃掷，早努牙突嘴，拳椎脚踢①，打的你哭啼啼。

【幺篇】怎时节"船到江心补漏迟"，烦恼怨他谁？事要前思免后悔。我也劝你不得，有朝一日，准备着搭救你块望夫石。

【注释】

①椎（chuí）：即打。

【赏析】

关汉卿的这部《赵盼儿风月救风尘》，讲的是妓女为生存挣扎的故事。在古代，许多妓女为了摆脱贫贱苦苦挣扎，拼命学艺以提高身价，希望能被懂得怜香惜玉的情人收作妾。对她们来说，如能觅得良缘，便是天大的幸运。

剧中的赵盼儿是关汉卿杜撰的一代名妓，是现实世界当中风尘女子的代表。剧中的她，有着风月女子的共性，年轻时对爱情有所向往，年长时才知道人间缺乏真爱，但她仍怜悯那些与她遭际相同的女子，希望帮她们找到真爱。

少女时期的赵盼儿貌如桃花、聪颖异常、天真烂漫，在心中勾勒过梦中情人的样子，想着和他携手畅游江南，在波光潋滟的西湖上荡舟对赋，过上惬意美满的生活。这是每个风尘女子的共同愿望。然而当时光匆匆而逝，赵盼儿才知飞上枝头不可能，找个理想男人嫁掉则更是做梦。十年风尘生活，让她说出了肺腑之言："待嫁一个老实的，又怕尽世儿难成对；待嫁一个聪俊的，又怕半路里轻抛弃。"这是妓女内心的最大矛盾，现实不由得她不清醒。因此当她看到了同行的小妹宋引章抛弃了好心的穷书生安秀实，打算嫁给浪荡子弟周舍时，坚决反对。

这两段唱腔是赵盼儿奉劝宋引章的话，阅人无数的她，对什么样的男子是好男儿，一眼就可以看出。周舍善于甜言蜜语，家里又是富贵人家，但并不等于他是好人。宋引章还是个小女儿家，贪图周舍的俊俏嘴脸，又觉得他比书生安秀实更能让自己过得殷实，便毁了与安秀才之间情定三生的约定。但赵盼儿看出了个中凶险，她断言周舍"酒肉场中三十载，花星整照二十年"，意思就是说周舍一肚子花花肠子，根本不是个值得托付终身的男子。但是，在赵盼儿苦劝之下，宋引章仍执意要嫁给周舍，盼儿无奈，预言引章必将经常遭受打骂，被丈夫冷落。因为官宦子弟大多把漂亮的妓女当作玩物，根本不把她们当人看。宋引章贪图富贵，跟了周舍回其老家郑州。结果事情正如盼儿所料，宋引章婚后备受周舍的凌辱与折磨，只有写信向盼儿求救。

关汉卿写下《赵盼儿风月救风尘》的剧本，原因在于他同很多名妓相交至深，对她们的遭遇深表同情，亦希望她们能坚强地为命运拼搏。一个人拥有玉骨风姿，不是与生俱来，而是后天培养出来的气质。虽然那些沦为妓女的女子遭受了诸多不平的待遇，只要她肯抬头挺胸，并以自己高超的技艺和不屈的气节来应对世人，一样会得到尊重。

感天动地窦娥冤

关汉卿

【正宫·端正好】没来由犯王法，不提防遭刑宪，叫声屈动地惊天。顷刻间游魂先赴森罗殿，怎不将天地也生埋怨。

【滚绣球】有日月朝暮悬，有鬼神掌着生死权。天地也只合把清浊分辨，可怎生糊突了盗跖颜渊①：为善的受贫穷更命短，造恶的享富贵又寿延。天地也，做得个怕硬欺软，却元来也这般顺水推船。地也，你不分好歹何为地？天也，你错勘贤愚枉做天②！哎，只落得两泪涟涟。

【注释】

①盗跖：春秋时强盗，名跖。颜渊：孔子弟子，指贤人。②错勘：错误判断。勘，核对。

【赏析】

这里撷取的是《窦娥冤》中流传数百年的最经典的两段曲目。《窦娥冤》的故事背景是元代的淮安。来自山阴的书生窦天章因为无力偿还蔡婆的高利贷，只好把7岁的女儿窦娥抵给蔡婆当童养媳，自己则赴京求取功名，希望有朝一日出人头地。窦娥长大后成了蔡婆的儿媳，怎知道丈夫不到两年就死了，剩下她和蔡婆相依为命。不久，蔡婆向当地的赛卢医要债，赛卢医心生歹念，把蔡婆骗到郊外打算谋害，正巧被流氓张驴儿父子撞见，吓得赛卢医慌忙逃跑。

张驴儿父子本就不是正经人，知晓蔡婆有钱，窦娥又漂亮，便起了贪欲，要求蔡婆报答他们的救命之恩，迫她和窦娥招他们父子俩入赘。蔡婆自知被侮辱了，却不敢做声，反倒是窦娥闻讯坚决反抗。所谓好女不侍二夫，更何况对方还是个流氓，窦娥无论如何也不肯答应婚事。可是，张驴儿贼心不死，趁着蔡婆有病，送上混着毒药的羊肚儿汤给她喝，打算毒死她，就此强占窦娥。哪知道他的梦做得美，却不料蔡婆闻汤后感到恶心，给了张驴儿的爹喝，结果一碗"索命汤"要了张驴儿老子的命。

世人讲，善有善报，恶有恶报。张驴儿害人不浅，反而害了自己的爹，本应该吸取教训，但他反而掉转过来诬陷窦娥毒死自己的爹。官府的大老爷不明事理，不分青红皂白地对窦娥严刑逼供，窦娥终于屈打成招，遂被判了死刑。

窦娥深知通过官吏公正判决来为自己平冤已是泡影，她唯有心死，举头发下重誓，如果她是被冤枉的，头颅被砍下之后，鲜血必然一滴不剩地溅在飘飞的八尺素练上，六月飞雪将掩埋她的尸身，淮安一带必大旱三年。窦娥的诅咒果然一一应验，百姓们皆知窦娥确实是被冤而死。

窦娥惨死之后，人间终遭报应，但关汉卿并没有就此煞笔。他不但要通过上天为窦娥鸣冤，还要在人世当中还窦娥一个清白。窦娥的魂魄找到在京城里当上官员的父亲窦天章诉冤，窦天章遂千里迢迢回乡为女查案，终于把张驴儿千刀万剐，以命抵命。

关汉卿借窦娥的身世控诉当时社会的不公，元文人大多写着四平八稳的文章，视野却越发变得狭隘，社会也变得委靡不振。世态之颓气，并不是关汉卿能一扫而罢的，他自己很清楚，但他仍要用窦娥的魂灵，来惊动愚昧的现实世界，一扫世态的颓气。窦娥的精神正是关汉卿的写照。

好酒赵元遇上皇

高文秀

【牧羊关】见酒后忙参拜，饮酒后再取覆①，共这酒故人今日完聚。酒呵，则到永不相逢，不想今番重聚。为酒上遭风雪，为酒上践程途。这酒浸头和你重相遇②，酒爹爹安乐否？

【注释】

①取覆：回答。②酒浸头：原作骂人的话"酒鬼"。这里用以自指。

【赏析】

这是元代戏曲作家高文秀所作，讲的是一个叫赵元的"酒鬼"的故事。

这段故事由赵元的蛇蝎老婆刘月仙引起。此女嫌弃赵元不长进，暗暗在外面与东京臧府尹有暧昧关系，一心想要嫁给臧府尹，刘、臧二人为了做长久夫妻，遂设了一个诡计。臧府尹差赵元送文书到汴京给丞相赵普，却故意把文书晚三天交给赵元，让他延误日期。宋代官府有明文规定，延误一日杖四十，延误三日就处斩，赵元心知是死路一条，又不得不送，满腹哀愁地上路了。一场梨花大雪来临，天寒地冻，不过赵元并没有对老天发出怨怼，反而感谢上天，因为大雪让自己躲进了路边酒馆。

　　此处选的就是酒馆中的情境。十分有趣，是赵元见到"酒"之后的表现。他一路冲进酒馆，叫来"酒大人"，对其又是参拜又是讨好。赵元视酒如亲人，还以为自己赴死之前肯定不能再见它，没想到因为暴风雪而与"亲人"重逢，实在让他又惊又喜。剧中第二折这段求爷爷告奶奶的感激话，读来让人忍俊不禁。他那充满谐趣的话被微服出巡、落脚酒店的宋太祖赵匡胤一行人听到，赵匡胤忍不住留意到此人。

　　赵元一边喝一边唱，忽然听见旁边的掌柜在与人大声理论，顿觉对方打扰了他的酒兴。他上前一问掌柜，才知有几个人喝完酒却没钱付账，他便大方地替这些人付了钱。没有酒钱的几人正是赵匡胤一干人等，赵匡胤不小心丢了银子，所以无钱付账，他欣然接受了赵元的恩惠，并与赵元把酒言欢。二人聊得甚是投机，均觉得遇到了知己。赵元一时酒劲儿上来，便开始对赵匡胤诉苦，讲刘月仙和臧府尹如何害他。赵匡胤闻言思索半晌，声称自己认识宰相赵普，并且在赵元的手臂上写下了一封"求情信"。赵元带着手臂上的"求情信"到了京师，见到赵普之后，赵普立刻对他客客气气，还推荐他当上高官。

　　衣锦还乡的赵元，见到臧府尹被赵普发配边疆，刘月仙也被杖刑一百，两人都受到应有的惩罚，他便心满意足了，遂向朝廷辞去官职，回到了他的酒坛边，又开始了与美酒相伴的生活。

　　赵元自认自己是"愚浊的匹夫，不会讲先王礼数"，宁归隐而不进取。其实，他身上有着古代文人共同的气质，入仕之念并非一点儿没有，但他自言一介匹夫，是因为世上人心难测，伴君如伴虎。爱人的欺骗、上司的陷害令他对现实充满失望，而"酒大人"从不会骗人。在酒的面前人可以变得毫无心机，酒也可以为人解除一切烦恼。在赵元看来，贪杯是一种不可言喻的幸福，比升官发财更为现实。

　　素有"小关汉卿"美称的元代戏曲作家高文秀借赵元的故事发挥，写了《好酒赵元遇上皇》一剧，顿时在民间引起了不小的轰动，让市井之人再次肯定"酒"是好物。在高文秀的笔下，赵元历经酒难、酒缘、酒功、酒趣等过程，让观众着实为他捏了一把汗。看罢剧目之后，人们忍不住开怀叫好。

其实，高文秀之所以选中赵元的经历作为剧本的内容，也是想借他来影射自己。赵元因酒难而遇酒缘，巧得功名，是高文秀以及所有元文人的梦想。如果他们能赶上帝王微服出访，与帝王结缘，说不定也可入朝为官。可现实状况的悲惨又令元文人知道一切仅是梦想而已，所以高文秀又安排赵元回到"酒大人"身旁，这是元文人无奈之下的选择。郁结于心中的不甘之痛和不仕之忧，只能从舞台戏剧中寻求自我麻醉。

庆东原

白 朴

忘忧草①，含笑花②，劝君闻早冠宜挂③。那里也能言陆贾④？那里也良谋子牙⑤？那里也豪气张华⑥？千古是非心，一夕渔樵话⑦。

【注释】

①忘忧草：萱草，一作紫萱，食用后有如醉酒之态，故得名"忘忧"。②含笑花：花名，属木兰科，初夏开花，因开时常不满而宛如含笑之状，故得名"含笑"。③闻早：趁早。冠宜挂：宜辞官。④陆贾：汉高祖之谋臣，能言善辩。⑤子牙：姜太公，名姜尚，字子牙。⑥张华：西晋文学家，字茂先，曾劝谏晋武帝伐吴。⑦渔樵话：渔人樵夫所说的闲话。

【赏析】

《庆东原》一曲，是杂剧大家白朴的信手拈来之作，他曲中的主人公浅笑晏晏，将忘忧、含笑二草带在身边，告别悲伤的苦难。文辞看似浅显，实则意境深远。

人世的各种动荡，令诸多世人想抛却各种烦恼，消除自己苦难的记忆。曲中抱着忘忧、含笑草的人，是众生的化身，同时也是白朴自身的写照。他想借两种植株背后的内涵来奉劝世人，把功名利禄都抛却，因为它们到头来不过是一场空。

旧时人们把忘忧草叫作紫萱，认为吃了之后可以忘却一切凡尘俗事，故有其名；南方人把含笑花作为百花之首，四时皆开，奇香无比，妖娆娇俏。其实，忘忧草不过是黄花小菜，含笑花也不过是茉莉而已。然而，它们被想象力极丰富的先人赐予了古色古香、文气十足的别名，化作诗词歌赋里的托物，以言作者志向。

白朴在他的《庆东原》开篇，同样挪用二草，来抒写他的真情。

作者甚是怕自己的奉劝不能打动人们追逐名利的心，便以许多因求名而变得不幸的古人来作证。他举了汉代能言善辩的陆贾、西周足智多谋的姜子牙、文韬武略的东晋大臣张华，这些大名鼎鼎的古人都遭遇被放逐远方的命运，是非功过不被帝王记着，反而成了渔樵茶余饭后的谈资。古人尚且如此，更别说我辈中人了。

作者的感叹不无道理。元王朝朝政黑暗，让身在官场的人心灰意冷，过去那些直到功成才打算身退的人，大多数没有好下场，非死即伤，因此何必留恋官场？不如看开，不想是非功名。《庆东原》中的寥寥几语，言辞看似轻松洒脱，事实上并不轻松。

阳春曲 知几

白 朴

知荣知辱牢缄口①，谁是谁非暗点头。诗书丛里且淹留②。闲袖手，贫煞也风流③。

【注释】

①缄口：闭口不言。②淹留：停留。③贫煞：贫穷到极点。风流：光彩。

【赏析】

"知几"意为知晓事情变化的关键或预兆，几即预兆之意。白朴原名恒，字仁甫，后自己改名为朴，字太素。人心如字，简单可见，白朴不希望尘世的俗气玷污了自己的人格。白家是元初文坛上享有盛名的文学世家，白朴的仲父白贲虽早夭，却已有诗名在外，而多才多艺的元好问更是白朴父亲白华的好朋友，对白朴格外喜爱。金灭亡时，汴京城破，白华与妻儿失散，蒙古兵进城大肆劫掠，导致白朴和姐姐与母亲分离，幸而元好问及时赶到，救下白朴姐弟二人，带着他们四处奔逃，生活极为艰辛。元好问对白家姐弟视如己出，在白朴身染瘟疫、生命垂危之际，元好问抱着他数夜未眠，直至他浑身发汗病愈，元好问才昏倒在地。对于这个胜似父亲的长辈，白朴始终铭记于心，无论从品行还是文学上，均极力向元好问学习。看到白朴如此聪颖灵秀，元好问亦对他非常喜爱，在读书、为人处世方面格外用心地去培养他。

元太宗九年（1237 年），12 岁的白朴被元好问送回了父亲白华身边，白华欣喜若狂。白朴就此在北方真定城安居下来，成为当地很有名气的少年才子，很早就被朝廷起用。他刚一做官就萌生退意，因为当年蒙古兵夺他家产，伤害他的亲人，这使他对元统治者深恶痛绝，他更不解的是为何父亲仍甘愿屈于元朝的淫威之下。面对这满目苍凉的山河，他忍不住伤心欲绝，只想甩手离去。他深知身在官场，不能保留志节，只能放开名利，与经史做伴，在文丛中讨口饭吃。于是，他毅然放弃了官位，告别了父亲，四处游历。

这首曲子里，作者感慨自己半生荣辱，早已看得清楚，只不过不想说罢了，谁是谁非暗自琢磨，即使能辨别出对错又怎样，改变得了现实吗？父亲的一生命途多舛，亦父亦师的元好问同样坎坷颇多。虽然白朴年纪轻轻，却在《阳春曲》中早早地显露出看破红尘的绝望。对一切彻底地看透，毫无期望可言，白朴当是怎样沉重的心思？此曲的风格亦如他的字"太素"一样，充满了沧桑的意味。

墙头马上 （节选）

白 朴

【寄生草】柳暗青烟密，花残红雨飞。这人人和柳浑相类①，花心吹得人心碎②，柳眉不转蛾眉系。为甚西园陡恁景狼藉③？正是东君不管人憔悴④！

【醉春风】家万里梦蝴蝶，月三更闻杜宇。则兀那墙头马上引起欢娱，怎想有这场苦、苦。都则道百媚千娇，送的人四分五落，两头三绪。

【注释】

①人人：心上人。②花心：人心。③恁：那样。④东君：传说中的春神，这里即指春风。

【赏析】

《墙头马上》是白朴戏曲的最得意之作，倾注了他的很多感情。剧中的主人公李千金是洛阳官宦人家的小姐，刚过二八年华，小女儿的心事便由原来的红妆刺绣及玩耍转变为考虑嫁人的问题。剧情是从李千金在某日趴于墙头向外张望开始写起。

"寄生草"是写李千金所住的园内情景："柳暗青烟密，花残红雨飞。"在李千金眼中，园内景物残破，徒惹佳人不快。实则是佳人不快，才看不惯园内的风光。就在她百无聊赖的时候，突然见到一个俊美至极的书生骑马经过。两人四目相对，风拂过，掀起二人的发丝，勾勒出他们清新的轮廓，那一瞬间，他们彼此均感如沐春风。千金脸上一红，急忙从梯子上下来，躲在墙后。

骑马的书生并不是普通人家的公子，而是工部尚书裴行俭的儿子裴少俊，但千金并不知晓。裴少俊当时年过18岁，墙头惊鸿一瞥，觉得千金貌若天仙，一时间心潮涌动，文思泉涌，便写了首诗，抛进了李家的墙内。躲在墙后的千金拾起诗来看了看，微笑着回赠一首抛出去。

后来李千金的乳母发现二人偷偷恋爱，可怜他们爱得辛苦，便帮他们两个私奔。裴少俊遂把李千金偷偷带回家藏在后院，整整7年，裴家人都没有发现千金的存在。在这7年当中，李千金还为裴少俊生了两个孩子：儿子端端6岁，女儿重阳4岁。天不从人愿，端端和重阳在玩耍的时候被工部尚书裴行俭发现了，后者几番追问裴少俊，才知道他竟然早已暗结连理，便大骂李千金不知礼数，迫使裴少俊休了她。李千金据理力争，但裴少俊却拗不过父亲的威逼而休了她。

"醉春风"便是当时李千金痛苦的心声。李千金无奈之下唯有回到洛阳，却发现父母双亡，一时间悔恨不已。心念着"家万里梦蝴蝶，月三更闻杜宇"，想当初只顾着恋爱，可7年下来却落得被休的下场，父母又双双亡故，人生还有什么希望？万念俱灰之下，她去了父母的坟前守孝，寻个清净。

时光匆匆流逝，大半年过去了，裴少俊中了进士，担任洛阳令一职，将父母接到洛阳，打算与千金再续前缘。千金当时早就断绝了复婚的念头，而且她痛恨裴少俊就那样休了自己，缘分已被隔断，还有什么可续？于是死活不肯答应复婚。裴行俭这时知道了李千金竟然是自己的旧交李世杰之女，便主动跑去跟她道歉，希望她再做自己的儿媳妇。千金被求得心烦，又看到自己的儿女抱着她的大腿不肯松开，无奈之下只好原谅了裴少俊。

一个墙头、一匹高头马，成就了这段姻缘，所以白朴为李千金与裴少俊的故事起了《墙头马上》的名字，以言表对墙头、马背等"媒人"的感激。

天净沙 春夏秋冬

白 朴

春山暖日和风，阑干楼阁帘栊[①]，杨柳秋千院中。啼莺舞燕，小桥流水飞红[②]。

云收雨过波添，楼高水冷瓜甜，绿树阴垂画檐。纱厨藤簟③，玉人罗扇轻缣。

孤村落日残霞，轻烟老树寒鸦，一点飞鸿影下。青山绿水，白草红叶黄花。

一声画角谯门④，半庭新月黄昏，雪里山前水滨。竹篱茅舍，淡烟衰草孤村。

【注释】

①帘栊：即窗帘。②飞红：落花。③簟：藤席。④谯门：建有望楼的城门。

【赏析】

这四首《天净沙》，写的是春夏秋冬四个季节的景致。第一首大意是说春日的山水、风雨、花草、楼阁、亭台，无不是文人最容易注意到的地方。大地回春时，院内暖风拂过，柳枝摇曳，秋千微荡，小桥流水，落红旋舞，莺啼燕叫，引人相思。所谓思春，大概就是这些景物惹得人心发痒，无法按捺于室。白朴以《天净沙》做了8首小令，春夏秋冬各2首，借四时的风光，来形容他一生的经历和心境起伏。上面这4首春夏秋冬曲，即是从8首小令里撷选出来的。

白朴的幼年饱经战乱，回归家园后，与父亲重逢，又新婚不久，心中满是温情，所以春曲充满了温馨畅快的意味，而没有惆怅且充满沧桑之感。

第二首为夏令，虽然韵调和含义不及春、秋两曲，但满是甜蜜。云雨收罢，楼高气爽，绿树殷殷，垂于廊道屋檐，微微颤动，极尽可爱。透过薄如蝉翼的窗纱，隐约见到一个身着罗纱、手持香扇的女子躺在摇椅上，扇子缓缓扇动，女子闭目假寐，享受夏日屋内的阴凉，那模样美得令人心动。

在这首小令中，白朴并没有交代那女子是谁，但以他和妻子多年痴恋的经历来看，此女最有可能是他的妻子。白朴爱妻甚深，妻子的一颦一笑，一举一动，都是他乐见喜闻的，而且在他的记忆中是那样清晰。夏日妻子乘凉的情景，一直都是他脑海中最美的画面。

在秋令当中，落霞中的村落不是热闹而是荒僻。轻烟袅袅，老树昏鸦，一点飞鸿成了夕阳中苍凉的魅影，更加勾起说不清的愁，明明还是青山绿水，却早已叶红草白，不是金黄的喜悦，而是不能回家的恨。这样的情景令人忆起马致远的"秋思"，一幕倾颓的画面从天而降，面对如此萧瑟之景，怎能不悲从中来、撕心裂肺？

最后一首写冬日黄昏日落，山坡上是皑皑的白雪，凉月照亮了半个庭院，眼前流淌过一条清冷的湾流，城门上所挂的警戒号角在冷风中微微晃动颤抖，碰撞到石墙上发出微弱的响声，越发显出冬日的冷清。竹篱茅舍变得枯黄，没有鸟儿肯在这里栖息，瑟瑟的寒意在静静流动，万籁俱寂。

白朴始终充满对现世的同情，对自己的怜惜。他所写的小令、杂剧，内涵只有一个：怜悯一切值得他怜悯的人，李千金、裴少俊、唐明皇、杨贵妃，还是那些香闺中的思妇、街头艺人、江上孤翁。

这四曲《天净沙》正是他的自怜之作。然而，白朴虽有落叶飘零之苦，有魂牵梦萦之痛，但却没有半分怀才不遇之感，这恰是他的脱俗之处。

醉高歌　感怀

姚燧

十年书剑长吁①，一曲琵琶暗许②。月明江上别溢浦③，愁听兰舟夜雨。

【注释】

①书剑：携书带剑，即宦游在外。②一曲琵琶：即指《琵琶行》。许：称许。③溢浦：即溢水。

【赏析】

姚燧，字端甫，是元代初期最为著名的学士，姚燧虽身居京城，但驰名中原各地，许多士人闻其名而奔赴大都，欲瞻仰他的风采。

这首曲是姚燧在九江巡视时写的，从中不难看出他经历了十年宦海生活后，所剩的只是长吁短叹。终日在皇权之下挣扎匍匐，在各种势力的斗争间摆动，未曾得到些许痛快。他漫步于江岸，直到暮色退去、月上枝头。他到江上乘舟听雨，闲极无聊弹了曲琵琶乐，以寄托他的哀愁。

一些名家在解读姚燧这段曲子时，认为姚燧的琵琶曲暗指当年白居易和琵琶女偶遇的经历。白居易与琵琶女于江上邂逅，不过是白氏人生中的一小段插曲，但马致远的《青衫泪》一剧，却将二人的偶遇变成了一段风流韵事。所以姚燧的"琵琶暗许"，意思大有可能指琵琶女芳心暗许白氏，而他用这个典故，证明姚燧的心中也有思念的人。不过，有关姚燧"芳心暗许"谁人的猜测，完全是人们想当然的。另外，古人借典成文，多存在移情作用，即便姚燧真的在思念某人，也不一定就是心爱之人。

根据姚燧的经历来看，此曲《醉高歌》更像是发生活的牢骚。"琵琶暗许"，

"许"的该是姚燧不满现状的心绪，最后一句"愁听兰舟夜雨"可以证明。

梧桐雨 （节选）

白 朴

【滚绣球】长生殿那一宵，转回廊，说誓约，不合对梧桐并肩斜靠，尽言词絮絮叨叨。沉香亭那一朝，按霓裳，舞六幺①，红牙箸击成腔调，乱宫商闹闹炒炒。是兀那当时欢会栽排下，今日凄凉厮辏着，暗地量度。

【三煞】润蒙蒙杨柳雨，凄凄院宇侵帘幕。细丝丝梅子雨，装点江干满楼阁②。杏花雨红湿阑干，梨花雨玉容寂寞。荷花雨翠盖翩翩，豆花雨绿叶潇条。都不似你惊魂破梦，助恨添愁，彻夜连宵。莫不是水仙弄娇，蘸杨柳洒风飘？

……

【黄钟煞】顺西风低把纱窗哨，送寒气频将绣户敲。莫不是天故半人愁闷搅？前度铃声响栈道。似花奴羯鼓调，如伯牙《水仙操》。洗黄花润篱落，渍苍苔倒墙角。渲湖山漱石窍，浸枯荷溢池沼。沾残蝶粉渐消，洒流萤焰不着。绿窗前促织叫，声相近雁影高。催邻砧处处捣，助新凉分外早。斟量来这一宵，雨和人紧厮熬。伴铜壶点点敲，雨更多泪不少。雨湿寒梢，泪染龙袍。不肯相饶。共隔着一树梧桐直滴到晓。

【注释】

①六幺：唐代著名曲子。②江干：江边。

【赏析】

这段唱腔讲的是唐明皇马嵬坡杀死杨国忠、逼杨玉环自缢之后回宫时的情景。安史之乱渐渐平定，回到长安的玄宗不问世事，退居西宫颐养天年。可是痛失挚爱，他如同丧失了魂魄，而爱情沦丧之后他的权力又被架空，爱情与事业皆无好结果的玄宗凄凉不已。面对着西宫内杨玉环的画像，他更加心痛欲死。

"滚绣球""三煞""黄钟煞"三段均是描写唐玄宗当时的心情。他回想在长生殿的那晚，与杨玉环并肩坐在长廊上，对着在夜风中簌簌作响的梧桐，誓言生生世世不分离。还有在沉香亭的那天，玉环跳着绝美的舞蹈，他唱歌，她舞袖，彼此眉目传情，好不快活。这些好像都发生在昨日一样，一转眼物是人非事事休，只剩下自己对着凄迷细雨、冷冷殿阁，看百花落尽、绿叶萧条。

夜里西风寒气逼人，在窗棂间滑过时发出奇怪的声响，仿佛是西蜀栈道上的马铃声、渔阳鼙鼓的惊魂声，令玄宗冷汗淋漓。败落的花叶、月下阴影重重的山石、枯静的荷塘与翅沾湿露的蝴蝶，看上去死一般的寂静，然而他又看到昏黄的灯火在闪烁，耳边听到了虫燕喧闹泣鸣和恼人的捣衣声。玄宗弄不清自己究竟听到或看到什么，只因他心乱如麻、彷徨无措，有声也是无声，无情也是有情。这一夜梧桐雨，沾湿了周遭的事物，而他的泪早已打湿龙袍。

作者将玄宗放进了梦幻凄清的西宫，让他游离其内无法超脱。此举略显残忍，然而却可真实地反映出玄宗的情意。

白朴一生在情感上饱经伤痛，这令他能深切体会两人的苦痛，所以他对唐明皇与杨贵妃不免生出同情。

凭阑人　寄征衣

姚　燧

欲寄君衣君不还①，不寄君衣君又寒。寄与不寄间，妾身千万难②。

【注释】

①衣：即征衣，寄给游者的衣物。②妾：旧时妇女自称。

【赏析】

姚燧对仕途唾弃，对黎民百姓的苦难生涯也饱含同情，一次，在游宦江南时，姚燧在路边遇到一个妇人。那妇人差人将做好的衣物送去给前线的丈夫，旋即又把衣服要了回来，如此翻来覆去，行为古怪。在他的询问之下，妇人才哭哭啼啼地说，她寄衣服给夫君，是怕夫君在边疆受冻，可是她又怕对方已经回程了，衣服寄不到，因此心思矛盾。姚燧闻言黯然垂泪，回到寄居的府中，提笔写下了这曲《凭阑人·寄征衣》。

作者模拟了女子的微妙心思，在寄与不寄之间，女人心灵充满挣扎的痛苦。她每一次踌躇，每一次反复，对亲人的思念就多了一重。千百重压下来，叫她难以透过气来。

姚燧的诗词曲赋，总是能用简单、纯粹、真挚的语言来彰显最残酷的现实。

这曲《凭阑人·寄征衣》，虽无华丽的描写，却是元散曲写实作品中的魁首，其奥妙在于极易上口，而后韵无穷，话虽短少，重见字数达13处，然意境已经到了极其深远的境界。

满庭芳

姚 燧

天风海涛，昔人曾此，酒圣诗豪①。我到此闲登眺，日远天高。山接水茫茫渺渺②，水连天隐隐迢迢③。供吟啸，功名事了，不待老僧招。

【注释】

①酒圣：酒中之圣，这里指"竹林七贤"之一刘伶。诗豪：诗中英豪，指刘禹锡。②茫茫渺渺：形容山水相连，浩渺无边的样子。③隐隐迢迢：同"茫茫渺渺"义。

【赏析】

这曲《满庭芳》没有了《醉高歌》的长吁短叹，也没有了《凭阑人》的伤心难过，开篇便直逼苏轼的"乱石穿空，惊涛拍岸，卷起千堆雪"，有种天高海阔的气魄在其中。在酒圣诗豪频临的江南胜景面前，姚燧的情绪被迅速调动起来，他登高而招，远眺江山，山水迢迢，烟波浩渺，心胸豁然开朗，抬眼仰天长笑，什么功名利禄、荣辱富贵，都可以抛于脑后。他此刻的心境所容纳的只剩下眼前此刻的美景。

作者少年时非常不幸，他不到三岁时，其父亲便辞世了，丢下他一人在尘世飘零。伯父姚枢见他可怜，便带他移居到边境。

姚燧的文学素养可能是在那段时间培养出来的，因为没有俗世的叨扰，他可以专心徜徉书海，年纪轻轻时便精通诗、词、曲、书、画，回到京城之后，迅速成为文坛的一颗新星，很快便被人推举到秦王府做文学，后来进入朝廷担任翰林学士承旨。元成宗时期，姚燧当上了江西行省参知政事，与宰相之职只有一步之遥。

才华横溢、仕途顺利，按理说姚燧不应该痛苦，至少物质生活有保障，什么都不缺，应该快活才是。但他看到了无数的政治风波，这些并非他所愿，然而过得过不得，不是他能选择的，也由不得他选择。

寿阳曲　潇湘夜雨

马致远①

渔灯暗，客梦回，一声声滴人心碎。孤舟五更家万里，是离人几行情泪。

【注释】

①马致远：元代著名戏曲作家，散曲家，元大都（今北京）人，号东篱。其作品语言清丽，沉郁中亦显飘逸，有脱俗之风。

【赏析】

一曲《寿阳曲》，点点离人心碎声敲打着人们的心弦。本曲的曲名既为"潇湘夜雨"，可见马致远所在的地方必定是潇湘之地。潇湘本指湘、潇二水汇集的零陵郡，后来人们干脆用它来指代湖南等地。当地每逢夏秋便落雨不停，尤其是傍晚开始的淋漓小雨，激起浮动的江雾，一些渔人驾着小舟于雾间若隐若现，渔灯朦朦胧胧，更惹人遐想。

元代的人多离愁，有国家民族变乱的原因在里面，也有个人的情感在其中。过去人们表达情感的有诗词歌赋，也有民间传奇，不过表现张力比元代的杂剧和曲子显然要弱。另外，饱经离难的元人情感变得复杂得多，他们通过自己的笔墨，大量融合各民族、各地方言的感叹词，创作出易于弹唱的曲调和歌词，使得他们要表达的内容更加情深义重，催人泪下。

"离愁"之曲写得最让人魂断的当属马致远，他的《天净沙·秋思》已成绝响。在《汉宫秋》里他也曾借昭君王嫱之口道出"背井离乡，卧雪霜眠"的痛苦。离开家乡如同躺在霜雪上，实在难以忍受。而这首《潇湘夜雨》，肯定会让离家万里、心有所系的人在烟雨蒙蒙面前惆怅满腹，泪水涟涟。

像马致远这样的羁客遍布大江南北，因秋景而生乡情的人也比比皆是。

四块玉　马嵬坡

马致远

睡海棠①，春将晚，恨不得明皇掌中看②。霓裳便是中原患③。不因这玉环④，引起那禄山⑤，怎知蜀道难⑥？

【注释】

①睡海棠：这里喻指杨贵妃。②明皇：唐玄宗。③霓裳：指《霓裳羽衣曲》。④玉环：杨贵妃字。⑤禄山：安禄山。⑥蜀道难：安禄山攻入潼关后，唐玄宗仓皇逃往四川之事。

【赏析】

马致远在写这首形容杨贵妃的《四块玉》时，多少对这个美女持鄙视态度。作者笔下的杨贵妃美则美矣，却并不招人喜爱。

暮春时节，海棠春睡的杨贵妃姿容娇艳，玄宗（即唐明皇）恨不得把她当作掌中明珠，然而偏偏就是这个美女成了中土大唐的祸患。玄宗与她终日在宫中轻歌曼舞、饮酒作乐，不顾朝政，节度使生出异心，在地方起兵造反，祸国殃民。最终安禄山叛变，攻入潼关，玄宗带着杨玉环及残兵逃亡蜀中。逃亡大队路过马嵬驿时，扈从的禁卫军哗变，要求玄宗诛杀杨玉环以谢天下，重拾明君姿态。将玉环视若心头肉的玄宗悲痛不已，但为了稳定军心，也只能忍痛割爱。马致远的曲子讲的就是这段故事，他明说唐明皇无道，其实是说杨玉环为红颜祸水。

汉宫秋

马致远

【醉中天】将两叶赛宫样眉儿画，把一个宜梳裹脸儿搭，额角香钿贴翠花，一笑有倾城价。若是越勾践姑苏台上见他，那西施半筹也不纳，更敢早十年败国亡家。

【梅花酒】呀！俺向着这迥野悲凉。草已添黄，兔早迎霜。犬褪得毛苍，人搠起缨枪，马负着行装，车运着糇粮①，打猎起围场。他、他、他，伤心辞汉主；我、我、我，携手上河梁②。他部从入穷荒；我銮舆返咸阳。返咸阳，过宫墙；过宫墙，绕回廊；绕回廊，近椒房；近椒房，月昏黄；月昏黄，夜生凉；夜生凉，泣寒螀；泣寒螀，绿纱窗；绿纱窗，不思量！

【注释】

①糇（hóu）粮：干粮。②携手上河梁：形容惜别之景。

【赏析】

昭君出塞，令自汉以来的无数后人唏嘘感慨，文人骚客不乏诗作。一个女人为了所谓的民族大义而牺牲"贞洁"，便是永世赞赏的对象。人们可怜王嫱远赴千里，埋骨他乡，魂向中土不能回，为她写下不计其数的挽联，为她歌功颂德。

但是，马致远的《汉宫秋》不想苟同他人的看法，而是对元帝与王嫱不能情有所衷给予了最大的怜悯。马致远的《汉宫秋》作为元代的名剧，所写的虽然是昭君，但它的特别之处在于不以昭君出塞为主要内容，而是写了一段昭君与元帝相爱的过程。在全剧中，马致远尽情地发挥着自己的想象，放纵自己的笔调，去写一段欲舍难离、可歌可泣的爱恋。

这里选取的"醉中天"就是《汉宫秋》第一折中汉元帝与王昭君邂逅的一幕场景。

此女的面容倾国倾城，汉元帝一看到她，便惊为天人，比西施有过之而无不及。如果越王勾践早遇到她，西施也要被忽略不计。汉元帝十分不理解，就算自己终日在朝堂上忙于政事，也不可能轻易忽略这样的优雅女子，究竟原因为何？

让汉元帝深深着迷的女子，便是在汉宫中待了几年的王昭君。她没料到在半夜里弹琴，竟然会惊动帝王，犹以为自己身在梦中。想当年画师毛延寿从中作梗，在她的画像上点了丧夫痣，使她从一进宫就幽居冷殿。一晚，她忧思难消，本打算趁着夜里无人，拂曲聊以慰藉，竟然引来一心希冀见到的人。

剧中的元帝和王昭君，前者体贴，后者温柔，使他们相处的时光温馨无比。昭君得宠之后，画师毛延寿畏罪潜逃至匈奴，为了报复元帝和昭君，便将昭君的画像送给单于。单于顿时为王昭君的美貌所迷，本准备南下进攻的念头也打消了，派使者到汉室索婚，只要元帝将昭君奉上，一切皆可商量，要是汉元帝敢拒绝，匈奴百万雄兵将即日南侵，一决胜负。

汉元帝本以为满朝的文武百官会支持他打仗，哪知这班人马个个吓得屁滚尿流，哭爹喊娘地要求他把昭君送给匈奴王。面对这些，元帝一个人又能做什么？就这样，元帝忍着撕心裂肺的痛楚，在大殿上为王昭君和匈奴单于主持婚礼。

"梅花酒"是第三折中的一段曲子，此段所写的尽是元帝送别昭君时的痛苦心情。他在灞桥之上，远眺着护送王昭君的马车隐于荒草戈壁，感到自己的魂也快要离体追随而去。元帝一想到昭君从此便要受苦，终日对着荒草霜天，身边伴的不是贴心的人，他便痛苦难当。塞外的生活是何等凄苦，随处可见褪了毛的狗、扛着红缨枪的牧人，四处都是马负行装，荒凉不已，待在那里，过的日子也必定辛苦非常。昭君伤心地离开，目送她离去的元帝也不得不乘车回咸阳，可是每过一道宫墙，每走一条回廊，两个相爱之人的距离便远了几里。对元帝来说，汉宫之内，只余一片孤寂，只剩凉夜昏月，只闻寒蝉悲泣，再也听不到昭君的琵琶声了。

这一段曲子情感缠绵悱恻，马致远笔下的汉元帝，多情得超乎想象。但剧情没有就此打住，更悲惨的事情发生了。

得到王嫱的单于率兵北去，王嫱却做出惊世之举。她一方面不舍故土，另一方面思念元帝成疾，便在汉番交界的黑龙江投水而死。昭君死的当夜，汉元帝做梦惊醒，突闻窗外孤雁哀鸣，顿时泪如泉涌。他跌跌撞撞地跑出寝殿，叫宫人去打听昭君的消息，才知昭君已经自尽。而单于怕和汉室起干戈，遂将画师毛延寿遣送回来。元帝痛煞，几欲撞墙，下令叫人砍了毛延寿的脑袋，以慰藉昭君在天之灵。数年后，元帝也抑郁而亡。

在《汉宫秋》里，王嫱与元帝的爱情虽然生不能在一起，但得到了共同赴死的结局，这是马致远对忠贞爱情的理解。

［越调］天净沙　秋思

马致远

枯藤老树昏鸦，小桥流水人家。古道西风瘦马。夕阳西下，断肠人在天涯。

【赏析】

一边是"枯藤老树昏鸦"的凄凉景色，一边是"小桥流水人家"的温煦氛围，而当骑在瘦马上的游子从荒郊古道上憔悴而来，两般景物分别代表的眼下境况与思归情绪便已分明。境遇如此凄凉，归心更加强烈，夕阳西下时，游子肠断，独立天涯……

西厢记　（节选）

王实甫

【秃厮儿】我则道神针法灸，谁承望燕侣莺俦①。他两个经今月余则是一处宿，何须你一一问缘由？

【圣药王】他每不识忧，不识愁，一双心意两下投。夫人得好休，便好休，这其间何必苦追求？常言道"女大不中留"。

【麻郎儿】秀才是文章魁首，姐姐是仕女班头②；一个通彻三教九流，一个晓尽描鸾刺绣。

【幺篇】世有、便休、罢手，大恩人怎做敌头？起白马将军故友，斩飞虎叛贼草寇。

【络丝娘】不争和张解元参辰卯酉③，便是与崔相国出乖弄丑。到底干连着自己骨肉，夫人索穷究。

【注释】

①燕侣莺俦（chóu）：形容男女欢爱如燕莺般谐和相伴。②班头：领头。③参辰卯酉：对头。十二时辰中，卯酉正相对，参、辰二星亦正相对。

【赏析】

这5段唱腔出于《西厢记》第四本第二折，是红娘最出彩的段子。"圣药王""麻郎儿""幺篇"三段曲子是红娘赞崔、张是才子佳人，情投意合，而张生的义兄还是大将军，与崔家门当户对；而"秃厮儿""络丝娘"两段里，红娘直接指责老夫人不守信用，坏人家因缘，连心头肉的好女儿都不管不顾。五曲铿锵有力，完全展露了红娘伶牙俐齿的一面。

老夫人被红娘一连串的抢白，弄得一句话也说不出来，思来想去，考虑到张生义兄杜确的身份，只有同意二人交往，但张生必须考取功名才能和崔莺莺结婚。不久，张生果然考得状元，立刻赶往家中报喜。

然而一波未平，一波又起，郑恒突然横插一脚，欺骗莺莺说张生已经成了卫尚书的东床快婿，意图染指莺莺。好在张生和杜确及时赶到，惩治了小人郑恒。而张生终于得偿所愿，抱得美人归。此时的张生早把答应红娘的事情忘在脑后，小小的红线人只能黯然退出了舞台。

红娘的可爱、大胆、泼辣赢得众多人喜爱，贾仲名在追忆王实甫时曾言："风月营密匝匝列旌旗，莺花寨明飙飙排剑戟。翠红乡雄赳赳施谋智。作辞章，风韵美，士林中等辈伏低。"每日混迹在妓馆市井的王实甫，见"卑贱者"无数，了解到他们每个人活着的方式都有所不同，生活际遇也大相径庭。他如此写红娘，一是对此类女性心存同情，二是真的想在戏曲中为普通世人争得永世流芳的机遇。

月明和尚度柳翠

李寿卿①

【混江龙】直待要削开混沌，月为精魄柳为魂。一任着纷纷白眼，管甚么滚滚红尘！恰才个袖拂清风临九陌，又早是杖挑明月可便扣三门。则为我这半生花酒为檀信，其实的倦贪名利，因此上不断您这腥荤。

【黄钟尾】你道是这回和月常相守，才赚的春风可便树点头。聚莺朋，会燕友，蜂衔喧，蝶梦幽，啭黄鹂，鸣锦鸠，噪昏鸦，覆野鸥，袅金丝，春水沟，拂红裙，夜月楼，酒旗前，望竿后，风又狂，雨又骤，霜正严，雪正厚，霜来欺，月来救，我救的这月里杪椤永长寿；我着你访灵山会首；也不索别章台的这故友；我则怕你又折入情郎画眉手。

【注释】

①李寿卿：元代剧作家。太原人。曾任官职。有杂剧10种，今存《伍员吹箫》、《月明和尚度柳翠》。

【赏析】

剧中第一个登场的不是柳翠也不是月明，而是观音菩萨。她手持玉瓶柳枝，忽然发现枝条上沾染了尘土，暗道原来柳枝仍没有摆脱尘俗的叨扰，便罚它下凡经历轮回之苦，30年后再度修炼成佛。于是这枝柳枝就投胎成了杭州抱鉴营的风尘妓女柳翠，被富户牛员外包养。虽然柳翠平时在外行为不检点，但因生得太漂亮而深得牛员外的欢喜。天上的佛祖怕柳翠无法自度成佛，派去了佛祖第十六尊罗汉月明尊者去人间点化她。

柳翠与转世的月明尊者邂逅是在柳翠父亲去世十周年的法事上。牛员外为了讨好柳翠，特别到蒿亭山显孝寺请了十个和尚下山为柳父超度。显孝寺很小，住持凑了半天才凑出九个和尚，思来想去只好把伙房做饭的疯癫和尚月明叫来凑数。这疯癫和尚正是月明尊者转世。

月明自称"疯魔"，没酒、没肉、没美女绝不下山，直到住持一一应允，他才跟着去了，并且打定主意要与柳翠见面。住持对他的想法心存唾弃，却不知他的目的其实是为了引导柳翠返本还原，重回西天。

　　"混江龙"内容充满了佛家因果轮回的思想，是月明下凡的理由。柳翠为因，月明为果，二者同下凡间互为因缘。月明虽在人间遭尽白眼，图的不是名、利、色，而是为柳翠打开一条偿还罪孽之路。于是，月明对柳翠的第一次度化开始了。他见到柳翠之后，便奉劝她快快脱离声色犬马的日子，早些超越生死，免却六道轮回。可柳翠舍不得青春少年，她可以凭借美貌和身材来换取钱财，以前过惯了享受的生活，若是半路出家，她就等于失去了一切可依仗的资本。

　　"黄钟尾"这段曲子是月明和尚给柳翠讲的一个佛偈。他打了一个有趣的比喻：在水沟边迎风飘零的垂柳，一生受尽蜂蝶百鸟鸣叫的折磨；在珠楼酒家旁的细柳，受尽脂粉与酒旗的沾染。二柳年年月月遭风霜雨雪的摧残，得百般凌辱，这是劫数也是历练，而帮助柳树脱离苦海的正是那天上明月。这个比喻的言外之意很明显，天上明月指的便是月明和尚，那二柳便指柳翠了。

　　柳翠因为心中有愧，夜夜梦中都会见到月明在跟她讲佛法，有时又梦到自己变成梨花猫儿思春。月明知道柳翠一面想要出家，一面又有贪恋凡尘的心思，便再去找柳翠劝说。不过，柳翠仍舍不得自己的三千发丝，却不知发丝正是她烦恼的来源。月明苦口婆心再三劝谏，又在睡梦中把柳翠引至阎神面前，让柳翠看清人死后的凄惨情景和投胎轮回于六道的境况，终令她点头答应出家修行。其实柳翠本身也是有慧根的，她前世为观音大士的柳枝，终日沐浴无边佛法，听月明和尚整天念叨，也听出些门道。

　　受教的柳翠心无杂念地决定出家，月明和尚的任务终于圆满完成，他打算脱离凡胎回佛门圣地灵山，等着二人再次相见。最后月明还怕柳翠再动凡心，再三嘱托她不要再堕落风尘。看过了世间种种绰约风姿，告别了生命里牵肠挂肚的人，柳翠追随在月明的身后，脱离苦海荣归西天，回到观音大士的玉瓶。

　　李寿卿想借《月明和尚度柳翠》一剧来度化那些还看不透人生疾苦的人们。剧中的词曲唱起来典雅脱俗，意境幽玄，叫人得到生命的顿悟。其实，所谓的"顿悟"都是李寿卿自身对生命和生活的诠释，这是他早凡人一步得到的慧根。

叨叨令　道情

邓玉宾

　　一个空皮囊包裹着千重气①，一个干骷髅顶戴着十分罪。为儿女使尽些拖刀计，为家私费尽些担山力。你省得也么哥？你省得也么哥？这一个长生道理何人会？

【注释】

①皮囊：皮袋，指人的躯壳。

【赏析】

邓玉宾与张可久同写道情，张可久的还带有俗世的气息，邓玉宾的这首就完全是一首"道情曲"。

邓玉宾生在元世祖至元文宗年间，做官不久便突然去修道，曾言"不如将万古烟霞赴一簪，俯仰无惭"。在他看来，宁肯头插一根木簪，也比做官来得轻松，起码无愧于天地。

在这曲《叨叨令》中，邓玉宾显露的"道心"高于张可久，他对"道"的理解更深一重。邓玉宾在曲中笑称人身不过一副空皮囊、干骷髅，这句话表明了他在求道一途上已经达到一定境界。

"皮囊"本是佛教用语，指的是人的躯壳。佛家认为，潜心修炼到涅槃境界者可以抛却躯体，灵魂不灭。道家借"皮囊"一说，认为人的躯壳内是千重"元气"，就像灵魂一样的东西。要保住元气，就必须清心寡欲，以免泄了真元。至于曲中"干骷髅顶戴着十分罪"的说法，则大有来头。《庄子·至乐》里有载：庄子路遇一副骷髅，问旁人这骷髅的原身是因战乱亡国而死还是被诛杀至死？还是因为行为不端，给父母子女带来忧患而自尽？又或者是冻死饿死？又或是寿终正寝？旁人皆不清楚。晚上庄子睡觉时，骷髅的原身托梦给他说："你说的都是人间种种困难和罪孽，只有一死才能解脱。"庄子故事里所讲述的苦难，便是人这副皮骨一生都摆脱不了的罪。

作者用这两个典故，是要告诉世人：人的破皮囊和干骷髅，如果清静无为就能保存元气得以长生，若背负种种罪孽就会生不如死。种种罪孽来源于何处？便是为子女使尽心力，不惜蝇营狗苟；为家庭拼命攒钱，不惜做下诸多勾当。邓玉宾觉得这些事情会使人丧失自我，所以他奉劝世人"你省得也么哥"，要想真正地长命百岁、安康幸福，一定要戒贪欲、戒奢望。

第十篇　一生最爱纳兰词

被王国维评为"北宋以来，一人而已"的纳兰性德，词风淡雅又不乏真情实意，无数人为之倾倒。他是清朝第一大词人，又是武功出众的御前一品带刀侍卫；他是一个奇特的男子，几乎拥有了世间的一切，但独独没有快乐；他是情深不寿的最典型代表，生命短暂却磨难重重；他是古来难得一见的情种，也是受尽造化捉弄的失意之人……一尺华丽，三寸忧伤，拈一朵情花，呷一口词香，最清澈的小令长调里蕴含着最纯真的情。

调笑令

明月，明月。曾照个人离别。玉壶红泪相偎①，还似当年夜来。来夜，来夜，肯把清辉重借②？

【注释】

①玉壶红泪：晋王嘉《拾遗记》卷七："（魏）文帝所爱美人，姓薛名灵芸，常山人也……时文帝选良家子女以入六宫，（谷）习以千金宝赂聘之，既得，乃以献文帝。灵芸闻别父母，嘘唏累日，泪下沾衣。至升车就路之时，以玉唾壶承泪，壶则红色。既发常山，及至京师，壶中泪凝如血矣。"后因以"玉壶红泪"称美人泪。
②清辉：清澈明亮的光辉，多指日月之光，这里指月光。

【赏析】

其实，这首《调笑令》满含自嘲之意。

调笑令又名转应曲、三台令。关于这词牌名，在胡适《词选》中有一段解释："【调笑】之名，可见此调原本是一种游戏的歌词；【转应】之名，可见此词的转折，似是起于和答的歌词。"纳兰以调笑之名写彼时的红妆相偎，是嘲弄命运无常，也是在自讽西风独自凉。

开篇直呼明月，似谪仙般的邀月，举杯邀明月，对影成三人。不知一向谨慎的他，会不会也拍着玉板月下长歌，对酒当歌，人生几何？明月，明月，纳兰是想劝慰吧？海内存知己，自然天涯共此时，何必以身形羁绊？或者也是在祝福，既不得相守，便不如放开心胸祈祷，但愿人长久，千里共婵娟。

然而那一片月明中，纳兰好似又眼睁睁地看见那个人由远及近渐渐走向了他，咫尺之距时，又远远地推开了他，狠狠地退出了他的视野。他们心意相交，却最终天各一方。

永远，相守时难以实现的诺言；遥远，离别时执手相看泪眼，一个转身便耗尽了一生的时间。

"玉壶红泪"一说，来自三国时期魏文帝曹丕宠妃薛灵芸。灵芸本是当时东吴浙西常山赞乡人。怀着对父母兄弟和家乡风物的恋恋之情，怀着对那宫廷生活的陌生和恐慌，灵芸从江南远赴洛阳。这一路灵芸泪如泉涌，随从便用玉唾壶给她承接泪水，只见流进壶中的泪水都带着血红。等到抵达洛阳，玉唾壶中已盛满了血泪，因称后世称女子的眼泪为"红泪"。

"夜来"之意还是取自薛灵芸。为了迎接灵芸，曹丕在洛阳城外筑土台，高三十丈，直入云间；在台下四周布满蜡烛，唤名"烛台"，蜡烛沿灵云入城的路线从烛台一路绵延至洛阳城郊。魏文帝在烛台静候佳人之时，远远望见车马滚滚，尘埃翻腾，宛如云雾弥漫，不由感叹："古人云，朝为行云，暮为行雨，今非云非雨，非朝非暮。"因而改薛灵芸的名字为"夜来"。

到这里，词意也豁然开朗，这个被纳兰以自嘲的笔触留在诗行间的女子，多半应是纳兰思之念之而终不得相守的表妹。不似纳兰发妻卢氏离去时的痛彻心扉，直问"天为谁春"；不似沈宛不告而别返回故乡时，他叹息"等闲变却故人心，却道故人心易变"。他久久珍藏于追忆中的这份情，不似烈火般的热情，却因为凄清更惹人疼惜。不知纳兰回忆起了表妹的哪般，只一句玉壶红泪诉尽相思意。玉壶红泪，盛着互诉衷肠的甜蜜，家族的殷殷期望，对未知前途的恐慌，还有那伴君千日、终须一别的结局。

行至下片，纳兰低叹，来夜，来夜，以轻不可闻的声音，简单得不能再缩略的呢喃，重温那个已经冷却的旧梦，就像东坡轻言"作个归期天定许"。或许纳兰也是怀着几许期待的吧，虽明知好景已逝，却依旧忍不住希望；虽然到头来只落得往事如风信子的花瓣一般，散落一地，惟余"缥缈孤鸿影"。

纳兰希冀的来夜，更多的怕是在追寻那些终成回忆的昨夜，春风拂面灯火阑珊的昨夜，与表妹相知相伴的昨夜，逝去的情意缱绻的昨夜。这一段往事像是中了岁月的魔咒被封在心底，既没有结果，也难以诉说，唯有叹息悠悠时常回荡于心间。多少年过去后，才终于明白，那时光的封印唤为"此情可待成追忆"。

罢了，借一缕清辉，想佳人旧影，凭栏凝望，还是那一轮明月，却是年年新月照旧人。连月色都已变换，谁又能回到过去？没有过不去的，只有回不去的，纵使相逢应不识吧。

记得席慕容曾写过，我们也来相约吧，相约着要把彼此忘记。

还是明月如霜，还是好风如水，纳兰不知能否放下那份执着，与表妹相约着，各自走各自的人生。

虞美人

曲阑深处重相见，匀泪偎人颤。凄凉别后两应同，最是不胜清怨月明中①。

半生已分孤眠过，山枕檀痕涴②。忆来何事最销魂，第一折枝花样画罗裙③。

【注释】

①不胜：受不住，承担不了。清怨：凄清幽怨。②山枕：枕头，古代枕头多用木、瓷等制作，中凹两端突起，其形如山，故名。檀痕：带有香粉的泪痕。涴：浸渍、染上。③折枝：中国花卉画的画法之一，不画全株，只画连枝折下的部分。花样：供仿制的式样。罗裙：丝罗织成的裙子，多泛指妇女衣裙。

【赏析】

词本为"艳科"，以婉约为主，多写艳情，这是人们对早期词作品的印象。翻开古代词集，男女情爱、风花雪月乃是其中最重要的主题之一，这其中又不乏着重描写妇女的妖娆容貌、娇羞情态、华美服饰的作品。我国文学史上第一部文人词总集《花间词》中便有很多这样的词，所以后人常将其作为"艳词"的早期标本。

词的产生主要是为了表达文人心里那些诗歌所不能承载的细腻情愫，因而内容自然会打上情感化的烙印，再加上早期词与乐曲相伴而生，其音乐基础为艳乐，多数时候都是由歌姬、妓女在倚红偎翠的环境下吟唱，因而便免不了绵软之气、柔靡之风，所以清代的刘熙载曾在《艺概·词曲概》里将词（尤其是五代时期的词）的特点概括为"风云气少，儿女情多"。

由于作者的气质与秉性使然，所以即使内容同为艳情，词作也往往会呈现出迥异的风格。早期花间词不仅内容空虚、意境贫乏，而且多追求辞藻的雕琢与色彩的艳丽，虽然词人多为男子，但他们写出来的文字却带着极浓重的脂粉气；纳兰的这一首《虞美人》虽然也写男女幽会，却在暧昧、风流之外多了几分清朗与凉薄。

发端二句"曲阑深处重相见，匀泪偎人颤"很明显出自于李煜在《菩萨蛮》中的"画堂南畔见，一向偎人颤"一句。小周后背着姐姐与后主在画堂南畔幽会，见面便相依相偎在一起，紧张、激动、兴奋之余难免娇躯微颤；纳兰词中的女子与情郎私会于"曲阑深处"，见面也拭泪啼哭。但是细细品味，后主所用的"颤"字更多展现的是小周后的娇态万种、俏皮可人，而纳兰这一"颤"字，写出的更多是女子的用情之深、悲戚之深，同用一字而欲表之情相异，不可谓不妙。

李煜前期词作多写宫廷享乐生活，其"冶艳"风格在多首词中都可窥见，比如他的《一斛珠》："晓妆初过，沈檀轻注些儿个。向人微露丁香颗。一曲清歌，暂引樱桃破。罗袖裛残殷色可，杯深旋被香醪涴。绣床斜凭娇无那，烂嚼红茸，笑向檀郎唾。"这首词上阕写女子之美，下阕写女子与"檀郎"的调笑，几乎用一种白描的手法来写男女嬉戏、玩笑，但用词的精准和情状描摹之细腻却令整首词都笼罩着一股美艳之色。

与很多花间词相比，李煜的艳词大多做到了艳而不俗，能将男女偷情幽会之词写得生动而不放荡。纳兰的这一首《虞美人》又在李煜之上。

曲阑深处终于见到恋人，二人相偎而颤，四目相对竟不由得"执手相看泪眼"，但接下来纳兰笔锋一转，这一幕原来只是回忆中的景象，现实中两个人早已"凄凉"作别，只能在月夜中彼此思念，忍受难耐的凄清与幽怨。夜里孤枕难眠，只能暗自垂泪，忆往昔最令人销魂心荡的，莫属相伴之时，以折枝之法，依娇花之姿容，画罗裙之情事。

这首词首尾两句都是追忆，首句写相会之景，尾句借物（罗裙）映人，中间皆作情语，如此有情有景有物，又有尽而不尽之意，于凄凉清怨的氛围中叹流水落花易逝，孤清岁月无情，真是含婉动人，情真意切。

从五代到两宋，又及清朝，"花间词"的传统虽有所保留，但那些风花雪月的事，还是被时光这支画笔涂抹上了不同的色彩，或妖艳，或清新，都是词海中的一朵浪花，各有风情。

采桑子

谁翻乐府凄凉曲①？风也萧萧，雨也萧萧，瘦尽灯花又一宵。

不知何事萦怀抱②，醒也无聊，醉也无聊，梦也何曾到谢桥③。

【注释】

①翻：演唱或演奏之意。乐府：诗体名，初指乐府官署所采制的诗歌，后将魏晋至唐可以入乐的诗歌，以及仿乐府古题的作品统称乐府，宋以后的词、散曲、剧曲，因配乐，有时也称乐府。②怀抱：心胸。③谢桥：谢娘桥，古时称所爱的女子（或妓女）为"谢娘"，称其所居处为"谢桥"。

【赏析】

这是一首爱情词，抒写对情人的深深怀念：是谁在翻唱着那凄凉幽怨的乐曲，伴着这潇潇雨夜，听着这风声、雨声，望着灯花一点儿一点儿地烧尽，让人寂寞难耐、彻夜不眠。在这不眠之夜，不知道是什么事情萦绕在心头，让人或睡或醒都如此无聊，梦中追求的欢乐也完全幻灭了。

纳兰的词有个特点，虽然读起来平淡无奇，但回味心头时，却是百味杂陈。正如梁启超所说的那样，纳兰的词是"眼界大而感慨深"。的确如此，纳兰深谙词之大义，他熟练地用一个一个汉字串成最美丽的章篇。

"谁翻乐府凄凉曲？"算是纳兰词中的名句，看似平白易懂，却于深处暗含波涛汹涌的愁绪。谁在唱着那些凄美的歌曲，歌声萧索，居然令"风也萧萧，雨也萧萧"了，而且还凄凉到彻夜无眠，"瘦尽灯花又一宵"了。古人的烛火一般是用羊油做成的，烛芯烧着的时候，有时候会发出小小的爆裂的声音，像烟火一样。

所以，在这里纳兰会用"灯花"来描写，美丽的词汇既能增加词的美感，又能写出意境。这相思也有分类，纳兰的相思就如同燃烧的灯芯，模模糊糊，道不真切，却是持续不断，烧不尽相思。

上片写完相思的凄凉，下片便转而写无聊的现状。"不知何事萦怀抱"，思念到深处，依然觉察不出什么事情才是牵绊自己思绪的"罪魁祸首"。凄凉的心境令自己整夜无眠，而无眠之夜里，无谓的相思，更是令自己"醒也无聊，醉也无聊"。

287

词写到这里，意境接近尾声，只是令读词的人还是不甚明了，令纳兰凄苦而又无聊的女子究竟为何人？可能是为了解决读者心中的疑惑，也或许是为了回答自己这一整夜无聊的思索，纳兰最后一句便交代为"梦也何曾到谢桥"。

收笔之句似乎在字里行间悄悄透露了这位不知名的女子的情影。末尾处的"谢桥"是说谢娘桥，古人用"谢娘"来指代心仪的女子，而"谢桥"便是由谢娘衍生出来的美丽词汇，指代佳人所住的地方。

夜阑更深，夜晚的静谧代替了白日的喧嚣，相思便也蠢蠢欲动，从心底涌上脑海，虽然整首词看不出任何山盟海誓、海枯石烂的决绝，反倒是处处透着几分"聚散无妨，由他去吧"的淡然。纳兰的心在词句中若隐若现，似乎在对这份感情喃喃自语：随风去吧，相思本无期，但凡有一日我不再想起你，那么我们就无需再痛苦了。

戛然而止的诗词并没有隔断纳兰多情多思的思恋，曾几何时，晏几道"梦魂惯得无拘检，又踏杨花过谢桥"，道出了相思的轻薄与随意。而相同的词境，在纳兰的词里，却透着几分清爽的纯情与率真。这是一种无法言说的情愫，思念中带着自嘲，冷淡中带着自责，想说爱一个人真的不容易，但停止思念一个已经远去的爱人更是不容易。

一场古时候的思念，一个谢娘的故事，或许思念真的是从一座谢桥走向另一座谢桥，在不经意间品味思念似醉非醉的感觉。纳兰的词，无人能够真正地诠释，但这也正是纳兰词的魅力所在，因为不懂，所以悲悯。

因为每个人的梦中深处，都有一份得到却又失去的美丽。

采桑子

而今才道当时错，心绪凄迷。红泪偷垂，满眼春风百事非。

情知此后来无计①，强说欢期②。一别如斯，落尽梨花月又西。

【注释】

①无计：无法。②欢期：佳期，欢聚的日子。

【赏析】

词人作词，多是有感而发，意由心生，纳兰的词总是那么精致，读后你说不清楚他想要表达的具体感情是什么，也说不清楚这首词究竟想要写什么，但每个词、每个字都能让你体会到灵魂深处的战栗，那是一种幸福的忧伤。

在纳兰的词里，这种幸福与忧伤相得益彰的表现形式十分多见，而这首《采桑子》中，更是运用得出神入化。几个词语的铺陈，看上去犹如一幅水墨丹青，清爽宜人，但细细品味，却是能够看出一些意象堆砌出来的情怀。

正如纳兰的另一名句"人生若只如初见"一样，直抒胸臆却不让人感到唐突，脱口而出也不让人觉得造作，不加雕饰，反而更显得纯真无邪，平淡之中，透着几分灵性。

"而今才道当时错，心绪凄迷。"开篇道来，犹如当头一棒，让人灵台一片清明，但细细想来，这句话平淡无奇，现在才知道自己错了，心里迷惘万分。这样的话语实在没有什么值得推敲的地方，如果这句话用在别处，可能就如同脚下的石头，被人们忽视了，但放在纳兰的词里，却又是不一样的。

有些诗词是要历经岁月淘洗的，历久弥新，经过反复的吟诵，才能琢磨出其中的味道，要知道最好的菜肴，往往是那些最简单的菜式，平淡出真章，纳兰的平淡，往往是在第一眼就把人打动，从此让人欲罢不能。

纳兰的词如同纳兰的人生，"当时错"，现在才明白了，才后悔了，可是，当时错的究竟在哪里？错在什么地方呢？古诗有云："人生自是有情痴，此恨不关风与月。"爱情最是难以讲究对错，爱了就是爱了，没有对错。

无论纳兰探究当初是不该爱，还是不该走得太近，总之那段得到又失去的爱情令纳兰内心忐忑不安。一个"错"字，令人百转千回，牵肠挂肚。正因为有了之前的"错"，才有了下面的"泪"——"红泪偷垂，满眼春风百事非。"

前文我们已经讲过"红泪"这个典故，它一般是指女子伤心，纳兰将典故用于此，不知道是否有更加具象的所指。有情人无奈离别，这里的有情人是指他入宫的表妹，还是指江南的沈宛，后人不得而知，也说不清楚。

不过这已经不重要了，下一句"满眼春风百事非"，在春意盎然的时刻，有着悲伤的心绪，实在是更加令人感到凄凉。纳兰之所以受到人们的喜爱与推崇，就是因为他的词总是能明明白白地直指人心，轻易地说中每个在情场中辗转的男女心事。

这首词抒写词人凄迷的心绪：如今才知道当时自己是错了，不觉心绪凄迷。春光灿烂，人事全非，怎不叫人暗自垂泪！明知道以后的事情难以预料，却偏偏硬说可以再次欢聚。一别之后果然遥遥无期，如今梨花又落尽了，月亮也已偏西，相思的人唯有在这痛苦中饱受煎熬。

在上片的凄迷心情之后，下片则开始写出无可奈何的心境，在不知所以中还希望着能够相见。"情知此后来无计，强说欢期。"回想当时的分别，就已经知道了今生无缘，无法再相见，但偏偏还要告诉自己，来日方长，或许他日能够重逢。

这里的"欢期"是相见、欢聚的意思，而"强说"一词让这份期待中的欢期变得难以预见。明知道不能相见，却偏偏想要相见的矛盾心情，令这首词充满欲哭无泪、欲诉无言的悲凉。

纳兰自己或许也感觉到了自己的悲怆，他转笔结尾，写道"一别如斯，落尽梨花月又西。"人生或许就是这样，月圆月缺，这都是无可避免的，或许这就是应了那句"欲说还休，却道天凉好个秋"。

纳兰几笔淡淡的勾勒，整首词跃然纸上，令人读罢不忍放手，这些千古名句如同一轮圆月，在漆黑的夜空，闪着清冷的光芒。

采桑子

拨灯书尽红笺也①，依旧无聊。玉漏迢迢②，梦里寒花隔玉箫③。

几竿修竹三更雨④，叶叶萧萧。分付秋潮⑤，莫误双鱼到谢桥⑥。

【注释】

①红笺：红色笺纸，多用以题写诗词或做名片等。②玉漏：古代计时漏壶的美称。③寒花：寒冷时节开放的花，多指菊花。玉箫：人名。传说唐韦皋未仕时，寓江夏姜使君门馆，与侍婢玉箫有情，约为夫妇。韦归省，愆期不至，箫绝食而卒，玉箫转世，终为韦侍妾。事见唐范摅《云溪友议》卷三，多借指姬妾。后人以此为情人订盟之典。亦称玉箫侣约。④修竹：长长的竹子。⑤秋潮：秋季的潮水。⑥双鱼：指书信。谢桥：这里指情人所居之处。

【赏析】

在灯下给她写信，即使写满了信纸仍是意犹未尽，心里依旧惆怅无聊。偏又漏声迢迢相伴，不但添加愁绪，而且令人如醉如痴，仿佛在梦中与她相见，却又朦朦胧胧不甚分明。室外秋雨敲竹，滴在树叶上，点点声声，淅淅沥沥。将这孤独寂寞的苦情都付与此时的秋声秋雨中，不要忘了将书信寄给她才好。

　　世界之大，悠悠众生，能够有一个远方的人，付诸思念，也是幸福的事情吧。在昏黄的灯光下，将满腹的思恋都填于纸上，让飞鸿送去，我们天各一方，我对你无尽地想念。这种悲伤无望，却又充满想象的爱情，看似无聊，但却是持久永恒的。

　　纳兰将一首小词写得情谊融融，求而不得的爱情让他感到为难与痛苦时，也令他心中充盈着忽明忽暗的希望。

　　这首《采桑子》，一开篇便是无聊，写过信后，依旧无聊，虽然词中并未提及信的内容，信是写给谁的，但从"依旧无聊"这四个字中，就已经可以猜到一二了。纳兰总是有这样的本事，看似在自说自话，讲着不着边际的胡话，却总能营造出引人入胜的氛围，令读词的人不知不觉地沉沦。

　　纳兰将自己日常生活中的小事变为一台表演，读者成为了观众，与他一起沉思爱恋。词中的"红笺"二字透露出纳兰所记挂的人定是一名令他着迷的女子，红笺是美女亲手制作，专门用来让文人雅客们吟诗作对用的。

　　不过，诗词中红笺多是用来指相思之情，只要写出红笺，一切便都在不言之中了。下接一句"玉漏迢迢，梦里寒花隔玉箫"，引自秦少游的词句"玉漏迢迢尽，银河淡淡横"。漏是古时候计时的一种器具，不过用到古诗词中，为了美观，常被叫作玉漏、银漏、春漏、寒漏等等。

　　诗词中，"漏"一向是寂寥、落寞、时间漫长的意象，在这里也不例外。以"玉漏"表达长夜漫漫、时空横亘的无奈之情，时间是相思最大的敌人，纳兰大概在这首词中想表达自己爱着一个人，却无法接近。在接下来一句"梦里寒花隔玉箫"中，揭晓了纳兰感慨时光的缘由。

　　"玉箫"并非是指乐器，而是一个典故，是一个人名，宋词里有"算玉箫、犹逢韦郎"，玉箫和韦郎并称，讲的是一段郎情妾意的凄美爱情。玉箫是唐代韦皋的侍女，二人日久生情，定下终身。后来韦皋因事离开，和玉箫约定：少则五年，多则七年，一定会回来将玉箫接走，却没料到他一走之后便杳无音信。苦等了七年的玉箫想着情郎是不会回来了，便绝食而死，为这段无疾而终的情感殉葬。旁人可怜这个女子，便将韦皋留下的玉指环戴在了玉箫的中指上，然后下葬，在玉箫死后不久，当了大官的韦皋回来了，看到玉箫的坟墓，他十分悲痛。其情感动了一位方士，施法术让玉箫的魂魄重新投胎，二十年后，一名女子来找韦皋，看她的中指，隐隐有一个环形的凸起，正是当年那个玉指环的形状。这名女子便做了韦皋的侍妾，弥补了上辈子的遗憾。

这个故事从此也令"玉箫"这个词成为了情人誓言的典故，在纳兰这首词里，"玉箫"一词为心头所思念的情人。而"寒花"又为何物？

顾名思义，就是寒冷季节里开放的花，寒冷季节开放的花有梅花、菊花，纳兰在这里到底是指什么呢？其实根据上面的分析已经可以知晓，纳兰是在思念一位女子，这女子必然是他所钟爱的人，此刻他们分居两地，纳兰在梦中想要与她相见，但梦境毕竟不是现实，所以，就算再怎么思念，二人还是无法牵手相望。

所以，纳兰所谓的"寒花"大概也不过是借了一个"寒"字，来表达内心凄冷的感觉吧！下片不再写心情，转而写窗外的景色，既然无法入睡，那干脆看着外面的景色，来缓解内心的惆怅吧！

"几竿修竹三更雨，叶叶萧萧"，雨后的夜景，树木萧萧，好比自己的心情，无奈之中透着几分茫然。最后结尾"分付秋潮，莫误双鱼到谢桥"，呼应了开篇的那一句"拨灯书尽红笺也"，也算是一种心意的表达，希望能够凡事完满结束。

要交代一下的是，"分付秋潮"中的"秋潮"是有来历的，秋潮的意象表示：有信。潮水涨落是有一定时期和规律的。人们便将潮水涨落的时期定为约定之期限，在潮水涨落几番之后，要回来的人便要如约回归。

这是诗词中的一个主要意象，诸如唐诗名句"早知潮有信，嫁与弄潮儿"。"秋潮"在这里也是如此意境，上片一开始便是说词人正在写信，在词的结尾，词人写的这句"分付秋潮，莫误双鱼到谢桥"，便是说信要寄出去了。要将信托付给秋潮，告诉那个收信的人，自己的心意是怎样的。

整首词全是词人的比喻和典故，基本上没有真实场景的出现，但通读全词，每一句都是浑然天成，与下一句连接得十分巧妙。一首爱情小词能够写到如此的境界，纳兰的手笔，不愧为才子之法。

采桑子

明月多情应笑我，笑我如今。辜负春心[①]，独自闲行独自吟。

近来怕说当时事，结遍兰襟[②]。月浅灯深，梦里云归何处寻？

【注释】

①春心：春景所引发的意兴或情怀。②兰襟：芬芳的衣襟。比喻知己之友。《易·系辞上》："二人同心，其利断金；同心之言，其臭如兰。"襟，连襟，彼此心连心。

【赏析】

这首词的写作背景有两种，一是怀友之作，纳兰是极重友情的人，他的座师徐乾学之弟徐元文在《挽诗》中对他赞美道："子之亲师，服善不倦。子之求友，照古有烂。寒暑则移，金石无变。非俗是循，繁义是恋。"

这番赞美绝非虚假奉承之意，纳兰之友确是"在贵不骄，处富能贫"。纳兰喜欢交朋友，他也善于交朋友，在纳兰短暂的一生中，他有许多志同道合的朋友，所以，词中所写的"结遍兰襟"，并不是夸张的修饰之语。

而纳兰本人的爱交友，善交友，体现出了他性格中多情、重情义的一面。不过，重情又往往成了他的负担。正如词中所写，"近来怕说当时事"，在而今的事是人非面前，纳兰害怕回忆起往昔美好的一切。他将头埋进沙子里，犹如鸵鸟一般，自欺欺人地躲避着一切。但他终是无法逃脱的。

纳兰在词中感伤：明月如果有感情，一定会笑我，笑我到现在都春心未结，独自在这春色中徘徊沉吟。最近很怕说起当年的那些往事，当时高朋满座，彼此惺惺相惜。如今月夜幽独寂寞，只有在梦里寻找往日的美好时光！

他希望不美好的尽快过去，往日的朋友依然能够惺惺相惜，如同他在词中所写的最后一句一样："梦里云归何处寻？"这一切都仿佛梦一样，难以寻觅，难道，真的只有在云归深处，才能找到当日的美好？

还有一说是，这首词是纳兰为沈宛而写，当日纳兰娶江南艺妓沈宛为姜侍，后来因为家庭的压力，二人被迫分离。这首词就是纳兰在离别之后，思念沈宛的佳作。

纳兰曾在一方闲章里刻有"自伤多情"四字，可见他自己也在为自己的多情而苦恼，在纳兰看来，就连天上的那一轮明月，也在嘲笑他的多情，嘲笑他在如此美好的春光下，却暗自苦恼，不解风情。

这首《采桑子》作得非常细腻，上片写出纳兰低沉黯然的心情，同时还烘托出纳兰怅然若失的心态。"辜负""闲行""独自"从这些词语中，能够体会到纳兰内心的寂寞和无聊，只有自己吟唱自己的孤独，因为无人能懂。

而到了下片的时候，他便解释为什么自己会有如此沉郁的心情，首先是害怕回首往昔，他害怕提起当日的事情。因为往事不堪回首，一切过去的都将不再重来，纳兰面对的回忆不过是空城一座，而他自己，只有在城外兴叹。

这也就是为何纳兰会在月光下愁苦，在灯光下，午夜梦回，依然能够温习往日的岁月。不论这首词是纳兰作给朋友的，还是沈宛的，都是他发自内心的感慨，细腻单纯，干净得几乎透明。

诉衷情

冷落绣衾谁与伴？倚香篝①。春睡起，斜日照梳头。欲写两眉愁，休休②。远山残翠收③，莫登楼。

【注释】

①香篝：古代室内焚香所用的熏笼。②"欲写"二句：意思是本来想要画眉，然而却双眉愁锁，算了还是不画了。休休，不要、不用，表示禁止或劝阻。③"远山"句：意为远处山峦的翠色消散了。收，消失、消散。

【赏析】

世人总说花间词，艳丽奢华，透出一股脂粉气。反观纳兰此作，则比之花间词却有相似之处，更与温庭筠"梳洗罢，独倚望江楼"有几分相似。

《诉衷情》原为唐教坊曲，为温庭筠所创，后用为词牌名。温庭筠创制此调时取《离骚》诗句"众不可说兮，孰云察余之中情"之意。后来，毛文锡词有"桃花流水漾枞横"句，故又名为《桃花水》。纳兰这首词秉承温词一脉，描写思妇春日无聊的情状。着墨不多，因此看似清淡，实则蕴藉有致。

"冷落绣衾谁与伴？"首句发问其实也是设问，自问自答。因无人相伴，看那绣衾衣裳，就算华美艳丽，也只让人觉得了无思绪。因为无人相伴，此情此景自然易解了。后两句："倚香篝。春睡起，斜日照梳头"。香篝本是古代室内焚香所用的熏笼。一般来说，古代官宦人家，或者大家闺秀闺房中才有能力燃此香笼，因此，倚香篝则再次点到此女子的身份。"春睡起，斜日照梳头"则点到时间，初日迟迟，已经倾斜到满屋子，"睡起晚梳头"，毫无心绪。一副慵懒形象跃然纸上。如果在此处还描写到女子动态特征呈现慵懒姿态的话，"欲写"二句则把这种慵懒之态又向前推进一步，说那女子本想画眉，却看到自己双眉愁锁，算了还是不描了，描来有谁看呢？"休休"则是这种心语的集中体现。

可想此场景：春日迟迟，少妇因幽枝独依，显得百无聊赖，则赖床度日，迟睡起，斜阳已至，更算是薄暮，因此无心打扮，只有深锁愁眉，无奈中更不知怎么排遣寂寞之念。因此想起温词倚楼断肠之句，更不敢登楼了。

自然，此处"远山残翠收"是实景虚写之笔。也由此可以看出，景色已经极熟悉，不必登楼就已知晓，想那断肠处自然是不宜多去的。

这首词纳兰承袭花间词风，因为他温文尔雅，少年风流而又擅长小令，此种词类自是写法娴熟，笔墨点至，形象刻画往往呼之欲出，细腻生动。但比之温飞卿《望江南》则有不足之处。

想来，温飞卿此词中摘取瞬间和纳兰自有时间延续上的联系，但飞卿词则更契合情感最浓郁的部分，那登高望远思人之境，自然是描写此种风情形象的绝时。虽都是斜晖残翠，纳兰自然无所突破，况飞卿断肠句一出，已经极其简洁而深刻地写尽了人物内心，纳兰描写的思妇心理之笔却不如这一个词力量深厚。而花间词集更写尽了思妇孤独伤春念远之情。

总之，纳兰为清词人，写思妇自然与自身身世之境相连。若非如此，则不过是磨炼前人之笔，亦无创新罢了。

浣溪沙

十里湖光载酒游，青帘低映白蘋洲①。西风听彻采菱讴②。
沙岸有时双袖拥③，画船何处一竿收④。归来无语晚妆楼。

【注释】

①青帘：旧时酒店门口挂的幌子，多用青布制成。白蘋洲：泛指长满白色花的沙洲。唐李益《柳杨送客》诗："青枫江畔白蘋洲，楚客伤离不待秋。"②采菱讴：乐府清商曲名，又称《采菱歌》《采菱曲》。③沙岸：用沙石等筑成的堤岸。双袖：借指美女。④一竿：宋时京师买妾，一妾需五千钱，每五千钱名为"一竿"。李煜《渔父》："浪花有意千重雪，桃李无言一队春。一壶酒，一竿身，世上如侬有几人。"故此处之"一竿"亦可指渔人。

【赏析】

史上文人词句，各有风格。纳兰之词，可谓是情由景生，情景交融。这一首词，读罢内心充满美好的期待。目光所及，如诗如画。

景是湖边之景，文人向来喜爱以湖景为背景，兴许是由于湖之温和、宁静，令人心境平和。朱自清的《桨声灯影里的秦淮河》，灯火酒家，映于湖面之上，悠扬醉心令人留恋不已。携酒游于湖面之上，风是江南之风，水为江南之水，酒家门面上的青布幌子掩映着白色的沙洲，好一幅惬意的佳景。

　　和着西风在小舟之上饮酒，醉心之趣，好似听见采莲曲悠扬地在湖面上拂过，又有沙岸上美女水袖飘然，翩跹起舞，自是美不胜收。此时纳兰又借李后主《渔夫》中"浪花有意千重雪，桃李无言一队春。一壶酒，一竿身，世上如侬有几人"一句，表达身在舟中，好似渔夫撑竿，尽享自然情趣的美好感触。当年李后主身为君王身不由己，只得写这样一阕词，画饼充饥，以抚慰自己疲惫无奈之心。在美景之中，纳兰是否也如后主一般惆怅地期待，我们并不能身临其境地大胆猜测，但至少从这词看，基调明朗闲适。纳兰对山山水水尤其喜爱，心心念念想要回归自然，为天地之间的一名酒客便可。这心愿，从满首词间漫溢的情趣就可窥见。

　　纳兰这词，写得清新、雅致，写景之词历代文人有不少佳作，纳兰写景却依旧不让人觉得雷同厌倦。勾勒这描绘的图景，秦淮河的灯火之夜又于脑中浮现，朱自清轻柔的笔触淡描："醉不以涩味的酒，以微漾着，轻晕着的夜的风华。不是什么欣悦，不是什么慰藉，只感到一种怪陌生，怪异样的朦胧。朦胧之中似乎胎孕着一个如花的笑——这么淡，那么淡的倩笑。淡到已不可说，已不可拟，且已不可想；但我们终久是眩晕在它离合的神光之下的……"湖面、小舟、酒家、沙堤、美女、灯火都有了，便觉人间万千之美，都已获得。纳兰之心，想必也是这般。田园之趣，之于生活，已然足够，不需更多。

　　读一阕写景之词，读出如此欢愉，纳兰之心，了然于世。

浣溪沙

　　脂粉塘空遍绿苔①，掠泥营垒燕相催。妒他飞去却飞回。

　　一骑近从梅里过，片帆遥自藕溪来②。博山香烬未全灰。

【注释】

　　①脂粉塘：溪名。传说为春秋时西施沐浴处。《太平御览》卷九八一引南朝梁任昉《述异记》："吴故宫有香水溪，俗云西施浴处，又呼为脂粉塘。"这里指闺阁之外的溪塘。②片帆：孤舟，一只船。

【赏析】

　　写离愁，往往写闺怨。尤其温庭筠的词作，常见触及闺怨，以《更漏子》为最：

　　玉炉香，红蜡泪，偏照画堂秋思。眉翠薄，鬓云残，夜长衾枕寒。梧桐树，三更雨，不道离情正苦。一叶叶，一声声，空阶滴到明。

　　守望空阶的女子，哀婉凄楚，惹人心碎。

　　纳兰这阕词，主人公亦是女子。开篇便是景色的渲染，写脂粉塘空旷只剩铺满的绿苔，早失却了昔时景象。这脂粉塘，相传正是春秋时候西施沐浴的溪塘，南朝梁任昉《述异记》有言："吴故宫有香水溪，俗云西施浴处，又呼为脂粉塘。吴王宫人灌妆于此溪上源，至今馨香。"纳兰句中的脂粉塘，实为女主人公闺阁之外的溪塘。女子之心细腻敏感，心有戚戚，窗外的溪塘，都如同着了凄凉的颜色。还未到分别之时，那溪塘都如同脂粉塘那般令人迷醉，可相离许久，溪塘都不再繁华，逐渐萧条。眼中之景，都像蒙了灰。

　　此时又见大地春回，看燕子掠泥而飞，好像是相互催促着，一片生机盎然的景象，可伫立至此，等不到思念之人执手相看，净是看燕子双双来去，分明高兴不起来。连燕子都有相伴的幸福，为何迟迟等不到你的归来？

　　离情凄凉。心爱之人在这景色里不能相伴，连那燕子都想要去嫉妒一番。

　　可嫉妒又有何用？无奈凄凉，只得怨那离别，让人愈发想念。恍惚，思念愈深，好似幻觉中他正轻骑从近处的梅园出现，又像是坐着小舟，从遥远的藕溪归来。晏殊之词浮于脑际："无穷无尽是离愁，天涯地角寻思遍"，弱女子的相思之情，全都寄托在那天涯地角的期待里，哪天心爱之人将从哪里归来，想象连连，好似梦了一场，醒来之时，恐怕甚是凄楚。臆想之辞，尤其感人。痴心人如此，怎能不让人动容？人生自是有情痴。这相思近痴的女子，不知道爱人归来之日是何时，也只得想象重逢之景，一次一次，念了一千遍，痴了一千遍，再见会是怎样的场景。好似要把所有的可能，都罗列一遍，要让自己在重逢之时，不至于情绪失控，号啕大哭一般。

　　最后一句，博山炉中香已烧完，却未燃尽。言有尽，意无穷。女子大概是注视着炉里升起的袅袅香烟，心里是比这缭绕的轻烟更剪不断理还乱的愁绪。香未燃尽这一意象，充满让人沉醉的力量。烟未散尽，女子的愁绪不能穷尽，等待归期到来的日子也不知到何时才尽。凄清之至，读罢也觉眼前轻烟袅袅一般，哀婉无奈。

忍不住想要去猜测，纳兰写如此一名痴情的女子想要诉说的是如何的深情？这女子写的是他日夜思念的爱人，还是他自己内心成痴的愁？

遥寄相思，等待的爱情最是苦痛，却又让人欲罢不能。

好事近

帘外五更风，消受晓寒时节。刚剩秋衾一半①，拥透帘残月。

争教清泪不成冰②，好处便轻别。拟把伤离情绪③，待晓寒重说。

【注释】

①剩：与"盛"音意相通。此"盛"犹"剩"字，多频之义。②争教：怎教。③伤离：为离别而感伤。

【赏析】

本篇是纳兰的一首简短小词，上片写相思，似乎是在回忆中找寻往昔的欢乐，又像是在怀念妻子，在她离去后产生了伤感之情，词意扑朔迷离，耐人寻味，有着重情重义之感，也有迷惘哀伤的纠结。

开头便直言了生命的不可承受之重，"帘外五更风，消受晓寒时节"。竹帘之外传来五更的寒风，在这清秋寒冷的早晨实在让人难以消受。这首词写与妻子乍离之后的伤感，写得如此直白动人，只怕是纳兰的内心真的是无法再忍耐下去了，爱情对于他来说是精神的一种很大寄托，但当他所依赖的爱情一份一份都离他而去的时候，再坚强的人，只怕也会难以承受了。

词一开始便颇有自怨多情之意。不过语言虽然直白粗浅，但是却真挚感人，情感不就是这样才最真实吗？越是直白简洁，便越是入情至深。而后接下去便说道："刚剩秋衾一半，拥透帘残月。"独自孤眠，秋夜冷冰冰的被子因多出了一半，而晓寒难耐，于是拥被对着帘外的残月。夜半孤枕难眠，只能望着明月去回忆往昔，但可惜，月亮似乎也知道他的心事，窗外所对的只是一轮残月而已。

欢乐和幸福都是短暂的，世上没有什么事情是长长久久、永不变更的。纳兰而今只剩下独自一人，孤独无依，现在对着窗外的残月，更是加重了这种孤独感。纳兰自然是情难自禁，泪流满面。

故而下片便写道"争教清泪不成冰"，自然承接了上片的情绪，没有什么过渡，也没有任何的引申，依然是简单的描述，将心情的糟糕写得入木三分。直白的描述有时起到的作用不可小觑，纳兰将人生苦短、情短苦多的情感纠葛写得让人无法不动情。

想起往日的种种，而今自己独自一人赏月，怎教清泪不长流，空自凝噎呢？这句中的"成冰"更是写出清冷孤寂的意味了。泪流至结成冰，这该是怎样的一种哀愁，纳兰的孤独和寂寞，在卢氏离去后便更加明显，但凡卢氏之前用过的衣物、住过的楼阁，对纳兰来说，都是一种折磨。

所以，纳兰才会说"好处便轻别。拟把伤离情绪，待晓寒重说"。纳兰自己也知道，面对这样铺天盖地的哀伤，最好的方法就是不把离别之事放在心上。这离愁别绪待到天亮以后再去想吧。

如此哀伤，似真非真，似幻非幻，极富浪漫色彩。在词的最后，纳兰从回忆中抽身，回归现实，他知道现今已经是人去楼空，物是人非了，与其在回忆中痛苦挣扎，不如转身睡去，让梦境和睡眠赶走孤寂和寂寞。

这首悼亡词写痛苦写得淋漓尽致，既然相爱的人总有一天会因为生老病死种种原因而分开，那当初为何还要用情那么深，以至于到如今还难以消解遗忘？这恐怕是所有有情人的困惑和疑问，纳兰在这首词的最后做了解答。既然相爱，就去爱，一旦爱不起的时候，便是再后悔也无用了。

相爱本身并没有错，错的是上天给相爱的人时间太短。纳兰这首词的最后以无言地睡去结束，一句话，便让一切尽在不言之中。全词平铺直叙，却是递进层深，读来令人黯然神伤。对于岁月的无情和短暂，纳兰作为一个失去至爱的男人，将自己的感慨抒发得令所有人都为之动容。情爱的神秘之处便在于无法控制，不可预知，你永远都无法知道，会在什么时候，什么地点，爱上一个什么样的人。

同样的，你也无法知道，会在一个什么地方，什么时候，与你相爱的人彻底分离，无法携手，到那个时候，即便你内心柔情万千，却也是无法跨过生死之间那千山万水的距离。

生死难料，唯独爱永恒，纳兰不但留下了他的词，更将他的爱留在了世间。

江城子

湿云全压数峰低①，影凄迷，望中疑。非雾非烟，神女欲来时②。若问生涯原是梦，除梦里，没人知。

【注释】

①湿云：湿度大的云，指云中满含雨水。②神女：谓巫山神女。《文选·宋玉〈高唐赋〉序》："昔者先王尝游高唐，怠而昼寝，梦见一妇人曰：'妾，巫山之女也。'"李善注引《襄阳耆旧传》："赤帝女曰姚姬（一作'瑶姬'），未行而卒，葬于巫山之阳，故曰巫山之女。楚怀王游于高唐，昼寝梦见与神遇，自称是巫山之女。"又《神女赋》序："楚襄王与宋玉游于云梦之浦，使玉赋高唐之事，其夜王寝，果梦与神女遇，其状甚丽，王异之，明日以白玉。"

【赏析】

巫山上雨雾缭绕，高高的山峰也似被沉沉的云压低下来，山影凄迷，一眼望去，并不分明。并非雾气，也非野烟，正是巫山神女快要腾云驾雾而来。

若觉得这生涯原是一场梦幻，人生美好只有在梦中，除此便没有人能知晓。正如苏东坡所说，"事如春梦了无痕"。

这首词有些版本有词题《咏史》，说纳兰写这首词是发历史的感慨。当然，至于具体是否如此并非最重要的，姑且看看纳兰所要咏的这段历史。纳兰是对楚王"巫山云雨"的事有感慨了。宋玉的《高唐赋》中讲了这个故事：

曾经，楚襄王曾带着我（宋玉）在云梦台一带游玩，遥望三峡高唐上面的楼台，看到高唐上面飘浮着一团非常独特的云气，形状像山一样突起，并一直往上升，突然又改变了形状，转眼之间，形状变化无穷。楚襄王问我：这是什么气啊？我告诉楚王说：这就是人们所说的"朝云"。楚襄又问道：什么是"朝云"呢？我告诉楚襄王说：过去，您的父亲楚怀王曾经游历高唐，因为困倦就在白天小睡了一会，睡着后梦见一个少女，这个少女对楚怀王说："我是住在巫山的女子，我是从别的地方来到这里的。听说您到这里来游玩，所以我过来向您推荐我自己，愿意陪您同床。"楚怀王于是与之同床。少女离去时向楚怀王告别说："我在巫山南面，最高最险的地方，早晨我是一团云，傍晚时我又变成飘忽不定的阵雨。每天早晨晚上，我都在巫山南面一个高台靠下一点儿地方。"第二天早晨，楚怀王一看，果然看到一团云在那里飘动，于是在那个平台上建了一座庙，取名为"朝云"。楚襄王说：朝云刚升起来的时候是什么样子的呢？我告诉楚襄王说：她刚开始出现的时候，茂茂盛盛像松树一样笔直，一会儿后，她光彩照人又像一位美丽的少女，她举起袖子遮住太阳，像在张望她思念的人；突然她又改变面貌，急驰像四匹马拉的战车，车上还插着战旗；你感到像风吹一样的凉，像冷雨一样的凄清。等到风止雨停，云也突然无影无踪了。

这个故事在中国历史上产生了很大影响，历代的诗词中这一典故可谓俯拾皆是。纳兰写这件事也是有原因的，可以当作咏史，更可以看作是他自己在倾诉着自己对人生的看法，以及对昔日爱情的追忆。词中的巫山神女如何不可以当作纳兰的故妻、知己、恋人等呢？而他自己，好比楚怀王，而他们之间的关系，无论多么值得自己怀念，值得后人追忆，但总是一番云雨罢了，烟消云散以后，一切也就幻为无物。结尾"若问生涯原是梦，除梦里，没人知"是词的结尾，更表露出纳兰对于人生的看法，很有悲观主义的倾向，也应该是对于人生愁苦的总结。

纳兰继承了婉约派的传统，这种风格有一个很重要的情感来源，也就是词人自身的情感要细腻委婉，甚至他们个人的人生情感经历颇为坎坷心酸，如柳永、晏殊、李清照等等。婉约词在取材方面，多写儿女之情、离别之绪，在表现方法上多用含蓄蕴藉的方法将情绪予以表达，其风格是绮丽的。大抵以为"诗言情"，不能把文章的社会责任放到诗词上来。在纳兰身上我们可以看到两方面都有体现，也能看到其中差异，便是婉约情感对他的巨大影响。

长相思

山一程，水一程，身向榆关那畔行①，夜深千帐灯。

风一更，雪一更，聒碎乡心梦不成②，故园无此声。

【注释】

①榆关：山海关，古称渝关、临榆关、临渝关，明代时改为今名，其地古有渝水，县与关都以水得名。在今河北秦皇岛。那畔：那边。②聒：吵闹之声。乡心：思念家乡的心情。

【赏析】

清康熙二十一年二月十五日，康熙因云南平定，出关东巡，祭告奉天祖陵。纳兰随从康熙帝诣永陵、福陵、昭陵告祭，二十三日出山海关。塞上风雪凄迷，苦寒的天气引发了纳兰对北京什刹海后海家的思念，这首词即在这个背景下写成。

词的开篇即指出到达塞上山水漫长路途遥远，"山一程，水一程"，仿佛是亲人送别了一程又一程，山上水边都有亲人的身影，这漫漫长路终究有亲人一直不弃不舍地萦绕山光水色心间。"身向榆关那畔行"，榆关在这里代指山海关，一行人马由于使命在身皆是行色匆匆，只全身心地奔赴山海关。"夜深千帐灯"则是康熙帝率众人夜晚宿营，众多帐篷的灯光在漆黑夜幕的反衬下独有的壮观场景。

这里借描述周围的情况而写心情，实际是表达纳兰对故乡的深深依恋和怀念。二十几岁的年轻人，风华正茂，出身于书香豪门世家，又有皇帝贴身侍卫的优越地位，本应春风得意，却恰好也是因为这重身份，以及本身心思慎微，导致纳兰并不能够安稳享受那种男儿征战似的生活，他往往思及家人，眷恋故土。严迪昌《清词史》："'夜深千帐灯'是壮丽的，但千帐灯下照着无眠的万颗乡心，又是怎样情味？一暖一寒，两相对照，写尽了自己厌于扈从的情怀。"

"夜深千帐灯"既是上片感情酝酿的高潮，也是上、下片之间的自然转换。夜深人静的时候，是想家的时候，更何况还是这塞上"风一更，雪一更"的苦寒天气。风雪交加夜，一家人在一起什么都不怕。可远在塞外宿营，夜深人静，风雪弥漫，心情就大不相同。路途遥远，衷肠难诉，辗转反侧，卧不成眠。"聒碎乡心梦不成"的慧心妙语可谓是水到渠成。

纳兰思乡心切，孤单落寞，不由得生出怨恼之意：家乡就没有如此吵闹的声音。此处"故园无此声"看似无理实则有理：故园岂无风雪？但同样的寒宵风雪之声，在家中听与在异乡听，感受自然大不相同，在家中无论寒风如何呼啸，心中也是有所归依的暖着的，而如今身处异地，风声也就聒噪了起来，雪花也就凌乱吵闹了起来。纳兰的乡关之思和怨尤之情在此表露得尤为明显。

"山一程，水一程"与"风一更，雪一更"的两相映照，又暗示出词人对风雨兼程人生路的深深厌倦的心态。首先山长水阔，路途本就漫长而艰辛，再加上塞上恶劣的天气，就算在阳春三月也是风雪交加，凄寒苦楚，这样的天气，这样的境遇，让纳兰对这表面华丽招摇的生涯生出了悠长的慨叹之意和深沉的倦旅疲惫之心。

从"夜深千帐灯"壮美意境到"故园无此声"的委婉心地，既是词人亲身生活经历的生动再现，也是他善于从生活中发现美，并以景入心，满怀心事悄悄跃然纸上。

天涯羁旅最易引起共鸣的是那"山一程，水一程"的身泊异乡、梦回家园的意境，信手拈来不显雕琢，王国维曾评："容若词自然真切。"

本词既有韵律优美、民歌风味浓郁的一面，如出水芙蓉纯真清丽；又有含蓄深沉、感情丰富的一面，如夜来风潮回荡激烈，深受后人喜爱。

纳兰将塞上风景、行军神态，以及自身的怨思之情婉转道来，画面壮美中不乏相思柔情，正所谓"刚柔相济"，尤其其中"夜深千帐灯"一句，取景新颖豪壮，深受国学大师王国维赞赏。不得不说这是一首描写边塞军旅途中思乡寄情的佳作。

清平乐

　　烟轻雨小，望里青难了。一缕断虹垂树杪①，又是乱山残照②。

　　凭高目断征途，暮云千里平芜③。日夜河流东下，锦书应记双鱼④。

【注释】

　　①断虹：一段彩虹，残虹。树杪：树梢。②残照：落日的光辉，夕照。③平芜：草木丛生的平旷原野。④双鱼：亦称"双鲤"，一底一盖，把书信夹在里面的鱼形木板，常指代书信。

【赏析】

　　这首词是于塞上写离情：烟雨迷蒙中，放眼望去满眼尽是青色，没有尽头。又到了夕阳落入群山的时候，树梢上挂着一段彩虹。登高远眺，望断征途，只看到一片暮云停驻于千里旷野。河水昼夜不停地向东流去，就像我对你的思念之情，于是将这一份相思之苦托双鱼为你寄来。

　　这首《清平乐》，有人说是纳兰词的代表作之一，是纳兰用心写成的一首离情之作。但细细品味下来，其实能够发现，这首词并不能算是纳兰词作里的好作品，整首词不过是平淡乏味的平庸之作而已。

　　但是，也不能从而否定纳兰在词章上的艺术成就，他一生所填写的词数量之多，是显而易见的，偶尔的平庸之作也并不能抹杀他。还有一点就是当时的清朝词坛的风气，并不是很好，纳兰的词可以说是开了先河，为清词注入了鲜活的力量。

"烟轻雨小，望里青难了。"古代文人要写离别之情，总是会将情景设置在烟雨迷蒙、柳条拂面之中，纳兰这首词也不例外。烟雨蒙蒙中，放眼望去，满目青色，无边无际。好像词人此刻的心情，充满迷蒙。

虽然从这首词的字里行间可以推断出这是写离别之情的，但至于纳兰是为谁写的离别词，就不得而知了。从词句判断，应该是纳兰的友人。友人离别，站于迷蒙的细雨中，看着友人离去的方向，最终望不到友人的身影，想着友人此时应该走到何处。

友情总是纳兰生命中重要的支撑，故而他才会对每一段友情的消逝都感到痛苦万分。写完细密的雨，接下来，纳兰便将笔触延伸到更远处。"一缕断虹垂树杪，又是乱山残照。"上片之见是时间的一个顺延，雨停之后，天边现出彩虹，在远处乱石上，夕阳残照，彩虹挂在树梢上。

纳兰写词，总是要尽善尽美，尽管这首词并非他的佳作，但依然可以从中看出纳兰写词的风格。他将每种景致都极致化，令他的词成为一种艺术。这首《清平乐》的下片依然写景，但更多则是抒情。

"凭高目断征途，暮云千里平芜。"登高望远，方能心胸开阔，古人不乏登高的诗作，纳兰这句词有着与他以往词里没有的豪气干云。男儿气概在此时表露无遗，登高望断天涯路，前方征途漫漫，一眼看不到头，但是在眼前，暮云停驻，而云霞下面，则是千里的平原，草木丛生，犹如思念的荒地，长满了杂草。

词在最后，写下如何缓解思念的方式，便是"日夜河流东下，锦书应记双鱼。""双鱼"也是一个典故，双鱼又称为"双鲤"，一底一盖，把书信夹在里面的鱼形木板，常指代书信。

从最后的这句词来看，似乎是要写给远方的爱妻，但从当时的情景来看，纳兰并未有牵挂着的女子。不过，不论这词是因何而作，也是纳兰将一番思念之苦，化作锦书，托送给双鱼，希望后世都能看到。

清平乐

将愁不去①，秋色行难住。六曲屏山深院宇②，日日风风雨雨。

雨晴篱菊初香③，人言此日重阳。回首凉云暮叶④，黄昏无限思量。

【注释】

①将愁：长久之愁。将，长久。②六曲屏山：如山峦般曲折往复的屏风。③篱菊：谓篱下的菊花。语出晋陶潜《饮酒》诗之五：“采菊东篱下，悠然见南山。”后用以为典实。④凉云：阴凉的云。南朝齐谢朓《七夕赋》：“朱光既夕，凉云始浮。”

【赏析】

找不到烦恼的缘由，却总也挣不脱这种没有缘故的心情，失落是每个人都体会过的。人们在人生中不断追求，前行的过程中，难免会有不如意的时刻，但纳兰却不应该是一个烦恼的人，在旁人眼中，他享尽了荣华富贵，可是在他自己看来，却并不满足。

这首词是重阳节的感怀之作：绵绵清愁挥之不去，无尽的秋色也难以留住。屏风掩映下那深深的庭院，整日愁风冷雨，不曾停歇。好不容易天晴了，菊花吐露出芬芳，听说今天正是重阳节。回望天边那阴云和暮色中的树叶，不由产生无限的思绪。

与纳兰的这首《清平乐》相似的，是晏殊所写的一首《清平乐》，晏殊作为有名的词人，可以说是纳兰的前辈，晏殊那首《清平乐》如下：

金风细细，叶叶梧桐坠。绿酒初尝人易醉，一枕小窗浓睡。

紫薇朱槿花残，斜阳却照阑干。双燕欲归时节，银屏昨夜微寒。

晏殊的这首小词抒发初秋时节淡淡的哀愁，语言十分有分寸，意境讲究含蓄，晏殊只是从景物的变更和主人公细微的感觉着笔，一直是旁敲侧击地描写，而不是从正面来写情绪的波动，这首词读后，令人感到句句寓情、字字含愁。仔细品味之余，语言的清新、风格的婉约也是一大特色。

同样是抒发内心惆怅，纳兰的《清平乐》就显得更为简单直接一些，说愁便直接写愁，简单明了地道出自己的烦恼。"将愁不去，秋色行难住。"愁苦无法挥去，就连美丽的秋色都无法挥去愁闷。此处"将愁"表示长久的愁闷，秋色最是伤人的，因为寂寥，故而最能引起人们的伤感，因为迟暮，因而能让人们无法释怀。

在秋色中想挥手赶走哀愁，这无疑是愁上加愁，而纳兰也丝毫不避讳自己对于忧郁的无能为力，他坦然地告诉人们自己真的是"将愁不去"。比起晏殊的含蓄和隐藏，纳兰就好像一个孩子，毫无忌讳地将自己内心深处的感受讲出来，丝毫不怕被世人耻笑。

或者正是因为这份坦白，纳兰的词更显得有种直白的魅力，无人能够替代。接下一句是："六曲屏山深院宇，日日风风雨雨。"屏风掩映下的庭院，日日风雨，愁云惨淡，人在这里，怎会不被感染？

纳兰居住的庭院，为何会让他感到哀愁？其实境由心生，所谓的庭院深深，还不是自己内心凄苦，所以，才看什么都显出一副悲凉模样吗？是谁让纳兰如此哀伤，是谁家的女子让纳兰神色清洌地立于窗前，眉头紧锁，无限恨，无限伤。

纳兰的这首词是否为一个女子所作，不得而知。或者，这根本就不是纳兰为任何人写的词，而只是他在重阳之时，想起往昔，感怀往事的作品，我们无从知晓。纳兰的许多作品都是这样，看似表达了对某个人深深的思念，但其实这个人却好像虚无缥缈似的，让人摸不到任何踪迹。

"雨晴篱菊初香，人言此日重阳。"下片的风格稍显婉转，不再如上片那样晦涩，下片写到天气放晴，菊花绽放，香气扑鼻。然后词人才恍然大悟，原来是正逢重阳之日。重阳是一个让人伤感的节日。

古人写道"每逢佳节倍思亲"，说的便是重阳，重阳节是个让人思念故人的节日。纳兰身逢重阳，想起往日，必然是感慨万千。今昔往日，多少不同，而今一同从脑海中掠过，那些过往，仿佛还历历在目。

黄昏正在换取这一天里最后的一抹阳光，暮日下的世界，被覆上了迷离的光芒。黑暗即将到来，带走这一天的明亮，重阳节也很快就会过去。第二天依然是崭新的一天，"回首凉云暮叶，黄昏无限思量"。

只是在这即将告别白日的时刻，纳兰回首天边的云朵和落木，心头不禁思绪万千。这首重阳节感伤的词，写出了词人深埋心底的忧伤。

清平乐　忆梁汾

才听夜雨，便觉秋如许。绕砌蛩螀人不语①，有梦转愁无据②。

乱山千迭横江③，忆君游倦何方④。知否小窗红烛。照人此夜凄凉。

【注释】

①蛩螀：蟋蟀和寒蝉。蛩，蟋蟀。螀，蝉。②无据：不足凭，不可靠。③横江：横陈江上，横越江上。④游倦：犹倦游，指仕宦漂泊潦倒。

【赏析】

这首词是秋夜念友之作，抒发对好友顾贞观深切的怀念。顾贞观是江苏无锡人，其曾祖顾宪成是晚明东林党人的领袖，可谓真正的书香门第。顾贞观的个人才情和文化素养也自然与众不同，是当时很有名气的江南文士。

康熙十五年的春夏间，顾贞观与权相明珠之子纳兰性德相识，成为交契笃深的挚友。或许是气质的相互吸引，或许是才情的彼此契合，两人第一次相见，便有"一见即恨识余之晚"之感，相见甚欢，相谈甚多，彼此引为知己。

而在词坛的成就两人同样齐名，举凡清史、文学史、词史无不将二人相提并论，被视为风格近似、主张相同的词坛双璧。

二人因为才情而惺惺相惜，在与顾贞观相交的日子里，纳兰是快乐的。他们时常以词会友，互相切磋文学。可是再深的友谊也不能保证天长地久地相处，纳兰因为官职在身，总需要外出办事。

这次，他又要随同皇帝外出游走，官场的事情总是枯燥乏味的，不如与友人饮酒作诗来得痛快。但人在官场，身不由己，纳兰只得依依不舍告别友人，准备出发。在外出的日子里，纳兰一直是孤独寂寞的。

虽然康熙很赏识他，但君臣毕竟有别，二人不会无话不谈。纳兰恪守着君臣之礼，他将自己内心的一切都隐忍下来，这更加重了他内心的郁闷情绪。想要及早结束这场出行，好早日回去与友人团聚。

在这种心情下，纳兰写下了这首《清平乐》：才刚刚听到窗外的雨声，就感觉到秋意已浓。是那蟋蟀和寒蝉的悲鸣声，让人在梦里产生无限哀怨的吗？乱山一片横陈江上，你如今漂泊在哪里呢？是否知道有人在小窗红烛之下，因为思念你而倍感凄凉？

单纯的想念，让人能够从词句中嗅到友谊的醇香。友谊就是这样，不论彼此身在何方，总是能够随时随地想起对方。纳兰外出公干，想起远方的挚友，虽然秋意正浓，但心头也是会涌起阵阵暖意。

"才听夜雨，便觉秋如许。"才刚刚听到窗外有雨声，就已经感觉到浓浓的秋意了。身上的寒意大多是心里的凄凉带来的，身边没有知己，自然感觉到凉意。夜雨之中，更能听到蟋蟀和寒蝉的悲鸣声，秋意渐浓，蟋蟀和寒蝉也知道自己生命无多，故而叫声凄厉。在夜色下，这更让人产生无限的哀怨。

"绕砌蛩螀人不语，有梦转愁无据。"上片在凄凄切切的情愫中结束，纳兰将思念友人之心情描述得如悲如切，这首词是思念友人，却又好像是纳兰自悲自切的呢喃自语。结束了上片的哀痛，下片则是沉思，依然饱含哀怨，所描写到的景物，也是蒙上一层灰暗色彩，看不到颜色。

"乱山千迭横江，忆君游倦何方。"眼前乱石堆砌，远山横陈江上，江水滔滔，滚滚东逝去。不知道友人而今漂游到了何方。杳无音信，只能靠着思念回忆过去美好的日子。纳兰与好友之间没有联系，让他内心充满不安。

"知否小窗红烛。照人此夜凄凉。"这是纳兰在反问友人的话，是否知道有人在思念你呢？是否会因为被思念而感到凄凉呢？友人自然是无法感受到纳兰千里外的思念的，但纳兰在此的疑问，可以看出纳兰的纯真心性，这个才华横溢的清初才子，其实只是一个渴望友谊与关爱的男子。

词的初衷是思念友人，但写到最后，却变成了纳兰自怨自艾的一首自哀词，写不尽的哀伤情，透过词意里的风雨，飘洒而出，湿了人心。

清平乐

风鬟雨鬓①，偏是来无准。倦倚玉阑看月晕②，容易语低香近。
软风吹过窗纱③，心期便隔天涯④。从此伤春伤别⑤，黄昏只对梨花。

【注释】

①风鬟雨鬓：形容妇女在外奔波劳碌，头发散乱的样子。后代指女子。②月晕：

又称"风圈"，月光被云层折射，在月亮周围形成的光圈。③软风：柔和的风。窗纱：窗户上安的纱布、铁纱等。④心期：心中相许。引申为相思。⑤伤春：因春天到来而引起忧伤、苦闷。伤别：因离别而悲伤。

【赏析】

宋词里有许多缠绵悱恻的句子，在那些句子背后，隐藏的是一段段悲欢离合、感人至深的爱情故事。那些宋词，大多是写给歌女，因为歌女作为宋代的一个群体，颇受关注，她们有着文化素养，有着艺术才华，是宋代文人十分欣赏的一个群体。

在古代的社会里，女子的任务便是嫁做他人妇，为丈夫家传宗接代，然后相夫教子，扮演贤内助的角色。这样的女子需要温柔贤惠，懂得三从四德，低眉顺眼，事事以丈夫的话为最高指令。

这样的女人自然无法得到男人真正的喜爱，他们便更热衷于去追逐花街柳巷里，或者那些并不常规的爱情。因为有了爱情，生活才有了调味剂。于是，才有了那么多赏心悦目的诗词歌赋，因为有了感情，辞赋便变得更有味道。

纳兰并不是一个贪恋美色的人，但他却是一个最需要爱情的男人，他的爱情曾随着表妹的入宫一度低沉，随着妻子卢氏的去世差点儿毁灭，甚至随着沈宛的离去而消散殆尽。不过还好，在他的内心，始终保存了有关爱情的一点儿追求，而纳兰又将这点儿追求，放入了诗词中，时刻提醒自己，原来，爱情并未走远。

这首《清平乐》情辞真切，将相恋之中人们想见又害怕见面的矛盾心情，一一写出。"风鬟雨鬓"，本是形容妇女在外奔波劳碌，头发散乱的模样，可是后人却更喜欢用这个词去形容女子。

女子与他相约时，总是不守时间，不能准时来到约会地点。但纳兰在词中却并无任何责怪之意，他言辞温柔地写道："偏是来无准。"虽然女子常常不守约定时间，迟到的次数很多，但这并不妨碍纳兰对她的宠爱。想到与女子在一起的快乐时光，纳兰的嘴角便露出微笑。

"倦倚玉阑看月晕，容易语低香近。"记得旧时相约，你总是不能如约而至。曾与你倚靠着栏杆在一起闲看月晕，软语温存，情意缠绵，那可人的缕缕香气更是令人销魂。如今与你远隔天涯，纵使期许相见，那也是可望而不可即了。从此以后便独自凄清冷落、孤独难耐，面对黄昏、梨花而伤春伤别。

过去的时光多么美好，但是美好总是稍纵即逝。在纳兰的回忆里，这份美好过分短暂，好像柔软的风，只是轻微吹过脸庞，便已逝去。"软风吹过窗纱，心期便隔天涯。"与《清平乐》的上片相比，下片的格调显得哀伤许多，因为往昔的美好回忆过后，必须要面对现实的悲凉。

在想过往日与恋人的柔情蜜意之后，今日独自一人，看着春光大好，真是格外感伤。纳兰一向是伤春之人，那是因为他内心深处一直藏着一份早已远逝的情感，就如同这春光一样，虽然眼下再怎么美好，总有逝去的那一天。

"从此伤春伤别，黄昏只对梨花。"结局就是这样，有时候，人们往往知道结局是无法逆转的，但站在时光的路口，依然想不自量力地去扭转乾坤。

最终，伤的只有自己。